AF178874

NICCI FRENCH

TÖDLICHE SCHULD

THRILLER

Aus dem Englischen
von Birgit Moosmüller

PENGUIN VERLAG

Die Originalausgabe erschien 2022
unter dem Titel *The Favour*
bei Simon & Schuster, London.

Penguin Random House Verlagsgruppe FSC® N001967

1. Auflage 2023
Copyright © der Originalausgabe 2022
Copyright © der deutschsprachigen Ausgabe 2022
by C.Bertelsmann in der Penguin Random House Verlagsgruppe GmbH,
Neumarkter Straße 28, 81673 München
Redaktion: Irmgard Perkounigg
Umschlaggestaltung: www.buerosued.de
Umschlagabbildung: mauritius images/Geoffrey Stradling/
Alamy/Alamy Stock Photos; www.buerosued.de
Satz: Uhl + Massopust, Aalen
Druck und Bindung: GGP Media GmbH, Pößneck
Printed in Germany
ISBN 978-3-328-11066-8

www.penguin-verlag.de

Für Kersti

Prolog

Ein Kreischen gellte durch die Nacht. Sie wusste nicht, ob es von ihr selbst kam oder von ihm, während er die Hände vors Gesicht riss, oder vom Wagen, als er mit schlitternden Reifen von der Fahrbahn geriet. Plötzlich war da ein Moment der Stille, der Baum vor der Windschutzscheibe, schwarzes Laub im Scheinwerferlicht. Metall knirschte, dann ging das Licht aus. Sie schlug mit dem Gesicht hart auf, Schmerz explodierte in ihrem Schädel zu grellen Farben. Als sie den Kopf hob und die Augen öffnete, sah sie pulsierende Abstufungen von Blau, Rot und scheußlichem Violett. Ein Gefühl von Entsetzen durchflutete sie, schlimmer als der Schmerz.

»Bitte helft mir«, sagte Jude, an niemanden gerichtet.

Sie waren auf der Heimfahrt von einer Party, mit Liams rostigem altem Fiat, bei dem ein Seitenspiegel nur noch von Klebeband gehalten wurde und jedes Mal ein unheilvolles Rattern einsetzte, sobald es etwas steiler bergauf ging. Vorne saßen Jude und Liam, hinten Yolanda und Benny, wobei Benny völlig weggetreten war, den Kopf an Yolandas Schulter, den Mund weit offen, und Yolanda ebenfalls fest schlief. Jude warf einen Blick auf die Uhr am Armaturenbrett: Es war zwei Uhr morgens, aber immer noch warm nach einem glühend heißen Tag. Es fühlte sich an, als würde jeden Moment der Himmel aufreißen und sich eine Regenflut in die ausgedörrte, rissige Erde ergießen.

Es war überhaupt ein heißer Sommer gewesen. Jude musste daran denken, wie sie im Mai und Juni ihr Abitur geschrieben hatte, während gleißendes Sonnenlicht durch die großen Fenster fiel: mit schwitzigen Fingern, Schweißperlen auf der Stirn und feuchten Flecken unter den Achseln. Das erschien ihr inzwischen so weit weg, wie eine andere Welt, denn seit Mitte Juni war sie verliebt – trunken vor Liebe wie nie zuvor. Ihr Körper schmerzte regelrecht davon. Sie konnte spüren, wo seine Finger sie berührt hatten. Ihre Lippen waren wund. Auf der Party hatte er sie in den Garten hinausgeführt und geküsst, bis sie sich beinahe vor aller Augen auf den Rasen gelegt hätte, doch er hatte geflüstert: »Später.« Sie spürte noch seinen heißen Atem in ihrem Ohr. Nun war später: Sie würden Yolanda absetzen, Benny aus dem Wagen hieven, bis zu seiner Haustür zerren und dann weiterfahren, in den Wald. Liam hatte im Kofferraum seines Wagens eine Decke liegen. Ihr machte es nichts aus, wenn es regnete. Sie stellte sich vor, wie sich ihre nassen Körper aneinanderpressen würden, und empfand einen Schauder der Vorfreude.

Sie sah zu ihm hinüber. Er spürte ihren Blick und legte seine Hand auf ihren Oberschenkel, den dünnen Stoff ihres Kleides. Liam Birch: so gar nicht ihr Typ. Liam war neben der Spur – Jude nicht. Sie wusste schon seit der Grundschule, dass sie mal Ärztin werden würde, und arbeitete seitdem ohne Unterbrechung hart darauf hin. Sie hatte bereits einen Studienplatz, und wenn ihre Prüfungsergebnisse es zuließen – woran sie nicht zweifelte –, wäre sie in sechs Wochen auf dem Weg nach Bristol.

Liam wusste noch nicht, wie es bei ihm weitergehen sollte. Er war handwerklich sehr geschickt, konnte fast alles reparieren und mit wenigen Bleistiftstrichen etwas höchst Lebendiges, Verblüffendes schaffen. Jude hatte ihm mehrfach geraten, Kunst zu studieren, doch er zuckte jedes Mal nur mit den Schultern und antwortete, er wolle erst mal sehen, wie sich die Dinge entwickelten, als läge die Entscheidung gar nicht bei ihm – als würde ihn das Leben einfach überrollen und mit sich tragen. Vielleicht würde er auf Reisen gehen, meinte er: weg von dieser mittelgroßen Stadt in Mittelengland, wo er schon sein Leben lang mit seinen Eltern und seinem kleinen Bruder wohnte. Sie blickte auf die Hand hinunter, die warm und schwer auf ihrem Oberschenkel lag. Was würde passieren, wenn sie zur Uni ging? Sie hatten nicht über die Zukunft gesprochen, und auch kaum über die Vergangenheit. Sie wusste nicht viel über Liams Familie, seine Kindheit, seine früheren Beziehungen. Was zählte, war jetzt und hier: das wunderbare Gefühl, dass ihr Körper sich irgendwie aufzulösen schien, sobald er sie berührte oder sie nur daran dachte, wie er sie berührte – die Art, wie er sie ansah und ihren Namen sagte.

Sie waren nicht in dieselbe Schule gegangen. Liam hatte die Oberstufe der großen Schule besucht, die am Rand der Stadt in Shropshire lag, wo sie beide lebten, und Jude die Gesamtschule. Trotzdem hatte sie ihn wahrgenommen, eine hochgewachsene, schlaksige Gestalt mit dunklem Haar, das dringend geschnitten gehörte, und Klamotten, die nie neu aussahen: zerrissene Jeans, T-Shirts mit geheimnisvollen Aufschriften, eine seltsame grüne Jacke, die an jedem anderen schrecklich ausgesehen hätte, er jedoch gut tragen konnte. Sie hatte ihn in den vergangenen zwei Jahren des Öfteren registriert, wie er mit einer Gruppe anderer Teenager die Straße entlangging, rauchte, aus Dosen trank und dabei immer cool und unglaublich erfahren wirkte.

Ein paar Tage nach ihrer letzten Prüfung stellte ein Freund sie ihm auf einer Party vor. Sie wartete darauf, dass er sagen würde: »Hey, Jude«, um anschließend über seinen eigenen Witz zu lachen, doch das tat er nicht. Sie rechnete damit, dass er sich gleich wieder umdrehen und zu seiner eigenen Clique zurückkehren würde, doch auch das tat er nicht. Stattdessen erzählte er ihr von einem Fuchswelpen, den er an dem Tag überfahren hatte, und dass er erst gedacht habe, ein kleines

Kind sei vor ihm auf die Straße gelaufen. Der Fuchs habe noch gelebt und erbärmlich geschrien, sodass sich schnell ein paar Schaulustige versammelt hätten. Er habe ihn töten müssen, erklärte er, indem er ihm einen Stein vom Gehsteig gegen den Kopf knallte, und anschließend in den Wald gebracht. Fast eine halbe Stunde habe er den noch warmen, durchdringend riechenden Kadaver auf dem Arm getragen. Er kam ihr leicht zugedröhnt vor. Seine Pupillen wirkten vergrößert, weshalb seine Augen in dem schwachen Licht sehr dunkel, fast schwarz aussahen. Überrascht stellte Jude fest, wie freundlich er wirkte, und wie jung. Beinahe – nun ja, beinahe *normal*. Einfach ein gut aussehender Junge.

Die ersten paar Wochen war es ein wundervolles Geheimnis, das sie wie einen Schatz hütete. Sie erzählte es nicht einmal ihren Freundinnen, weil sie nicht wollte, dass sie die Augen verdrehten oder es durch irgendeine beiläufige Bemerkung als unwichtig abtaten – oder aber als allzu wichtig oder allzu erstaunlich einstuften. Sie wollte nicht hören, dass eine von ihnen auch schon mit ihm zusammen gewesen war oder von einer wusste, die es war, oder Getratsche über ihn mitbekommen hatte: über seinen Leichtsinn und seine plötzlichen, unerklärlichen Wutausbrüche. Sie wollte nicht, dass jemand sagte: »Bei dem musst du aufpassen.« Selbst jetzt widerstrebte es ihr noch, darüber zu reden. Hin und wieder gingen sie zusammen auf eine Party, so wie an diesem Abend, und erst gestern hatten sie den Tag mit einer Gruppe von Freunden am Fluss verbracht. Sie hatte mit Rosie über ihn gesprochen, während sie am Flussufer nebeneinander im hohen Gras lagen, den Blick auf den blauen Himmel gerichtet. Ihren Eltern aber hatte sie es nicht erzählt. Sie wusste, dass sie beunruhigt wären von Liam, der Gras rauchte, Pillen schluckte, manchmal ein bisschen ungewaschen aussah und nicht zur Uni gehen würde. Vielleicht machte gerade das seine Anziehungskraft aus: dass er einer war, den ihre Eltern nicht gut fänden. Im September würde sie sowieso nach Bristol aufbrechen. Er war ihr Intermezzo, ihr Sommer, ihre Auszeit.

»Mir ist ein bisschen schlecht«, murmelte Yolanda auf dem Rücksitz, noch im Halbschlaf.

»Dreh das Fenster runter«, meinte Liam.

»Ich glaube, ich muss wirklich *kotzen*.«

»Nicht in meinem Wagen!«

»Es dauert nicht mehr lang bis zu dir«, erklärte Jude. »Sag uns trotzdem, wenn wir anhalten sollen.«

Doch Yolanda gab keine Antwort, weil sie wieder eingeschlafen war. Aus ihrer Richtung kam ein gurgelndes Schnarchen, dann ein Grunzen.

Jude fühlte sich selbst leicht beschwipst. Liam hatte auch viel getrunken und weiß Gott was eingeworfen. Doch es war nur eine kurze Fahrt. Ein paar große Tropfen landeten auf der Windschutzscheibe. Sie hob eine Hand, um sein Gesicht zu berühren, und spürte, dass er lächelte.

Dann sagte er: »Fuck!«, oder schrie es.

Denn vor ihnen beschrieb die Straße eine scharfe Kurve, doch der Wagen fuhr geradeaus weiter, weg von der Straße, auf die Bäume zu. Das alles passierte schrecklich langsam, wie in Zeitlupe, mit beängstigend klarem Blick auf die Katastrophe und eine Welt, die nie wieder sein würde, wie sie war.

Ein Kreischen gellte durch die Nacht.

Jude konnte nicht sagen, in welche Richtung sie lag. Ihr Kopf pochte vor Schmerz, erst die eine Kopfhälfte, dann die andere. Hinten schluchzte Yolanda heftig. Von Benny war gar nichts zu hören.

»Seid ihr verletzt?«, meldete sich Liam in der Dunkelheit zu Wort. Sein Ton klang drängend.

»Ich kann nichts sehen.« Jude hob eine Hand und berührte

ihr Gesicht, das sich warm und klebrig anfühlte. »Ich blute«, erklärte sie.

»Kannst du aussteigen?«, fragte Liam.

»Ich weiß nicht. Yolanda? Benny? Seid ihr in Ordnung? Was ist passiert? Was machen wir denn jetzt?«

Liam stieg aus, kam auf ihre Seite und half ihr aus dem Wagen. Sie war nicht fähig zu stehen, ihre Beine zitterten zu sehr, deswegen ließ er sie ins Gras sinken. Schemenhaft konnte sie sein bleiches Gesicht erkennen. Er wandte sich wieder dem Wagen zu, um Yolanda zu helfen, die vom Auto weg stolperte und sich dann heftig auf die Straße übergab. Jude hörte Erbrochenes auf den Asphalt klatschen.

Es fing zu regnen an. Sie hörte Liam auf Benny einreden.

»Atmet er?«

»Ja, er atmet. Aber er braucht Hilfe. Ich rufe einen Krankenwagen.«

»Muss das sein?«

Liam ging neben ihr in die Hocke und wischte ihr mit dem Saum seines T-Shirts Blut aus dem Gesicht. »Es wird alles gut.«

Tränen und Regentropfen brannten auf ihren Wangen. Ihre Zunge fühlte sich geschwollen an. »Das ist ein Albtraum!«

Liam sprach inzwischen in sein Telefon. Wie konnte er so ruhig bleiben? Jude ließ den Kopf sinken und schlug die Hände vors Gesicht. Sie hörte Yolanda schluchzen und den Wind in den Bäumen wehen und irgendwo draußen in der nassen Dunkelheit den Ruf einer Eule.

Dann in der Ferne eine Sirene.

Als Erstes traf der Krankenwagen ein, wenige Minuten später ein Streifenwagen, dann noch einer. Blaulicht zuckte über den Wald, über die in den Baum gerammte Motorhaube und die bleichen, verängstigten Gesichter der vier jungen Leute, die im

Wagen gesessen hatten. Die Sanitäter waren damit beschäftigt, Benny auf eine Trage zu heben, als er endlich die Augen aufschlug.

»Lasst mich los!«, stieß er hervor. »Was läuft denn hier ab?«

Eine Frau beugte sich über Jude und sprach in beruhigendem Ton auf sie ein, doch Jude verstand sie nicht, weil es in ihrem Kopf so laut dröhnte. Dagegen hörte sie sehr wohl, dass ein Polizeibeamter von Liam wissen wollte, ob es sein Wagen sei.

Er bejahte. Sie hob den Kopf, woraufhin er sie anblickte und lächelte. Als wäre das Ganze bloß ein Scherz, dachte Jude. Als würde nichts davon wirklich eine Rolle spielen: Solche Sachen passierten eben.

Er wurde gefragt, ob er gefahren sei, ob er etwas getrunken habe, ob sie alle angeschnallt gewesen seien. Anschließend bekam er gesagt, dass man ihn einem Alkoholtest unterziehen werde.

Sie sah Liam mit den Schultern zucken. Das blaue Licht blitzte über sein Gesicht. Dann ging wieder alles durcheinander, bis sie schließlich begriff, dass er zur offen stehenden Tür eines der Polizeifahrzeuge geführt wurde. Er schaute sich nach ihr um und hob die Hand zu einer Geste, die ihr vorkam wie ein Abschiedsgruß.

Das war im Grunde das Ende – das Ende von Liam und Jude und der bittersüßen Qual der ersten Liebe, das Ende ihres Sommers, das Ende ihrer Kindheit.

Jude blieb zwei Tage im Krankenhaus. Sie hatte eine Kopfverletzung davongetragen, weshalb man sie unter Beobachtung stellte. Ihre Nase war gebrochen, doch der junge Arzt versicherte ihr, das werde heilen und keine Narbe hinterlassen. Eine Platzwunde an ihrer Stirn musste mit zwölf Stichen genäht werden. Am Tag nach dem Unfall erkannte sie sich im Spiegel nicht wieder. Ihr Gesicht war geschwollen, die Haut übersät mit violetten, dunkelbraunen und schmutzig grünen Blutergüssen.

»Du hättest sterben können«, stellte ihre Mutter fest.

»Was hast du dir dabei gedacht, bei einem Betrunkenen einzusteigen?«, fragte ihr Vater.

Ihre Eltern sahen sich an und fragten sie nach Liam. Wer war er? Warum hatte sie in seinem Wagen gesessen?

Jude verzog das Gesicht. »Er ist bloß ein Junge, den ich kenne«, antwortete sie.

Bloß ein Junge. *Ihr* Junge. Sie versuchte ihn anzurufen, doch er ging nicht ran. Sie schrieb ihm eine Nachricht, etliche Nachrichten, in denen sie ihm erklärte, dass sie ihn dringend treffen müsse, worauf er antwortete, es sei alles ein bisschen kompliziert, aber sie solle sich seinetwegen keine Sorgen machen. Es gehe ihm gut. Wahrscheinlich müsse er nicht ins Gefängnis, sondern nur ein wenig gemeinnützige Arbeit leisten. »Reisepläne auf Eis«, schrieb er.

Gefängnis. Allein schon von dem Wort wurde ihr schlecht.

Nach ihrer Entlassung aus dem Krankenhaus schaute sie bei ihm zu Hause vorbei. Als die Tür aufschwang, empfand sie beim Anblick von Liam einen plötzlichen Anflug von Panik und Aufregung, doch dann wurde ihr klar, dass es gar nicht Liam war, sondern jemand, der wie Liam aussah, aber jünger war, weniger entwickelt und weniger selbstsicher. Er erklärte, er sei Liams Bruder, Dermot. Liam sei nicht da, niemand sei da. Abgesehen von dir, entgegnete Jude, woraufhin er errötete. Sie fragte, ob es Liam gut gehe. Dermot antwortete, ja, es gehe ihm gut, er sei nur ein bisschen angeschlagen.

Nachdenklich betrachtete sie diesen Jungen – wie alt er wohl war? Fünfzehn? Sechzehn? – und bat ihn dann, seinem Bruder auszurichten, sie wolle ihn sehen. Nein, verbesserte sie sich: Sie *müsse* ihn sehen. Mit zittriger Stimme fügte sie hinzu, so dürfe es nicht enden. Bitte, sagte sie. *Bitte.* Die Worte hingen zwischen ihnen in der Luft. Liams Bruder machte einen Moment den Eindruck, als wollte er etwas sagen, doch stattdessen nickte er nur. Sie wandte sich ab und ging.

Tagelang saß sie teilnahmslos zu Hause im Wohnzimmer und sah fern, trotz der Hitze in eine Decke gehüllt, während ihr Kopf immer noch pochte und ihre blauen Flecken sich erst in Blasslila und dann in Gelb verwandelten. Freunde kamen zu Besuch und taten durch aufgeregte Ausrufe kund, wie schrecklich sie fänden, was passiert sei. Sie versuchte zu lächeln und mit ihnen zu sprechen. Die Besucher brachten Körperlotionen und selbst gebackene Kekse. Rosie schenkte ihr eine riesige Topfpflanze, die für Judes Studentinnenbude gedacht war, aber innerhalb einer Woche einging.

Der Unfall war wie ein greller Albtraum, an den sie sich nur bruchstückhaft erinnern konnte. Liam kam ihr inzwischen vor wie eine Gestalt aus einem verblassenden Traum. Manchmal schreckte sie in den frühen Morgenstunden aus dem Schlaf hoch und stellte fest, dass sie weinte.

Schließlich holte sie sich ihre Prüfungsergebnisse ab, die noch besser waren als erwartet. Sie würde also tatsächlich nach Bristol gehen und Ärztin werden. Ihr Leben verlief immer noch in der richtigen Bahn.

Liams Leben lief immer noch *nicht* in der richtigen Bahn. Benny erzählte Jude, seine Ergebnisse seien nicht besonders. »Das war ihm aber schon vorher klar«, fügte er hinzu, als wäre das ein Trost. »Es macht ihm nicht viel aus. Du weißt ja, wie er ist.«

Wie war er?

Wochenlang musste sie ständig an ihn denken, bis sie es dann mit der Zeit leichter fand, es nicht mehr zu tun.

Es waren nur drei Monate ihres Lebens gewesen: drei intensive, schwindelerregende Monate, die ein Loch in ihr Leben gebrannt hatten.

Ein paar Tage vor ihrer Abreise nach Bristol sah sie ihn auf der Straße mit einem Mädchen. Die beiden bewegten sich von ihr weg, aber sie hätte ihn überall erkannt: die hochgewachsene Gestalt in zerrissenen Jeans, die lässige Art, wie er ging – leicht schlurfend, als könnte man nicht von ihm verlangen, die Füße zu heben –, das dunkle, widerspenstige Haar. Sie begann zu weinen. Dicke Tränen liefen ihr über die Wangen, an denen inzwischen keine Blutergüsse mehr zu sehen waren. Sie versuchte nicht, ihn einzuholen. Stattdessen wandte sie sich ab und ging in die andere Richtung.

Sie war davon überzeugt, ihn nie wiederzusehen.

1

Es war eine Routinenachtschicht gewesen. Jude war mehrfach in die Notaufnahme hinuntergerufen worden. Es hatte sich in allen vier Fällen um Frauen gehandelt, drei davon über achtzig, eine sogar über neunzig. Drei waren gestürzt, eine war bewusstlos eingeliefert worden. Zwei hatten einen sehr verwirrten Eindruck gemacht. Auf der Station war es ruhig, wenn auch nicht im wörtlichen Sinn. Eine Patientin mit schwerer Demenz rief ständig nach ihrer Mutter. Ein männlicher Patient wachte immer wieder auf und schrie in panischem Ton irgendetwas Unverständliches, schlief ein, erwachte erneut und schrie die gleichen angsterfüllten Worte. Jude hatte mit der diensthabenden Nachtschwester darüber beratschlagt, ob seine Medikamente anders dosiert werden mussten, dann aber beschlossen, die Dosis zu lassen, wie sie war.

Jahre zuvor hatte sie mal in einer Notaufnahme im Süden Londons gearbeitet. Freunde von ihr, die den Job auch schon gemacht hatten, meinten, sie hätten das Adrenalin genossen, die Unsicherheit, nicht zu wissen, was fünf Minuten später passieren würde. Jude hatte nie so empfunden. Sie spürte nicht viel Adrenalin, wenn sie Leute behandelte, die sich im Suff schlägerten, im Suff stürzten oder im Suff einen Autounfall hatten. Man flickte sie zusammen und schickte sie wieder weg. Diejenigen, die man selbst nicht zusammenflicken konnte, schickte man zu jemandem, der es konnte. Manchmal hatte man es schrecklicherweise auch mit übel zugerichteten Toten oder Sterbenden zu tun. Daran konnte sie sich nie gewöhnen. Als sie sich am Ende für die Geriatrie entschied, reagierte

17

ihr Freundeskreis überrascht. Fand sie das nicht deprimierend? Nein, fand sie nicht. Sie tat, was andere Ärzte auch taten: stellte Diagnosen, verschrieb Medikamente, ordnete Untersuchungen an. Zugleich aber kam sie sich vor wie eine Ärztin aus einem früheren Zeitalter, als man manchmal nichts anderes tun konnte, als bei seinen Patienten und Patientinnen zu sitzen, ihre Hand zu halten, mit ihnen zu sprechen, ihnen zuzuhören und für sie da zu sein. Hinter alledem – der Maske des Alters – waren sie genauso lustig und kompliziert und erledigt wie alle anderen auch. Jedes Mal, wenn sie es schaffte, jemanden in einem Zustand heimzuschicken, der ein klein wenig besser war als bei der Einlieferung, schmerzfrei vielleicht oder sogar in der Lage, ohne Hilfe zu gehen, fühlte sich das an wie ein Sieg.

Sie sah auf ihr Handy. Die vierundneunzigjährige Patientin sollte inzwischen beim Röntgen sein. Jude nahm sich vor, nach ihr zu sehen, ehe sie ging. Dann ärgerte sie sich über sich selbst und machte sich eine schriftliche Notiz. Mentale Notizen brachten nichts.

Sie warf einen Blick auf die große Wandtafel neben der Schwesternstation: nichts, worum sie sich nicht bereits gekümmert hatte. Sie ging zu der am Schreibtisch sitzenden Schwester und fragte sie, ob sich noch mal jemand von der Notaufnahme gemeldet habe.

Die Schwester schüttelte den Kopf. »Die sind so fürchterlich da unten. Die melden sich nie. Die rufen nie zurück.« Sie klopfte mit dem Finger auf die Schreibtischplatte. »Aber sobald *sie* was wollen …«

»Ich weiß«, bestätigte Jude. »Wem sagen Sie das.«

Sich gemeinsam über die Ineffizienz und die Arroganz anderer Stationen zu beklagen – das schweißte sie zusammen.

»Aber jemand anderer hat sich gemeldet«, erklärte die Schwester.

»Haben Sie die Nummer aufgeschrieben?«

»Nein, ich meine persönlich. Er war hier und wollte Sie sprechen.«

»Welche Station?«

»Ich glaube nicht, dass er hier im Krankenhaus arbeitet. Ich habe ihm gesagt, dass Sie beschäftigt sind. Er wollte unten warten.«

Jude starrte sie verblüfft an. Wer sollte sie in der Arbeit besuchen? So früh am Morgen?

»Seltsam. Ging es um etwas Wichtiges?«

Die Schwester schüttelte den Kopf.

»Ich glaube nicht. Er hat bloß gesagt, er wolle warten. Es klang nicht so dringend. Er ist unten im Haupteingang.«

Jude warf einen Blick auf die Uhr. Halb sieben. Noch eine halbe Stunde. Das war oft der stressigste Teil ihrer Schicht. Sie musste alle ihre üblichen Pflichten erfüllen, während es gleichzeitig die Übergabe an den nächsten Assistenzarzt vorzubereiten und schließlich durchzuführen galt. Manchmal kam es ihr so vor, als würde ihr irgendein Rachegott kurz vor Schluss noch einen richtig vertrackten Fall schicken. Die bewusstlose Patientin entpuppte sich als schwierig. Es handelte sich wahrscheinlich um einen Schlaganfall, aber die Frau hatte eine Vielzahl anderer Leiden. Nach einem verwirrenden und unbefriedigenden Gespräch mit der Begleitperson, einem nicht eindeutigen Untersuchungsergebnis und einer Reihe von Telefonaten blickte Jude hoch und stellte fest, dass es bereits zwanzig nach acht war.

Sie begab sich in das kleine Büro, in dem sie ihren Mantel, ihre Tasche und ihre Schlüssel aufbewahrte. Wie immer ließ sie sich dort einen Moment Zeit, um ihre Gedanken zu sammeln. Gab es etwas, das sie womöglich zu erledigen vergessen hatte? Ihr fiel nichts ein.

Sie zückte ihr Handy, warf einen Blick darauf und blinzelte.

Ein schwacher Schimmer umgab das Gerät, fast als würde es leuchten. Manchmal lag das nur an ihrer Müdigkeit, in der Regel aber nicht. Für gewöhnlich war es das erste Anzeichen einer bevorstehenden Migräne. Wobei es fast nie während der Arbeit passierte. So, als wartete ihr Gehirn freundlicherweise, bis sie erledigt hatte, was zu tun war. Es würde ihr genug Zeit einräumen, um nach Hause zu kommen. Erst dann würden die Kopfschmerzen einsetzen. Manchmal halfen die Medikamente, wenn sie sie rechtzeitig einnahm. Sie begann ihre Nachrichten durchzusehen.

Sie und Nat hatten eine Hochzeit vorzubereiten. Oft wünschte sie, sie beide hätten einfach zum Standesamt gehen können, mit zwei Freunden als Trauzeugen. Aber Nat war der Meinung gewesen, es sei ein toller Grund für ein Fest, und seine Mutter würde es ihm nie verzeihen, wenn ihr Sohn keine anständige Hochzeitsfeier bekäme. Ab da war das Ganze angewachsen wie ein Pilzgeflecht. Erst hatten sie schon Monate gebraucht, um sich auf den richtigen Ort zu einigen, und nun, nachdem das geklärt war, ging es um die Bewirtung, die Blumen, die Daten und ihr Kleid. Die Migräne, die allmählich Fahrt aufnahm, sandte ein erstes kleines Aufblitzen von Schmerz aus, als sie an dieses Thema dachte. Sie trug normalerweise weder Kleider noch Schuhe mit hohen Absätzen, sondern Herrenanzüge aus karitativen Secondhandläden, Jumpsuits, Jeans, Wanderstiefel, Sandalen und Pumps: alles, was ihr das Gefühl gab, beweglich zu sein und schnell das Weite suchen zu können. Doch Nat zog die Nase kraus, als sie ihn darauf hinwies, und lachte dann verlegen, krampfhaft bemüht, es ins Scherzhafte zu ziehen. Er wünschte sie sich als richtige Braut, sah sie vor seinem geistigen Auge schon weich gezeichnet, bekleidet mit irgendetwas Hellem, Weiblichem, den Blick voller Zärtlichkeit auf ihn gerichtet, während sie »Ja, ich will« hauchte.

Sie hatte ein schlechtes Gewissen, weil sie sich darüber beklagte, und sei es nur sich selbst gegenüber. Schließlich übernahm Nat die ganze harte Arbeit. Hin und wieder legte er ihr etwas zur Entscheidung vor. Wollte Sie lieber dieses oder jenes? Dieses Menü? Diesen Wein? Diesen Tischschmuck?

Ihr Telefon klingelte, und sie wusste schon, wer es war, bevor sie einen Blick darauf warf. Wenn sie Nachtschichten hatte, war es, als lebten sie und Nat in unterschiedlichen Zeitzonen, obwohl sie zusammenwohnten. Sie kam dann erschöpft nach Hause, während er gerade in sein Büro in Lambeth aufbrach, wo er als Projektleiter im Gesundheitswesen arbeitete. Manchmal verpasste sie ihn sogar ganz.

»Guten Morgen«, sagte sie.

»Irgendwelche Dramen?«

»Bloß das Übliche.«

Die Ereignisse der Nacht verblassten bereits, so, als ob sie nach einem tiefen Schlaf erwachte und spürte, wie ihr die Erinnerungen an ihre Träume entglitten.

»Sollen wir uns zum Frühstück treffen? Ich kann in ein paar Minuten aufbrechen.«

»Wunderbar. Dann am üblichen Platz.«

Normalerweise verließ sie das Krankenhaus durch den Seiteneingang, doch als sie das Erdgeschoss erreichte, wandte sie sich um und steuerte auf den Haupteingang zu.

Im Eingangsbereich befanden sich etliche Leute. Einige standen in Grüppchen beisammen und unterhielten sich, andere saßen auf den Bänken, lasen, warteten.

»Du siehst anders aus«, sagte eine Stimme. »Aber trotzdem noch genau wie früher.«

Jude hatte ganz vergessen, dass jemand auf sie wartete.

Sie wandte den Kopf, und da war er: groß, etwa ihr Alter, dunkle, zerzauste Haare, Bart. Seine Augen wirkten fast schwarz. Zu einer ausgewaschenen Jeans trug er eine abgewetzte graue Jacke und um den Hals einen wild gemusterten Schal.

»Es war nicht leicht, dich aufzuspüren«, sagte er.

Sie erkannte ihn nicht.

Und dann dämmerte es ihr.

»Das ist jetzt nicht dein Ernst«, antwortete sie, während sich auf ihrem Gesicht ein Lächeln ausbreitete.

Es war Liam.

2

Du bist Ärztin.« Liams sanftes Lächeln erweckte die Vergangenheit so heftig zum Leben, dass Jude davon ganz flau im Magen wurde.

Sie blickte sich um, als müsste sie sich erst vergewissern, dass es stimmte: dass sie tatsächlich Ärztin war und das hier tatsächlich ein Krankenhaus.

»Ja, ja, bin ich. Mehr oder weniger.«

»Das hast du dir doch immer gewünscht.«

Es war unmöglich, mit diesem Geist aus ihrer Vergangenheit Small Talk zu machen.

»Ich dachte nicht, dass ich dich jemals wiedersehe.«

»Ja, ich weiß«, antwortete er langsam. »Besser gesagt, so genau weiß ich es nicht. Aber es war kompliziert.«

Sie schaute ihn an und konnte den Blick nicht mehr von ihm abwenden. Eine passende Antwort fiel ihr nicht ein.

»Können wir einen Kaffee miteinander trinken?«, fragte er. »Es sei denn, du musst irgendwohin.«

»Ich bin auf dem Weg nach Hause. Ich muss ins Bett.«

»Dann vielleicht entkoffeinierten Kaffee.«

Sie schüttelte lächelnd den Kopf. »Nach einer Nachtschicht hält mich nichts wach. Ich trinke gerne einen Kaffee mit dir.«

Sie verließen das Krankenhaus und überquerten die Whitechapel Road. Jude führte ihn ein Stück in die Brick Lane hinein, zu einem Café, das erst kürzlich aufgemacht hatte, mit vielen weichen Sesseln und groben Holztischen. Plötzlich fiel ihr Nat ein, der im Begriff stand, Richtung Krankenhaus loszufahren, um sich mit ihr zu treffen. Hoffentlich war er noch nicht aufgebrochen. Sie holte ihr Handy heraus und schrieb ihm: *Tut mir leid! Notfall. Frühstück klappt nicht. Bis heute Abend. xxxx*

Sie saßen sich am Tisch gegenüber. Jude war ganz schummrig zumute, so seltsam kam ihr das Ganze vor.

»Möchtest du Frühstück?«, fragte sie. »Eier oder sonst was?«

Er schüttelte den Kopf und bestellte für sie beide Kaffee. Ihr Hunger hatte sich verflüchtigt. Während die junge Frau hinter dem Tresen die Getränke zubereitete, musterten Jude und Liam sich einfach nur wortlos. Das Schweigen fühlte sich nicht unangenehm oder peinlich an.

Als der Kaffee eintraf, zog Jude ein Päckchen aus der Tasche, nahm zwei rosarote Pillen heraus und spülte sie mit einem Schluck Kaffee hinunter. Liam sah sie fragend an.

»Ich bekomme eine Migräne. Das stoppt sie manchmal.«

»Früher hattest du das aber nicht, oder?«

»Nein, es begann kurz nach ...« Sie brach ab. Nach dem Unfall. Damals hatte es angefangen. »Ich habe es oft. Die Farben sehen plötzlich seltsam aus, und dann muss ich ein paar Stunden ins Bett.«

»Wie auch immer, Glückwunsch«, sagte Liam und hob seine Kaffeetasse.

»Wozu?«

»Zu deiner bevorstehenden Hochzeit.«

»Woher weißt du das?«

»Jemand hat es mir erzählt. Als ich versucht habe, dich aufzuspüren.«

Jude lachte. »Mich aufzuspüren? Was bist du? Privatdetektiv?«

»Nur ein alter Freund.« Er nahm einen Schluck von seinem Kaffee. »Ärztin. Genau wie du immer gesagt hast. Du hast es geschafft.«

Jude fühlte sich plötzlich atemlos. Sie war davon überzeugt gewesen, Liam nie wieder zu sehen. Trotzdem hatte sie sich im Lauf der Jahre oft vorgestellt, ihn zu treffen: zufällig, im Bus, auf der Straße, in einer Menschenmenge oder beim Wandern in den Clee Hills nahe ihrem Elternhaus in Shropshire. Denn es gab Dinge, die sie loswerden musste, schon seit über einem Jahrzehnt gern losgeworden wäre, auch wenn sie nun, da der Moment tatsächlich gekommen war, nicht recht wusste, wie sie anfangen sollte.

»Eigentlich hätte ich *dich* aufspüren sollen«, begann sie zögernd. »Ich weiß, dass du …« Sie hielt inne. »Ich habe es nie vergessen.«

Er runzelte die Stirn, als müsste er darüber erst nachdenken. Als er schließlich antwortete, wirkte er gar nicht zornig, ja nicht einmal traurig – nur nachdenklich, als spräche er über jemand anders.

»Ich habe damals ein paar Entscheidungen getroffen«, sagte er, »und nicht alle davon waren gut. Dir ist wahrscheinlich zu Ohren gekommen, dass ich zu allem Überfluss auch noch meine Abschlussprüfung vermasselt habe.«

»Das tut mir leid.«

»Schon in Ordnung. So was passiert. Inzwischen läuft es besser, zumindest im Großen und Ganzen. Ein, zwei Dinge muss ich noch klären, aber ansonsten geht es mir gut.« Er hielt einen Moment inne und lächelte dann – nicht ironisch und auch nicht so wie früher, wissend und verhalten, sondern auf eine Weise, die sein ganzes Gesicht verwandelte und ihn schlagartig jünger aussehen ließ. »Ich habe einen kleinen Sohn«, verkündete er. »Alfie. Er ist jetzt ein Jahr alt.«

Jude blinzelte. »Wow! Einen Sohn! Sieht er aus wie du?«

»Die Leute behaupten es. Armer kleiner Kerl.«

»Das ist so schön.« Am liebsten hätte sie losgeheult, wusste aber nicht, warum. Stattdessen lächelte sie.

»Tja, nun …«

Jude holte tief Luft. »Ich muss dir etwas sagen.«

»Schieß los.«

»Bevor ich es sage, musst du etwas wissen. Ich bin mit Nat zusammen und schätze mich glücklich, ihn zu haben, und wir wollen heiraten, aber das weißt du ja schon, außerdem wollen wir uns ein Haus kaufen.«

»Gut.« Sein Ton klang trocken.

Sie streckte eine Hand aus und griff nach der seinen, die sich warm anfühlte. Er schlang die Finger um ihre.

»Nein, hör zu, ich meine es ernst. Ich musste dir das vorher sagen, weil ich dir eigentlich etwas anderes sagen will.« Sie holte noch einmal tief Luft. »Ich habe dich damals so geliebt, Liam. Ich war völlig hin und weg. Absolut hingerissen. Ich konnte an nichts anderes mehr denken als an dich. Danach habe ich auch noch ewig an dich gedacht. Eigentlich jahrelang.«

Jude keuchte fast, nachdem sie das alles hervorgestoßen hatte. Damals hatte sie nie etwas Derartiges zu ihm gesagt. So etwas war ihr überhaupt noch nie über die Lippen gekommen. Sie musste an Nat denken und empfand einen Anflug von schlechtem Gewissen.

Liam schüttelte den Kopf. »Du hast mein Leben auch ziemlich auf den Kopf gestellt, musst du wissen.«

»Und dann hast du alles verloren. Nach dem Unfall.« Jude sprach jetzt sehr langsam und behutsam. »Rückblickend kommt es mir so irreal vor, wie eine Mischung aus Märchen und Albtraum. Da ist diese schreckliche Sache passiert, und am Ende habe ich alles bekommen, was ich mir wünschte, und du hast das meiste von dem, was du wolltest, verloren.« Jude sah Liam an, registrierte bei ihm aber keinerlei Reaktion. Sie konnte nicht sagen, was er empfand. »Hinterher hast du mich abgewiesen. Du wolltest mich nicht sehen. Ich hatte das

Gefühl, dass du meinen Anblick nicht mehr ertragen konntest, nachdem wir das miteinander durchgemacht hatten. Ich bin dann wie in einen Tunnel eingetaucht und habe versucht, so zu tun, als wäre das alles nie passiert. Dafür schäme ich mich.«

»Das war vor zehn Jahren«, entgegnete Liam sanft.

»Elf«, stellte Jude richtig. »Mehr als elf.«

»Wir waren noch Kinder.«

»Ich weiß. Und jetzt sind wir erwachsen.«

Sie blickte auf ihren Kaffee hinunter. Sie hatte ihn nicht mal angerührt. Zögernd nippte sie daran. Er war kalt. Ohne sie zu fragen, griff Liam nach den beiden Kaffeetassen, trug sie hinüber zur Theke und kehrte kurz darauf mit zwei neuen zurück.

»Hier«, sagte er. »Trink ihn, bevor er auch wieder kalt wird.«

Jude nahm einen Schluck. Ihr Kopf dröhnte bereits leicht.

»Du hast mich noch gar nicht gefragt, warum ich wieder Kontakt mit dir aufgenommen habe.«

»Ich stehe unter Schock. Ich muss das erst verarbeiten. Also, warum hast du wieder Kontakt mit mir aufgenommen?«

Liam grinste. Plötzlich sah er genau aus wie als Teenager, als sie in ihn verliebt gewesen war, und sie spürte wieder jenes Gefühl in der Brust.

»Ich möchte, dass du mir einen Gefallen tust«, erklärte er. Seine Augen wirkten in dem Moment schwarz wie Schlehen.

»Einen Gefallen?«

»Ja.«

»Was für einen Gefallen?«

Er zog einen Zettel aus der Tasche und schob ihn über den Tisch. Sie griff danach. Es war eine Adresse: Springs Cottage, mit einer Postleitzahl, die sie nicht kannte, aber definitiv außerhalb von London lag.

»Was ist das?«

»Ich möchte, dass du am Samstag da hinfährst.«

Jude hatte erwartet, dass er vielleicht Geld wollte. Oder Hilfe auf der Suche nach einem Job. Etwas, das ihnen beiden peinlich wäre. Aber auf dieses Anliegen konnte sie sich keinen Reim machen.

»Das verstehe ich jetzt nicht. Du möchtest, dass ich zu diesem Cottage fahre? Warum? Wo ist das?«

»Daran ist nichts kompliziert. Ich habe es fürs Wochenende gemietet. Ich treffe dich dort am Samstagabend, und dann sage ich dir, um was für einen Gefallen es sich handelt. Es ist keine große Sache.«

»Du meinst, ich soll hinfahren und dort übernachten?«

»Ja.«

»Wo ist das?«

»In Norfolk.«

Jude wurde ganz schummrig zumute. Der Tisch schien von ihr wegzukippen. Sie wusste nicht, ob es an der Migräne lag oder daran, dass sie sich vollkommen verwirrt fühlte.

»Ich verstehe nicht, worauf du hinauswillst.«

Er lächelte, aber sein Blick wirkte dabei wachsam. »Es ist ganz einfach.«

»Warum ich?«

Liam zögerte einen Moment, ehe er antwortete.

»Du bist mir einfach eingefallen«, sagte er schließlich. »Ich hatte das Gefühl, dass du die einzige Person bist, die ich darum bitten könnte. Ich glaube, wir sind einander wichtig. Das werden wir immer sein.« Er beugte sich vor. »Aber versteh mich nicht falsch, Jude. Ich bitte dich nur um einen Gefallen. Du kannst einfach Nein sagen. Ich werde deswegen nicht sauer auf dich sein und es dir auch nicht zum Vorwurf machen. Ich trinke einfach meinen Kaffee aus, wir verabschieden uns, und du siehst mich nie wieder.«

Jude nahm einen Schluck von ihrem Kaffee.

»Jetzt ist er schon wieder kalt geworden.« Sie stellte die Tasse zurück auf die Untertasse und stieß ein seltsames kleines Lachen aus. »Es ist mir peinlich, dass ich das jetzt frage, aber … du bittest mich nicht um etwas Unrechtes, oder?«

Er schüttelte den Kopf. »Ich würde nie etwas Unrechtes von dir verlangen. Obwohl du es niemandem erzählen darfst. Nicht einmal deinem Nat. Niemandem.«

Sie sah ihm direkt ins Gesicht und fühlte sich dabei so heftig von Erinnerungen übermannt, dass ihr fast schwindlig davon wurde: Sie spürte die Hitze jenes Sommers, spürte, wie er sich angefühlt hatte, seine Berührung, und dann das Ende, jenes Kreischen und Knirschen von Metall.

»Dir ist klar, dass ich nicht Nein sagen kann, oder?«

»Das ist mir ganz und gar nicht klar.«

»Ich fahre am Samstag da hin und komme am Sonntag zurück?«

»Ja.«

»Norfolk?«

»Ja.«

»Und das ist alles?«

»Ja.«

»Einverstanden.«

3

Den ganzen Heimweg hielt Jude ihre Migräne im Zaum, wobei sie ihr Rad die letzten anderthalb Kilometer schob, als könnte ein Moment der Unachtsamkeit den Schmerz über ihr ausschütten wie eine kochend heiße Flüssigkeit. Der Morgen war neblig und windstill. Feuchtes Laub bildete unter ihren Füßen einen schleimigen Teppich. Über dem Olympiapark schien der blasse Himmel schimmernd zu pulsieren. Leute kamen aus dem Nebel auf sie zu und verschwanden wieder. Sie öffnete die Tür zu ihrer kleinen Wohnung, schleppte sich in die Küche, zog ihren Mantel aus und schenkte sich ein Glas Wasser ein.

Der Kaffee in der Kanne war noch leicht warm. Nat hatte Obst und Joghurt für sie stehen lassen – oder bloß nicht weggeräumt, nachdem er selbst gefrühstückt hatte. So oder so brachte sie im Moment einfach nichts hinunter, auch wenn sich ihr Magen leer anfühlte. Sie musste sich hinlegen, konnte sich dazu aber noch nicht aufraffen, sodass sie erst einmal den Kopf auf die Tischplatte sinken ließ und die Kühle des Holzes an ihrer Wange genoss. Durchs Fenster sah sie, dass eine Nachbarskatze im Garten saß, gleich neben dem Grill mit dem abgebrochenen Bein. Sie und Nat hatten darüber gesprochen, sich eine Katze zuzulegen, wenn sie in das Haus zogen, das sie zu kaufen im Begriff waren. Mit ein bisschen Glück – toi, toi, toi – würde es in der Vorweihnachtszeit so weit sein, auf jeden Fall vor ihrer Hochzeit im Januar.

Jude musste daran denken, wie Liam sie mit seinen dunklen Augen so eindringlich gemustert hatte: die Frau, zu der sie sich entwickelt hatte, eine Ärztin, die im Begriff war zu heiraten, im Begriff, sich eine Immobilie zuzulegen und vielleicht sogar eine Katze.

Ihr wurde übel von ihrer Migräne und den alten Erinnerungen, die jahrelang tief in ihrem Inneren vergraben gewesen waren.

Nachdem sie sich wie eine Blinde in ihr Schlafzimmer getastet hatte, zog sie die Vorhänge zu, schälte sich aus ihrer Kleidung und glitt ins Bett, wo sie zusammengerollt in der gnädigen Dunkelheit lag und darauf wartete, dass die Übelkeit nachließ.

Nat nannte sie eine Schlafkünstlerin. Nach Jahren unterschiedlicher Arbeitsschichten konnte sie sich überall und zu jeder Zeit hinlegen, die Augen schließen und innerhalb von Sekunden tief schlafen. An diesem Morgen aber schlief sie lange Zeit nicht ein. Ihre Augen pulsierten, und schemenhafte Gestalten geisterten durch ihren Kopf.

Liam Birch, mit seinen dunklen Augen und seinem Lächeln. Sie sah ihn mit achtzehn vor sich und dann so, wie er jetzt war. Er wirkte älter als dreißig, als hätte ihn das Leben ziemlich in die Mangel genommen. An einem seiner Schneidezähne fehlte ein Stück. Rund um die Augen wies seine Haut bereits erste Fältchen auf. Er hatte einen Bart und nikotingelbe Finger. Seine Jacke war alt – aber er hatte immer alte Sachen getragen, gerne in Secondhandläden nach Teilen gestöbert, die ihm ins Auge stachen. Er war immer noch attraktiv.

Und jetzt das. Es kam ihr fast komisch vor, wie ein Narrenstreich. Vielleicht war es das ja auch – eine Art Kinderspiel, mit genauen Anweisungen bezüglich Treffpunkt und Geheimhaltung. Und großem Indianerehrenwort. Sie würde seinen Wagen abholen, allein da hinauffahren, und wenn Liam dann kam, würde er ihr erklären, worum es bei dem Ganzen eigentlich ging, und das war's dann.

Sie hatte versprochen, niemandem davon zu erzählen.

Was bedeutete, dass sie es auch Nat nicht erzählen durfte.

Was bedeutete, dass sie ihm eine Lüge auftischen musste.

»Wie sehen denn deine Pläne fürs Wochenende aus?«, fragte Nat. »Du hast doch frei, oder?«

Sie aßen gerade das würzige indische Gericht, Kokosnuss-Dhal, das sie nach ihren Nachtschichten häufig kochte. Die Migräne war inzwischen abgeklungen, und sie hatte einen Bärenhunger.

»Dee hat uns für Samstag eingeladen«, erklärte er. »Zu einer Art Party, und dann ist ja das Feuerwerk im Park.«

Jude versenkte ihre Gabel in dem cremigen Durcheinander auf ihrem Teller und starrte angestrengt darauf hinunter. Vor diesem Moment hatte sie sich gefürchtet. Sie war versucht, ihm eine Teilversion der Wahrheit zu erzählen. Ein Freund hatte sie um einen Gefallen gebeten. Keine große Sache. Doch als sie das Gespräch im Kopf durchzuspielen begann, kam nichts Gutes dabei heraus. Nat würde anfangen, Fragen zu stellen. Was, wenn er etwas dagegen hatte? Es war leichter zu lügen. Das machte es einfacher.

»Tut mir leid, ich kann nicht mit«, verkündete sie und überschritt dann eine Linie. »Ich habe gerade mit meiner Oma verabredet, dass ich sie besuche.« Ihre Großmutter war krank gewesen, und Jude hatte bereits von ihrem Vorhaben gesprochen, sie zu besuchen. Sie lebte in Gloucester. Daher klang das Ganze durchaus glaubwürdig, und Jude wusste, dass Nat keine Lust haben würde, sie zu begleiten.

»Möchtest du, dass ich mitkomme?«

»Nein«, antwortete sie schnell. Fast zu schnell. Sie sah, dass er sich bemühte, sich seine Erleichterung nicht anmerken zu lassen. »Ich meine, das ist wirklich nett von dir, aber es wird nur ein kurzer Besuch, wodurch trotzdem dein Wochenende draufgehen würde – obwohl du doch die ganze Woche so hart gearbeitet hast. Wahrscheinlich werden wir bloß in alten Erinnerungen schwelgen.«

»Es macht dir wirklich nichts aus, allein zu fahren?«

»Nein, es macht mir wirklich nichts aus.«

»Dann werde ich wohl ohne dich klarkommen müssen«, meinte er leichthin.

Sie hob den Kopf und betrachtete ihn: seine grauen Augen, sein sympathisches, sauber rasiertes Gesicht, sein dunkelblondes, ordentlich kurz geschnittenes Haar, sein Leinenhemd. Er wirkte gepflegt, gelassen und vertrauenswürdig. Sie wusste, dass er, wenn sie das Gesicht an seinen Hals schmiegte, nach Sandelholz riechen würde.

So eine kleine Lüge war doch gar nicht so schwer.

4

Jude stand vor dem Bahnhof Blackhorse Road im Nieselregen und trank langsam den Kaffee, den sie sich geholt hatte. Menschen hasteten mit eingezogenem Kopf vorüber. Sie war viel zu früh gekommen, sodass sie nun ständig auf die Zeitanzeige ihres Handys sah. Es blies ein kalter Wind. Sie wünschte, sie hätte wärmere Sachen eingepackt.

Das war typisch für Liam, dachte sie: Als sie ihn damals kennengelernt hatte, war er auch immer zu spät gekommen, in gemütlichem Tempo, ohne jede Eile und ohne Entschuldigung, als könnte er einfach nicht anders.

Vielleicht würde er gar nicht kommen. Dann konnte sie wieder nach Hause fahren und so tun, als wäre das Ganze nie passiert. Bei der Vorstellung fühlte sie sich fast erleichtert. Gleichzeitig aber empfand sie einen Anflug von Enttäuschung oder sogar Bedauern.

Eine Hupe ertönte. Als sie den Kopf wandte, sah sie auf der anderen Straßenseite einen blauen Wagen seitlich ranfahren und im absoluten Halteverbot zum Stehen kommen. Es war ein altes Auto mit eingedellter Hintertür und allem Anschein nach kaum in besserem Zustand als der, in dem sie damals vor elf Jahren gesessen hatte. Liam stieg bei laufendem Motor aus.

Jude eilte hinüber.

»Bereit?«

»Ich schätze schon.«

»Ich habe dir die genaue Adresse aufgeschrieben. Sie steht auf dem Zettel im Getränkehalter. Diese Straße führt dich hinauf zur North Circular, sodass du in null Komma nichts auf der A12 bist, unterwegs nach Osten. Der Schlüssel hängt an einem Nagel unter dem Vordach.« Das Nieseln steigerte sich langsam zu richtigem, eisigem Regen. Er reichte ihr eine schlanke Brieftasche. »Der Tank ist fast leer.«

»Das kann ich doch übernehmen.«

Seine Miene verfinsterte sich.

»Du tust mir schon einen Gefallen. Da will ich nicht auch noch Almosen von dir. Versprich mir, dass du mit meiner Karte zahlst.«

Männlicher Stolz, dachte sie und empfand dabei einen Anflug von Mitgefühl, aber auch leichte Verärgerung.

»Meinetwegen.«

»Die PIN lautet 6613. Ich habe sie dir unter die Adresse geschrieben.«

Hinter ihnen ertönte eine Hupe. Liams Wagen blockierte die Fahrbahn. Ein Mann lehnte sich aus seinem Wagenfenster und schrie wütend. Liam zeigte ihm lässig den Stinkefinger. Der Mann setzte zu einem weiteren wütenden Schrei an, doch Liams Blick ließ ihn verstummen.

»Im Kofferraum liegt eine Tasche mit Zeug von mir. Stell sie ins Schlafzimmer, wenn du ankommst, ja?«

Er registrierte ihren Gesichtsausdruck und grinste. »Es gibt zwei Schlafzimmer«, sagte er, »du brauchst dir also keine Sorgen zu machen.«

Sie wollte endlich losfahren. Eilig stieg sie ein, warf ihren Rucksack auf den Beifahrersitz, schnallte sich an und stellte den Rückspiegel ein. Liam hielt die Tür auf.

»Ich nehme einen Zug, der heute Abend um halb zehn in Ixley ankommt. Kannst du mich da abholen? Es sind vom Haus aus nur ein paar Kilometer.«

»Ixley«, wiederholte Jude. »Halb zehn.«

»Vielleicht magst du ein bisschen was zu essen besorgen.

Mit meiner Karte, denk dran. Im Dorf gibt es einen kleinen Laden. Dann können wir uns ein spätes Abendessen machen.«

»Ich sollte losfahren, bevor mich einer von denen rammt.«

Sie starrte zu ihm empor. Regentropfen funkelten in seinem dunklen Haar. Sie hatte das prickelnde Gefühl, dass sie ihn nur an sich zu ziehen und zu küssen bräuchte, um schlagartig zurück in die Vergangenheit katapultiert zu werden. Sie wäre wieder achtzehn, und dieses Mal würde ihre Zukunft anders verlaufen. Sie könnte es besser machen.

Stirnrunzelnd ließ sie sich in den Sitz zurücksinken.

»An der Sache ist doch nichts faul, oder, Liam?«

Er lächelte fröhlich. »Keine Sorge. Später erzähle ich dir alles. Wenn du dich dann unwohl damit fühlst, kannst du immer noch Nein sagen.«

Er beugte sich vor und küsste sie auf die Wange. Rauchgeruch, Dreitagebart. Ein Fremder.

»Danke, Jude.«

»Bis heute Abend, halb zehn«, antwortete sie.

Endlich schloss er die Tür. Im Rückspiegel sah sie ihn davonschlendern.

5

Langsam kämpfte Jude sich mit dem klapprigen alten Honda aus London hinaus. Ihr Handy informierte sie darüber, dass die Fahrt zwei Stunden und fünfundfünfzig Minuten dauern würde, weil es auf der A12 staute. Vermutlich waren immer noch viele Leute unterwegs, um London fürs Wochenende zu entkommen. Während der Wagen in Schrittgeschwindigkeit vorwärts schlich, blickte sie immer wieder nervös auf die Tankanzeige, die sich gegen null bewegte. Was, wenn ihr das Benzin ausging? Sie hielt an der ersten Tankstelle, die sie erspähte, und benutzte brav Liams Karte. Bevor sie weiterfuhr, inspizierte sie das Innere des Wagens. Neben dem Beifahrersitz steckten ein paar leere Dosen, im Türfach Kaugummi, das Kerngehäuse eines Apfels und ein zerfledderter Straßenatlas, unter dem Armaturenbrett ein Wirrwarr aus Kabeln und eine halb volle Wasserflasche. Hinten entdeckte sie einen Kindersitz, einen einzelnen, winzig kleinen roten Gummistiefel und ein bereits zur Hälfe verspeistes Päckchen Gummibärchen. Alfie.

Jude fragte sich, wie es sich wohl mit Alfies Mutter verhielt. Lebte Liam mit ihr zusammen? War er verheiratet? Sah er seinen Sohn jeden Tag, brachte ihn abends ins Bett? Davon hatte er nichts erwähnt, eigentlich hatte er gar nichts über sich erzählt, war seinerseits aber über ihren Partner und ihren Beruf informiert. Er hatte ihr gesagt, er habe seine Abschlussprüfung vermasselt – was sie schon wusste und außerdem ewig zurücklag –, aber inzwischen laufe sein Leben gut. Im Großen und Ganzen, hatte er hinzugefügt, lediglich ein, zwei

Dinge seien noch zu klären. Half sie ihm gerade dabei, eines dieser Dinge zu klären?

Es war nicht zu spät umzukehren. Einen Moment stellte sie es sich vor: die nächste Ausfahrt zu nehmen, nach Hause zu fahren, Nat zu umarmen und dann eine Runde laufen zu gehen, um den seltsamen Tag abzuschütteln. Das Ganze würde wie ein Traum von ihr abfallen. Doch natürlich fuhr sie weiter.

Denn wo hätte sie Liams Wagen lassen sollen? Sie hatte nicht nur keine Ahnung, wo er lebte, sondern auch keine Telefonnummer, keine Mailadresse, keinerlei Möglichkeit, ihn zu kontaktieren. Das wurde ihr erst jetzt so richtig bewusst.

Was hatte sie sich bloß dabei gedacht?

Der Wagen bewegte sich im Schneckentempo weiter, und es regnete.

Langsam wurde der Verkehr weniger. Vor ihr weitete sich die Landschaft, ebenso wie der graue Himmel. Während Jude mit dem Schalthebel des klapprigen Wagens kämpfte, richtete sie ihre Gedanken auf Pragmatisches. Sie musste an die Liste auf ihrem Nachttisch denken. Jeden Tag fügte sie neue Punkte hinzu und strich die erledigten Aufgaben mit einer sauberen Linie durch. Ihr Hochzeitstermin war Ende Januar, was einige ihrer Freunde für eine ungemütliche Jahreszeit zum Heiraten hielten, doch Jude und Nat gefiel die Idee. Nat hatte jemanden aufgetrieben, der Hochzeitsfeiern in einer restaurierten Scheune in Shropshire ausrichtete, mit Blick über die Clee Hills, ganz in der Nähe ihres Elternhauses. Das Gebäude war schön, aufwendig gestaltet, komplex. Doch es musste noch so viel organisiert werden. All die Leute. Es würde Geschenke geben und Ansprachen. Jude konnte kaum glauben, dass es tatsächlich wahr werden sollte.

Es gelang ihr nicht, sich Liam vorzustellen, wie er Einladungen verschickte und sich einen schönen Anzug schneidern ließ – es sei denn, er fertigte ihn selbst an oder ließ ihn von jemandem machen, den er irgendwo kennengelernt hatte. Damals hatte er die Dinge einfach kommen und gehen lassen. Er hatte *sie* gehen lassen. Jude wusste, dass die Beziehung zwischen ihr und Liam nie gehalten hätte. Das war ihr von Anfang an klar gewesen. Sie beide unterschieden sich zu sehr, ihr Leben verlief in völlig unterschiedlichen Bahnen. Der Unfall hatte das Unvermeidliche nur beschleunigt. Aber wäre der Unfall nicht passiert und hätten sich ihre Wege nach einer Weile einfach getrennt, dann wäre Liam jetzt nur noch eine schöne, bittersüße Erinnerung – eine jugendliche Sommerliebe ohne diese Macht, sie in ihre Vergangenheit zurückzuziehen und alte Sehnsüchte zu wecken.

Während ihrer ersten Studienjahre hatte Jude durchaus Beziehungen gehabt: schöne, schlimme, kurze, lockere. Es war ihr immer bewusst gewesen, dass nichts dabei herauskommen würde. Später folgte eine längere männerfreie Phase, in der sie ausschließlich an ihre Arbeit dachte. Vor drei Jahren hatte sie dann bei einem Blind Date Nat kennengelernt, und es war gewesen, als hätte sie auf ihn gewartet: einen zuverlässigen, vertrauensvollen und vertrauenswürdigen Mann. Noch dazu war er witzig und auf eine offene Art liebevoll – und er ging ihr nicht auf die Nerven, was viele Leute taten. Er war immer aufmerksam. Selbst jetzt, während sie in Liams Wagen saß, konnte sie fast spüren, wie er ihr übers Haar strich, die Hände unter ihr Shirt schob. Sie konnte sich eine Zukunft mit ihm vorstellen.

Inzwischen fuhr sie eine schmale Straße entlang, durch einen Buchenwald, wo ein Teil der Bäume bereits kahl war und andere noch orangerot und goldgelb leuchteten. Dann ging es wieder hinaus in eine karge Landschaft: weite sumpfige Flächen, überspannt von einem grauen Himmel. Die ganze Sache kam ihr immer irrealer vor.

Sie verlangsamte das Tempo und blickte in kurzen Abständen auf ihr Handy, das sie eine noch schmalere Straße entlangführte, durch Schlamm und Schlaglöcher, vorbei an einem Feld, an dessen Rand sich erdige Haufen aus Zuckerrüben aneinanderreihten. In der Ferne bewegte sich ein Traktor wie ein Spielzeug über die matschige Fläche. Jude fuhr durch ein kleines Dorf, bestehend aus ein paar Steinhäusern, einem Postamt, einem Pub und einem winzigen Supermarkt. Es war zwanzig nach zwei. Ein Straßenschild wies geradeaus in Richtung Ixley, wo sie Liam am Abend abholen sollte, doch sie bog links ab, einen Hügel hinauf, dann wieder links, eine kurze Zufahrt entlang.

Springs Cottage.

Jude stellte den Motor ab, stieg aber nicht gleich aus, sondern ließ erst einmal die Stirn an das Seitenfenster sinken und wartete. Bei dem Cottage handelte es sich um ein kleines, kastenförmiges Gebäude mit weißem Anstrich, grauem Schieferdach und einem Kamin, bei dem ganz oben ein paar Ziegel fehlten. An einem Rosenstrauch, der die Wand hinaufwuchs, leuchteten noch ein paar hartnäckige gelbe Blüten. Seitlich des Häuschens stand eine riesige Kastanie, deren Äste schwer beladen wirkten, mit einem Wirrwarr aus Zweigen, die zu Nestern aufgehäuft waren. Jude entdeckte die dunklen Formen von Krähen und hörte dann auch ihr raues Krächzen.

Als sie schließlich die Autotür öffnete, schlug ihr kalte Luft entgegen. Der Wind frischte auf, zu ihren Füßen wirbelte Laub über den Boden.

Sie griff nach ihrem Rucksack und Liams Brieftasche und steuerte auf den Eingang zu. Tatsächlich hing unter dem Vordach ein Schlüssel an einem Nagel, durch einen Balken vor Blicken geschützt. Sie schloss auf und betrat zögernd das Haus. In der kleinen Diele legte sie ihren Rucksack ab. Es war kalt, und ein muffiger, abgestandener Geruch hing in der

Luft. Wahrscheinlich kamen die Leute hauptsächlich im Sommer her, wenn sie lange Spaziergänge machen und im Meer schwimmen konnten, das etwa anderthalb Kilometer entfernt sein musste, nicht aber Anfang November, wenn alles in Regen und Matsch versank und raue Winde aus Richtung Osten heranfegten.

Die Küche war ein kleiner Raum mit rot gefliestem Boden und einem Holztisch, auf dem sich ein Kaktus und ein laminiertes Büchlein mit Instruktionen befanden. Jude öffnete die Schränke: Es gab von allem je vier Exemplare, große Teller, kleine Teller, Schüsseln, Gläser und Becher. Sie öffnete den Kühlschrank. Er sah sauber und leer aus.

Das Wohnzimmer war ebenfalls klein, ausgestattet mit einem ausladenden grauen Sofa, einem offenen Kamin, allerdings ohne Holz zum Einheizen, und einem großen Flachbildschirm-Fernseher. Das Fenster ging hinaus auf weite Sumpfflächen und hohe, schlanke Bäume, die sich am Horizont wie Tänzer wiegten. Da draußen muss das Meer sein, ging ihr durch den Kopf. Wieder warf sie einen Blick auf ihr Handy, um zu schauen, wie spät es schon war. Wenn sie sich beeilte, konnte sie noch einen Spaziergang machen, bevor es dunkel wurde.

Sie hatte eine Nachricht von Nat. *Wie läuft es?* Sie schickte ihm einen hochgereckten Daumen und ein Herz.

Über eine schmale Treppe gelangte sie nach oben, wo sich ein Badezimmer, ein nicht allzu großes Schlafzimmer mit einem Doppelbett und ein weiteres, winziges Schlafzimmer mit einem Einzelbett befanden. In Letzterem legte sie ihren Rucksack ab und hängte ihr Handy ans Ladegerät. Oben war es noch kälter als unten. Sie wünschte, sie hätte eine Wärmflasche mitgenommen.

Liams Gepäck fiel ihr ein. Sie eilte die Treppe wieder hinunter und nach draußen, um seine Reisetasche aus dem

Kofferraum des Wagens zu holen. In den ersten Stock zurückgekehrt, legte sie die Tasche auf das Doppelbett.

Ihr blieben über sechs Stunden, bis Liams Zug eintraf. Sie konnte sich nicht daran erinnern, wann sie das letzte Mal so viel unverplante Zeit gehabt hatte.

Sie fuhr mit Liams Wagen die schmale Straße weiter bis zur Küste und marschierte dort ein Stück, zwischen sumpfigem Heideland auf der einen Seite und morastigem Boden und kabbeligem, grauem Meer auf der anderen. Ihre Füße versanken in der nassen, zähen Erde. Binnen kürzester Zeit waren sowohl ihre Turnschuhe als auch der Saum ihrer Jeans durchnässt und schlammverschmiert. Der Wind, der vom Meer blies, attackierte sie mit heftigen Böen, und die Dämmerung setzte bereits ein. Trotzdem fühlte sie sich fast euphorisch. Sie genoss den rauen Wind im Gesicht und das Donnern der Wellen. Kein Mensch war zu sehen. Niemand außer Liam wusste, wo sie sich aufhielt. Bis sie wieder den Wagen erreichte, sah sie kaum noch, wo sie hintrat. Sie mochte diese Dunkelheit, die sie in der Stadt nie erlebte.

Auf dem Rückweg machte sie an dem kleinen Laden halt. Liam hatte sie gebeten, ein bisschen was zu essen einzukaufen. Aber was? Nachdem sie eine Weile an den Regalen entlanggewandert war, entschied sie sich für Zwiebeln, Pilze, Knoblauch und Reis. Sie würde ein einfaches Risotto zubereiten. Das bedeutete, dass sie auch Öl brauchte. Sie legte noch Parmesan in den Korb, außerdem eine Flasche Rotwein und Chips. In letzter Sekunde fielen ihr noch Salz und Brühwürfel ein.

Die Vorstellung, dort in der Küche zu sitzen und mit Liam eine Mahlzeit einzunehmen, beunruhigte sie.

Sie schrieb Nat eine Nachricht. *Du fehlst mir*.

Die Frau an der Kasse starrte sie neugierig an.

»Ich wohne im Springs Cottage«, erklärte Jude fröhlich.

»Das stand jetzt eine ganze Weile leer«, antwortete die Frau.

Jude versuchte die Heizung in Gang zu bringen, doch nur ein Heizkörper wurde warm. Sie spielte mit dem Gedanken, sich ein Bad einzulassen, aber der Stöpsel schien zu fehlen.

Draußen war es mittlerweile stockfinster. Nicht einmal vom Mond war etwas zu sehen. Aus den Dachrinnen plätscherte Wasser.

Sie hatte ein Buch dabei, konnte sich aber nicht darauf konzentrieren. Deswegen machte sie sich daran, das Risotto zuzubereiten. Anschließend schaltete sie sich durch die Fernsehprogramme und informierte sich auf ihrem Handy über die Neuigkeiten des Tages. Am liebsten hätte sie die Flasche Wein geöffnet, durfte aber nicht, weil sie ja noch Auto fahren musste.

Um zehn nach neun verließ sie das Haus, schloss die Tür ab, schob den Schlüssel in ihre Manteltasche und machte sich mit dem Wagen auf den Weg zum Bahnhof von Ixley. Die Scheinwerfer bildeten einen Tunnel aus Licht, der durch eine unbekannte Welt aus Wäldern, Feldern und Sumpfland führte. Kleine Kreaturen sausten über die Straße.

Plötzlich war ein Knall zu hören, und in der Ferne erblickte sie einen hellen Funken, der bogenförmig zum Himmel emporstieg und dann zu vielen winzigen Funken explodierte, welche wie Blütenblätter aus Licht herabrieselten, gefolgt von einem weiteren Knall. Sie verpasste die Nacht der Feuerwerke. Vor ihrem geistigen Auge sah sie ihren Freundeskreis im Park zusammenkommen, Raketen zünden und Glühwein trinken, während sie sich an einem Ort, von dem sie nie zuvor gehört hatte, mit einem Mann traf, den sie seit elf Jahren nicht mehr gesehen hatte.

Der Parkplatz war leer. Der kleine Bahnhof wirkte völlig

verlassen. Sie ließ sich in der kalten Dunkelheit auf einer der Bänke nieder und wartete. Dabei bemühte sie sich, nicht daran zu denken, was Liam zu ihr sagen würde und worin der Gefallen, den sie ihm tun sollte, wohl tatsächlich bestand. Sie wollte nicht darüber nachdenken, warum er ausgerechnet sie ausgewählt hatte statt jemanden aus seinem Freundeskreis. Doch je krampfhafter sie versuchte, nicht daran zu denken, desto mehr dachte sie daran. Was konnte sie für ihn tun, das niemand sonst konnte?

Sie legte sich selbst gegenüber ein Versprechen ab. Sobald Liam da war, würde sie ganz genau in Erfahrung bringen, was er von ihr wollte, und falls es etwas Unredliches war, würde sie es nicht tun – ganz egal, wie verpflichtet sie sich diesem Mann fühlte, den sie früher so geliebt hatte. Das wäre dann bestimmt sehr peinlich. Er wäre vermutlich böse auf sie, aber es gab eine Grenze, die sie nicht überschreiten würde.

Erwartete er, dass sie sich emotional wieder an ihn band? Wollte er gar eine sexuelle Beziehung? Sie war erleichtert darüber gewesen, dass es im Haus zwei separate Schlafzimmer gab. Außerdem hatte sie gleich klargestellt, dass sie verlobt war, emotional gebunden. Sie hatte daran doch keinen Zweifel gelassen, oder? Sie betrachtete es aus seinem Blickwinkel und dann aus ihrem eigenen. Liam war ihr Erster gewesen. Sie erinnerte sich noch gut an den Schock der Intimität. Es war ebenso erschreckend wie erregend gewesen. Sie hatte sich vor ihm so geöffnet, so entblößt. Mittlerweile wusste sie von Frauen, kannte sogar welche, die nach Jahren mit alten Ex-Freunden wieder etwas angefangen hatten. Bei manchen war es katastrophal ausgegangen, bei anderen nicht. Sie schob den Gedanken weg. Das war damals, und jetzt war jetzt. Im Jetzt war sie glücklich und in den Mann verliebt, den sie bald heiraten würde.

Liam war für sie inzwischen ein Fremder. Sie würde ihm

diesen Gefallen tun, dabei aber nichts machen, was ihr widerstrebte, und dann in ihr Leben zurückkehren.

Die Gleise begannen auf diese typische Art zu summen. Ein Zug kam. Sie warf einen Blick auf ihr Telefon: neun Uhr vierundzwanzig. Ja, das war der richtige. Sie erhob sich, trat einen Schritt vor und spähte in Richtung London. In der Dunkelheit konnte sie bereits das Licht des nahenden Zuges ausmachen, auch wenn er noch erstaunlich weit entfernt wirkte. Nervös trat sie von einem Bein aufs andere. Sie fragte sich, ob Liam ebenfalls nervös war. Wahrscheinlich nicht. Er hatte das Ganze ja geplant, außerdem war er ihr in der Vergangenheit nie wegen irgendetwas nervös erschienen.

Das Summen der Gleise verstärkte sich. Auch das Rattern des Zuges selbst wurde mittlerweile lauter, das Licht an der Vorderseite größer. Als der Zug näher kam, konnte sie sogar die Gestalt des Fahrers erkennen, seine Silhouette, und wich reflexartig von der Bahnsteigkante zurück.

Die Bremsen kreischten. Während der Zug immer langsamer wurde, sah sie in den erleuchteten Fenstern die Umrisse von Fahrgästen. Schließlich stand er, doch es gingen keine Türen auf. Niemand stieg ein, niemand stieg aus. Dann, nach ein paar Minuten, war er wieder weg, und Jude schaute zu, wie die roten Rücklichter in der Dunkelheit verschwanden.

6

Jude war so verblüfft, dass es ein paar Momente dauerte, bis sie wieder klar denken konnte. Sie holte ihr Handy heraus und sah auf die Uhrzeit. Es bestand kein Zweifel. Der Zug war pünktlich eingetroffen, Liam aber nicht ausgestiegen. War es überhaupt der betreffende Zug gewesen? Vielleicht kam der richtige erst noch.

Sie beschloss, ihm zehn Minuten zu geben. Allerdings schaffte sie es nun nicht mehr, ruhig auf der Bank zu sitzen. Stattdessen tigerte sie nervös den Bahnsteig auf und ab. Immer wieder blickte sie auf ihr Handy. Die Zeit verging quälend langsam, doch schließlich waren zehn Minuten um und keine weiteren Züge in Sicht.

Vielleicht hatte Liam den seinen verpasst, sodass sie auf den nächsten warten musste. Mithilfe der Taschenlampenfunktion ihres Handys fand sie an der Wand einen Fahrplan und stellte schnell fest, dass es keinen nächsten gab und der vorherige bereits vor fünfzig Minuten angekommen war. Es bestand kein Zweifel. Das war der betreffende Zug gewesen, aber Liam hatte ihn wohl verpasst. Falls er überhaupt mit dem Zug kam, dann am nächsten Morgen.

Jude verfluchte sich und ihn, weil sie nicht besprochen hatten, wie sie sich mit ihm in Verbindung setzen könnte. Was sollte sie jetzt tun? Einen schrecklichen Moment lang befürchtete sie, Liam könnte ihr irgendeinen dummen Streich gespielt haben. Aber zu diesem dummen Streich gehörte, dass sie mit seinem Wagen und seiner Kreditkarte unterwegs war – und mit dieser Karte sogar getankt hatte.

Sie schauderte. Ihr wurde langsam kalt. Erneut war sie versucht, einfach aufzugeben und nach London zurückzukehren. Er war nicht aufgetaucht. Was sollte sie jetzt tun? Sobald sie darüber nachzudenken begann, wurden ihr die damit verbundenen Probleme bewusst. Sie musste auf jeden Fall erst einmal zurück zum Haus, um ihre Sachen zu holen, ebenso das Essen und Liams Tasche. Und dann? Falls Liam den Zug verpasst hatte, organisierte er in der Zwischenzeit wahrscheinlich irgendeine andere Möglichkeit, nach Ixley zu gelangen. Vielleicht hatte er einen Wagen gemietet oder eine Mitfahrgelegenheit gefunden. Wahrscheinlich war er längst unterwegs.

Also fuhr sie zurück zum Springs Cottage. Beim erneuten Aufsperren des Hauses kam es ihr dort noch viel seltsamer und einsamer vor als beim ersten Mal. Sie öffnete den Wein und schenkte sich ein Glas ein. Obwohl sie keinen Hunger verspürte, riss sie die Packung Chips auf, fischte ein paar heraus und kaute fast automatisch auf ihnen herum. Sie wusste nicht, was sie tun sollte. Die Vorstellung fernzusehen oder Radio zu hören oder in ihrem Buch zu lesen, erschien ihr völlig abwegig. Sie saß einfach nur am Tisch, schenkte sich immer wieder Wein nach und aß langsam ihre Chips auf.

Plötzlich nahm sie ein Geräusch wahr, sehr schwach und, wie es schien, ziemlich weit entfernt – so weit entfernt, dass sie es gar nicht richtig hören könnte, abgesehen davon, dass es nach einer sich wiederholenden Melodie klang. Sie drehte den Kopf hierhin und dorthin, um herauszufinden, woher es kam. Definitiv aus dem Inneren des Hauses, befand sie, und zwar von oben. Was konnte das sein? Ein Radiowecker, der plötzlich zum Leben erwacht war? Während sie nach oben tapste, schlug ihr Herz so schnell, dass sie es in den Schläfen spüren konnte. Ihr wurde richtig schwindlig davon.

Es drang aus dem größeren Schlafzimmer. Als sie den Raum

betrat, klang das Geräusch etwas lauter, aber immer noch gedämpft. Sie begriff, dass es aus Liams Tasche kam. Sobald sie den Reißverschluss geöffnet hatte, hörte es sich viel klarer und eindringlicher an. Sie schob die Hand hinein und tastete sich durch Kleidung, bis sie etwas zu fassen bekam. Sie zog es heraus und stellte fest, dass sie ein läutendes Handy in der Hand hielt. Perplex starrte sie es an, als hätte sie einen solchen Gegenstand noch nie gesehen. Auf dem Display wurde die Anruferin als »Erika« identifiziert. Jude nahm den Anruf an.

»Hallo?«, meldete sie sich.

»Was?«, antwortete eine Stimme. »Hallo, Liam, bist du das?«

Einen Moment war Jude ganz starr vor Schreck. Sie wusste nicht, wie sie sich verhalten sollte. Rasch schaltete sie es aus, steckte es zurück in die Tasche und starrte auf diese hinunter. Sie war völlig durcheinander. Warum hatte Liam sein Handy in diese Tasche gepackt? Womöglich aus Versehen? Falls das tatsächlich sein Telefon war, bedeutete das dann, dass er ein zweites bei sich hatte? Oder gar keins? Oder gehörte es jemand anders? Das erschien ihr noch weniger plausibel. Außerdem hatte die Stimme nach Liam gefragt.

Jude verließ den Raum und machte sich auf den Weg nach unten, hielt dann aber mitten auf der Treppe inne und überlegte krampfhaft, was sie von alledem halten sollte. Liam war nicht mit dem Zug gekommen. Gehörte das zu seinem Plan? Liams Telefon steckte in seiner Tasche. Gehörte das ebenfalls zu seinem Plan?

Sie ging wieder nach oben, griff zögernd nach der Tasche. Sie wusste nicht, ob es richtig oder falsch war, aber sie konnte nicht anders. Entschlossen begann sie den Inhalt der Tasche auf dem Bett auszubreiten. Sie tat das langsam und bedächtig, damit sie hinterher in der Lage wäre, alles wieder an Ort und Stelle zu legen, ohne Spuren zu hinterlassen.

Die Tasche enthielt genau das, was man im Gepäck von jemandem erwartete, der nur ein, zwei Tage von zu Hause wegbleiben wollte: ein strapazierfähiges blaues Hemd, einen Pulli mit Reißverschluss, Unterwäsche, Socken, ein Paar Turnschuhe, eine Jeans, Ohrhörer. Sie öffnete eine graue Toilettentasche und fand eine Zahnbürste, Zahnpasta, ein kleines Deo, eine Flasche Parfüm, Watte, einen Einwegrasierer. Es schien, als wäre Liam beim Packen in Eile gewesen. Sämtliche Kleidungsstücke wirkten hineingestopft, ohne vorher richtig gefaltet worden zu sein. Sie griff nach einem kleinen, geschnitzten Stückchen Holz an einem Lederband. Nachdenklich hielt sie es einen Moment in der Hand. Es handelte sich um ein winziges, schön geformtes Gabelbein und erinnerte sie an den Liam von früher, der immer damit beschäftigt gewesen war, etwas zu reparieren oder zu formen. Er machte das oft nebenbei, indem er geistesabwesend mit dem Taschenmesser an einem Stück Holz herumschnitzte.

Ihr war bewusst, dass Liam jeden Moment eintreffen konnte. Auf keinen Fall durfte er sie dabei ertappen, wie sie in seiner Tasche herumschnüffelte. Deswegen legte sie gewissenhaft alles zurück, wobei sie auf die richtige Reihenfolge achtete, aber auch darauf, es nicht zu gewissenhaft zu machen. Sie musste die Tasche so packen, wie Liam es getan hatte, was bedeutete, dass die Sachen nicht ordentlich gefaltet und gestapelt wurden, sondern irgendwie hineingestopft.

Sie griff nach seinem Handy. Einen Moment erlag sie der Versuchung, es sich genauer anzusehen, einen Blick auf die neueren Anrufe und Mails zu werfen, doch das Gerät verlangte ein Passwort. Vielleicht besser so, dachte sie. Sie schob es zurück in die Tasche, zwischen die Kleidung, wo sie es gefunden hatte, schloss den Reißverschluss, stellte die Tasche auf den Boden und ging nach unten. Das Risotto stand fertig auf dem Ofen. Es brauchte nur noch aufgewärmt zu werden.

Jude zögerte. Eigentlich war ihr nicht nach essen zumute. Lieber wäre ihr ein weiteres Glas Wein gewesen, aber sie hatte bereits zwei intus, eventuell sogar etwas mehr als zwei, und vertrug Alkohol seit jeher nicht besonders gut. Wahrscheinlich konnte sie auch so schon nicht mehr klar denken. Den Plan, zurück nach London zu fahren, hatte sie inzwischen als undurchführbar verworfen. Aber was, wenn sie blieb? Sie hatte ihren Verlobten belogen. Nun war Liam nicht aufgetaucht, und oben stand seine Tasche mit seinem Telefon.

Da sie keine Vorstellung davon hatte, was sie tun sollte, blieb sie einfach auf ihrem Sessel sitzen und starrte vor sich hin.

7

Um Mitternacht legte Jude sich endlich in das schmale Bett. Vorher war sie unten eine Weile eingedöst. Als sie dann irgendwann mit einem Ruck hochschreckte, wusste sie erst nicht, wo sie sich befand, und als es ihr wieder einfiel, durchflutete sie ein Gefühl von Unbehagen.

Wie es aussah, tauchte Liam an diesem Abend nicht mehr auf. Dann eben morgen. Der erste Zug traf um acht Uhr fünfundzwanzig ein. Sie würde um diese Zeit am Bahnhof stehen, und wenn er wieder nicht im Zug saß ... Ratlos rieb sie sich über das Gesicht. Ihr war nicht klar, was sie dann tun sollte. Zurück nach London fahren und den Wagen einfach irgendwo abstellen, wo ihn jemand abschleppen ließ?

Sie stellte ihren Wecker auf sieben, entdeckte dabei eine WhatsApp-Nachricht von Nat, schickte ihm als Antwort eine Reihe von Herzen, putzte sich anschließend die Zähne und schlüpfte danach in ihre Schlafsachen, eine Pyjamahose und ein altes T-Shirt. Die Bettwäsche fühlte sich eisig kalt an. Jude rollte sich zusammen, zog die Knie bis ans Kinn und rieb sich die kalten Füße. Sie stellte sich vor, zu Hause mit Nat in ihrem Doppelbett zu liegen und sich an seinen warmen Körper zu schmiegen.

Sie schloss die Augen, hörte draußen die Bäume im Wind ächzen, das gleichmäßige Prasseln des Regens. Wenn sie es zuließe, könnte sie jetzt leicht in Panik geraten, hier in der fremden Dunkelheit, umgeben von Sumpfland und dem daran angrenzenden, über Schlammflächen flutenden Meer. Etwas war schiefgelaufen. Lief immer noch schief.

Sie wünschte sich einzuschlafen und erst morgens wieder aufzuwachen. Morgen konnte sie das alles klären, dieses ganze Schlamassel in den Griff bekommen. Doch der Schlaf verweigerte sich ihr, und die Zeit verwandelte sich in zähen Schlamm, in dem kaum noch etwas vorwärtsging. So lag sie über Stunden in tiefer Dunkelheit wach, wo einen die Angst so richtig packen konnte.

Vielleicht schlief sie doch ein wenig, obwohl sie es nicht glaubte, doch dann war sie schlagartig wieder hellwach, saß aufrecht im Bett und starrte angestrengt ins Dunkel. Ein Geräusch. Was war das? Ja, Liams Telefon läutete wieder, um ein Uhr morgens. Jude sprang aus dem Bett, stolperte hinüber ins andere Schlafzimmer und schaltete das Licht an. Geblendet von der plötzlichen Helligkeit riss sie den Verschluss von Liams Tasche auf und schob die Hand tief hinein, um das Telefon herauszuziehen, bevor es zu läuten aufhörte.

»Hallo«, stieß sie hervor. »Hallo. Wer ist da? Wer spricht?«

»Hallo«, antwortete eine Frauenstimme. »Mit wem spreche ich denn?«

»Was?«

»Mit wem spreche ich?«

Jude setzte sich aufs Bett. Ihr Herz schlug unnatürlich schnell und heftig. Sollte sie die Frage beantworten? Sie konnte nicht klar genug denken, um zu entscheiden, was die richtige Reaktion war.

»Jude Winter«, sagte sie und fügte dann überflüssigerweise hinzu: »*Doktor* Jude Winter. Und wer sind Sie?«

»Inspektor Leila Fox. Ich bin Polizistin. Wo sind Sie?«

»Was?«

»Können Sie mir sagen, wo Sie sich aufhalten?«, wiederholte die Stimme geduldig.

Jude nannte die Adresse.

»Bleiben Sie, wo Sie sind. Rühren Sie sich nicht von der

Stelle. Rufen Sie niemanden an. Es kommt gleich jemand zu Ihnen.«

»Jemand? Was meinen Sie mit jemand?«

»Jemand von der Polizei.«

»Ich verstehe nicht. Da muss ein Missverständnis vorliegen.«

»Das ist doch das Telefon von Liam Birch?«

»Ja.«

»Ich komme, so schnell ich kann.«

Nachdem das Telefonat beendet war, überlegte Jude krampfhaft. Die Polizei. Worum konnte es da gehen? Sie wusste nicht so recht, ob die Panik, die sie empfand, Liam oder ihr selbst galt.

Erneut inspizierte sie das Innere von Liams Tasche, zerknautschte die Klamotten ein wenig mehr. Sie öffnete die Toilettentasche, nahm das Parfümfläschchen heraus, sprühte etwas davon auf ihr Handgelenk und roch daran. Jasmin und grüner Tee. Der Duft gefiel ihr. Sie steckte die Flasche zurück. Nachdem sie den Reißverschluss der Tasche wieder zugezogen hatte, bemerkte sie, dass ihr beim Hantieren mit der Kleidung das Lederband mit dem zarten Holzanhänger herausgefallen war. Sie hob es vom Boden auf und platzierte den Anhänger auf ihrer Handfläche. Er war so filigran, dass er fast nichts wog. Reflexartig legte sie sich das Band um den Hals – als kleine Anerkennung für einen Gefallen.

8

Es dauerte über eine halbe Stunde, bis Jude Scheinwerfer näher kommen und einen Streifenwagen vor dem Haus halten sah. Sie öffnete die Tür und beobachtete, wie zwei Beamte – ein Mann und eine Frau – ausstiegen und auf sie zusteuerten. Jude kehrte ins Haus zurück. Die beiden folgten ihr ins Wohnzimmer und blickten sich um.

»Worum geht es überhaupt?«, fragte Jude. »Was ist passiert?«

»Man hat uns nur angewiesen herzukommen«, erklärte die Frau.

»Was soll das heißen? Sie müssen doch einen Grund haben.«

»Jemand hat etwas von einem Telefon erwähnt.«

»Wie meinen Sie das? Was hat es mit dem Telefon auf sich?«

»Es geht um ein Telefon, das jemandem gehört.«

»Ich habe ein Handy hier, das einem Freund von mir gehört«, erklärte Jude. »Es hat geläutet, und ich bin rangegangen.«

»Wo befindet es sich jetzt?«

Jude deutete auf den Tisch.

»Wir lassen es besser da liegen«, meinte der männliche Beamte.

»Ich hatte nicht vor, irgendetwas damit anzustellen.« Die Atmosphäre war angespannt, als wären sie drei sich auf einer Party vorgestellt worden und nun peinlich berührt, weil sie keinen Gesprächsstoff mehr hatten. »Wie geht es jetzt weiter?«, brach Jude schließlich das Schweigen.

»Wir warten.«

»Worauf?«

»Es kommt jemand aus London.«

»Das dauert doch eine Ewigkeit.«

»Dann sollten wir es uns besser gemütlich machen.«

»Möchten Sie Tee oder etwas anderes zu trinken?«

»Nein, danke.«

Die Vorstellung, hier womöglich stundenlang mit diesen beiden Menschen zu sitzen, erschien Jude unerträglich.

»Ist es für Sie in Ordnung, wenn ich gehe und mich hinlege?«

»Kein Problem«, antwortete die Beamtin. »Allerdings werde ich Sie begleiten müssen.«

»Wozu?«

»Wir haben den Auftrag, Sie nicht aus den Augen zu lassen.«

Also gingen Jude und die Beamtin zusammen nach oben in ihr Schlafzimmer, wo Jude sich auf die Bettdecke legte, während die Beamtin sich auf einen Stuhl setzte, der in einer Ecke stand. Jude schloss die Augen. Zwar rechnete sie nicht damit, einschlafen zu können, brauchte sich auf diese Weise aber wenigstens nicht verpflichtet zu fühlen, mit der Frau zu reden. Wider Erwarten schlief sie trotzdem ein, denn das Nächste, was sie mitbekam, war, dass jemand sie wachrüttelte.

»Sie sind da.«

Einen Moment wusste Jude weder, wo sie sich befand, noch, wer da bei ihr im Zimmer war. Dann erkannte sie die Polizeibeamtin, die über sie gebeugt stand. Als sie sich daraufhin vom Bett erhob, stellte sie fest, dass es ihr gar nicht gut ging. Es wäre wohl besser gewesen, nicht zu schlafen. Ihr Kopf fühlte sich völlig benebelt an, und sie hatte einen sauren Geschmack im Mund.

»Wie spät ist es?«

»Viertel nach drei.«

Die beiden Kriminalbeamten, ebenfalls ein Mann und eine Frau, saßen bereits im Wohnzimmer, als Jude hineingeführt wurde. Sie hatte Herren in schicken Anzügen erwartet, doch die beiden kamen ihr eher vor wie zwei Lehrkräfte auf Exkursion, beide ein wenig zerzaust. Die Frau sah groß und kräftig und ziemlich breitschultrig aus. Sie trug eine schlammbespritzte Jacke und hatte ihr T-Shirt verkehrt herum an, mit der Innenseite nach außen. Ihr Haar wirkte wie eine wirre Mähne aus braunen Locken, und sie hatte klare graue Augen, deren durchdringender Blick Jude das Gefühl gab, kritisch gemustert zu werden. Der Mann war jünger und gekleidet wie für eine Wandertour: mit Windjacke, Jeans und Wanderstiefeln.

Sie stellten sich als Detective Inspector Leila Fox und Sergeant Brendan Patterson vor. Jude nahm ihnen gegenüber Platz.

«Unsere Kollegen kochen gerade Tee für Sie«, erklärte Leila Fox. »Ich glaube, Sie werden welchen brauchen. Ich brauche definitiv eine Tasse.«

Jude schluckte. Was war geschehen? Worum ging es hier? Sie wollte es wissen, hatte aber keine Ahnung, welche Fragen sie stellen sollte. Ihr war bewusst, dass Fox sie voller Interesse und Neugier betrachtete.

»Wir sind ein wenig irritiert«, begann sie, »weil wir gehofft haben, Sie könnten uns weiterhelfen.«

Da Jude keine Antwort parat hatte, fuhr Leila Fox fort.

»Sie sind eine Freundin von Liam Birch? Ist das korrekt?«

»Ich kannte ihn, als wir jünger waren. Das ist Jahre her.«

»Aber Sie sind befreundet?«

»Wir hatten uns komplett aus den Augen verloren, haben uns aber vor ein paar Tagen wieder getroffen. Kurz.«

Leila Fox wandte sich mit gerunzelter Stirn ihrem Kollegen zu. Er saß leicht zur Seite geneigt, als würde er nicht nur Jude beobachten, sondern auch die Kriminalbeamtin, die den Blick nun wieder auf Jude richtete.

»Ich fürchte, wir haben schlechte Nachrichten für Sie«, erklärte sie. »Liam Birch wurde gestern Nacht tot aufgefunden.«

Als sie erfahren hatte, dass Kriminalbeamte aus London sie aufsuchen wollten, war Jude klar gewesen, dass etwas Schlimmes passiert sein musste, doch nun fühlte sie sich trotzdem, als hätte ihr jemand einen Kinnhaken verpasst. Der Raum schien sich um sie zu drehen. Sie brachte kein Wort heraus. Neben sich hörte sie eine Stimme. Die uniformierte Polizistin hatte ihr einen Becher Tee auf den Tisch gestellt und drängte sie, einen Schluck zu nehmen. Jude beugte sich vor, um nach dem Getränk zu greifen, doch ihre Hand zitterte so sehr, dass der Tee überschwappte, weshalb sie die Tasse gleich wieder zurückstellte. Liam war tot. Er war in ihr Leben zurückgekehrt, und nun war er tot. In dem Moment ging irgendwo tief in ihrem Inneren ein Gefühl verloren. Sie konnte es richtig spüren, scharf und schwer. Ihr war klar, dass es sich wieder nach oben kämpfen würde. Später, dachte sie, nicht jetzt.

»Was ist passiert?«, fragte sie schließlich mit einer Stimme, die sogar in ihren eigenen Ohren fremd klang. »Hatte er einen Unfall?«

»Nein.«

Alles schien wie in Zeitlupe abzulaufen. Sie konnte keinen klaren Gedanken fassen. Gleichzeitig war ihr bewusst, dass sie beobachtet, gemustert wurde. Sie spürte, dass die Beamten sie nicht aus den Augen ließen, ihre Reaktion verfolgten.

»Was soll das heißen?«, brachte sie heraus.

»Er wurde neben einem Fußweg in den Walthamstow Marshes gefunden«, antwortete Leila Fox. »Sie kennen die Gegend?«

»Nein«, flüsterte Jude.

»Es sah zunächst nach einem schiefgelaufenen Überfall aus. Brieftasche und Handy fehlten, wir fanden in seiner Jackentasche lediglich eine Visitenkarte. Doch dann passierte etwas

Seltsames. Wir riefen die Nummer an, ohne uns etwas davon zu erwarten. Aber Sie gingen ran. In einem Cottage in Norfolk.«

»Ich wusste erst gar nichts von dem Telefon. Es steckte in seiner Tasche. Ich bin abends schon einmal rangegangen.«

»Hat sich der Anrufer zu erkennen gegeben?«

»Der Name stand auf dem Display. Erika.«

»Was wollte diese Erika denn?«

»Das weiß ich nicht. Ich habe das Gespräch gleich wieder beendet.«

Die Kriminalbeamtin musterte sie ein paar Augenblicke. »Ist noch jemand hier?«

»Nein.«

»War jemand hier?«

»Nein.«

Es folgte eine Pause.

»Was tun Sie hier in Norfolk, mit Liam Birchs Telefon? Und seinem Gepäck.«

»Ich habe auf ihn gewartet. Er sollte abends eintreffen. Gestern Abend, meine ich. Ich bin zum Bahnhof gefahren, um ihn abzuholen, aber er war nicht im Zug.«

Leila Fox lächelte verständnisvoll. »Sie werden mir schon etwas mehr erzählen müssen.«

Jude überlegte, was sie sagen konnte, und kam zu dem Schluss, dass ihr keine Wahl blieb, also berichtete sie die ganze Geschichte: wie Liam zu ihr ins Krankenhaus gekommen war, was sie im Café besprochen hatten und worum er sie gebeten hatte. Gleichzeitig hörte sie sich selbst reden. Sie hatte wieder und wieder über das Ganze nachgedacht, doch nun, da sie es in Worte fasste und diese laut aussprach, klang es noch seltsamer, regelrecht absurd. Noch während sie redete, spürte sie, dass sich ihre Zuhörer etwas anderes erwartet hatten. Als sie fertig war, machten beide einen unruhigen, unzufriedenen Eindruck.

»Ich habe so viele Fragen«, sagte Leila Fox nach einer längeren Pause, während der sie Jude anstarrte, bis diese am liebsten laut geschrien hätte. »Ich weiß gar nicht, wo ich anfangen soll. Als Erstes muss ich Sie fragen, ob Sie eine Beziehung mit Liam Birch hatten.«

»Nein.« Jude wusste selbst nicht so recht, ob diese Antwort eine Lüge darstellte oder nicht. Elf Jahre zuvor hatten sie sehr wohl eine Beziehung gehabt, aber das war etwas anderes. »Ich kannte ihn mit siebzehn, achtzehn. Damals waren wir befreundet. Das ist alles.«

»Ich meine jetzt.«

»Definitiv nein. Ich heirate in ein paar Wochen.«

»Einen anderen?«

»Selbstverständlich einen anderen.«

»Weiß dieser andere, dass Sie hier sind?«

Jude zögerte einen Augenblick zu lang. »Nein, das weiß er nicht.«

»Was glaubt er, wo Sie sind?«

»Entschuldigen Sie«, sagte Jude in gequältem Ton, »aber was tut es zur Sache, wo ich nach Meinung meines Verlobten bin?«

Leila beugte sich vor. »Versetzen Sie sich in meine Lage, Jude. Ein Mann wurde ermordet, und aus irgendeinem Grund befindet sich sein Handy mehr als hundertfünfzig Kilometer entfernt.«

»Ich habe auch seine Brieftasche«, stieß Jude hervor.

»Sie haben seine Brieftasche?«

»Ja.«

Die Frau hob die Augenbrauen. »Das ist alles sehr verwirrend. Zum Beispiel behaupten Sie, Liam Birch habe Sie um einen Gefallen gebeten. Trotzdem ist mir noch immer nicht klar, worin dieser Gefallen bestand.«

»Das ist mir auch nicht klar«, antwortete Jude. »Er meinte, er werde es mir erzählen, wenn er hier sei.«

»Warum Sie?«, fragte der männliche Kriminalbeamte. Er hatte eine scharfe, metallische Stimme, die Jude unangenehm fand.

»Sie behaupten, ihn über zehn Jahre nicht gesehen zu haben. Warum sollte er plötzlich auftauchen und Sie um einen Gefallen bitten?«

»Das weiß ich auch nicht. Wir standen uns früher mal recht nahe. Allerdings ist das schon sehr lange her.«

»Tut mir leid«, meinte Leila. »Sie müssen entschuldigen, wenn ich schwer von Begriff bin, aber können wir es mal aus einem anderen Blickwinkel betrachten? Und zwar aus Ihrem. Dieser Mann aus Ihrer Vergangenheit bittet Sie um einen Gefallen, und Sie sagen Ja, obwohl Sie gar nicht wissen, worum es sich handelt.«

»Das stimmt.« Jude reckte trotzig das Kinn.

»Hatten Sie denn keine Bedenken, dass es etwas Illegales sein könnte?«

»Ich habe ihn danach gefragt, und seine Antwort lautete, er würde mich um nichts Unrechtes bitten.«

»Und Sie haben ihm geglaubt?«

»Ja.«

»Aber Ihrem Verlobten haben Sie nichts von Ihrem Vorhaben erzählt. Aus welchem Grund?«

»Ich dachte, er würde es merkwürdig finden.«

»Ist er der eifersüchtige Typ?«

»Ich glaube nicht. Nicht besonders. Ich fand es nur schwer zu erklären.«

»Es ist definitiv schwer zu erklären«, bestätigte Leila mit einem weiteren kleinen Lächeln. »Zumindest verstehe ich es ganz und gar nicht. Jemand, den Sie völlig aus den Augen verloren hatten, taucht auf und bittet Sie um einen Gefallen, rückt aber nicht damit heraus, worum es sich handelt. Warum sollte er das tun?« Sie legte eine Pause ein, doch Jude gab keine Antwort. »Meiner Einschätzung nach würden die meisten Leute sagen, nein, tut mir leid, das klingt beunruhigend oder zu schräg oder was auch immer, aber stattdessen sagen Sie nicht nur Ja, sondern verschweigen es auch noch Ihrem Verlobten. Warum sollten Sie jemandem, den Sie gar nicht mehr richtig kennen, einen derart großen Gefallen tun?«

»Das ist nicht so einfach zu erklären.«

»Ich weiß«, antwortete Leila. »Aber wir sind die Polizei, deswegen müssen Sie so etwas tatsächlich erklären, selbst wenn es Ihnen schwerfällt.«

Jude holte tief Luft.

»Ich kannte Liam, als wir beide Teenager waren. Er war nett. Ich mochte ihn.« Sie hielt einen Moment inne und starrte durchs Fenster in die Dunkelheit hinaus. *Nett … Mochte ihn.* Vor ihrem geistigen Auge sah sie Liams schönes Gesicht, seine dunklen Augen. »Aber er war oft ein bisschen leichtsinnig, ein bisschen … ich weiß auch nicht, neben der Spur oder so. Als ich dann zu studieren anfing, trennten sich unsere Wege, so habe ich das stets empfunden. Wir gingen in verschiedene Richtungen. Ich machte alles, was ich mir vorgenommen hatte: Ich studierte Medizin und hatte eine wunderbare Zeit. Am Ende wurde ich Ärztin und bekam die tolle Stelle, die ich schon immer wollte. Es gab im Lauf der Jahre auch ein paar Beziehungen. Dann lernte ich Nat kennen, und jetzt werden wir heiraten und uns ein Haus kaufen.« Jude spürte, dass ihr Tränen übers Gesicht liefen. Sie zog ein Papiertuch aus der Tasche, wischte die Tränen weg und putzte sich die Nase. »Während der ganzen Zeit habe ich Liam nie gesehen, hatte ihn aber irgendwie immer im Hinterkopf.«

»Die große Liebe, aus der nichts wurde?«, fragte Leila Fox.

»Nein, ich habe es Ihnen doch gerade erklärt.« Jude zögerte. »Ich hatte einfach das Gefühl, dass für mich alles gut gelaufen war, für ihn aber nicht. Ich hatte Glück gehabt, er dagegen

Pech. Das kann Schuldgefühle hervorrufen – wenn es einem selbst gut geht, es im Umfeld aber Menschen gibt, bei denen das nicht so ist. Deswegen habe ich einfach Ja gesagt, als er zu mir kam und mich um einen Gefallen bat. Ich hatte das Gefühl, Ja sagen zu müssen. Und nun das!« Sie betrachtete die beiden Kriminalbeamten. »Was meinen Sie? Könnte es sein, dass er einfach nur fürchterliches Pech hatte?«

»Was meinen *Sie* denn?«

»Keine Ahnung. Ich verfüge über keine anderen Informationen, abgesehen von dem, was ich Ihnen erzählt habe. Ich weiß nichts. Wie Sie vorhin sehr richtig gesagt haben, war ich über hundertfünfzig Kilometer entfernt.«

Leila Fox' Miene verdüsterte sich. Sie überlegte einen Moment und teilte Jude dann mit, dass sie sie zurück nach London bringen würden. Die uniformierte Kollegin werde mit ihr hinauf in ihr Zimmer gehen, ihre Sachen holen. Um Liams Wagen würden sie sich ebenfalls kümmern.

9

Jude stieg mit ihrem Rucksack hinten ein, vor Erschöpfung wie benebelt. Der Wagen fuhr los. Seine Scheinwerfer glitten über den groben Asphalt der Zufahrt, die Bäume und das Sumpfgebiet. Jude wollte nicht mehr nachdenken, geschweige denn mit der Polizei sprechen oder weitere Fragen beantworten.

Stattdessen schloss sie die Augen und versuchte tief und gleichmäßig zu atmen, sich nur noch auf ihre Atmung zu konzentrieren: ein, aus, ein, aus. Aus dem vorderen Teil des Wagens drang leises Gemurmel zu ihr nach hinten, von Zeit zu Zeit auch das Geräusch der Scheibenwischer. Gelegentlich spürte sie das Scheinwerferlicht entgegenkommender Fahrzeuge auf ihren geschlossenen Augenlidern.

Was die Beamten wohl dachten?

Es war nicht schwer zu erraten. Sie dachten, dass Liam ihr Geliebter gewesen sei, denn warum sonst hätte sie ihm diesen Gefallen tun sollen? Sie hatte ihre Mienen gesehen, als sie von dem Schuldgefühl sprach, das sie wegen ihres eigenen Glücks empfand. Sie glaubten ihr nicht. Aber was genau hatte Liam von ihr gewollt? Was vermuteten die? Was vermutete sie selbst?

Fest stand, dass man sie nun zurück nach London brachte, wo Nat wartete.

Vorsichtig öffnete sie die Augen, um einen Blick auf die beleuchtete Uhr am Armaturenbrett zu werfen. Sie waren seit fast einer Stunde unterwegs. Es war gerade mal fünf. Da noch kein Verkehr herrschte, wären sie vermutlich gegen halb sieben zurück in London. Was sollte sie Nat sagen, wenn sie todmüde zu ihm hineinstolperte? Sie versuchte es im Geiste zu proben: *Ich habe dich angelogen. Ich war gar nicht bei meiner Großmutter. Ich war in einem Cottage in Norfolk, weil jemand, den ich schon über elf Jahre nicht mehr gesehen hatte, plötzlich bei mir auftauchte und mich um einen Gefallen bat.*

Sie hatte Nat von anderen Beziehungen erzählt, aber niemals von Liam. Diese Zeit hatte sie mit einem wegwerfenden Achselzucken abgetan und nur gemeint, sie sei vor ihrem Studium schon mal in den einen oder anderen Jungen verschossen gewesen. Ohne Namen zu nennen. Es war nur ganz allgemein vom Erwachsenwerden die Rede gewesen – davon, sich selbst zu entdecken und Spaß zu haben.

Spaß.

Sie musste daran denken, was für eine Qual es gewesen war, Hals über Kopf in Liam verliebt zu sein. Das hatte sich nicht nach Spaß angefühlt. Es hatte sie vollkommen in Anspruch genommen, und dann war es schlagartig vorbei gewesen. Sie hatte nie mit jemandem darüber gesprochen, sondern es tief in ihrem Herzen vergraben.

Jetzt war Liam tot.

Sie fuhren zügig dahin.

Jemand hatte ihn getötet. Er hatte einen kleinen Sohn namens Alfie. Ein, zwei Dinge in seinem Leben galt es noch zu klären.

Die Felder wichen dem Stadtrand. Es waren jetzt mehr Fahrzeuge unterwegs, auf dem Weg nach London. Eine Woche zuvor hatte man die Zeit zurückgestellt, sodass bereits Licht am Horizont schimmerte. Es begann wieder zu regnen. Ein neuer Tag brach an.

Was sollte sie bloß zu Nat sagen?

»Sie können mich hier rauslassen.«

»Wir sind noch nicht da«, widersprach Leila Fox. Jude sah im Rückspiegel ihre Augen.

»Das passt trotzdem.«

Der Wagen hielt am Randstein. Jude öffnete die Tür.

»Natürlich werden wir noch einmal mit Ihnen reden müssen«, meinte die Kriminalbeamtin.

Im Licht der Straßenbeleuchtung sah Jude, wie müde sie wirkte, mit ihrer wirren, auf spektakuläre Weise zerzausten Haarmähne und den dunklen Schatten unter den schönen grauen Augen.

»Ich habe Ihnen schon alles gesagt«, entgegnete Jude.

Leila Fox bedachte sie mit einem schwachen Lächeln, von dem Jude nicht recht wusste, ob es mitfühlend war oder eher nachsichtig-amüsiert.

»Wir melden uns bei Ihnen.«

Jude stieg aus, hievte ihren Rucksack heraus. Der Wind klatschte ihr Regenwasser ins Gesicht. Nachdenklich blickte sie dem davonfahrenden Wagen nach.

10

Es war ein düsterer Novembermorgen, noch nicht richtig hell, der Himmel ein stumpfes Grau. Der Wind fegte feuchtes Laub wie Abfall über den Asphalt, Lieferwagen ließen Wasserfontänen aus den Pfützen aufsteigen: ein Bürotag, ein Back-und-Brettspiel-Tag, ein Daunendeckentag vor dem Fernseher.

Jude fischte ihr Handy heraus. Es war zehn nach sieben, zu früh, um nach Hause zu gehen. Auf der Suche nach einem Café wanderte sie eine Seitenstraße entlang, doch es war Sonntag, und die meisten Lokale hatten noch nicht geöffnet. Jude fühlte sich durchgefroren, kalt und klamm, und dahinter lauerte wie ein bedrohlicher Schatten die Angst. Sie machte sich auf den Weg in Richtung Olympiapark, dessen spiralförmige Rutsche im Regen nur als verschwommene Form auszumachen war, entdeckte dann aber doch ein Café, das geöffnet hatte. Außer ihr war noch niemand da. Während sie an einem Tisch mit Kunststoffplatte saß und ihren Cappuccino trank, starrte sie in den Regen hinaus und dachte nach, auch wenn sie eigentlich krampfhaft versuchte, nicht nachzudenken. Sie sah Nats Gesicht vor sich, und das von Liam. Die Polizei hatte ihr nicht gesagt, wie er ums Leben gekommen war. Hatte man ihn erschossen, erstochen, erschlagen oder irgendwo hinuntergestoßen? Hatte er leiden müssen? Stimmte es überhaupt, dass er tot war? Hatte sie tatsächlich letzte Nacht in einem kleinen Cottage nahe der Küste von Norfolk gesessen und auf ihn gewartet? Passierte ihr das gerade wirklich?

Sie bestellte sich noch einen Cappuccino, trank ihn aber

nur zur Hälfte. Als sie sich schließlich erhob, um zu gehen, erblickte sie im Glas der Tür ihr Spiegelbild, geisterhaft bleich. Sie registrierte das geschnitzte Gabelbein an dem dünnen Lederband um ihren Hals. Das hatte sie völlig vergessen. Würde Nat sie danach fragen? Normalerweise fielen ihm solche Sachen nicht auf. Aber sie wollte es sowieso nicht abnehmen. Aus irgendeinem seltsamen Grund hätte sie das als Verrat an Liam empfunden. Sie schob den Anhänger unter ihr Shirt.

Nachdem sie die restliche Strecke durch menschenleere Wohnstraßen marschiert war, erreichte sie gegen halb zehn ihre Haustür, holte tief Luft, straffte den Rücken und ging hinein.

Nat sprach in leisem, beschwichtigendem Ton in sein Telefon, während sie den Raum betrat. Als er sie plötzlich da stehen sah, so offensichtlich übermüdet und fertig, wurde seine Miene vor Überraschung einen Moment ganz starr, aber dann beendete er das Gespräch und schloss sie in die Arme, als wäre sie wochenlang weg gewesen. Er roch frisch, sein Haar war noch feucht vom Duschen, und er war glatt rasiert. Jude ließ sich am Küchentisch nieder, während Nat für sie beide Tee kochte. Er stellte eine Tasse vor sie hin, beugte sich über sie und küsste sie auf den Scheitel. Anschließend nahm er mit seiner eigenen Tasse ihr gegenüber Platz. Jude betrachtete ihn nachdenklich. Wirkte seine Miene nicht irgendwie anders als sonst? Hatte er einen Verdacht?

»So bald habe ich nicht mit dir gerechnet«, erklärte er. »Mir war gar nicht klar, dass es so frühe Züge gibt.« Panik stieg in Jude auf. Sie brachte kein Wort heraus, aber Nat erwartete keine Antwort. »Hat sie sich über deinen Besuch gefreut?«, fragte er.

Nun war der Moment gekommen. Jude schaute ihm ins

Gesicht, das vom Schlaf noch ein klein wenig aufgedunsen wirkte. Jetzt, dachte sie. Ihre Vorstellungskraft eilte ihr voraus, sie hörte bereits die Worte, die sie gleich aussprechen würde, und sah seine bestürzte Miene vor sich.

»Ja«, sagte sie. »Es war richtig, dass ich gefahren bin.« Während sie sprach, schwor sie sich, Nat danach nie wieder zu belügen. Nie wieder. Es war eine Ausnahme, und sie würde daraus lernen. »Sie ist inzwischen so alt«, fuhr sie fort. »Ich bin jedes Mal ein bisschen geschockt, wenn ich sie besuche.«

Nat nahm ihre Hand, drehte den Verlobungsring an ihrem Finger und nickte.

Jude schloss die Augen, weil sie es nicht ertragen konnte, in sein gutgläubiges Gesicht zu blicken. Es gab keinen Grund, warum er von diesem Katastrophenwochenende je erfahren musste.

»Worüber habt ihr gesprochen?«

»Ach, du weiß schon, die alten Zeiten. Erinnerungen. Sie lebt inzwischen nur noch in ihren Erinnerungen. Anschließend habe ich ihr etwas gekocht, und nach dem Essen ist sie gleich ins Bett gegangen. Ich selbst hatte allerdings Probleme mit dem Schlafen«, fügte sie hinzu, um ihre offensichtliche Müdigkeit zu erklären.

»Das klingt gar nicht nach dir. Migräne?«

»Ja.«

Schon wieder gelogen. Eine kleine Lüge, bedingt durch eine große.

»Bei Dee haben dich gestern Abend alle vermisst.«

»Du bist also hingegangen?«

»Ja. Soll ich dir ein Bad einlaufen lassen?«

»Das wäre wunderbar.«

»Und anschließend frühstücken wir ausgiebig?«

»Großartig. Danke. Hast du dich gut amüsiert?«

»Es war nett, ja. Wobei du mir schon gefehlt hast.«

Jude zwang sich zu einem Lächeln.

»Du darfst auch mal Spaß haben, wenn ich nicht dabei bin.«

»Na schön. Ich habe mich recht gut amüsiert.«

»Gab es ein Feuerwerk?«

»Es hat geregnet. Niemand ist lang geblieben. Ich bin ziemlich zeitig daheim gewesen.«

Sie stand auf, umrundete den Tisch und küsste Nat.

»Ich liebe dich wirklich«, sagte sie.

»Das möchte ich dir auch geraten haben«, antwortete er leichthin. »Denk an die Hochzeit und das alles.«

Am Nachmittag rief Leila Fox an. Jude schnappte sich ihr Handy und ging damit hinaus ins Freie.

»Passt es Ihnen morgen?«

»Da arbeite ich.«

»Ich wollte nur höflich sein. Wir können kommen, bevor Sie zur Arbeit aufbrechen oder wenn Sie wieder zu Hause sind.«

Jude empfand einen Anflug von Panik.

»Ich komme zu Ihnen.«

11

Am nächsten Morgen erwachte Jude mit klarem Kopf. Sie würde zur Polizei gehen, um alle noch offenen Fragen zu beantworten. Damit wäre der ganze Albtraum dann vorbei, und sie hätte ihre Lektion gelernt.

Nat schlief noch, eingewickelt in die Bettdecke, den Unterarm über den Augen. Hin und wieder stieß er kleine Schnarchlaute aus, die für Jude irgendwie beruhigend klangen. Sie stellte sich einen Moment neben das Bett und betrachtete ihn. Es würde schon gut ausgehen.

Sie machte sich eine Kanne Tee und kochte ein Ei. Während sie Toast in den Dotter tauchte und dann langsam aß, ging sie die Nachrichten auf ihrem Handy durch: Verabredungen zu einem Drink nach der Arbeit, am nächsten Tag ein Kinobesuch mit einer Gruppe befreundeter Frauen, am Mittwoch der Yogakurs mit anschließendem Abendessen, wobei sie den Tisch für sechs hätte bestellen sollen, was sie aber nicht getan hatte. Wollte sie an einem Halbmarathon teilnehmen? Nein, wollte sie nicht. Hatten sie und Nat am Wochenende Lust auf ein Konzert? Wollte sie sich an einem Geburtstagsgeschenk zum Dreißigsten einer Freundin beteiligen? Wie wäre es bald mal mit einer Pizza und einem Brettspielabend? Sie versandte Nachrichten, spülte ihr Frühstücksgeschirr, hängte sich ihr Schlüsselband um den Hals, spürte dabei mit einem vagen Schuldgefühl das dünne Lederband von Liams Halskette und verließ die Wohnung.

Jude konnte sich nicht erinnern, schon einmal auf einem Polizeirevier gewesen zu sein. Als sie die Tür aufschob und in den fensterlosen Eingangsbereich trat, kam ihr die Situation völlig unwirklich vor, als wäre sie in ein Theaterstück hineingestolpert, dessen Text sie nicht gelernt hatte. Hinter einer Plexiglasscheibe standen ein paar Reihen Plastikstühle und ein großer Tisch. Das erinnerte sie eher an den Wartebereich in der Notaufnahme, mit dem Unterschied, dass es dort immer voll und laut war. Hier dagegen befand sich nur eine weitere Person: eine dünne ältere Dame in Hausschuhen, die sehr aufrecht dasaß und die große Tasche auf ihrem Schoß mit beiden Händen umklammerte.

Da der Empfang nicht besetzt war, klingelte Jude und wartete. Die Frau betrachtete sie mit starrem Blick. Ein stämmiger Mann tauchte auf. Obwohl es im Raum ziemlich kühl war, hatte er Schweißtropfen auf der Stirn und feuchte Flecken unter den Achseln.

Sie erklärte ihm, sie werde erwartet. Er fand ihren Namen im Computersystem und deutete mit seinem dicken Zeigefinger auf die Stühle.

»Nehmen Sie Platz«, sagte er.

Jude wollte nicht Platz nehmen und schlenderte hinüber zur Anschlagtafel, doch der einzige Anschlag dort informierte lediglich über Parkmöglichkeiten in der Umgebung.

Sie hörte jemanden ihren Namen rufen und drehte sich um. Vor ihr stand Leila Fox. Selbst hier auf dem Polizeirevier wirkte sie auf Jude nicht wie eine Kriminalbeamtin. Sie trug ein grünes Cordhemd und hatte ihr widerspenstiges Haar mit einem farbenfrohen Band zurückgebunden. Jude stieg ein moschusartiger Duft in die Nase. Irgendwas mit Patschuli, dachte sie. Die Kriminalbeamtin hatte einen energischen Handschlag.

Sie führte Jude zur Hintertür hinaus, durch einen Gang, der

auch ein Krankenhausflur hätte sein können, in einen Raum mit unangenehm grellem Licht und etlichen Stühlen, die um einen rechteckigen Tisch gruppiert waren. Unterhalb des Fensters befanden sich Aktenschränke, und an der Wand hing ein Gemälde, eine Vase mit Blumen. Das Bild hing schief. Jude rückte es automatisch gerade.

Der junge männliche Kriminalbeamte, Brendan Patterson, betrat den Raum mit drei Pappbechern, die er auf dem Tisch abstellte. Er zog ein paar Beutelchen mit Zucker und Milch aus der Jackentasche und legte sie vor sie hin.

»Ich weiß nicht, wie Sie ihn trinken.«

»Das wird doch nicht lange dauern, oder?«, fragte Jude.

»Wir müssen nur noch ein paar Dinge klären«, antwortete Leila.

Es waren mehr als nur ein paar Dinge. Alles wurde von einem großen Gerät aufgezeichnet, das aussah, als stammte es aus einem früheren Zeitalter. Sein Anblick machte Jude kribbelig: Ihre gestotterten Worte wurden dadurch zu Beweismaterial, festgehalten und dokumentiert.

Leila stellte sämtliche Fragen. Jude musste die ganze Geschichte noch einmal erzählen, wobei sie über manche Worte stolperte und plötzlich befürchtete, etwas anderes zu sagen als beim ersten Mal.

»Sie hatten Liam Birch also wirklich elf Jahre nicht mehr gesehen?«

»Ja, das stimmt.«

»Und Sie sagen, es gab keine sexuelle Beziehung?«

»Nein. Ich meine, ja, es stimmt, dass es keine sexuelle Beziehung gab.«

»Demnach haben Sie nur um der guten alten Zeiten willen getan, was er von Ihnen wollte.«

»Ja.«

Jede Wahrheit, die sie aussprach, hörte sich wie eine Lüge

an. Ihre Stimme klang kratzig. Sie nahm einen Schluck Kaffee. Er schmeckte bitter.

»Sie sehen das Problem«, fuhr Leila Fox fort.

»Nein, das sehe ich nicht.«

Die Kriminalbeamtin schob ein paar widerspenstige Locken zurück unter ihr Haarband.

»Ich spreche von der Tatsache, dass Ihr ...« Sie stockte, weil ihr das richtige Wort wohl nicht einfiel.

»Er ist nicht mein was auch immer.«

»Dass er in London ermordet wurde, während Sie mit seiner Brieftasche, seinem Handy und seinem Wagen da oben in Norfolk waren.«

»Darauf kann ich mir ebenso wenig einen Reim machen wie Sie.«

»So, glauben Sie?« Leila Fox' Miene wirkte ausdruckslos. »Jude, uns ist klar, dass Sie sich in einer heiklen Situation befinden, was Ihren Freund betrifft – Ihren Verlobten«, korrigierte sie sich. »Wir beurteilen Sie nicht. Uns ist es egal, wenn Sie eine Affäre mit Liam hatten.«

»Hatte ich nicht.«

»Es passiert recht häufig, dass Leute mit alten Flammen aus ihrer Vergangenheit wieder etwas anfangen. Das ist uns bekannt. Aber wenn Sie uns anlügen, verschwenden Sie unsere Zeit und unsere Energie. Noch schlimmer wäre allerdings, dass Sie dadurch womöglich auch unsere Ermittlungen behindern, nur damit Ihre peinliche Situation nicht ans Licht kommt.«

»Das ist nicht der Fall.«

Fox runzelte die Stirn. »Sie sind doch Ärztin. Als Ärztin muss man klug sein, oder etwa nicht? Als Liam Sie um diesen Gefallen gebeten hat, was dachten Sie, worum es dabei geht?«

»Er wollte es mir nach seiner Ankunft im Cottage sagen«, antwortete Jude.

»Haben Sie über harmlose Erklärungen nachgedacht? Etwas, das legal gewesen wäre?«

»Ich habe gar nicht nachgedacht. Er hat mir versichert, es sei nichts Unrechtes, und ich habe ihm geglaubt.«

»Aber Ihrem Partner haben Sie es nicht erzählt.«

»Das hatte einen anderen Grund.«

»Was das betrifft, rate ich Ihnen, es ihm doch zu erzählen, denn wie es aussieht, geht die Sache demnächst an die Öffentlichkeit.«

Jude hatte das Gefühl, keine Luft mehr zu bekommen. Sie versuchte, ruhig zu bleiben.

»Was soll das heißen?«

»Ein Journalist ist irgendwie an die Geschichte herangekommen«, erklärte Leila. »Wir wissen noch nicht, wie.«

»Über Liam?«, flüsterte Jude.

»Das war schon öffentlich. Nein, ich meine Ihre Beteiligung.«

»Aber ich war nicht beteiligt! Wie konnte die Presse davon erfahren?«

»Das weiß ich nicht.«

Jude überlegte einen Moment. Krampfhaft.

»Jemand muss es ausgeplaudert haben. Ich meine, jemand von Ihnen. Jemand bei der Polizei.«

»Ich verbitte mir derartige Unterstellungen.«

»Wer wusste sonst davon?«

Weder Fox noch Patterson antworteten. Jude blinzelte ein paarmal. »Wann wird es veröffentlicht?«

Leila Fox zuckte mit den Achseln. »Keine Ahnung. Das kann jederzeit passieren. Heute, morgen, nächste Woche. Womöglich entscheidet die Presse ja, es gar nicht zu bringen.«

»Ich muss los.« Jude hievte sich hoch. Dabei stützte sie sich mit einer Hand auf die Tischplatte, bis sie sicher war, dass ihre Beine sie trugen.

»Ist mit Ihnen alles in Ordnung?«

Einen Moment brachte sie kein Wort heraus. Ihre Augen füllten sich mit Tränen, und es schnürte ihr die Kehle zu.

»Ich fürchte, ich habe Mist gebaut«, stieß sie schließlich hervor.

»Erzählen Sie uns, was geschehen ist. Was führte Liam im Schilde?«

»Halt!«, sagte Jude. »Über Liam weiß ich nichts. Aber ich habe Mist gebaut, was meinen Verlobten betrifft.« Sie sah nur Leila an, als wäre Patterson gar nicht im Raum. »Was soll ich jetzt tun?«

»Reden Sie mit ihm. Sagen Sie ihm die Wahrheit.«

12

Jude stolperte aus dem Revier in den kalten Wind hinaus. Sie zog ihr Handy aus der Tasche und rief Nat an. Ihr Atem kam flach und stoßweise, während sie wartete, dass er rangehen würde, doch sie wurde an die Mailbox weitergeleitet. Sie versuchte es erneut. Inzwischen war er bestimmt schon in der Arbeit, wahrscheinlich gerade in einer Besprechung. Sie schickte ihm eine WhatsApp-Nachricht: *Bitte ruf mich an!* Sie sah, dass er nicht online war.

Einen Moment blieb sie unentschlossen stehen. Sollte sie mit dem Rad zu seinem Büro fahren? Dann käme sie mit ziemlich viel Verspätung zur Arbeit, aber das spielte keine Rolle – nicht heute, dieses eine Mal. Sie starrte auf die Häkchen neben der Nachricht, doch sie färbten sich nicht blau: Er hatte sie noch nicht gelesen.

Vielleicht würde die Geschichte gar nicht veröffentlicht werden. Und wenn doch, vielleicht sah er sie gar nicht. Womöglich brachten sie sie erst morgen oder nächste Woche.

Nervös biss sie sich in die Handknöchel, während sie sich darüber klar zu werden versuchte, was sie tun sollte. Am liebsten hätte sie die Zeit zurückgedreht und zu Liams Bitte Nein gesagt. Es war unsinnig, aber sie ließ ihr kurzes Treffen im Geiste immer wieder Revue passieren. Sie hatte geglaubt, keine Wahl zu haben. Wie hatte sie nur so dumm sein können? Und warum hatte sie Nat bloß angelogen? Das war doch gar nicht sie. Sie machte so etwas nicht.

Wieder warf sie einen Blick auf ihr Telefon. Er hatte die Nachricht noch immer nicht angeschaut. Vielleicht hätte sie

sie nicht schicken sollen. Vielleicht wäre es besser, das Risiko einzugehen und bis zum Abend zu warten, wenn sie zusammen waren und sie ihm die Geschichte richtig erzählen konnte, von Angesicht zu Angesicht.

Unentschlossen hielt sie einen Finger über die Löschtaste. Genau in dem Moment färbten sich die Häkchen blau.

Sie rechnete damit, dass er anrufen würde, doch das tat er nicht. Sie zögerte einen Moment, dann rief sie ihn an, aber er ging nicht ran.

Sie radelte entlang der Hauptstraßen in die Arbeit. Bereits verspätet, schlängelte sie sich halsbrecherisch durch den Verkehr. Als sie endlich das Krankenhaus erreichte, versuchte sie es noch einmal bei ihm, doch er ging wieder nicht ran.

Sie hielt ihr Telefon von sich weg, als wäre es eine Bombe, die gleich explodieren würde. Nat war einfach beschäftigt, das war alles. Er hatte gesagt, der ganze Tag sei vollgepackt mit Besprechungen.

Im Krankenhaus deponierte Jude das Handy in ihrem Spind. Mit wilder Entschlossenheit und voller Konzentration wandte sie sich ihren Patientinnen und Patienten zu, begab sich von einer Person zur nächsten. Indem sie sich selbst keine Zeit zum Nachdenken ließ, hielt sie das Chaos in Schach.

Während einer Pause trat sie an den Spind und nahm ihr Handy heraus. Noch immer nichts von Nat. Stattdessen hatte sie eine Nachricht von einer Freundin namens Carmen bekommen: *Was, zum Teufel, Jude?*

Panik durchzuckte sie. Sie schaltete ihr Telefon aus und ging auf die Damentoilette, wo sie sich auf einen der Klodeckel setzte, den Kopf in die Hände sinken ließ und versuchte, langsam und tief zu atmen.

Was, zum Teufel, Jude?

Am Ende ihrer Schicht holte Jude erst ihren Mantel und ihre Tasche, ehe sie das Handy einschaltete. Das Display füllte sich mit verpassten Anrufen und Nachrichten: Ping, ping, ping, ping.

»Sie sind aber beliebt!«

Sie wandte sich ihrem Facharzt zu und machte eine wegwerfende Handbewegung. Dabei entwischte ihr ein seltsames Geräusch, halb zwischen Lachen und Jaulen.

»Irgendwelches Zeug«, meinte sie. »Sie wissen schon.«

Während sie im Laufschritt Richtung Eingang eilte, scrollte sie durch die Fragen und Ausrufe, bis sie Nats Namen erreichte. *Sag mir, dass das nicht wahr ist.*

Treffen wir uns zu Hause?, schrieb sie und drückte auf Senden.

Bin schon da.

Unterwegs.

13

Nat war in der Küche. Er lächelte nicht, und Jude lächelte auch nicht. Panik flatterte wie ein Vogel in ihrer Brust.

»Ich habe dich den ganzen Tag zu erreichen versucht«, sagte sie.

Er trug seine Brille, mit der er älter und ernster wirkte. Wenn sie ihn jetzt berührte, würde er sich anfühlen wie Holz.

»Ich möchte es dir erklären«, fuhr sie fort.

»Dann stimmt es also?«, fragte er. In dem Moment gab ihr Handy in ihrer Tasche eine Reihe von Piepsern von sich, woraufhin er in wütendem Ton hinzufügte: »Schalte doch ein einziges Mal in deinem Leben dein gottverdammtes Telefon aus!«

Noch nie zuvor hatte er ihr gegenüber die Stimme erhoben, noch nie geflucht, wenn er mit ihr sprach. Mit zitternden Händen fummelte Jude an ihrem Handy herum. Ihre Finger fühlten sich an, als gehörten sie ihr nicht.

Sie hatte keine Ahnung, was er wusste oder glaubte. In ihrer blinden Angst hatte sie noch nicht einmal versucht, den Artikel im Internet zu finden. Als könnte sie dieses fürchterliche Chaos beherrschen, indem sie so tat, als existierte es nicht.

»Es stimmt, dass ich in Norfolk war.« Sie sah, wie sich seine Miene verfinsterte. »Ich hätte es dir sagen sollen. Ich war so eine Idiotin.«

»Eine Idiotin?« Nat stieß ein hartes Lachen aus. »So nennst du das? Mir erzählst du, du willst deine Großmutter besuchen, aber in Wirklichkeit rast du zu einem Cottage in Norfolk, um dich mit einem Mann zu treffen, von dem ich noch nie gehört habe, wirst in eine Mordermittlung verwickelt und lügst immer noch weiter. Idiotin? Ist das der richtige Ausdruck?«

»Es ist nicht, was du denkst.«

»Was denke ich denn?«

»Wahrscheinlich, dass ich dich betrogen habe. Das ist mir schon klar.«

Nat starrte sie an. Er nahm seine Brille ab, legte sie auf den Tisch und rieb sich dann heftig die Augen.

»Was sollte ich denn deiner Meinung nach denken? Ich dachte, wir wären glücklich.«

»Das waren wir – *sind* wir. Ich liebe dich. Sehr sogar. Ich schwöre dir, dass da nichts lief.«

»Du hast gelogen.« Er sagte das, als würde er eine Trumpf-karte auf den Tisch legen. »Warum hast du mich derart ver-arscht?«

»Darf ich versuchen, es dir zu erklären?«

Sie erzählte ihm die gleiche Geschichte wie der Polizei, und er hörte ihr zu, ohne sie zu unterbrechen. Wieder klangen die Worte fadenscheinig und unglaubwürdig. Inzwischen hatte sie selbst nicht mehr das Gefühl, die Wahrheit zu sagen.

»Ich empfand seinetwegen Schuldgefühle«, fügte sie am Ende hinzu, als Nat schwieg. »Weil sein Leben so schlecht gelaufen war und meins dagegen so gut. Bei unserem Wieder-sehen wurde mir bewusst, wie ungerecht das Leben ist. Ich hatte einfach das Gefühl, ihm diesen Gefallen erweisen zu müssen. Er nahm mir das Versprechen ab, niemandem etwas zu sagen, nicht einmal dir. Er meinte, er würde mir erklären, was er wolle, wenn er zum Cottage komme, doch dann wurde er ermordet, und das Ganze flog mir um die Ohren. Mittler-weile kann ich selbst nicht mehr fassen, dass ich mich darauf eingelassen habe. Ich hasse mich dafür, dass ich dich angelo-gen habe. Aber ich habe dich nicht betrogen. Das würde ich nie tun. Nat? Sag mir, dass du mir glaubst.«

»Ich weiß nicht. Warum sollte ich?«

»Ich schwöre dir, dass es die Wahrheit ist.«

»Dieses Mal, meinst du?«

Er musterte sie eindringlich. Sie errötete und wandte den Blick ab.

»Ja«, sagte sie.

»Ich dachte, du vertraust mir!«, stieß er schließlich hervor.

»Das tue ich!«

»Wenn du mir vertraut hättest – und diese seltsame Geschichte tatsächlich wahr wäre –, dann hättest du mir gleich hinterher erzählt, worum er dich gebeten hatte, und wir hätten darüber gesprochen. Ich hätte dir gesagt, dass ich es für komplett irrsinnig halte, für lächerlich und falsch und völlig indiskutabel. Wahrscheinlich hätten wir trotzdem diskutiert, uns vielleicht sogar gestritten. Du aber hast dir einfach nur eine Geschichte ausgedacht. Eine überzeugende Geschichte, Jude, noch dazu eine, die dich als die liebe, fürsorgliche Enkeltochter dastehen ließ. Du hast deine Rolle so *gut* gespielt!«

»Es tut mir leid«, sagte Jude. »Es tut mir wirklich von Herzen leid.« Ihre Stimme kippte, und heiße Tränen liefen ihr über die Wangen. »Ich würde alles dafür geben, wenn ich es ungeschehen machen könnte. Ich begreife selbst nicht, warum ich das getan habe. Aber zwischen mir und Liam war nichts. Das musst du mir glauben.«

Sie beugte sich vor, die Handflächen aneinandergepresst, als würde sie beten. »Ich hatte ihn seit elf Jahren nicht mehr gesehen. Ich war nur … nur … keine Ahnung. Nat, ich will nur dich. Ich werde so etwas niemals mehr tun. Sag mir, dass zwischen uns wieder alles gut ist.«

»*Gut?* Alle werden davon erfahren. Ich werde dastehen wie ein Vollidiot!«

War es *das*, was ihm zu schaffen machte? Jude gab ihm keine Antwort.

»Ich kann nicht mehr klar denken.« Nat stand so abrupt auf, dass sein Stuhl laut über den Fliesenboden scharrte. »Ich muss eine Runde gehen, wieder einen klaren Kopf bekommen. Wir können morgen darüber reden.«

Er verließ die Wohnung. Jude setzte sich hin und ließ den Kopf in die Armbeugen sinken. Sie fühlte sich schlapp, völlig erledigt. Außerdem fror sie, war müde und wahrscheinlich auch hungrig, obwohl sie das nicht genau beurteilen konnte, weil zugleich ein Übelkeitsgefühl in ihr aufstieg. Womöglich nahte die nächste Migräne.

Sie hatte zu Nat gesagt, dass mit Liam nichts gelaufen war. Jetzt. Ihm aber zu erzählen, dass sie vor all den Jahren mit Liam zusammen gewesen war, hatte sich viel zu kompliziert und chaotisch angefühlt, weswegen sie es mit keinem Wort erwähnt hatte.

14

Es war nicht allzu schwer für Jude, den Artikel zu finden: Sie gab einfach Liams Namen und ihren eigenen bei Google ein, und schon erschien er, auf einer Nachrichtenwebsite namens *The Pulse*, von der sie noch nie gehört hatte. Während sie ihn rasch überflog, wurde ihr schlecht. Es war alles da: Liams Ermordung, ihre mysteriöse Beteiligung, das Cottage in Norfolk, die unmissverständliche Andeutung ihrer heimlichen Affäre. Neben einem Foto von Liam, auf dem er schläfrig und amüsiert wirkte, prangte eines von ihr, das sie müde und mit ernster Miene in ihrem Krankenhauskittel zeigte.

Nat kehrte an dem Abend nicht zurück. Jude schlief unruhig. Jedes Mal, wenn sie aufwachte, streckte sie eine Hand nach ihm aus. Sie rief ihn an und schickte ihm Nachrichten, doch es kam keine Reaktion. Ihr blieb nichts anderes übrig, als zu warten, was gar nicht ihre Stärke war, ganz im Gegenteil, sie hasste es.

Um sechs stand sie auf und lief eine kurze Runde. Hinterher duschte sie, zog sich an und aß dann zum Frühstück ein pochiertes Ei und einen Crumpet.

In der Arbeit fiel ihr auf, dass im Lauf des Tages ein paar Leute anfingen, ihr neugierige Seitenblicke zuzuwerfen. Wahrscheinlich hatten sie die Geschichte über sie und Liam gelesen. Sie schauderte vor Scham und fühlte sich gleichzeitig sehr elend und irgendwie kribbelig. Da sie aber wusste, dass man mit Scham am besten fertigwurde, indem man sich ihr stellte, tat sie am Ende ihrer Schicht genau das: Sie hielt vor der Station einen Kollegen auf. Nervös rieb er sich das Gesicht.

»Sagen Sie es einfach.«

Piers war ein sehr dünner, blasser junger Mann. Jude konnte richtig sehen, wie ihm die Röte ins Gesicht stieg.

»Sie haben den Artikel über mich gelesen. Sagen Sie etwas!«

»Ich habe ihn tatsächlich gelesen«, gestand er, ohne sie anzublicken. »Aber erst, nachdem mir jemand das Foto von Ihnen geschickt hatte.«

»Welches Foto?«

»Auf Instagram.«

»Jemand hat ein Foto gepostet?«

»Es ist uralt.«

Während sie zu ihrem Spind eilte, vermied sie es, irgendjemandem in die Augen zu schauen, nur für den Fall, dass noch mehr Leute etwas über sie wussten, das ihr selbst nicht bekannt war. Sie bemühte sich, eine gelassene Miene aufzusetzen, als wäre alles in Ordnung.

Erst als sie das Krankenhausgelände verlassen hatte, suchte sie unter einem Ahornbaum, dessen Laub zum Teil schon am Boden lag, Schutz vor dem strömenden Regen und nahm ihr Handy heraus.

Das Foto war von jemandem namens Flo Duncker gepostet worden. Im ersten Moment konnte Jude mit dem Namen nichts anfangen, doch dann fiel es ihr wieder ein. Dicker Haarzopf, spielte Saxofon, hatte im Jahr ihrer Abschlussprüfung Pfeiffer'sches Drüsenfieber. Sie hatte am Rande mit zu Judes Freundeskreis gehört, aber sie waren nicht in Kontakt geblieben. Jetzt jedoch hatte Flo Duncker ein Foto von ihr gepostet. Mit steifen Fingern vergrößerte sie das Bild.

Ein schlankes Mädchen in ausgefransten Jeansshorts und Bikinioberteil, das kurze schwarze Haar stachelig und feucht. Jude konnte ihre Rippen sehen und das Silberkettchen am Fußgelenk. Sie hatte die Arme um den Hals eines barfüßigen Jungen mit nacktem Oberkörper gelegt, der sie seinerseits um die Taille gefasst hielt, die Hände auf ihrer nackten Haut, den Kopf zu ihr hinuntergebeugt. Beide mit einem verhaltenen Lächeln. Auf dem Foto sind sie im Begriff, sich zu küssen, oder haben sich gerade nach einem Kuss voneinander gelöst.

Ein Nachmittag eines lange zurückliegenden Sommers. Jude wusste, was das Bild nicht zeigte: den Fluss gleich hinter ihr und Liam, wo die Weiden ihre Blätter ins Wasser tauchten und vorbeiziehende Schwäne die Flügel hoben, um Schwimmern zu drohen. Sie konnte sich noch genau an diesen Nachmittag erinnern – so lebhaft, als wäre er gerade erst vergangen. Ein paar von ihnen lagen in der sengenden Hitze am Ufer, verspeisten überreife Kirschen, deren Kerne sie in den Fluss spuckten, tranken warmen Weißwein aus einer Flasche und ließen Joints kreisen. Liam war da, sie konnte ihn sogar mit geschlossenen Augen spüren. Nur ein, zwei Wochen vor dem Unfall.

Wenn ihr Kollege, der nicht einmal zu ihrem Freundeskreis gehörte, dieses Foto gesehen hatte, wer dann noch? Als sie daraufhin einen weiteren Blick auf ihr Handy warf, drehte sich ihr der Magen um: Es gab bereits 5293 Likes und 1077 Kommentare. Noch während sie darauf starrte, stiegen die Zahlen. Am liebsten hätte sie sich auf der Stelle übergeben.

Nat, dachte sie. Er würde es auf jeden Fall zu sehen bekommen.

Sie musste auch an die Polizistin denken, Leila Fox, mit ihren grauen Augen und dem schrecklich liebenswürdigen Lächeln. Jude stellte sie sich vor, wie sie dieses Foto studierte und dabei mit den Fingern auf der Tischplatte herumtrommelte.

Sie wusste nicht, was sie tun sollte. Sie spielte mit dem Gedanken, Nat anzurufen, rief aber stattdessen ihre Freundin Dee an.

»Bist du zu Hause?«

»Auf dem Heimweg. Ich bin so in zehn Minuten da.«

»Kann ich vorbeikommen?«

»Klar. Ich koche schon mal Teewasser. Oder soll ich vielleicht besser den Whisky bereitstellen?«

»Du hast es gesehen?«

»Du siehst darauf ziemlich gut aus.«

Jude beendete das Gespräch und steuerte auf ihr Fahrrad zu.

»Doktor Winter? Entschuldigen Sie. Doktor Winter?«

Jude drehte sich um. Eine Frau in ihrem Alter winkte ihr. Sie hatte ein freundliches Lächeln, kam Jude jedoch nicht bekannt vor.

»Ja?«

»Könnte ich kurz mit Ihnen sprechen?«

»Worüber?«

»Über Liam Birch.«

»Wie meinen Sie das? Wer sind Sie?«

»Es wäre schön, auch Ihre Seite der Geschichte zu hören.«

»Sind Sie Journalistin?«

»Vielleicht hilft es Ihnen …«

Jude wandte sich der Frau zu. Sie wirkte sympathisch, als hätte Jude unter anderen Umständen mit ihr befreundet sein können. Deswegen zwang sie sich, höflich zu bleiben.

»Es tut mit leid. Ich kann nicht.«

»Ich dachte, Sie möchten vielleicht Ihre Version der Geschichte erzählen.«

»Ich lege Wert auf meine Privatsphäre. Ich kann das nicht.«

»Ich möchte Ihnen eine Chance geben zu reagieren.« Die Frau legte eine Hand auf Judes Arm. »Die Leute sagen so allerlei über Sie.«

Für Jude fühlte sich das an wie eine Drohung: Sprich mit mir, sonst … Sie entzog sich dem Griff der Frau und schüttelte den Kopf.

»Es tut mir leid«, sagte sie. »Nein, eigentlich tut es mir überhaupt nicht leid. Gehen Sie. Ich habe Ihnen absolut nichts zu sagen.«

Sie eilte davon, so schnell sie konnte.

Es regnete weiter, sodass Jude frierend und nass bei ihrer Freundin eintraf. Sie war froh, dass Dees Mitbewohnerinnen ein paar Tage weg waren, auf einer Hochzeit in Schottland. Die Vorstellung, von Menschen umringt zu sein und angestarrt, bemitleidet, kritisiert und beurteilt zu werden, war ihr unerträglich. Dee ließ sie auf einem Sofa Platz nehmen und brachte ihr eine warme Strickjacke, ein paar Wandersocken und ein Glas Whisky. Jude nahm einen Schluck. Sie spürte, wie sich ein Gefühl von Wärme in ihrer Brust ausbreitete.

Dee setzte sich Jude gegenüber und betrachtete sie abwartend. Draußen blies der Wind immer stärker. Jude blickte durch das vorhanglose Fenster auf die Kräne am Horizont, deren Beleuchtung die riesigen Ausleger akzentuierte. Sie dachte an ihre und Nats Wohnung, kilometerweit von hier entfernt. Sie hatte sich dort zu Hause gefühlt, doch nun erschien sie ihr plötzlich winzig klein und nicht mehr wie eine sichere Zuflucht.

»Ich stecke in ziemlichen Schwierigkeiten.«

»Erzähl.«

Jude berichtete ihr alles, angefangen von der verträumten Teenagerliebe, die in dem Unfall geendet hatte, bis hin zum Verhörraum der Polizei. Dee sah sie nur an und nickte von Zeit zu Zeit. Auch als Jude schließlich fertig war, sagte sie nichts.

»Und? Glaubst du mir?«

»Was?«

»Dass ich nichts mit Liam hatte. Damit meine ich nicht die Vergangenheit. Ich meine jetzt, sexuell.«

Dee zögerte, kniff die Augen zusammen.

»Hättest du? Wenn er zum Cottage gekommen wäre wie geplant.«

»Nein.«

Dee nickte langsam, nachdenklich. Genau deswegen hatte Jude sich an sie gewandt. Sie war eine Freundin, aber zugleich schonungslos unvoreingenommen. Sie betrachtete alles aus sämtlichen Blickwinkeln und reagierte stets mit Bedacht.

»Glaubt dir Nat?«

»Ich weiß es nicht. Gestern war er …« Sie überlegte einen Moment. »Er war nicht nur wütend. Nein, schlimmer, er war enttäuscht von mir. Das war das Schlimmste. Gestern Abend ist er aus dem Haus gestürmt und nicht mehr zurückgekommen – und das, noch bevor sich dieses Foto wie ein Virus verbreitete. Heute habe ich noch nicht mit ihm gesprochen.«

»Wusste er über dich und Liam Bescheid? Dass ihr damals zusammen wart?«

»Ich weiß, das klingt jetzt seltsam. Es ist kompliziert. Liam war kompliziert. Was ich für ihn empfunden habe … Und dann dieses seltsame Ende. Darüber konnte ich nicht sprechen. Ich hatte nicht die Worte dafür.«

»Die Antwort lautet also Nein.«

Jude nickte. »Ich habe es ihm nie erzählt. Nicht einmal gestern, als wir darüber sprachen, was ich getan hatte – wie ich ihn angelogen hatte und das alles.«

Ein paar Augenblicke saßen sie schweigend da. Dee hielt die Flasche hoch, und als Jude nickte, schenkte sie ihr nach.

»Was soll ich jetzt bloß tun?«

»Mit Nat reden. Was bleibt dir anderes übrig?«

»Du hast recht. Natürlich ist Nat wütend auf mich. Ich habe ihn hintergangen. Glaubst du, er wird mir verzeihen?«

»Das weiß ich nicht.«

»Die ganze Zeit sehe ich ihn beim Feuerwerk vor mir, während ich in dem gruseligen Cottage saß. Er hat mich vermisst, mir vertraut. Bevor alles explodierte. Ich wünschte, ich könnte die Uhr zurückdrehen.«

»Also wenn es dir dann besser geht«, meinte Dee, »dann verrate ich dir jetzt, dass du nicht viel verpasst hast. Es regnete den ganzen Abend. Die meisten von uns haben beim Feuerwerk nicht lange ausgeharrt.«

Jude starrte in ihr leeres Glas.

»Demnach hatte er nicht einmal einen schönen Abend. Ich sollte nach Hause und mit ihm reden. Versuchen, die Dinge wieder ins Lot zu bringen.«

15

Wie lange dauert es, bis ein Leben komplett aus den Fugen gerät?

Jude und Nat saßen sich am Küchentisch gegenüber. Er wirkte müde – er hatte die Nacht auf dem Sofa eines Freundes verbracht – und trug einen Ausdruck feierlichen Kummers zur Schau, während sie ihm erklärte, dass sie ihm trotz dieses scheußlichen Wirrwarrs aus Lügen und vorenthaltener Wahrheiten nicht untreu gewesen sei.

»Du bist der Mann, den ich liebe. Trotzdem habe ich so richtig Mist gebaut. Kannst du mir verzeihen?« Sie streckte eine Hand aus, berührte kurz die seine.

Er starrte sie lange an.

»Ich liebe dich auch«, sagte er schließlich. »Das weißt du. Aber kann ich dir nach alldem noch vertrauen?«

Jude hielt seinem Blick stand. Zu ihrer eigenen Überraschung empfand sie einen Anflug von Zorn. Er blies wie ein frischer Wind durch den Sumpf ihrer Gedanken. Schlagartig hatte sie einen klareren Kopf.

»Ich sage, du kannst«, antwortete sie schließlich. »Aber wenn wir das gut überstehen wollen, darfst du es mir nicht ewig vorhalten: Jude, die Sünderin, und Nat, der Heilige, der ihr verziehen und sie zurückgenommen hat. Ich habe nicht mit Liam geschlafen, und ich hatte es auch nie vor.«

Er nickte bedächtig – nicht zustimmend, sondern nachdenklich, als müsste er sich ihre Worte erst durch den Kopf gehen lassen.

»Nat, wenn du mir das nicht glaubst, sind wir erledigt.«

Nat drehte sich einen Moment weg, sodass Jude sein Gesicht nicht sehen konnte. Nach ein paar Sekunden wandte er sich ihr wieder zu.

»Du hast eine Geschichte erfunden.« Als er weitersprach, imitierte er ihren Ton auf so penetrante Weise, dass sie ihm am liebsten eine geknallt hätte. »›Ach, meine arme Großmutter, sie ist so krank, ich muss sie unbedingt besuchen.‹ Du hast mir diese rührende Geschichte aufgetischt, damit du übers Wochenende mit einem alten Freund von dir wegfahren konntest. So sieht es doch aus.«

»Was das betrifft, habe ich dir bereits die Wahrheit gestanden. Ich habe dir gesagt, dass es mir leidtut. Ich fühle mich deswegen furchtbar, aber ich habe mich entschuldigt. Du musst entscheiden, ob du das akzeptieren und wieder nach vorne blicken kannst oder ob das für uns das Ende ist.«

»Du hast mich als Vollidioten hingestellt.«

»Ist es *das*, was dir zu schaffen macht?«

Er zuckte mit den Achseln. »Ich muss über alles nachdenken«, erklärte er, »bevor ich entscheide, ob ich dir verzeihen kann.«

»Hörst du dir eigentlich zu, Nat? Das sind doch nicht *wir*. Wir ...«

Sie brach ab. Schlagartig verpuffte ihr Zorn, und sie empfand nur noch eine dumpfe Trostlosigkeit. Nats Miene wirkte inzwischen ausdruckslos, als hätte man ihm alle Emotionen aus dem Gesicht gewischt. Dieser Mann, den sie in nur zwei Monaten hatte heiraten wollen, kam ihr nun vor wie ein Fremder.

»Es ist vorbei«, stellte sie fest. »Mit uns ist es vorbei, weil ... ach, sieh uns doch an, Nat!«

Jude verbrachte die Nacht auf dem Sofa. Am nächsten Morgen arbeitete sie sich durch ihre Kontakte, auf der Suche nach einem freien Zimmer. Sie wusste, dass sie jederzeit auf Dees Sofa schlafen konnte, aber Dees Mitbewohnerinnen kehrten am Wochenende wieder zurück, und Jude graute bei der Vorstellung, von Leuten umgeben zu sein, wenn sie sich so verletzt und beschämt fühlte, dass sie sich eigentlich nur verkriechen wollte. Nach etlichen Telefonaten brachte man sie in Kontakt mit Simon, dem Freund eines Freundes, der gerade eines Jobs wegen auf dem Sprung nach Berlin war. Bis es für Jude Zeit wurde, zur Arbeit aufzubrechen, hatte sie bereits mit ihm vereinbart, dass sie auf seine Wohnung aufpassen, seine Katze füttern, seine Pflanzen gießen und ihm wichtige Post nachsenden würde. Sie wollte gleich am folgenden Tag einziehen, ihrem freien Tag vor den nächsten Nachtschichten.

Sie sagte sich, dass es keinen Weg zurück gab. Um zu verhindern, dass sie es sich doch noch anders überlegen konnte, schrieb sie ein paar von ihren engsten Freundinnen und Freunden, dass die Hochzeit abgesagt sei. Ihren Eltern würde sie es persönlich erklären, und die konnten dann ihren Bruder Michael informieren.

Sie wartete auf den Schmerz, doch er blieb aus. Stattdessen empfand sie eine Art Schwerelosigkeit. Sie war allein, ohne Zuhause und ohne Partner. So problemlos, wie man seine Kleidung auszog, war auch das abgestreift, was sie sich als ihre Zukunft vorgestellt hatte. Keine Hochzeit, keine Feier, keine Flitterwochen, kein Hauskauf, keine Kinder in naher Zukunft. All die Pläne, die Arrangements, das Zusammenflechten von zwei Leben – vorbei, und übrig blieb nur dieses Gefühl von Leere.

Die fatale Story dagegen würde sich nicht so schnell in Luft auflösen. Befeuert durch das Foto auf Instagram und Judes rätselhafte Anwesenheit in dem Cottage in Norfolk, entwickelte das Ganze eine schreckliche Dynamik. Am Krankenhauseingang warteten drei Journalisten auf sie, außerdem ein

Fernsehmann mit einer Kamera und einem Mikrofon, das er ihr vors Gesicht hielt.

Sie hörte nicht alles, was sie von ihr wissen wollten, nur ein Durcheinander aus Fragen und Phrasen: *Was war der Grund für Ihr Wochenend-Rendezvous? Was haben Sie getan, und warum? Heimliche Affäre. Jugendschwarm. Liebesnest.* Die Blitzlichter der Kameras blendeten sie, eine Frau schwenkte ihr Notizbuch, der Mann bedrängte sie mit seinem Mikro.

Am liebsten hätte sie diese Leute aufgefordert, sie einfach in Ruhe zu lassen. Ihr war klar, dass sie gar nichts von sich geben sollte, aber dann, aus einem plötzlichen Impuls heraus, tat sie es doch.

»Liam Birch ist tot«, sagte sie. »Jemand hat ihn getötet. Ich werde niemals in der Lage sein, das wiedergutzumachen. Niemals.«

Tapfer blieb sie stehen, mit zorniger Miene, krampfhaft bemüht, nicht zu schreien oder zu weinen oder sich auf dem Boden so klein wie möglich zusammenzurollen. Dann spürte sie plötzlich, wie sich ein Arm um sie legte. Erleichtert lehnte sie sich gegen einen dicken Mantel.

»Kommen Sie, Jude. Hier entlang.«

Es war ihr Facharzt. Er organisierte ihr einen Kaffee, und nachdem sie die ersten heißen, tröstlichen Schlucke genommen hatte, erzählte sie ihm, dass sie gerade eine ziemliche Krise durchmache, was er wahrscheinlich schon mitbekommen habe, aber dass sie dennoch in der Lage sei zu arbeiten. Es werde ihr sogar helfen, fügte sie hinzu: die Struktur und das Gefühl, eine Aufgabe zu haben. Dabei zitterten ihre Hände so sehr, dass sie kaum die Tasse zum Mund führen konnte. Heiße Flüssigkeit schwappte auf den Tisch.

»Sind Sie sicher?«, fragte er mit einem zweifelnden Blick auf ihre fahrigen Hände, ihr müdes Gesicht und ihr Flanellhemd, das sie, wie sie erst jetzt bemerkte, falsch zugeknöpft hatte.

So kam es, dass Jude für zwei Wochen krankgeschrieben wurde. Sie kehrte in ihre Wohnung zurück, während Nat in der Arbeit war, und packte zwei Taschen mit Kleidung und ein paar anderen grundlegenden Dingen, von denen sie dachte, sie würde sie brauchen, um die nächsten paar Tage zu überbrücken. Ihren Laptop samt Ladegerät nahm sie auch mit. Den Abend verbrachte sie bei Dee. Jude wollte nicht reden, und Dee drängte sie auch nicht dazu. Sie ließen sich Pizza kommen und sahen sich einen Film an. Danach richtete Dee ein Bett auf dem Ausziehsofa, von wo Jude durch die vorhanglosen Fenster auf Hochhäuser, Kräne und die blinkenden Lichter von Flugzeugen blicken konnte, die immer höher aufstiegen, um an irgendeinem weit entfernten Ort zu landen.

In den frühen Morgenstunden wachte sie auf. Es hatte zu regnen aufgehört. Durchs Fenster sah sie eine schmale Mondsichel. Während sie so dalag und zu diesem Mond hinausstarrte, wurde ihr erneut bewusst, wie seltsam sich ihr Leben jetzt anfühlte, so schlagartig ausgehöhlt.

Am folgenden Morgen zog sie in Simons Wohnung. Sie lag in Tottenham, im Untergeschoss eines schmalen viktorianischen Hauses, das zwischen zwei moderne Wohnblöcke gequetscht war. Die Räume waren dunkel, Jude roch sofort die Feuchtigkeit. Es gab keinen Platz für ihr Fahrrad, sodass sie es an eine Arbeitsplatte im Küchenbereich lehnte. Das Sofa war fleckig, der Herd klein und rostig, und es gab keinen elektrischen Wasserkocher, nur einen Kessel aus Edelstahl, den man auf die Platte stellen musste. Es dauerte eine Ewigkeit, bis das Wasser darin kochte. Im fensterlosen Bad tröpfelte die Dusche gleichmäßig vor sich hin. Bei den Pflanzen, die sie für Simon gießen sollte, handelte es sich um Farne und Sukkulenten, bei der Katze um einen schmalen, bereits etwas angegrauten Tiger mit einem eingerissenen Ohr und unfreundlicher Miene.

Sie hatte zwei Wochen frei, eigentlich sogar noch mehr,

wegen ihrer Überstunden durch die Nachtschichten, wie ihr klar wurde, während sie ihre wenigen Habseligkeiten in die Schubladen legte, die Simon für sie freigeräumt hatte. Nat und sie hatten vorgehabt wegzufahren und irgendwo ein schönes langes Wochenende zu verbringen.

Neben dem kleinen Tisch in der Küche entdeckte sie eine Steckdose. Sie schaltete ihren Laptop ein, um sich ihre Mails anzusehen. Wie sich herausstellte, hatte sie jede Menge Nachrichten von Freunden bekommen. Es waren Dutzende, und bei fast allen ging es um dasselbe Thema. Sie verzog das Gesicht und wandte sich stattdessen ihren beruflichen Mails zu.

Ihr Handy klingelte. Keine Nummer, die sie kannte. Jude zögerte, ehe sie ranging.

»Hier ist Leila Fox.«

»Was wollen Sie?«

»Ich möchte mit Ihnen sprechen.«

Jude antwortete nicht gleich. Ihr Blick war an einer Mail hängen geblieben. Sie stammte von jemandem namens Danny. Der Betreff lautete »Liam«, und sie konnte die ersten zwei Zeilen sehen: »Mein Name ist Danny Kelner ... Ich war Liams Lebensgefährtin und ...«

Sie klickte die Nachricht an. Die Katze biss sie in den Fußknöchel, woraufhin Jude einen Fluch ausstieß.

»Jude?«, meldete sich Leila Fox wieder zu Wort. »Ist bei Ihnen alles in Ordnung?«

»Ja.«

Jude überflog die Mail.

Mein Name ist Danny Kelner. Ich habe Ihre Mailadresse von der Krankenhaus-Website. Ich war Liams Lebensgefährtin und würde gerne so bald wie möglich mit Ihnen sprechen. Bitte setzen Sie sich mit mir in Verbindung.

Es war eine Mobilnummer angegeben, und darunter eine Website.

»Kann ich zu Ihnen in die Wohnung kommen?«, fragte Leila gerade.

»Ich bin ausgezogen.«

»Aha.« Sie klang nicht überrascht. »Wo stecken Sie denn jetzt?«

»In einem feuchten Loch mit einer Katze, die mich nicht mag. Und in die Arbeit lassen sie mich auch nicht gehen. Ich habe also Zeit, mich mit Ihnen zu treffen, wann immer Sie wollen!« Jude stieß ein Lachen aus, das sogar in ihren eigenen Ohren beängstigend klang. »Ich komme zu Ihnen aufs Revier.«

16

Jude sah über den Tisch hinweg Leila Fox an, die ihren Blick einfach nur wortlos erwiderte. Die Polizistin ließ sich lange Zeit, bis sie das Schweigen brach, und musterte Jude mit freundlicher Miene. Jude traute dem Frieden nicht. Sie hatte das Gefühl, im Moment niemandem trauen zu können.

»Sie machen gerade eine schwere Zeit durch, oder?«, begann die Kriminalbeamtin schließlich.

»Ja.«

»Möchten Sie mehr dazu sagen?«

»Ich glaube nicht, dass Sie sich meine Probleme anhören wollen.«

»Ich will mir alles anhören.« Leila Fox machte eine ausladende Geste und ließ dabei den Blick durch den Verhörraum schweifen. »Das ist jetzt ganz inoffiziell«, fügte sie hinzu. »Es wird nichts aufgenommen. Wir unterhalten uns nur.«

Jude brachte ein Lächeln zustande, stellte aber fest, dass es sie Kraft kostete.

»Ich habe mich immer für eine Person gehalten, die alles unter Kontrolle hat. Fordern Sie mich auf, eine Prüfung abzulegen, und ich bestehe sie. Ich zahle meine Rechnungen pünktlich. Ich vergesse keine Geburtstage.« Sie runzelte die Stirn. »Ich weiß gar nicht, wo ich anfangen soll. Im Moment nehme ich mir eine Auszeit von der Arbeit, weil meine Vorgesetzten mich für instabil halten. Ich gebe ihnen recht. Ich bin selbst auch der Meinung, dass ich zurzeit instabil bin.«

»Es ist gut, dass Sie sich diese Auszeit nehmen.«

»Und wie ich Ihnen schon am Telefon gesagt habe, sieht es so aus, als wäre die Hochzeit abgesagt.«

»Demnach hat er es nicht gut aufgenommen?«

»Ich weiß, dass ich einen Fehler gemacht habe, aber er war so selbstherrlich, als er überlegte, ob er sich dazu durchringen könnte, mir zu verzeihen. Am liebsten hätte ich ihm eine geknallt.«

Leila Fox lächelte. »Und wie kommen Sie mit dem Medieninteresse klar?«

»Ich fühle mich, als hätte man mir die Haut vom Leib gerissen. Ich werde ständig von Journalisten verfolgt.«

»Die sich von Ihnen wünschen, dass Sie ›Ihre Version der Geschichte‹ erzählen?«

»Ich schätze, Sie werden mir jetzt raten, nicht mit den Medienleuten zu sprechen.«

»Wenn Sie etwas Wichtiges zu sagen haben, wäre es mir lieber, Sie würden es zuerst mir erzählen.«

»Ich habe nichts Wichtiges zu vermelden. Ich wünschte, es wäre anders.«

»Falls Sie der Meinung sind, dass es für Sie heilsam wäre, über Ihre Probleme zu sprechen, dann tun Sie das mit einem Therapeuten, nicht mit einem Journalisten. Denn eines kann ich Ihnen versprechen: Selbst wenn die genau das drucken, was Sie sagen, wird es sich nicht so lesen, wie Sie glauben, wenn es da erst einmal schwarz auf weiß steht.«

»Stattdessen habe ich jetzt Ihnen von meinen Problemen erzählt.«

»Gibt es da noch mehr?«

Ein kalter Schauder durchlief Jude.

»Sie wissen doch, wie das ist, wenn man Freunden von einer schlimmen Situation erzählt, in der man sich gerade befindet. Dann trösten sie einen normalerweise mit der Bemerkung, wenigstens sei niemand gestorben.« Jude machte eine vage

Handbewegung, weil sie gerade nichts mehr zu sagen wagte, aus Angst, sie könnte in Tränen ausbrechen. Sie wartete auf eine Reaktion von Leila Fox, doch es erfolgte keine. Deswegen hatte Jude das Gefühl, etwas hinzufügen zu müssen. »Es tut mir leid, aber eigentlich weiß ich gar nicht, was ich hier soll. Im Grunde wiederhole ich nur immer wieder, dass ich nichts weiß, abgesehen von dem, was ich Ihnen bereits gesagt habe.«

»Was sich immer wieder als nicht ganz der Wahrheit entsprechend herausstellt.«

»Anfangs vielleicht, aber jetzt nicht mehr.«

Eine Weile schwiegen sie beide. Obwohl Jude auf den Boden starrte, spürte sie den Blick der Kriminalbeamtin. Als Leila Fox schließlich wieder das Wort ergriff, klang es, als würde sie nur laut aussprechen, was ihr gerade durch den Kopf ging.

»Es hat alles mit Ihnen zu tun«, sagte sie langsam.

»Tut mir leid, ich weiß nicht, was Sie damit meinen.«

»Es ist ein bisschen kompliziert. Wir sprechen hier eigentlich über zwei Verbrechen, und Sie sind in beide verwickelt. Wären Sie nicht gewesen, wären wir bei unseren Ermittlungen im Fall von Liam Birch lediglich von einem schiefgelaufenen Raubüberfall ausgegangen. Das war unser erster Eindruck, bis wir am Telefon mit Ihnen sprachen. Wären Sie nicht gewesen, würde die Presse nur von einem weiteren Beispiel für Londons Problem mit Stichwaffendelikten berichten. Ich glaube, das wollte uns der Mörder eigentlich glauben machen.«

»Wie ist es genau geschehen?«

»Ich hatte Ihnen bereits gesagt, dass es in den Walthamstow Marshes passiert ist, oder?«

»Ja.«

»Er wurde erstochen«, sie legte eine Pause ein, »mit mehreren Messerstichen. Man hat ihn in einem Gebüsch gefunden, ein kleines Stück nördlich eines Bereichs, der zum Reiten genutzt wird. Die Leiche war vom dort verlaufenden Fußweg weggezerrt und mehr schlecht als recht versteckt worden. Aber jemand war mit dem Hund unterwegs und entdeckte sie, nicht lange nachdem es passiert war.«

»Warum hat er sich dort aufgehalten?«

»Er wohnte ganz in der Nähe, nur einen kurzen Fußmarsch entfernt.«

»Sie sagten, es habe zwei Verbrechen gegeben. Was war das zweite?«

»Bei dem zweiten handelte es sich genau genommen nicht um eine richtige Straftat, sondern eher um eine Art potenzielles Verbrechen.«

»Was ist denn ein potenzielles Verbrechen?«

»Wenn jemand eine alte Freundin dazu bringt, mit seinem Handy, seiner Brieftasche und seiner Kreditkarte die Stadt zu verlassen ...« Sie hielt inne, als wäre ihr gerade etwas eingefallen. »Apropos, haben Sie die Kreditkarte benutzt?«

»Der Tank seines Wagens war fast leer. Ich habe sie auf der Hinfahrt benutzt.«

»Warum haben Sie nicht mit Ihrer eigenen Karte bezahlt?«

Jude schluckte, bevor sie antwortete. Es klang anders, wenn sie die Worte laut aussprach.

»Er hat gesagt, ich solle seine Karte benutzen, weil ich schon genug für ihn täte. Er hat darauf bestanden.«

Leila Fox schüttelte langsam den Kopf. »Sie tun mir leid, wirklich. Weil Sie das alles durchstehen müssen. Außerdem mache ich mir auch Sorgen um Sie. Aber was haben Sie sich eigentlich dabei gedacht?«

»Keine Ahnung, ich wusste es selbst nicht so recht. Ich fragte ihn, um welchen Gefallen es gehe, worauf er antwortete, er werde es mir sagen, wenn er ankomme.«

»Aber war es Ihnen denn nicht klar? War es nicht offensichtlich?«

»Was?«

»Bis er eingetroffen wäre, hätten Sie ihm den Gefallen schon getan gehabt.«

»Bitte?«

»Ach, hören Sie doch auf!« Die Kriminalbeamtin wirkte zum ersten Mal verärgert. »Wenn Sie mit seinem Handy die Stadt verlassen und seine Kreditkarte benutzen, um zu tanken, dann geben Sie ihm ein Alibi – ein Alibi für ein Verbrechen. Und wenn jemand dabei einen solchen Aufwand betreibt, dann geht es nicht nur um eine Lappalie.« Fox schob ihren Stuhl zurück, als wollte sie sich dadurch eine bessere Sicht auf Jude verschaffen. »Begreifen Sie denn nicht, was das für einen Eindruck macht, wenn jemand es von außen betrachtet?«

»Wovon sprechen Sie?«

»Von Ihrer Beteiligung. Das wirkt sehr eigenartig. Verdächtig. Kriminell.«

Während Jude überlegte, was sie darauf antworten sollte, herrschte eine ganze Weile Schweigen. War das der Moment, in dem sie sich weigern sollte, weitere Fragen zu beantworten? Oder nach einem Anwalt verlangen? Andererseits wurde sie nicht konkret beschuldigt. Noch nicht. Und nichts davon wurde aufgenommen.

»Haben Sie nie in Betracht gezogen, dass es sich bei Liams Plan vielleicht um etwas ganz Harmloses handelte? Dass er mich am Bahnhof treffen und mir von etwas erzählen wollte, das überhaupt nicht ungesetzlich war?«

»Doch, das habe ich in Betracht gezogen. Ungefähr fünf Sekunden lang.«

»Ist es denkbar, dass es doch nur um einen Raubüberfall ging? Jemand könnte ihn aufgehalten haben, und als sich herausstellte, dass er weder eine Brieftasche noch ein Handy bei sich hatte, könnte der Täter wütend geworden sein und ihn im Affekt erstochen haben.«

»Ist das die Theorie, der Sie nachgehen würden, wenn Sie

ich wären? Dann soll ich also nach einem Fünfzehnjährigen mit einem Messer Ausschau halten?«

»Ich sage ja nur, dass es möglich wäre. Es gibt doch die verschiedensten Motive, jemanden umzubringen.«

»Tja, und *ich* sage, dass Ihnen meiner Meinung nach nicht ganz klar ist, in welcher Situation Sie sich befinden.«

Über diese Äußerung musste Jude fast lachen. »Ich glaube, das weiß ich sehr wohl.«

»Nein«, widersprach Leila Fox mit ernster Miene. »Deswegen möchte ich Ihnen jetzt ein paar Dinge erklären. Erstens, dass es besser wäre, Sie würden mir alles sagen, was Sie möglicherweise verheimlichen – alles, was für diese Ermittlungen relevant sein könnte.«

Die Kriminalbeamtin schwieg einen Moment, als wartete sie darauf, dass Jude mit etwas herausrücken würde.

Jude erwiderte ihren Blick. Dabei registrierte sie die ersten Anzeichen einer nahenden Migräne.

»Und zweitens?«

Leila Fox zuckte mit den Achseln, sichtlich enttäuscht. »Also gut«, antwortete sie. »Ich hatte Ihnen ja bereits gesagt, dass Ihre Beteiligung an der ganzen Sache für uns ein Schock war. Meiner Meinung nach waren wir aber nicht die Einzigen, denen Ihr Auftauchen einen Schock versetzte. Ich glaube, jemand wollte es wie einen Raubüberfall aussehen lassen, und die betreffende Person hätte damit davonkommen können, wären da nicht Sie gewesen.«

Jude setzte zu einer Erwiderung an, doch Fox brachte sie mit einer Handbewegung zum Schweigen.

»Haben Sie noch ein wenig Geduld mit mir. Ich stelle mir die Überraschung dieser Person – oder Personen – vor, als sich bei der Durchsuchung von Birchs Leiche herausstellte, dass er weder eine Brieftasche noch ein Handy bei sich hatte. Wieso denn *das*? Dann wurde die Überraschung bestimmt noch größer, als man durch die Medien von Ihnen erfuhr. Das warf bei der Person – oder den Personen – mit Sicherheit die Frage auf, was es mit Ihrer Beteiligung auf sich hatte. Irgendjemand da draußen fragt sich gerade, was Sie wissen.«

»Ich weiß gar nichts.«

»Das behaupten Sie. Der oder die wissen das aber nicht.«

»Worauf wollen Sie hinaus?«

»Ich will darauf hinaus, dass es sehr in Ihrem Interesse ist, dass wir herausfinden, wer das getan hat. In der Zwischenzeit sollten Sie vorsichtig sein.«

17

Jude klickte auf Danny Kelners Website.

»Wow!«, sagte sie laut.

Allem Anschein nach betrieb Danny Kelner in Clapton einen Laden namens *Lines on the Body*. Sie war Tätowiererin, und auf der Homepage sah man ein Foto von einer Frau mit dunklem Haar und dunklen Augen, drei schön gezeichneten Tränen auf einer Wange und zarten, kaum sichtbaren Wasserwellen um den Hals. Sie wirkte wie eine Frau, die einem die Zukunft vorhersagen konnte oder jemanden mit einem Fluch belegen. Jude klickte sich durch Beispiele ihrer Arbeit, Fotografien von Schlangen, die sich um Hälse wanden, Insekten auf Brüsten und Handrücken, Katzen, die sich über Rücken streckten, Blumen und Ranken, die sich um Beine und Arme schlängelten. Es gab exotische Kalligrafie, Mosaike, Muster aus Punkten, Flecken und Spiralen. Es gab Sterne, Planeten und Kometen. Ein aufwendig dargestellter Drache wand sich um den kahlen Kopf eines Mannes bis hinein in sein Gesicht. War das legal?

Mit dieser Frau war Liam am Ende also zusammen gewesen. Allein schon ihr Anblick bewirkte, dass Jude sich klein, blass und unscheinbar fühlte. Außerdem wusste sie nicht, was sie tun sollte. Was war richtig? Zu antworten oder nicht zu antworten? Sie hatte sich selbst schon genug Schaden zugefügt. Bestimmt war es am besten, gar nichts zu unternehmen.

Aber natürlich wählte sie die Nummer. Es ging so schnell jemand ran, dass sie sich nicht vorbereitet fühlte. Ihre Worte klangen sogar in ihren eigenen Ohren nach nervösem Gestotter, als sie sich vorstellte.

»Hier ist Jude Winter, und es tut mir so leid wegen Ihres Verlustes«, stammelte sie. »Ich weiß gar nicht, was ich sagen soll.«

»Danke«, antwortete Danny mit heiserer, tiefer Stimme. »Es ist gut, dass Sie anrufen.«

Es folgte eine Pause. Jude empfand plötzlich Panik. Zwar wusste sie genau, was sie dringend loswerden wollte, doch zugleich fühlte es sich falsch an, und es fiel ihr schwer, den richtigen Einstieg zu finden, deswegen sprang sie ins kalte Wasser, indem sie einfach drauflosplapperte.

»Ich kann mir vorstellen, wie grauenhaft das für Sie ist. Das Ganze. Es ist einfach eine schreckliche Tragödie. Aber zu allem Überfluss müssen Sie sich auch noch fragen, wer, zum Teufel, ich bin und was um alles in der Welt ich damit zu tun hatte. Ich möchte Ihnen nur sagen – das zuallererst –, dass ich in keinerlei Beziehung zu Liam stand.« Sie hielt einen Moment inne. Beziehung. Was für eine blöde Wortwahl. Natürlich hatte sie in einer Art Beziehung zu Liam gestanden, sogar in der Gegenwart. Sie hatte sich bereit erklärt, ihm diesen Gefallen zu tun. »Wenn ich Beziehung sage, dann meine ich damit, dass da nichts war …« Wieder stockte sie. Sie klang wie eine Irre. »Ich weiß, was Sie wahrscheinlich denken. Aber wir hatten keine Affäre.« Nun war es ausgesprochen. Sie hatte die Worte herausbekommen. »Das wollte ich nur gleich klarstellen. Wir haben miteinander Kaffee getrunken. Das war alles.« Hör zu reden auf, ermahnte sie sich selbst. Halt jetzt einfach die Klappe.

»Ich weiß, wer Sie sind«, antwortete Danny. »Liam hat mir von Ihnen erzählt. Dass er Sie kannte, als Sie noch zur Schule gingen, meine ich.«

»Aber ich hatte ihn seitdem nicht mehr gesehen«, erklärte Jude. »Das müssen Sie mir glauben. Sonst wäre das alles ja noch viel schlimmer für Sie.«

»Sie reden sich leicht. Tatsache ist aber, dass Sie eine der letzten Personen waren, die Liam lebend gesehen haben. Und dann noch diese Verabredung. In Norfolk.«

»Wenn Sie mit mir sprechen wollten, weil ...«

Doch Danny schnitt ihr das Wort ab. »Ich wollte dieses Gespräch, weil das einzig noch Schlimmere, als mit Ihnen zu reden, für mich gewesen wäre, *nicht* mit Ihnen zu reden.«

»Verstehe«, sagte Jude. »Wenn ich Ihnen auf irgendeine Weise helfen kann, dann würde ich das gerne tun.« Was konnte sie noch hinzufügen? »Sollen wir uns treffen?«

Jude hatte dieses Angebot ganz spontan gemacht und bereute es, sobald die Worte ausgesprochen waren. Allerdings war sie sicher, dass Danny es nicht annehmen würde.

»Ja«, antwortete Danny in entschiedenem Ton. »Das fände ich gut.«

»Großartig«, sagte Jude schwach. »Natürlich. Wo? Sollen wir uns auf einen Kaffee treffen?«

»Ich komme im Moment schlecht aus dem Haus. Es ist so viel zu organisieren. Und ich habe ja Alfie. Es ist alles ein bisschen chaotisch. Könnten Sie zu mir kommen? Ich weiß, das ist viel verlangt.«

»Nein, natürlich«, antwortete Jude, »ich komme gerne.«

Es war ja nicht so, als hätte sie etwas anderes zu tun.

18

Zur Bushaltestelle waren es zehn Minuten zu gehen, dann zwanzig Minuten Fahrt mit dem 158er bis zur Bromley Road, wo Jude ausstieg und einen Strauß gelbe und rote Chrysanthemen kaufte. Von dort waren es zu Fuß noch einmal zehn Minuten. Jude sah immer wieder auf ihr Handy, um sicherzustellen, dass die Richtung stimmte. Sie wünschte, sie wäre mit dem Rad gefahren, was viel schneller gegangen wäre, aber es nieselte die ganze Zeit vor sich hin, und sie wollte nicht ausgekühlt und durchnässt ankommen. Während sie durch die Wohnstraßen von Walthamstow marschierte, wurde ihr fast ein wenig schummrig. Die Häuserreihen erschienen ihr vertraut und fremd zugleich. Obwohl dieser Teil von Nordost-London völlig neu für sie war, kamen ihr die Straßen bekannt vor. Sie hätten überall zwischen Richmond und Romford sein können.

Als sie dann aber bei der Adresse ankam, die Danny ihr genannt hatte, war es dort keineswegs wie überall. Eigentlich war es wie nirgendwo sonst. Das Haus stand am Ende einer Sackgasse und wirkte ein wenig windschief. Es hatte eindeutig schon dort gestanden, bevor die restlichen Häuser gebaut wurden, und schien sich nicht recht einzufügen. Zum einen lag es etwas abseits von seinen ordentlichen Nachbarn, lauter dreistöckigen Einzelhäusern mit symmetrischer Front und mittiger Haustür. Zum anderen war es größer und wirkte weniger gepflegt, auf den ersten Blick fast verlassen. An einer Seite führte eine Zufahrt entlang, wie bei einer Baufirma oder einer Werkstatt. Das Haus sah aus, als wäre es früher einmal in ein gewerblich genutztes Gebäude umgewandelt und dann wieder teilweise rückverwandelt worden. Allem Anschein nach waren immer noch Umbauten im Gange.

Sie hatte Liam nicht in einem Vorort vermutet, aber das Haus selbst entsprach schon eher seinem Stil. Er war nie so ganz wie andere Leute gewesen.

Sie läutete. Als sich die Tür öffnete, war sie darauf vorbereitet, irgendetwas Tröstliches und Entschuldigendes zu Danny zu sagen, aber es handelte sich nicht um Danny. Stattdessen sah sie sich einem massigen Mann mit brauner Haarmähne gegenüber, der so lange Bartstoppeln hatte, dass man fast von einem Bart sprechen konnte. Über einer derben Arbeitshose trug er ein blau kariertes Hemd mit bis zu den Ellbogen hochgekrempelten Ärmeln. Er war voller Sägemehl und seine Kleidung ebenfalls. Sogar in seinem Bart hing Sägemehl.

»Wohnt hier eine Danny?«, fragte Jude. »Ich wollte sie besuchen.«

Der Mann runzelte die Stirn. »Wer sind Sie?«

Jude wusste nicht recht, wie ausführlich die Erklärung ausfallen sollte, die von ihr erwartet wurde, insbesondere in Anbetracht der Tatsache, dass sie womöglich vor dem falschen Haus stand. Deswegen nannte sie einfach nur ihren Namen. Der Mann nickte bedächtig.

»Aha, dann weiß ich jetzt, wer Sie sind«, erklärte er. »Wir sind schon ein paarmal auf Sie zu sprechen gekommen. Die geheimnisvolle Frau.«

»An mir ist nicht viel Geheimnisvolles.«

Er bedachte sie mit einem seltsamen Lächeln. »Kommen Sie«, sagte er und winkte sie hinein.

Sie blickte sich um. Vor ihr führte eine Treppe nach oben, und zu beiden Seiten der Diele gingen Türen ab. An der linken Wand hing eine große Leinwand: eine abstrakte Komposition aus grellem Rot, Blau und Gelb – wild wie eine Feuersbrunst oder eine Flut oder Sturmwolken. Auf der rechten Seite war ein Bild direkt auf die Wand gemalt worden: fünf im Kreis tanzende Strichmännchen mit kürbisförmigen Köpfen.

»Das ist von Liam.« Der Mann deutete auf die Leinwand. Dann wandte er sich dem Wandgemälde zu: »Und das von Danny. Sie ist gut.« Er hob seinen linken Arm, an dessen Unterseite sich ein mit grünem Laub und Blüten verzierter Zweig vom Ellbogen bis zum Handgelenk zog. »Das hier ist auch Dannys Werk.«

»Es ist schön.« Jude sah ihn fragend an. »Entschuldigen Sie. Sie scheinen mich zu kennen, aber ich weiß nicht, wer Sie sind.«

»Natürlich nicht.«

Sie schwiegen beide einen Moment. Der Mann musterte sie, als fände er das amüsant.

»Gut«, sagte sie schließlich. »Ich wollte nur Danny besuchen.«

Er stieß ein dröhnendes Lachen aus. »Ich bin Vin.«

Er streckte ihr die Hand hin. Jude musste sich erst den großen Blumenstrauß unter den Arm klemmen, ehe sie ihm die Hand schütteln konnte. Als sie es schließlich tat, kam es ihr vor, als wäre ihre Hand komplett von der seinen umschlossen.

»Liam und ich sind alte Freunde. Wir arbeiten zusammen.« Er korrigierte sich: »Wir *arbeiteten* zusammen. Es fühlt sich seltsam und falsch an, in der Vergangenheit von ihm zu sprechen.«

»Es tut mir leid«, sagte Jude. »Das muss für Sie alle so schrecklich sein.«

Vin nickte. »Wir sind noch damit beschäftigt, es zu verdauen. Da ist so vieles, worum man sich kümmern muss. Liam war unser Achsnagel, wenn Sie wissen, was ich meine.«

»Ja.«

»Wirklich? Sie wissen, was ein Achsnagel ist?«

»Ich weiß, dass es etwas Wichtiges ist. Etwas, das die Dinge zusammenhält.«

»Nicht nur die Dinge«, entgegnete Vin mit ernster Miene. »Sie wissen, wie man ein Speichenrad an einer Achse befestigt?«

Jude hoffte, dass er in diesem Fall keine Antwort von ihr erwartete.

»Der Achsnagel«, fuhr Vin fort, »ist das, was man durch das Loch am Ende der Achse steckt, um das Rad an Ort und Stelle zu halten. Wir waren wie die Speichen des Rades, und Liam hielt uns zusammen.«

Jude überlegte, wie sie diese Unterhaltung fortsetzen sollte. In dem Moment hörte sie jemanden ihren Namen rufen. Als sie sich daraufhin umsah, erkannte sie Danny auf den ersten Blick.

Wie sie schon von ihrem Foto wusste, hatte Danny sehr dunkles Haar und sehr bleiche Haut, doch zusätzlich erkannte Jude die Spuren eines Schocks. Als junger Ärztin war ihr das bei vielen Leuten nach einem Herzinfarkt oder Schlaganfall begegnet. Man sah es aber auch bei Patienten, denen mitgeteilt worden war, dass sie an Krebs litten. Es war so ein Ausdruck in den Augen, eine besondere Blässe der Haut, die einem Menschen anhaftet, dessen ganze Welt sich auf einen Schlag verändert hatte. Dannys Gesicht war das einer Frau, die viel geweint und nicht geschlafen hatte – eine Schönheit unter Schock: groß, stark, aufgelöst, tragisch, hinreißend. Ihre Kleidung bestand aus mehreren Schichten dunkler Stoffe, von denen man nicht sagen konnte, ob sie gedankenlos übereinandergezogen oder aber sorgfältig ausgewählt worden waren.

»Ich war mir nicht sicher, ob Sie tatsächlich kommen würden«, sagte sie mit einer Stimme, die an den Rändern verwaschen klang. »Das ist nett von Ihnen. Nicht jede würde das tun.«

Jude streckte ihr die Blumen hin. »Vielleicht sind sie zu farbenfroh«, erklärte sie. »Aber die Vorstellung, Ihnen Lilien zu überreichen, war mir einfach unerträglich.«

Danny griff danach und blickte mit gleichgültiger Miene auf den Strauß hinunter. »Sie sind perfekt.«

Sie findet sie scheußlich, dachte Jude.

»Ich bringe Ihnen eine Tasse Tee, meine Liebe«, mischte Vin sich ein. Er sah Jude an. »Ist Ihnen das recht?«

»Ja, ganz normalen Tee, bitte.«

»Hier gibt es nur Kräuter«, entgegnete Vin.

»Dann nehme ich, was Danny nimmt.«

19

Danny führte Jude durch eine Tür jenseits der Gemälde in einen Raum, der wie eine Art Kreuzung aus einem Wintergarten und einer Werkstatt wirkte. Es war dort sehr kalt und sehr hell. Das hintere Ende bestand ganz aus Glas, aber einige der Scheiben wiesen Sprünge auf, und eine war mit einer sich im Wind blähenden Plane abgedeckt. An der Decke waren Baumaßnahmen im Gange, bei einem Teil davon die Holzbalken freigelegt. An einer Wand stand eine Art Tapeziertisch auf Böcken, beladen mit Farbwannen, Pinseln, Sägen, einer Bohrmaschine, Schleifpapier und Flaschen mit einer weißlichen Flüssigkeit. Jude fragte sich, was wohl alles passieren konnte, wenn ein Kleinkind auf diesen Raum voller scharfkantiger Werkzeuge und giftiger Flüssigkeiten losgelassen wurde. In der Raummitte thronte ein riesiger Korbstuhl mit runder Rückenlehne und einem Stapel farbenfroher Kissen. Wasser tropfte in einen Eimer neben der Tür, die in den Garten führte, wobei es sich aber gar nicht um einen richtigen Garten handelte, sondern eher um einen großen Lagerplatz für ein Sammelsurium an Gegenständen: Jude konnte ein rostiges Fahrrad ausmachen, eine altmodische Kommode, Türme aus angeschlagenen Terrakottatöpfen, eine Badewanne mit Klauenfüßen, einen steinernen Greif, einen Hängemattenständer, eine Wäscheschleuder, einen Vogelkäfig, mehrere Stühle mit Sprossenlehne, zwei große, in transparente Plastikfolie gehüllte Lautsprecher und inmitten von alledem ein kleines Fleckchen Garten mit ein paar knorrigen Winterpflanzen.

»Ein Großteil von diesem Zeug da draußen gehört Irina«,

bemerkte Danny, während sie die Blumen auf dem Tisch ablegte.

Jude hatte keine Ahnung, wer Irina war, doch ehe sie fragen konnte, wurde auf der anderen Seite des Raums eine Tür aufgeschoben, und ein kleiner Junge stolperte herein. Sein Schwung trieb ihn ein paar Schritte an, mit wackeligen Beinchen und ausgestreckten Armen, ehe er vor Jude und Danny zu einem weichen Häufchen zusammenfiel. Er starrte zu ihnen hoch: dunkle Locken, dunkle Augen und ein Mund, der noch unentschlossen war, ob er sich zu lautem Geheul öffnen sollte.

»Hoch mit dir!«, sagte Danny in nüchternem Ton, schob die Hände unter seine Achseln und hievte ihn auf die Füße. Dann drehte sie ihn herum, sodass er in Judes Richtung blickte. »Das ist Alfie«, stellte sie ihn vor.

Liams Sohn. Liams fast schwarze Augen und sein breiter Mund. Jude beugte sich ein wenig zu ihm hinunter, registrierte seine weißen Zähne, die langen Wimpern, die weichen Wangen. Er trug eine gestreifte Latzhose, die mit Farbe bespritzt war, und ein buttergelbes T-Shirt.

»Hallo, Alfie«, sagte sie, verlegen und schüchtern.

Wenige ihrer Freundinnen hatten Kinder. Sie wusste nicht so recht, was man zu einem Einjährigen sagte oder wie man sich verhielt. Sie deutete auf sich selbst. »Ich bin Jude.«

»Sag Hallo zu Jude«, meinte Danny, während sie ihren Sohn auf den Boden sinken ließ, wo er mit gegrätschten Beinen sitzen blieb. Er starrte ein paar Augenblicke zu ihr hinauf, ohne zu blinzeln. Dann schlug er die Hände vors Gesicht, spreizte dabei aber die Finger, sodass seine Augen hindurchblitzten.

»Er ist wie sein Vater, nicht wahr?«

»Ja«, antwortete Jude, der das alles völlig irreal erschien.

»Haben Sie jemals Fotos von Liam gesehen, als er in Alfies Alter war?«

»Nein.«

Natürlich hatte Jude keine solchen Fotos gesehen. Sie war nur ein einziges Mal bei ihm im Haus gewesen und hatte seine Eltern nie zu Gesicht bekommen.

»Tee für die zwei Damen.« Vin kam mit zwei großen Keramikbechern herein und stellte sie auf den Tisch. »Fenchel.«

»Danke.« Danny würdigte ihn kaum eines Blickes, ließ aber die Hand an seinem Arm hinuntergleiten. »Kannst du Alfie ein bisschen nehmen, während wir unser Gespräch führen?«

Unser Gespräch. Das verhieß nichts Gutes. Jude nahm einen Schluck von ihrem Tee, der überraschend gut schmeckte. Ihr wurde bewusst, wie müde sie war.

»Klar.« Vin beugte sich hinunter und hievte Alfie auf seine Schultern. Alfie quietschte und packte ihn an den Ohren. »Komm, du Schlingel, du kannst mir helfen.« Vin gab ein Motorengeräusch von sich, vielleicht das eines Flugzeugs, während sie durch die Tür verschwanden.

»Er versteht es noch nicht«, erklärte Danny, die den beiden nachsah. Dabei wurde ihre Miene für einen Moment weich.

»Für Sie ist es bestimmt sehr schwer.«

»Ja, ist es. Setzen Sie sich.«

Jude blickte sich um. Abgesehen von dem Korbmonster gab es noch ein paar einzelne, nicht zusammenpassende Stühle, die unter den Tisch geschoben waren, außerdem einen fleckigen Sitzsack. Sie zog sich einen der Stühle heraus und nahm darauf Platz. Danny setzte sich auf den Korbthron, ließ sich seufzend in die Kissen sinken und zog die Beine an. Sie trug hölzerne Armreifen, die gegeneinander schlugen, als sie ihre Teetasse zum Mund führte. Ihre Finger schmückten zahlreiche Ringe. Einen Moment herrschte Stille.

»Sie sind Tätowiererin«, bemerkte Jude.

Danny wirkte amüsiert. »Und Sie Ärztin.«

»Ja.«

»Einer von den anderen Hausbewohnern wird Doc genannt, ich weiß nicht, warum, er ist ganz bestimmt kein Arzt. Ich weiß eigentlich gar nicht, was er macht. Die meiste Zeit spielt er Gitarre und hat lauten Sex mit Erika oder lässt mitten in der Nacht Toast anbrennen.«

Erika, dachte Jude. Die Frau, die Liam angerufen hatte – in der Nacht, in der er gestorben war.

»Das erinnert mich an meine Zeiten an der Uni«, stellte sie fest. Da Danny nicht reagierte, hatte sie das Gefühl, eine Erklärung nachschieben zu müssen. »Sie wissen schon. Sich mit mehreren Leuten ein Haus zu teilen, als Wohngemeinschaft.«

Danny beugte sich vor, stellte ihren Teebecher auf den Boden und richtete sich dann wieder auf.

»Erzählen Sie mir von Ihnen und Liam.«

Oben hörte man plötzlich lautes Hämmern. Jude wartete, bis es wieder aufhörte.

»Mich und Liam gab es nicht. Ich hatte ihn mit achtzehn das letzte Mal gesehen. Und dann tauchte er plötzlich bei mir im Krankenhaus auf, ein paar Tage bevor er starb.«

Danny lächelte, wobei es sich gar nicht um ein richtiges Lächeln handelte, sondern eher um ein Blecken der Zähne. Jude bemerkte, dass sie mit beiden Händen die Tischkante umklammerte, als bemühte sie sich krampfhaft, die Beherrschung nicht zu verlieren.

»Versuchen Sie es mal aus meinem Blickwinkel zu sehen«, sagte sie mit kratziger Stimme. »Da gibt es dieses Mädchen, das Liam im Lauf der Jahre immer wieder mal erwähnt, für gewöhnlich, wenn er betrunken und schwermütig ist, ein Mädchen, in das er sich verliebt hatte, als er noch ein Junge war. Manchmal war ich fast eifersüchtig auf sie.« Wieder dieses Lächeln. »Und dann lässt sich dieser verdammte Idiot ermorden, da draußen in der Kälte, im Schlamm, im Regen – mein schöner Mann, mein Liebster –, und wie sich herausstellt, hatte er vorgehabt, das Wochenende mit dieser Frau aus seiner Vergangenheit zu verbringen. Mit Ihnen.«

»Das Wochenende zu verbringen«, wiederholte Jude. »Das klingt ganz anders, als es wirklich war. Er hatte mich irgendwie aufgespürt und tauchte bei mir in der Arbeit auf, aus heiterem Himmel. Es war nach einer Nachtschicht, wir tranken einen Kaffee miteinander, er erzählte mir von Alfie, sagte, er müsse mich um einen Gefallen bitten, ich solle zu diesem Cottage fahren und dort auf ihn warten, dann werde er es mir erklären. Das ist alles. Mehr war da nicht.«

»Ich mag Geschichten«, erwiderte Danny. »Wenn die Leute wegen einer Tätowierung zu mir kommen, erkläre ich ihnen immer, dass jedes Bild, das ich ihnen in die Haut steche, eine Geschichte erzählen muss. Es darf nicht nur eine vorübergehende Laune sein. Sehen Sie.« Sie zog den weiten Ärmel ihres Oberteils hoch und drehte die Innenseite ihres Unterarms nach oben. Jude stand auf und ging zu ihr hinüber. Auf den ersten Blick glaubte sie auf der blassen Haut zwischen Ellbogen und Handgelenk eine Reihe von zarten Häkchen zu erkennen, doch dann begriff sie, dass es in Wirklichkeit Vögel waren, dargestellt im Flug, mit jeweils unterschiedlichem Flügelschlagwinkel.

Danny ballte die Hand zur Faust und ließ sie wieder locker, wodurch sich die Formen bewegten.

»Jeder dieser Vögel ist einer meiner Toten. Das hier ist meine Oma, das mein Vater. Hier ist ein Freund von mir, der sich umgebracht hat.« Sie drückte ihren Zeigefinger auf eine dunkelrote Form. »Das ist mein Hund. Bald werde ich einen für Liam machen. Ich muss nur erst erspüren, welche Farbe er hat.«

Sie hob den Kopf. In ihren Augen glitzerten Tränen. »Jede Tätowierung sollte für die Person, die sie trägt, eine geheime Bedeutung haben. Die Leute erzählen mir ihre Geschichten, und ich helfe ihnen dann, das Bild zu finden. Jetzt frage ich mich gerade, welche Geschichte ich glauben soll. Dass er mir untreu war oder dass er irgendein Geheimnis hatte, bei dem Sie ihm helfen sollten, mit diesem Gefallen? Warum hätten Sie ihm den eigentlich tun sollen? Nur, weil er nach all den Jahren wieder in Ihr Leben trat und Sie darum bat? Ich weiß zwar, dass er ziemlich überzeugend sein konnte, aber das klingt trotzdem ein bisschen schräg.«

»Mehr kann ich Ihnen nicht sagen«, entgegnete Jude, während sie zu ihrem Stuhl zurückkehrte. »Mehr weiß ich einfach nicht. Ich wünschte, es wäre anders.«

Sie musste an das denken, was Leila Fox ihr erklärt hatte: dass sie als Liams Alibi gedacht gewesen war – aber ein Alibi wofür? Was hatte Liam im Schilde geführt? Wusste diese Frau, die Tintentränen auf der Wange trug, irgendetwas darüber?

»Schwören Sie es«, sagte Danny. »Schwören Sie es bei Ihrem Leben?«

Es war überhaupt nicht lustig, aber Jude hätte beinahe losgeprustet, wenn auch mehr aus Verzweiflung. Bei seinem Leben zu schwören kam ihr vor wie auf dem Spielplatz, als sie zehn war.

»Ja. Bei meinem Leben.«

»Sie sind nicht das, was ich erwartet hatte«, stellte Danny fest.

»Wie meinen Sie das?«

»Ich hasse Sie nicht.«

Jude stieß ein überraschtes Lachen aus. »Dann sage ich wohl mal danke.«

»Haben Sie ihn geliebt?«

»Sie meinen, als wir jung waren? Ja. Zumindest war ich in ihn verliebt. Wenn ich zurückblicke, glaube ich, dass es mir damals Angst machte, wie heftig ich mich in ihn verliebt hatte. Es war, als wüsste ich nicht mehr, wer ich …«

Sie brach ab, erschrocken über sich selbst. Leila Fox hatte sie gewarnt: Wenn sie eine Therapie brauchte, sollte sie mit einem Therapeuten sprechen, nicht mit Journalisten. Auf keinen Fall aber sollte sie Liams trauernde Partnerin mit Details bezüglich ihrer Gefühle für ihn belästigen, die sie bisher noch nie laut ausgesprochen hatte.

»Das war vor langer Zeit«, versuchte sie sich von ihren vorherigen Worten zu distanzieren. »Ich war damals erst achtzehn, noch dazu junge achtzehn.«

Dieses Mal bedachte Danny sie mit einem echten, mitfühlenden Lächeln.

»Liam besaß diese Macht«, erklärte sie. »Es hat lange gedauert, bis ich lernte, meine eigene Persönlichkeit zu behaupten und mich nicht ganz für ihn aufzugeben. Frauen sind zu schnell bereit, sich selbst zu verlieren.«

Jude konnte sich nicht vorstellen, dass Danny sich an irgendjemanden verlor. Sie schätzte sie eher als diejenige Person ein, die am anderen Ende der Gleichung übrig blieb. Trotzdem nickte sie zustimmend.

»Dann kam Alfie«, fuhr Danny fort. »Nichts ähnelt dem Gefühl, das man für ein Kind empfindet.« Sie wirkte jetzt verträumt, hielt den Blick auf das draußen gelagerte Gerümpel gerichtet. »Verstehen Sie mich nicht falsch, Liam war ein sehr hingebungsvoller Vater.«

»Es tut mir so leid«, sagte Jude erneut. Das war ihr Refrain. *Es tut mir so leid für Sie. So leid, leid, leid.*

»Der arme Kleine«, meinte Danny. »Er wird sich nicht mal an seinen Vater erinnern. Liam wird nur ein Name sein, ein Gesicht auf einem Foto. Ich dagegen werde mich immer an ihn erinnern. Ich werde nie über ihn hinwegkommen.«

Sie erhob sich abrupt.

»Ich schätze mal, ich kann Ihnen glauben – wie seltsam Ihre kleine Geschichte auch sein mag.«

Jude beschloss, ihr diesen Nachsatz nicht krummzunehmen. Ihre Geschichte war *tatsächlich* seltsam.

»Danke.«

»Oder vielleicht auch nicht.«

»Verstehe.«

»Ich musste Sie einfach sehen, Sie unter die Lupe nehmen.« Sie starrte Jude so eindringlich an, dass diese am liebsten eine Grimasse geschnitten hätte. »Wobei Sie nicht mal besonders schön oder faszinierend sind.«

»Sie müssen mir das alles wirklich nicht ins Gesicht sagen.«

»Ganz anders als das Bild, das ich all die Jahre von Ihnen im Kopf hatte. Das Mädchen, dem niemand das Wasser reichen konnte. Liam war es – schön, meine ich, und faszinierend.«

»Ich glaube, Sie sollten dieses Gespräch mit jemand anderem führen.«

»Aber aus irgendeinem Grund hat er sich Sie ausgesucht.«

»Ich habe ihn mir auch ausgesucht, müssen Sie wissen.«

Danny warf ihr einen sarkastischen Blick zu. »Ich wollte damit nur sagen, dass er sich an Sie gewandt hat. Wegen seines Gefallens.«

»Wie bereits mehrfach erwähnt, habe ich keine Ahnung, warum er das getan hat.«

»Ja, das sagen Sie immer wieder. Trotzdem hatte er eine Affäre, wenn auch vielleicht nicht mit Ihnen.«

»Woher wollen Sie das wissen?«

»Etwas hatte sich verändert. Er war anders zu mir.«

Jude wusste nicht so recht, wie sie auf diese Frau reagieren sollte, die sie behandelte wie eine enge Freundin, gleichzeitig aber auch beleidigte.

»Das muss schwierig für Sie sein«, meinte sie lahm.

»Ich werde es herausfinden.« Danny griff nach den Blumen, die Jude mitgebracht hatte. »Es ist Teil des Trauerprozesses.«

»Akzeptanz«, sagte Jude. »Endet der Prozess nicht damit?«

Danny nickte. »Ja, aber Wut gehört auch dazu. Wut ist notwendig, glaube ich.«

Jude fragte sich, wie viel von der Wut gegen sie gerichtet war, doch dann wurden sie beide von einem lauten Bumm-Bumm-Bumm auf der Treppe abgelenkt. Dannys Miene wirkte schlagartig weicher. »Hier kommt Alfie, auf seinem Hinterteil.«

Nach einem letzten Bumm kehrte Stille ein. Zusammen traten sie hinaus in die Diele, wo Danny den kleinen Jungen hochhob. Er schmiegte seinen kleinen Körper an den ihren und packte eine Strähne ihres dichten dunklen Haars. Die Blumen, die sie in der Hand hielt, ruhten auf seinem Lockenkopf.

Die Haustür schwang auf, und ein junger Mann in Laufausrüstung kam herein. Er hatte rotes Haar, ein rotes, schweißbedecktes Gesicht, etwas abstehende Ohren und derart blaue Augen, dass es fast schon unnatürlich wirkte.

»Entschuldigung«, sagte er verlegen. Er sprach mit einem leichten Akzent, vielleicht Niederländisch, dachte Jude.

»Jan«, stellte Danny ihn vor. »Das hier ist Jude.«

»Hallo«, begrüßte ihn Jude.

Jan streckte ihr eine schweißnasse Hand entgegen, zog sie aber gleich wieder zurück, wischte sie an seinen Shorts ab und trat verlegen von einem Fuß auf den anderen. »Hallo«, sagte er. »Freut mich, Sie kennenzulernen.«

»Jan ist erst seit September bei uns«, erklärte Danny. »Ich glaube, er hat hier mehr bekommen, als er erwartet hatte.«

Jan begann sich seitwärts in Richtung Treppe zu bewegen.

»Duschen«, stieß er hervor, bereits auf der ersten Treppenstufe.

»Er ist *Mathematiker*«, wandte Danny sich an Jude, als wäre er schon außer Hörweite.

Sie redete über Jan, als wäre er ein kleiner Junge, der lediglich irgendein Spiel spielte. Seine Röte verstärkte sich noch. Sogar die Spitzen seiner Ohren glühten.

»Das hört sich doch gut an.«

Während Jude die Worte aussprach, fragte sie sich, warum eigentlich alles, was sie von sich gab, idiotisch klang. Aber er lächelte.

»Ja, danke. Es ist tatsächlich gut.«

Jude beschloss, dass es Zeit war zu gehen. Sie streckte Danny die Hand hin. Danny griff danach und ließ sie nicht mehr los.

»Ich könnte Ihnen eine Tätowierung machen«, schlug sie vor. »Es ist eine schöne Art, einen besonderen Moment festzuhalten.«

Jude entsetzte der Gedanke.

»Eine interessante Idee«, antwortete sie.

»Sie sind doch Ärztin. Da können Sie ja keine Angst vor Nadeln haben. Irgendetwas Schönes und Zartes, mit einer geheimen Bedeutung.«

»Ich werde darüber nachdenken.«

»Tun Sie das. Wir treffen uns bestimmt bald wieder.«

Das verblüffte Jude. Warum sollten sie sich bald wieder treffen? Wozu?

20

»Marschieren Sie immer so schnell?«, fragte eine Stimme hinter ihr.

Als Jude sich umdrehte, sah sie sich Vin gegenüber. Er trug eine abgewetzte Lederjacke, die ein knarzendes Geräusch von sich gab, wenn er die Arme schwingen ließ. Auf seinem Haar und Bart glitzerten Regentropfen.

»Ich habe mir gedacht, ich begleite Sie zur Bushaltestelle.«

»Das ist nicht nötig.«

»Schon in Ordnung. Ich wollte mit Ihnen reden.«

»Worüber?«

»Sie wissen schon. Das große Geheimnis.«

»Es gibt kein Geheimnis.«

»Liam führte etwas im Schilde. Und Sie waren daran beteiligt.«

Jude blieb abrupt stehen und wandte sich Vin zu.

»Da liegen Sie komplett falsch«, entgegnete sie. »Ich hatte gerade dieses Gespräch mit Danny. Fragen Sie einfach sie.«

»Liam war mein Freund, Dannys Partner, Alfies Vater. Wir müssen wissen, was in seinem Leben vorging, bevor er starb. Also, was lief da ab?«

»Ich weiß es nicht.«

Vin starrte sie an, die Hände in den Taschen.

»Hören Sie«, fuhr Jude fort, »das alles tut mir wirklich leid. Es tut mir leid, dass Sie Ihren Freund verloren haben, aber ich habe auch ein paar eigene Probleme.«

»Möchten Sie auf einen Drink gehen?«

»Nein.« Es war vier Uhr nachmittags.

»Etwas zu essen?«

»Ich muss wirklich los.«

»Ich habe das Mittagessen übersehen«, erklärte er. »In dem Haus kann man nie so genau sagen, wie spät es gerade ist.«

»Wie viele sind Sie eigentlich?«

»Sechs, seit Liam nicht mehr da ist.« Er überlegte einen Moment. »Sieben, wenn man Alfie mitzählt. Es gibt Danny und mich, und natürlich Irina.«

»Die Frau, der das ganze Zeug im Garten gehört.«

»Genau die. Sie verdient ihren Lebensunterhalt mit Hausentrümpelungen, nimmt alles mit, was sonst niemand gebrauchen kann, und eine Menge davon landet bei uns. Sie sollten mal ihr Zimmer sehen. Sie ist großartig, ein bisschen ausgeflippt. Wenn sie nicht schlafen kann, tanzt sie wie ein Irrwisch, und manchmal schleppt sie seltsame Bettgenossen an. Außerdem gibt es noch Erika und Doc. Die beiden bewohnen das Dachzimmer.« Er lächelte leicht. »Sie sind laut.«

»Das ist mir schon zu Ohren gekommen. Und dann ist da noch Jan, der Mathematiker.«

»Sie haben gut aufgepasst. Jan gehört eigentlich nicht zur Hausgemeinschaft. Er wohnt nur vorübergehend hier. Liam brauchte das Geld. Jan bleibt für sich. Er geht laufen, hockt ansonsten in seinem Zimmer und bewahrt sein eigenes Essen in einer Tupperdose auf.«

»Das Haus gehörte Liam?«

»Richtig. Zumindest war er derjenige, der das Geld aufgenommen hatte, um es zu kaufen, aber das läuft wahrscheinlich auf dasselbe hinaus. Im Grunde wohnen wir hier also alle zur Miete, auch wenn sich das nie so angefühlt hat. Wir zahlen unterschiedlich hohe Beträge und helfen bei der Renovierung – einige mehr, andere weniger«, fügte er hinzu und deutete auf sich selbst. »Hier steht der Hauptbaumeister. Das Haus war eine Ruine, als Liam es erworben hat. Wenn erst einmal Wasser ins Gebäude eindringt, geht es ziemlich schnell bergab. Es ist größtenteils immer noch in schlechtem Zustand, könnte aber wundervoll werden. Oder zumindest ...«, er zog eine Grimasse, »... hätte es werden können. Wenn Sie das nächste Mal kommen, zeige ich Ihnen den Rest.«

Sie hatten die Bushaltestelle erreicht. Vin überraschte sie, indem er ihr eine schwere Hand auf die Schulter legte und ihr dabei ins Gesicht starrte, als wäre sie ein Rätsel, das er unbedingt lösen wollte.

»Haben Sie ein bisschen Nachsicht mit uns«, sagte er. »Wir stehen alle unter Schock.«

Warum erzählst du mir das?, fragte sich Jude. *Es interessiert mich nicht.*

»Vielleicht können Sie uns helfen.«

»Das kann ich nicht.«

Vin ließ die Hand sinken und trat einen Schritt zurück. »Wir werden sehen.«

21

Jude machte sich eine Pastinakensuppe mit viel Curry und hörte beim Essen dann einen Podcast, um auf diese Weise ihre eigenen Gedanken auszublenden. Die Wohnung in Tottenham war kalt und still, und die Luft roch nach feuchten Mauern. Jude war es nicht gewohnt, allein zu sein. Sie hatte nie allein gelebt, sondern sich immer mit jemandem aus ihrem Freundeskreis eine Wohnung geteilt, und während des letzten Jahres hatte sie mit Nat zusammengewohnt. Sie verbrachte selten mal einen Abend allein, und wenn doch, empfand sie das als Luxus. Jetzt fühlte es sich nicht so an.

Eine Gruppe von Freunden traf sich später in einem Pub in Islington. Sie überlegte, ob sie zu ihnen stoßen sollte, ihre Sorgen ertränken. Aber draußen war es ungemütlich, dunkel und nass. Sie hörte Regenwasser von den Dachrinnen tropfen. Außerdem schreckte sie der Gedanke, mit Leuten zusammen zu sein, die noch ihr ganz normales Leben führten: arbeiteten, sich verabredeten, lachten und Pläne schmiedeten. Sie hatte keine Lust auf ihre neugierigen Fragen oder ihr Mitgefühl.

Schließlich rang sie sich zu einer Entscheidung durch und stand entschlossen auf. Sie musste es sofort tun. Je länger sie wartete, desto schwieriger wurde es.

Sie griff nach ihrem Laptop, fuhr ihn hoch und rief die Hochzeitsliste auf. Nachdenklich starrte sie darauf. Sie konnte nicht einfach eine Mail an alle schicken, denn dann würde sie zusätzlich zu ihren eigenen Verwandten und Freunden auch die von Nat informieren. Deswegen fügte sie mühevoll die Adressen von all denen ein, die ihr nach ihrer eigenen Einschätzung besonders nahestanden. Diese Aufteilung in »seine« und »ihre« ließ sie einen Moment das Gesicht verziehen. Es gab etliche Leute, die zu ihnen beiden gehörten. Sie setzte sie ebenfalls auf ihre Liste und schrieb dann Nat in die Blindkopiezeile. Auf diese Weise würde er wissen, wen sie bereits informiert hatte.

All ihr Lieben, ein paar von euch haben es inzwischen wohl schon gehört. Ich fürchte, die Hochzeit ist abgesagt!

Nachdem sie eine Weile nachdenklich auf einem Finger herumgekaut hatte, löschte sie das Ausrufezeichen wieder. Es wirkte zu forsch. Anschließend löschte sie auch den Rest und fing von vorne an.

Alle meine Lieben, es tut mir so leid, dass ich das in Form einer solchen Gruppenmail machen muss, aber ich wollte euch alle gleichzeitig informieren und werde mich bald persönlich mit euch in Verbindung setzen. Nat und ich haben uns getrennt. Ich bin ausgezogen. Das bedeutet zwangsläufig, dass es keine Hochzeit geben wird und vieles andere auch nicht. Deswegen schreibe ich euch heute: zum einen, um euch mitzuteilen, dass die Feier abgesagt ist – der Tanz in der Scheune fällt aus –, zum anderen aber auch, um euch wissen zu lassen, wie gern ich euch alle habe.

Ging das so? War es zu emotional? Nicht feierlich oder formell genug? Ihr Finger schwebte bereits wieder über der Löschtaste, doch dann dachte sie sich, *was soll's*, und drückte auf »Senden«. Wusch, und weg war die Nachricht. Jude stellte sich vor, wie ihre Freunde ein Ping hörten, ihre Handys zückten, die Neuigkeit lasen, sich gegenseitig anriefen ...

Ihre Eltern hatte sie nicht auf die Mailliste gesetzt. Während der letzten Schreckenstage hatte sie mit ihnen keinen Kontakt gehabt, weil ihr allein schon der Gedanke, ihnen die Geschehnisse erklären zu müssen, unerträglich gewesen war. Sie musste sie dringend anrufen, am besten sofort, bevor jemand anderer es tat, denn nun würden sie bestimmt jeden Moment davon erfahren. Was für ein Glück, dass es ihnen noch nicht zu Ohren gekommen war. Nein, sie musste hinfahren und es ihnen von Angesicht zu Angesicht sagen. Sie hatte ansonsten ja nichts zu tun, und Simons Katze konnten auch die Nachbarn füttern. Sie griff nach ihrem Handy, das im selben Moment zu klingeln begann, sodass sie erschrocken zusammenfuhr. Als sie sah, wer anrief, erschrak sie noch mehr.

»Hallo, Mum«, meldete sie sich. »Ich hatte wirklich schon das Telefon in der Hand, um euch anzurufen.«

Als ihre Mutter sie fragte, wie es ihr gehe, wäre sie beinahe in Tränen ausgebrochen. Nur mit Mühe gelang es ihr, sich am Riemen zu reißen.

»Ich muss dringend etwas mit euch besprechen«, stieß sie hervor. »Ich hätte euch deswegen schon längst anrufen sollen.«

»Wie es der Zufall so will, Judith« – ihre Mutter und ihr Vater waren die einzigen Menschen, die sie Judith nannten –, »rufe ich auch nicht nur an, um zu plaudern.«

Judith empfand einen Anflug von Angst. *Sie weiß es schon,* schoss ihr durch den Kopf. *Ich habe zu lange gewartet.*

»Worum geht es?«

»Wir haben eine etwas seltsame Nachricht bekommen. Eine Nachricht über dich. Besser gesagt, für dich.«

22

Die Zugfahrt zu ihren Eltern nach Marsham war aufwendig. Sie musste an der Haltestelle Birmingham New Street in eine kleinere Linie umsteigen, später erneut den Zug wechseln und schließlich noch eine Viertelstunde mit dem Taxi fahren. Währenddessen summte und klingelte die ganze Zeit ihr Handy. Eine Nachricht nach der anderen traf ein. Freunde riefen sie an. Sie schaltete auf lautlos.

Ihr war klar, dass es ein schwieriges Gespräch werden würde. Ihr Vater hatte eine Stelle bei der Stadt, im Bauamt, mit streng geregelten Arbeitszeiten, aber ihre Mutter, die fürs Gesundheitsamt arbeitete, hatte am Freitag frei. Das machte es leichter. Sie würde einen Weg finden, es ihrer Mutter zu erzählen, und ihre Mutter würde dann einen Weg finden, es ihrem Vater zu sagen. Doch das Gespräch verzögerte sich. Ihre Mutter machte erst mal Tee, dann setzten sie sich am Küchentisch einander gegenüber. Leute, die sie beide kannten, sagten immer zu Jude, sie sehe aus wie ihre Mutter, eine kleine, zierliche Frau mit Stupsnase und dunklen, markanten Augenbrauen. Ihr weiches, bereits ergrauendes Haar trug sie kurz geschnitten. Judes Vater dagegen war ein hochgewachsener, kräftig gebauter Mann mit großen Händen und Füßen. Er überragte sowohl seine Frau als auch seine Tochter um ein ganzes Stück. Jude ging manchmal durch den Kopf, dass er deswegen wohl seine gebückte Haltung entwickelt hatte: um mit ihnen auf Augenhöhe zu sein.

Als sie dort so in der Küche saß, die sie an ihre Kindheit und Jugendjahre erinnerte, zögerte Jude. Einerseits wollte sie ihrer Mutter alles beichten, sich in den Arm nehmen und trösten lassen, ihr andererseits aber auch die Aufregung ersparen. Ihr war klar, dass sie gleichzeitig auch sich selbst die Aufregung zu ersparen versuchte. Ihre Eltern kannten und mochten Nat. Sie wären bestimmt bestürzt, besorgt und geschockt, und wahrscheinlich wäre es ihnen auch peinlich, was ihre Freunde denken würden. Trotzdem war Jude klar, dass sie es mit jedem Tag, an dem sie ihnen die Wahrheit vorenthielt, nur noch schlimmer machte.

Sie holte tief Luft und wappnete sich, doch ihre Mutter kam ihr zuvor.

»Als Tara Birch mich gestern anrief, wusste ich erst gar nicht, mit wem ich es zu tun hatte.«

»Wie solltest du auch.«

»Es war schrecklich. Sie weinte. Sie erzählte mir, dass Liam der Junge in dem Wagen war, mit dem ihr damals den Unfall hattet, derjenige, der am Steuer saß, und im selben Atemzug eröffnete sie mir, dass er tot sei, ermordet.«

Das alles hatte sie Jude bereits am Telefon gesagt, doch anscheinend hatte sie das Bedürfnis, noch einmal darüber zu reden.

»Ich weiß. Es ist wirklich schlimm«, antwortete Jude mechanisch.

»Ich wusste gar nicht, was ich sagen sollte. Es ist schwer, auf etwas so Grauenhaftes zu reagieren, wenn man die Betroffenen gar nicht richtig kennt.«

»Das muss sehr seltsam für dich gewesen sein.«

Noch seltsamer fand Jude, dass ihre Eltern noch immer keine Ahnung von dem Schlamassel hatten, in das sie sich da hineinmanövriert hatte. In London war es ihr vorgekommen, als wüssten alle Bescheid, als hätten alle den Onlineartikel oder die darauf folgenden Zeitungsberichte gelesen, alle das unzählige Male gepostete Foto von ihr und Liam als Teenager gesehen, darüber diskutiert, daraus Schlüsse gezogen und Urteile gefällt. Doch hier in ihrem Dorf in Shropshire, außerhalb jener Medienblase, schienen ihre Eltern auf wundersame Weise von alledem unberührt geblieben zu sein.

»Während sie auf mich einredete«, fuhr ihre Mutter fort, »wollte ich sie eigentlich die ganze Zeit fragen: Warum rufen Sie mich deswegen an? Warum erzählen Sie mir das alles? Was ich aber natürlich nicht übers Herz brachte. Plötzlich erklärte sie mir dann, sie rufe mich an, weil sie sich mit dir in Verbindung setzen wolle. Da war ich dann erst recht sprachlos. Du kanntest ihn doch kaum, oder? Ich wusste nicht mal, dass ihr in Kontakt geblieben wart.«

»Waren wir ja gar nicht«, antwortete Jude. »Jedenfalls nicht richtig.«

»Sie hat gesagt, sie – sie und Liams Vater – würden gern mit dir reden. Ich habe angeboten, ihnen deine Nummer zu geben, doch sie meinte, wenn es irgendwie möglich wäre, würden sie lieber persönlich mit dir sprechen.« Sie wartete auf eine Reaktion, die nicht kam. »Hast du eine Ahnung, worum es dabei gehen könnte?«

Jude hatte durchaus eine Ahnung, worum es dabei gehen könnte. Die Polizei hatte ihnen bestimmt mitgeteilt, dass Liam sich kurz vor seinem Tod bei ihr gemeldet hatte. Mit Sicherheit wussten sie auch von der Nacht, die sie in Norfolk verbracht hatte, mit seinem Wagen und seinem Handy, und natürlich hatten sie all die Artikel und Kommentare gelesen. Sie waren zwangsläufig neugierig, nein, mehr als neugierig: hungrig nach Fakten und Informationen über ihren ermordeten Sohn. Jude wollte dieses Gespräch nicht führen, aber sie schuldete es ihnen. Wenn sie den Wunsch hatten, sie persönlich zu sehen, dann schuldete sie ihnen auch das.

»Ich schätze, sie wollen mit mir über Liam sprechen«, sagte sie.

»Könnten sie das nicht auch am Telefon? Von dir zu erwarten, dass du die ganze Strecke von London herauffährst … Ich meine, das ist sehr lieb von dir, aber trotzdem.«

»Dürfte ich mir euren Wagen ausleihen?«, fragte Jude. »Wenn nicht, ist das auch kein Problem. Ich kann auch mit dem Taxi fahren.«

»Sei nicht albern. Selbstverständlich kannst du den Wagen haben.«

»Ich bin bestimmt nicht lange weg.«

»Das ist doch kein Problem. Lass dir so viel Zeit, wie du brauchst. Bleibst du über Nacht hier?«

»Wenn das für euch in Ordnung ist. Vielleicht sogar ein paar Nächte?«

»Hast du frei?«

Jude holte tief Luft. Sie konnte es nicht mehr länger aufschieben.

»Ich muss dir etwas erzählen.«

Sie war erleichtert, in den Wagen zu steigen und eine Weile allein sein zu können.

Es war ganz anders gewesen, als sie erwartet hatte – irgendwie sogar noch schlimmer. Ihre Mutter war nicht sauer gewesen. Sie hatte auch nicht enttäuscht reagiert. Ihre einzige Gefühlsregung war Mitgefühl für ihre Tochter gewesen. Jude hatte sich auf einen Streit eingestellt, darauf, sich rechtfertigen zu müssen, doch wider Erwarten war sie nur auf uneingeschränkte Anteilnahme und Fürsorge gestoßen. Die Güte ihrer Mutter war fast zu viel für sie gewesen. Sie hatte es nur mit Mühe geschafft, sich zu beherrschen und nicht in hilfloses Schluchzen auszubrechen. Womöglich wäre das sogar heilsam für sie gewesen, aber sie hatte das Gefühl, sich das nicht erlauben zu dürfen. *Noch* nicht. Sie musste die Fassung bewahren, um für das gewappnet zu sein, was als Nächstes kam.

Damals, vor all den Jahren, war sie Liams Eltern nie begegnet. Nur seinen Bruder Dermot hatte sie einmal kurz getroffen. Sie lebten immer noch in Marsham, im selben Haus. Jude war nur ein einziges Mal in dem Haus gewesen. Obwohl es elf Jahre her war, erinnerte sie sich noch an jede Einzelheit. Es war ein Abend an einem Wochenende. Liams Eltern waren nicht da, und sein Bruder auch nicht.

Es handelte sich um den Abend, an dem sie das erste Mal miteinander schliefen, den Abend, an dem sie ihre Jungfräulichkeit verlor. Sie entsann sich genau an sein Zimmer. Liam hatte keine Poster von Popstars aufgehängt wie andere Teenager. Bei ihm hingen Kunstdrucke, Impressionisten und Pop Art. Hauptsächlich aber erinnerte sie sich an das Gefummel, das Entkleiden, das Kondom, die Verlegenheit und Ungeschicklichkeit und an das unerträglich aufregende Gefühl, dass es das nun war – dass es das wirklich war. Und danach, viel später, an die Heimfahrt in Liams Wagen, während der sie sich die ganze Zeit fragte, ob ihre Eltern es ihr anmerken würden, die Veränderung schon an ihrem Blick erkennen würden.

Als sie Tara und Andy Birch schließlich gegenüberstand, kamen sie ihr viel jünger vor als ihre eigenen Eltern, fast als gehörten sie zu einer anderen Generation. Tara öffnete ihr die Tür des kleinen Reihenhauses und lehnte sich einen Moment gegen den Türrahmen, ohne zu lächeln, den Blick auf Jude gerichtet. Sie war groß und schlank und trug eine Cordhose, abgewetzte Turnschuhe und einen fleckigen gelben Pulli, dessen Ärmel bis über die Ellbogen hochgeschoben waren, sodass Jude die kleine, abstrakte Tätowierung an ihrem Unterarm sehen konnte. Vielleicht von Danny, ging ihr durch den Kopf. Taras dichtes braunes Haar war am Hinterkopf zu einem wilden Knoten zusammengefasst. Sie hatte markante Brauen und dunkle Augen, Liams Augen, einen vollen Mund, dem eine Narbe einen leicht höhnischen Zug verlieh, etliche Piercings an den Ohren, Fältchen um die Augen und eine Sorgenfalte an der Stirn. Mit einer Kopfbewegung forderte sie Jude wortlos zum Eintreten auf und rief dann Andy aus seiner Werkstatt an der Rückseite des Hauses herbei. Er kam mit schweren Schritten angestapft, ein kräftiger Mann mit rasiertem Schädel und kurzem Bart, dessen muskulöser Körperbau allmählich ins Untersetzte umschlug. Er hatte eine uralte Jeans und ein Langarmshirt in einem ausgewaschenen Blau an.

Bevor er Jude begrüßte, spülte er sich am Waschbecken die Hände ab. Sein Handschlag ließ sie das Gesicht verziehen.

»Es tut mir leid«, wandte sie sich an beide. »Ich weiß gar nicht, was ich sagen soll.«

»Da gibt es nichts zu sagen«, entgegnete Tara. »Unser Sohn ist tot.«

»Ich kann mir gar nicht vorstellen, wie sich das anfühlen muss«, antwortete Jude.

»Nein, natürlich nicht«, meinte Tara fast beiläufig. Sie drehte sich zu ihrem Mann. »Hast du es schon geholt?«

»Es liegt noch oben.«

Er verließ die Küche. Jude hörte ihn die Treppe hinaufsteigen. Sie fragte sich, was »es« wohl war. Da Tara ihr weder Tee noch Kaffee anbot, bat Jude sie um ein Glas Wasser. Ihr Mund fühlte sich völlig ausgetrocknet an.

Tara füllte ein Glas, reichte es Jude und führte sie dann ins Wohnzimmer. Selbst in ihrem vor Angst leicht benebelten Zustand war Jude überrascht. Sie wusste nicht genau, was sie eigentlich erwartet hatte, aber bestimmt nicht das. Liam war ein geschickter Handwerker gewesen, der alles Mögliche bauen und reparieren konnte. Er hatte auch eine Begabung fürs Malen und Zeichnen gehabt. Jetzt wurde ihr klar, wo er das herhatte. Alles – das Sofa, die Stühle, die Bilder an der Wand, die Keramiksachen in den Regalen – sah wie selbst hergestellt aus – oder gefunden und gerettet. Einiges davon machte einen schlichten Eindruck, zum Beispiel die zusammengenagelten Holzkisten, die zur Aufbewahrung der besonders großformatigen Bücher dienten. Andere Gegenstände wirkten aufwendig gefertigt. Warum war ihr das nicht schon damals aufgefallen? Weil ihre Aufmerksamkeit anderem gegolten hatte.

Sie ließ sich auf dem Sofa nieder, nahm einen Schluck Wasser, stellte das Glas auf einen niedrigen Tisch, der wie aus alten Bodendielen gezimmert aussah, raues, abgewetztes Holz mit schöner Maserung. Dann entdeckte sie auf dem Fensterbrett ein großes, gerahmtes Foto: Liam, der mit dem Anflug eines Lächelns in den Raum starrte, fast schon zu gut aussehend, fast schon kitschig. Sie wandte den Blick ab, stellte dabei fest, dass Tara sie eindringlich musterte, und trank vor Verlegenheit einen weiteren Schluck Wasser.

Andy kehrte in den Raum zurück. Er hielt einen braunen DIN-A4-Umschlag in der Hand. Tara und er ließen sich auf zwei Sesseln nieder, die auf der anderen Seite des Tisches standen, Jude gegenüber.

»Sie sind also hier aufgewachsen?« Taras Frage klang nicht freundlich.

»Ja.«

»Sind wir uns begegnet?«, wollte Andy wissen. »Es gab damals so viele von euch. Ein ständiges Kommen und Gehen. Da war es schwierig, sich die einzelnen Gesichter zu merken.«

Jude war sich erst nicht sicher, ob das ihr gegenüber als Herabsetzung und Demütigung gemeint war. Doch dann blickte sie in ihre Gesichter. Beide wirkten vor Kummer ganz hohläugig. Sie hatten durchgemacht, was keine Eltern jemals durchmachen sollten. Trotzdem empfand sie noch immer eine unterschwellige Angst. Warum hatten sie sich die Mühe gemacht, sie aufzuspüren und mit ihr in Kontakt zu treten? Sie wollte nicht fragen. Sie würden es ihr schon zu gegebener Zeit mitteilen. Also wartete sie einfach ab.

»Sie beide waren befreundet«, sagte Tara.

Jude wusste nicht recht, ob das eine Feststellung oder eine Frage war. Aus Taras Mund klang es eher wie eine Anklage.

»Eine Weile. Während unseres letzten Schuljahrs. Da haben wir uns des Öfteren gesehen.«

»Und dann haben Sie beide in London gelebt«, warf Andy ein.

»Da hatten wir uns schon komplett aus den Augen verloren. Oder fast komplett.«

»*Fast* komplett?« Andy warf Tara einen raschen Blick zu.

»Ja«, antwortete Jude. Sie hatte beschlossen, alle konkreten Fragen ehrlich zu beantworten, von sich aus aber keine unnötigen Informationen preiszugeben. Ihr war nicht klar, was sie wollten oder wussten.

Andy beugte sich vor und griff nach dem Umschlag, schien es sich dann aber anders zu überlegen und platzierte ihn wieder auf dem Tisch.

»Sie waren eng befreundet«, sagte er. Das war keine Frage.

Jude drehte den Kopf zur Seite und begegnete Liams Blick, der sie aus dem Foto heraus verschwörerisch anlächelte. Da schienen sich die Jahre in Luft aufzulösen, sodass sie sich schlagartig wieder wie achtzehn fühlte, trunken vor Liebe. Einen Moment lang konnte sie den Blick nicht von ihm abwenden. Sie spürte, wie ihr heiße Tränen in die Augen stiegen, und biss sich heftig auf die Lippe. Sie durfte vor Liams Eltern nicht weinen.

»Wir waren miteinander unterwegs«, erklärte sie, »zumindest eine Weile.«

Selbst in ihren eigenen Ohren klangen diese Worte schrecklich und falsch.

»Ich hoffe, Sie nehmen mir die Bemerkung nicht übel«, antwortete Andy, »aber Liam hat über Sie nie auch nur ein Wort in diese Richtung verloren.«

»Jugendliche haben eben ihre Geheimnisse«, entgegnete sie. »Ich habe ihn gegenüber meinen Eltern auch nicht erwähnt.«

»Liam hatte eine Menge Freundinnen«, mischte Tara sich in barschem Ton ein. »Es war schwer, sie auseinanderzuhalten. Die Mädchen flogen nur so auf ihn, er musste sie regelrecht abwehren.«

»Mich hat er nicht abgewehrt«, erwiderte Jude und erschrak dann selbst über ihre Worte. »Ich meine, so war das nicht zwischen uns«, fügte sie rasch hinzu.

»Ihren Namen kannten wir natürlich«, bemerkte Andy.

»Sie waren das Mädchen im Wagen.« Tara starrte sie an wie eine Richterin kurz vor der Urteilsverkündung.

Jude nickte.

»Und die Frau im Cottage«, fuhr Tara fort.

Das war es also – der Grund, warum die beiden sie sehen wollten. Sie wussten, wer sie war: die Frau, mit der Liam eine Affäre gehabt hatte. Das dachten doch alle.

»Ja«, antwortete sie leise. »Das war ich.«

»Sie waren dabei, als das erste Mal alles so schief für ihn lief«, stellte Tara fest. »Und Sie waren dabei, als er starb.«

»Wohl kaum, als er starb«, entgegnete Jude. Sie wischte sich mit einer Hand über die Stirn. Sie fror, und sie fühlte sich zittrig. »Aber so meinten Sie das bestimmt auch nicht. Sie haben insofern recht, als Liam sich tatsächlich, wenige Tage bevor er ums Leben kam, wieder mit mir in Verbindung gesetzt hat. Das kommt Ihnen sicher seltsam vor.«

»Seltsam? Seltsam? Sie glauben, es kommt uns *seltsam* vor?«

Jude schrak vor Taras heftigem, vor Sarkasmus triefendem Ton zurück.

»Es kommt uns nicht seltsam vor, sondern widerwärtig und falsch«, fuhr Tara fort. »Als würde jemand Lügen erzählen – Lügen über meinen Sohn, der nicht mehr für sich selbst sprechen kann!«

»Tara«, meldete Andy sich warnend zu Wort.

»Die Polizei reimt sich gerade zusammen, dass er irgendetwas Unrechtes vorgehabt hätte. Mit Ihnen!« Tara deutete mit einem langen Finger auf Jude. Sie hatte die Zähne gebleckt, ihre Augen traten leicht hervor, und ihr Blick wirkte anklagend.

»Ich weiß«, antwortete Jude. »Aber ich kann Ihnen nur sagen, was ich bereits der Polizei erzählt habe. Ich weiß davon nichts. Ich weiß auch nicht, warum er mich kontaktiert hat. Mir ist völlig schleierhaft, was er vorhatte oder nicht vorhatte. Ich habe keine Ahnung, warum er sterben musste.«

»Ich bin seine Mutter«, verkündete Tara. »Ich werde nicht zulassen, dass er derart mit Dreck beworfen wird. Egal, ob von der Polizei, von Ihnen oder von sonst jemandem!« Sie beugte sich vor und fügte mit funkelndem Blick und verzerrtem Gesicht, aber sehr klarer Stimme hinzu: »Das ist nicht richtig. *Ich ertrage das nicht!*«

Einen Moment hing in dem kleinen Raum noch der Nachhall ihrer Worte in der Luft, dann kehrte Stille ein. Tara hob eine Faust an den Mund und biss sich auf die Knöchel. Andy streckte eine Hand nach ihr aus, überlegte es sich dann aber anders und ließ sie wieder in den Schoß sinken.

»Ich bewerfe ihn nicht mit Dreck«, erwiderte Jude. »Ich wünschte, ich könnte helfen, das Ganze aufzuklären, aber ich kann es nicht. Ich weiß nicht, was er plante oder warum er sterben musste. Er war wundervoll«, fügte sie hinzu, selbst erstaunt über ihre Worte. Doch dann begriff sie, dass es nötig war, sie auszusprechen. »Er war etwas Besonderes. Das sah jeder, der ihn kannte.«

Tara nahm die Faust vom Mund, entspannte ihre Finger und strich sich damit über die Wange.

»Ich bin so verdammt müde«, sagte sie. »Aber ich kann nicht schlafen. Außerdem steht die Zeit still. Ich weiß nicht, wie es weitergehen soll. Dauernd denke ich, gleich schlendert er pfeifend zur Tür herein, mit seiner Wäsche oder sonst was. Mein schöner Junge.«

Jude nickte, schwieg jedoch.

»Und wütend bin ich auch. Ich bin so wütend!«

Mit diesen Worten ließ sie sich in ihren Sessel zurücksinken und schloss die Augen. Ihr vorher so angespanntes Gesicht erschlaffte.

Andy rutschte auf seinem Stuhl herum und hüstelte, um zu signalisieren, dass er etwas sagen wollte.

»Wir hatten einen konkreten Grund, Sie um ein persönliches Treffen zu bitten«, begann er. Es klang, als hätte er die Worte einstudiert. »Abgesehen von dem, was passiert ist.«

Jude musterte ihn erwartungsvoll.

»Liam hat uns gelegentlich besucht, nicht allzu oft, aber doch hin und wieder. Sein letzter Besuch ist etwa vier Monate her.« Er sah zu seiner Frau hinüber. »Habe ich recht?«

»Eher drei«, antwortete sie.

»Drei oder vier Monate. Er kam mit seinem kleinen Jungen, Alfie, der damals noch ein richtiges Baby war, zumindest konnte er noch nicht laufen, zog sich aber schon an den Möbeln hoch. Wie auch immer, jedenfalls hat Liam dann sein altes Zimmer gründlich ausgemistet. Es ist lustig, was für Zeug er noch hier hatte, obwohl er doch schon vor so vielen Jahren ausgezogen war. Das meiste entsorgte er, und bevor er wieder aufbrach, erklärte er uns, in seinem Zimmer sei noch eine Schublade mit Dokumenten. Ich fand das seltsam. Meinem Gefühl nach war Liam nie der Typ Mensch, der Dokumente aufbewahrte.«

»Natürlich hatte er Dokumente!« Tara schlug die Augen auf und setzte sich gerade hin. »Zum Beispiel seine Krankenversicherungsunterlagen und Examensurkunden.«

»Das können aber nicht viele gewesen sein«, gab Andy zu bedenken. »Es sei denn, sie geben heutzutage Urkunden fürs Durchfallen aus.«

»Wage es nicht, so über ihn zu sprechen!«, fuhr ihm Tara in zornigem Ton über den Mund.

Er hob entschuldigend die Hände.

»Ich sage doch nur, dass es nicht viele Dokumente waren. Aber als …« Er stockte. Es fiel ihm sichtlich schwer, die Worte laut auszusprechen. »Als das Ganze passierte, erinnerten wir uns an die Schublade. Wir dachten, wir sollten nachsehen, nur für den Fall, dass sie etwas Wichtiges enthielt. Wie sich herausstellte, gab es da etwas, wovon Liam uns nichts erzählt hatte: ein Testament.«

Die beiden schauten Jude an, als erwarteten sie eine Reaktion. Sie begriff nicht so recht, warum.

»Ist das so ungewöhnlich?«, fragte sie.

Andy verzog das Gesicht. »Ein bisschen ungewöhnlich vielleicht schon. Wir hatten zumindest nicht damit gerechnet. Haben *Sie* denn schon ein Testament gemacht?«

Jude schüttelte den Kopf. »Ich weiß, ich sollte, aber ich bin noch nicht dazu gekommen. Außerdem besitze ich nicht viel und wüsste auch nicht, wem ich etwas vermachen sollte.«

»Was ist Ihnen über Testamente bekannt?«

Jude konnte sich keinen Reim darauf machen. Warum stellten sie ihr all diese Fragen?

»Nicht viel. Man verfasst es mit einem Anwalt, oder?«

»Nicht notwendigerweise. Liam hat seines allein geschrieben – das Formular heruntergeladen und es ausgefüllt. Sind Sie darüber informiert, was man sonst noch dazu braucht?«

Jude überlegte einen Moment.

»Muss es nicht jemand bezeugen?«

»Zwei Personen«, bestätigte Andy. »Die Namen sind mir nicht bekannt, aber den Adressen nach zu urteilen, muss es sich um Ortsansässige handeln. Wahrscheinlich sind es einfach nur Leute, die er im Pub getroffen hat. Wissen Sie, was man abgesehen von Zeugen noch braucht?«

»Nein, keine Ahnung. Reicht das nicht?«

»Man braucht einen Testamentsvollstrecker. Das ist die Person, die dafür sorgt, dass alles ordnungsgemäß ausgeführt wird.«

»Verstehe«, sagte Jude. »Wahrscheinlich wusste ich es doch, dachte aber nicht daran.«

Andy griff nach dem Umschlag, klappte die Lasche hoch und zog ein paar Papiere heraus. Eines davon legte er vor Jude hin.

»Als eine der ausführenden Personen hat er Sie benannt.«

»Wie bitte?«

»Sehen Sie.«

Jude griff nach dem Dokument. Da stand ihr Name: Judith Winter.

»Ist das Ihre Anschrift?«, fragte Andy.

»Hier steht ›c/o‹ und dann die Adresse meiner Eltern. Ich schätze, das zählt.«

»Wir waren natürlich überrascht. Trotzdem hielten wir es für unsere Pflicht, Sie zu informieren.«

Jude war mehr als überrascht, sie war derart verblüfft, dass ihr die Worte fehlten.

»Ich wusste davon überhaupt nichts. Muss man denn nicht vorher das Einverständnis der betreffenden Person einholen?«

»Möchte man meinen«, antwortete Andy.

»Wie auch immer, ich bin keine Juristin«, fuhr Jude fort. »Ich habe von solchen Sachen keine Ahnung.«

»Wir haben uns informiert«, meldete sich Tara zu Wort.

»Man benötigt keine juristischen Kenntnisse. Man benötigt dazu überhaupt keine besonderen Kenntnisse.«

»Sie haben vorhin von ausführenden Personen gesprochen. Demnach gibt es außer mir noch jemanden?«

»In der Tat«, bestätigte Andy. »Sie sind doch Ärztin, oder? Dann sind Sie in so was bestimmt recht gut.«

»Keine Ahnung.«

»Sie werden gut sein müssen, weil der andere Vollstrecker nämlich Dermot ist, sein Bruder.«

»Können Sie sich vorstellen, warum er Sie ausgewählt hat?«, fragte Tara.

»Nein!«

»Mir scheint das ein großer Vertrauensbeweis zu sein.«

23

Jude sah sich die Dokumente erst wieder an, als sie sicher und geborgen im Wagen ihrer Mutter saß. Dort zog sie die Unterlagen aus dem Umschlag und betrachtete bestürzt das oberste Blatt.

Warum hatte Liam überhaupt ein Testament gemacht? Die naheliegendste Antwort lautete für Jude, dass er Vater geworden war. Eltern beginnen auf andere Weise an die Zukunft zu denken als Kinderlose: Was nach dem eigenen Tod geschieht, nimmt eine neue Bedeutung an.

Aber warum sollte er ausgerechnet sie – das Mädchen, mit dem er einen berauschten Sommer lang zusammen gewesen war, nach dem Unfall aber keinen Kontakt mehr wollte – als seine Testamentsvollstreckerin einsetzen? Das ergab doch absolut keinen Sinn.

Nachdenklich kaute sie auf ihrem Zeigefinger herum. Drei oder vier Monate zuvor hatte Liam sie ohne ihr Wissen als seine Testamentsvollstreckerin benannt, sie dann vor ein paar Tagen wieder in sein Leben hineingezogen, in seine letzten Tage, wie sich herausstellte, und nun saß sie hier, verstrickt in eine Mordermittlung.

War das alles eine Art verrückter Scherz, ein übler Streich, durch den er ein letztes Mal für Unruhe sorgen wollte? Dem Liam aus ihrer Teenagerzeit hätte sie das durchaus zugetraut. Er war launenhaft und anarchisch gewesen, ausgestattet mit seinem ganz eigenen Sinn für schwarzen Humor.

Vermutlich konnte sie ablehnen. Je länger sie darüber nachdachte, desto klarer wurde ihr, dass das das einzig Richtige wäre. Gleichzeitig aber biss sich der Gedanke in ihr fest, dass es sich dabei um Liams Letzten Willen handelte, die letzten Wünsche eines Menschen, der ihr wichtig gewesen war und der sie aus irgendeinem bizarren Grund für diese Aufgabe ausgewählt hatte.

Auf den ersten Blick wirkte das Testament recht klar. Es war ein vorgefertigtes Formular mit freien Kästchen, in welche die Angaben getippt waren: sein voller Name (von dem zweiten Vornamen hatte sie nie etwas gewusst, er hieß Liam Craig Birch), Geburtsdatum, Adresse. Sie sah die übrigen Blätter durch und stellte fest, dass die letzten paar von Hand geschrieben waren, in Liams kühner Schrift, mit schnell hingeworfenen Buchstaben und ineinander übergehenden Wörtern, genau wie schon damals.

Sie schob die Dokumente wieder in den Umschlag. Sie würde sie sich später genauer ansehen, später entscheiden. Während der Abend hereinbrach, fuhr sie zurück. In den Häusern wurden die Lichter eingeschaltet, gelbe Rechtecke leuchteten in der Dämmerung, aus ein paar Schornsteinen stieg Rauch auf. Eine Schar Mädchen mit kurzen Röcken, Gänsehautbeinen und einem kecken Lachen auf den Lippen schlenderte Arm in Arm die Straße entlang. Das Wochenende begann.

Ihr Vater war zu Hause. Jude sah sofort, dass ihre Mutter es ihm gesagt hatte: Seine Miene wirkte verlegen und ernst, aber sehr liebevoll. Er streckte die Arme aus und drückte sie ganz fest, verkündete, er werde immer stolz auf sie sein, sie sei seine Lieblingstochter – ein alter Scherz zwischen ihnen, denn sie war natürlich seine einzige Tochter. Sie spürte, wie ihre Augen zu brennen begannen.

Ihr Zimmer hatte sich seit ihrem Auszug kaum verändert. Da gab es noch dieselbe Tapete, die sie mit vierzehn ausgesucht hatte, denselben fusseligen Läufer neben dem Bett, dieselbe salbeigrüne Bettdecke. An einer Wandseite das Regal mit ihren Taschenbüchern. Der Tisch, an dem sie ihre Hausaufgaben gemacht hatte. Ein runder Spiegel mit dickem Rahmen, vor dem sie sich geschminkt oder baumelnde Ohrringe angelegt hatte. An der Korkwand hingen wellige, verblasste Fotos. Sie und ihre Freundinnen, wie sie mit ausgestreckter Zunge in die Kamera grinsten. Sie und ihr älterer Bruder Michael im Schneidersitz vor einem Zelt – an den Urlaub konnte sie sich noch genau erinnern, es hatte jeden Tag geregnet. Sie beim Schulball, in einem langen, duftigen Kleid, das sie sich für den Abend ausgeliehen hatte – sie war sich darin lächerlich vorgekommen, und zu allem Überfluss hatte jemand sie dann auch noch von oben bis unten mit Rotwein vollgeschüttet.

Ihre Mutter hatte Gemüselasagne gemacht. Das Gericht gab es bei ihnen immer dann, wenn ein Familienmitglied Trost brauchte. Es war sahnig, reichhaltig und voller Kohlenhydrate – ein Code für etwas anderes. Dazu tranken sie einen Chianti, der Jude ganz schnell zu Kopf stieg. Sie war so müde, so fertig von all den Ereignissen, all den Emotionen: dem Schock, dem Kummer, den immer neuen Überraschungen, die wie Schläge auf sie einprasselten. Von Liams Testament erzählte sie ihren Eltern erst mal nichts, weil sie selbst noch nicht wusste, wie sie sich da verhalten sollte.

Um halb zehn ging sie mit einer Tasse Tee nach oben, putzte sich die Zähne, zog ihren Schlafanzug an und legte sich mit einer Wärmflasche ins Bett. Ihre Freundinnen machten sich wahrscheinlich schon fürs Ausgehen fein oder klärten gerade am Telefon, wann und wo sie sich treffen wollten. Ihr selbst erschien das im Moment wie eine weit entfernte Welt.

Sie schaltete ihr Telefon wieder ein, wünschte dann aber fast, sie hätte es nicht getan. Früher oder später würde sie auf all die Nachrichten und verpassten Anrufe reagieren, immer wieder eine Kurzfassung ihrer Geschichte erzählen müssen.

Aber nicht jetzt. Das Chaos ihres Lebens würde sie erst später entwirren.

Nachdem sie die Nachttischlampe eingeschaltet hatte, zog sie die Dokumente aus dem Umschlag und überflog die ersten Seiten. *Ich, Liam ... im Vollbesitz meiner geistigen Kräfte ... erkläre hiermit alle früheren Testamente und Nachträge für ungültig ...*

Dannys Name und die Beziehung, in der sie zu ihm stand.

Alfies Name: Alfie Kelner Birch. Jude sah sich sein Geburtsdatum an: Er war ein Jahr und einen Monat alt.

Dann kam der Teil, der die Vollstrecker betraf. Jude las zweimal, wozu die betreffenden Personen ermächtigt waren. Es folgte eine beängstigend lange Liste. Demnach gehörte es zu ihren Aufgaben, Liams auf dem Rechtsweg einklagbaren Verpflichtungen aus dem vorhandenen Vermögen zu begleichen, ebenso sämtliche mit der Verwaltung dieses Vermögens zusammenhängenden Ausgaben; alle erforderlichen rechtlichen Schritte zu unternehmen, um das Testament schnell und einfach bestätigen zu lassen (wobei Jude keine Ahnung hatte, was das heißen sollte); Wertpapiere zu erwerben oder zu veräußern, Bankkonten zu eröffnen oder aufzulösen, Wahlrechte in Verbindung mit Aktienbesitz auszuüben; sämtliche Aktionen weiterzuführen, zu bestätigten, abzubrechen, anzufechten oder anderweitig zu behandeln, die ...

Jude legte das Dokument zur Seite und rieb sich die Augen. Inzwischen war ihr klar, dass sie das auf keinen Fall übernehmen konnte. Sie warf einen Blick auf das Ende des Dokuments, wo der zweite Vollstrecker genannt war: Dermot Robert Birch. Neben dem Namen stand weder eine Telefonnummer noch eine Mailadresse, nur eine Postanschrift. Er wohnte gut fünfzehn Kilometer entfernt, nahe Shrewsbury.

Sie nahm einen Schluck lauwarmen Tee, rückte ihre Kissen zurecht und wandte sich dann wieder den Unterlagen zu. Liam hatte alles Danny hinterlassen. Sollte sie vor ihm sterben, ging es an Alfie. Für den Fall, dass er und Danny starben, ernannte er seine Mutter als Alfies Vormund. So weit klang alles recht einfach. Vermutlich besaß Liam außer dem auf Hypothek gekauften Haus nicht viel. Jude wusste nicht, wie hoch die Hypothek war oder welche finanziellen Verpflichtungen er sonst noch hatte. Sie konnte sich nicht vorstellen, dass Liam viel Wert auf Rente gelegt hatte, auf Geldanlagen oder Rücklagen für schlechte Zeiten.

Bei den letzten Blättern handelte es sich um die handschriftlichen Verfügungen, eine schnell hingekritzelte, drei Seiten lange Liste von Gegenständen mit je einem Namen daneben. Seine Kreissäge ging an Vin, seine Akustikgitarre an Irina, sein Rad an jemanden namens Dessie O'Toole, seine Angelrute an seinen Vater, seine Fotos und eine Goldkette an seine Mutter (Jude musste an deren Herzschmerz denken), seine Lederjacke an Bjorn Jansson, sein Schachbrett an Graham Matlock, sein Lieblingshut an Bill Friend, seine handbetriebene Kaffeemühle an Megan Friend, mit herzlichem Dank für den vielen Kaffee, den sie im Lauf der Jahre für ihn gekocht hatte, seine Lieblingsspielkarten an Benny Slater, der kleine Holztisch mit den Edelstahlbeinen an Peter Cosco … Jude überflog den Rest der Liste, bis sie plötzlich erstarrte und nach Luft schnappte. Zwischen dem dreibeinigen Hocker für Rainer Monk und dem Zweipersonenzelt für Sandy Balkan war eine von ihm handgeschnitzte Holzschüssel aufgeführt, die er Jude Winter vermachte. Jude saß ganz still, den Rücken gegen ihre Kissen gestützt, den Blick auf die Unterlagen gerichtet, mit Tränen in den Augen. Sie fühlte sich müde, traurig, durcheinander und sehr allein.

Sie wandte sich der letzten handgeschriebenen Seite zu. Im Anschluss an ein paar weitere Hinterlassenschaften hatte Liam verfügt, dass er sich eine nichtkirchliche Feier wünsche, wo alle lachen, tanzen und sich sinnlos betrinken sollten. Er wollte einen Weidensarg und obendrauf seine alten Lederstiefel. Er wollte auf dem Friedhof von Walthamstow begraben werden, mit einem schlichten Grabstein.

Jude schob die Papiere zurück in den Umschlag, legte diesen neben dem Bett auf den Boden, schaltete die Nachttischlampe aus und glitt unter die Bettdecke. Doch als sie dann so dalag, spürte sie etwas Hartes an ihrer Haut. Sie nahm das dünne Lederband mit Liams handgeschnitztem Anhänger ab und legte es neben sich auf den Nachttisch. Das hölzerne Gabelbein hatte ihm nicht viel Glück gebracht.

24

Jude wachte früh auf. Der Geruch von Kaffee stieg ihr in die Nase, und sie hörte Geschirr klappern. Sie stand auf, schlüpfte in den alten Morgenmantel, der noch am Türhaken hing, und öffnete die Vorhänge. Der Himmel war blassgrau. In der Ferne wellten sich die grünen Hügel von Shropshire. Von ihrem Fenster aus konnte sie an einem Hang oberhalb der Stadt gerade noch die renovierte Scheune ausmachen, in der ihre Hochzeitsfeier hätte stattfinden sollen. Nat musste sie so bald wie möglich absagen. Die Anzahlung würden sie wohl nicht zurückbekommen.

»Ich habe ein paar Croissants aus dem Gefrierschrank genommen«, erklärte ihre Mutter, als Jude die Küche betrat.

»Super.«

»Es hat zu regnen aufgehört. Ich dachte, wir könnten einen Spaziergang machen.«

»Vorher muss ich noch jemanden besuchen. Kann ich den Wagen noch mal haben?«

Dermot Birch wohnte über einem Geschäft, das Keramikfliesen verkaufte. Jude blickte zu seinen Fenstern hinauf. Sämtliche Vorhänge waren zugezogen. Vielleicht schlief er noch. Sie klingelte trotzdem, trat zurück, wartete eine Weile und klingelte dann erneut. Schließlich hörte sie schnelle, leichte Schritte auf der Treppe, und die Tür schwang auf.

Einen Moment brachte Jude kein Wort heraus. Der Mann, der da barfuß, in Jeans und weißem T-Shirt vor ihr stand, sah seinem Bruder täuschend ähnlich: das gleiche dunkle Haar, die gleichen fast schwarzen Augen und hohen Wangenknochen. Aber er war noch etwas schlanker als Liam, das Gesicht schmaler und bartlos, die Haut glatter. Er wirkte wie eine Aquarellversion von ihm. Als er Jude begrüßte, kam ihr seine Stimme ein paar Nuancen höher vor als die von Liam, auch wenn sie vom Schlaf noch rau klang.

»Entschuldigen Sie. Habe ich Sie geweckt?«

»Nein. Ich dachte mir schon, dass Sie hier bald aufkreuzen.«

»Demnach wissen Sie, wer ich bin?«

»Jude«, antwortete er. »Jude Winter.« Er bedachte sie mit einem kleinen Lächeln, wobei er nur ganz kurz die Lippen verzog. »Sie haben von dem Testament gehört?«

Er stand immer noch in der Tür. Verlegen trat Jude von einem Bein auf das andere.

»Ich dachte, nachdem ich schon mal in der Gegend bin …« Sie sprach den Satz nicht zu Ende.

Er nickte, als käme er gerade zu einem Entschluss. Jude folgte ihm die Treppe hinauf. Oben führte er sie durch eine Tür in eine Art Wohnküche. Sie wirkte ordentlich, spartanisch und unpersönlich – nicht zu vergleichen mit Liams verrücktem Haus oder dem der Eltern.

»Ich wohne noch nicht lange hier«, erklärte Dermot, als er sah, dass sie den Blick durch den Raum schweifen ließ. »Bis August lebte ich mit meiner Freundin in Shrewsbury. Aber es hat nicht funktioniert.« Achselzuckend griff er nach dem Wasserkocher und trat damit ans Spülbecken. »Was soll man da machen?«

Jude gab ein vages, mitfühlendes Geräusch von sich.

»Wir sind uns schon mal begegnet«, sagte sie. »Sie werden sich wahrscheinlich nicht daran erinnern.«

»Doch, ich erinnere mich. Außerdem weiß ich natürlich, dass Sie das Mädchen im Wagen waren.«

Die Worte seiner Mutter. Jude verzog das Gesicht »Ja.«

»Irgendwann standen Sie vor der Tür und baten mich, Liam etwas auszurichten.«

»Genau.«

Sie hatte vor der Tür gestanden und zu Dermot gesagt, sie wolle, nein, sie *müsse* seinen Bruder sehen. Er dürfe es nicht so zu Ende gehen lassen. Als sie daran dachte, wie leidenschaftlich und angsterfüllt sie damals mit achtzehn gewesen war, empfand sie schlagartig wieder jenes Gefühl von Qual und Demütigung.

»Er mochte Sie wirklich gern«, bemerkte Dermot.

»Das ist so lange her. Deswegen ist all das ...« Sie machte eine ausladende Handbewegung, weil sie annahm, dass Dermot ohnehin über alles Bescheid wusste. »Keine Ahnung, was ich davon halten soll.«

»Er hat immer davon gesprochen, wie gescheit Sie sind«, antwortete Dermot, während er Teebeutel in zwei Tassen hängte. »Und dass Sie Ärztin werden würden. Vielleicht wollte er Sie deswegen als seine Testamentsvollstreckerin haben. Weil Sie gescheit sind.«

»Ich verstehe trotzdem nichts von Testamenten. Kennen Sie sich mit solchen Sachen aus?«

»Ich bin Elektriker. Also auch kein Experte, was Testamente betrifft.«

»Hat er Ihnen gesagt, was er vorhatte?«

»Liam hat solche Dinge grundsätzlich nicht mit mir besprochen.«

Sie starrten sich an. Ihr kam das Ganze fast schon komisch vor, aber Dermot schien es ganz und gar nicht lustig zu finden.

»Sie sind immerhin sein Bruder. Ich bin bloß eine von seinen Jugendfreundinnen – von denen es, wie ich gehört habe, eine ganze Menge gab.«

»Sie haben mit Mum gesprochen.«

»Ja.«

»In ihren Augen konnte er nichts Falsches machen. Er war ihr Ein und Alles.«

Jude beobachtete, wie er das kochende Wasser über die Teebeutel goss.

»Das muss schwer für Sie gewesen sein, als sein kleiner Bruder.«

Dermot zuckte mit den Schultern. »Es war schon in Ordnung.«

»Standen Sie beide sich nahe?«

»Nahe?«

Er wandte den Kopf ab, schaute aus dem Fenster.

»Wenn Sie nicht darüber sprechen wollen …«

Dermot richtete den Blick wieder auf Jude. Er schien mit sich zu ringen, als müsste er eine Entscheidung fällen.

»Tja«, sagte er schließlich. »Als ich klein war, hat er wohl hin und wieder meinen Kinderwagen geschoben. Später bin ich ihm immer hinterhergelaufen, wollte unbedingt zu seiner Clique gehören, Sie wissen schon. Er war verdammt cool. Manchmal hat er mich für seine Zwecke eingespannt, mich dazu gebracht, ihn gegenüber Mum und Dad zu decken. Aber ja, wir waren Brüder. Er war mein einziger Bruder, und jetzt ist er tot.« Er hielt inne, kaute auf seiner Unterlippe herum. »Jetzt bin nur noch ich übrig. Jetzt werde ich für immer in seinem Schatten stehen.«

»Es tut mir wirklich leid. Es tut mir so leid, Dermot.« Diese sinnlosen Worte, wieder und wieder und wieder.

Dermot nickte und murmelte dabei etwas, das Jude nicht verstand. Sein Mund wirkte angespannt, zitterte aber gleichzeitig, als versuchte er mit aller Kraft, nicht in Tränen auszubrechen.

Sie ließen sich am Küchentisch nieder, neben dem Fenster,

das auf die Straße hinausging. Gegenüber lag ein kleiner Parkplatz. Jude stützte das Kinn auf eine Hand.

»Demnach kennen wir uns also beide nicht mit solchen rechtlichen Dingen aus, Sie genauso wenig wie ich«, stellte sie fest.

»Ich habe keinen blassen Schimmer von diesem ganzen Mist.«

»Haben Sie es sich schon angesehen?«

»Ein bisschen. Es geht alles an Danny. Ich schätze, selbst wenn er kein Testament gemacht hätte, wäre es so gekommen, schließlich ist sie seine langjährige Lebensgefährtin und die Mutter von Alfie. Also keine Überraschungen, was das betrifft.« Er zuckte mit den Achseln. »Womöglich gibt es gar nicht so viel zu tun. Vielleicht musste Liam einfach ein, zwei Namen hinschreiben, weil es in dem Formular so verlangt wird, deswegen setzte er uns beide da ein, aber am Ende ist es ganz unkompliziert.«

Jude dachte an die vielen Handlungen, zu denen Testamentsvollstrecker ermächtigt waren, die ganzen Ausführungen über Vermögenswerte, Verbindlichkeiten und alles Mögliche andere, was weitergeführt, verkauft oder liquidiert werden sollte.

»Besaß er viel außer dem Haus?«

»Das würde mich überraschen. Wir reden hier von Liam – er ging mit Geld immer um, als wäre es etwas Schmutziges. Ich war schon erstaunt, dass er überhaupt eine Immobilie erworben hat, und ich wette, da ist noch verdammt viel abzuzahlen.«

»Warum hat er es getan?«

»Er hat doch immer solche spontanen Entscheidungen getroffen und im Bruchteil einer Sekunde alle seine Pläne geändert. Man wusste bei ihm nie, was als Nächstes passieren würde. Kennen Sie das Haus?«

»Ich war am Donnerstag dort.«

»Haben Sie mit Danny gesprochen?«

»Sie hatte mich eingeladen.«

»Dann wissen Sie ja, dass es sich nicht um ein normales Haus handelt. Im Grunde ist es eine Ruine. Waren Sie im ersten Stock?«

Jude schüttelte den Kopf.

»Ich würde in keinem dieser Räume schlafen wollen«, fuhr Dermot fort. »Liam hatte mit so was ja nie ein Problem, aber die anderen …«

»Das Haus ist also eine Ruine, und es gibt keine Ersparnisse.«

»Nicht dass ich wüsste.«

»Schulden?«

Dermot zuckte mit den Achseln.

»Dann wären da noch seine einzelnen Hinterlassenschaften«, gab Jude zu bedenken.

»Ja. So viele! Ein paar davon sind fast schon ein Witz. Haben Sie gesehen, dass er sogar seine Mundharmonika jemandem vererbt hat? So eine Mundharmonika kostet sogar neu kaum etwas. Es kommt mir vor, als hätte er einfach alle Sachen aufgeschrieben, die ihm gehörten und die ihm in dem Moment eingefallen sind.«

»Kennen Sie viele von den genannten Leuten?«

»Einige, nicht alle. Aber wahrscheinlich kann Danny einen Großteil der Sachen verteilen, oder Vin. Ich sorge dafür, dass Al die Hanteln bekommt und Benny die Karten.«

»Ist das der Benny, mit dem er zur Schule ging?«

Und der Benny, fügte sie in Gedanken hinzu, der hinten im Wagen saß, als wir den Unfall hatten.

»Genau der. Er lebt noch hier in der Gegend. Wobei ich nicht weiß, inwieweit er und Liam in Kontakt geblieben sind. Kannten Sie ihn?«

Erneut musste Jude an den Jungen denken, der damals, vor all den Jahren, auf der Rückbank des Unfallwagens das Bewusstsein verloren hatte.

»Ein bisschen«, antwortete sie.

»Mein Gott, was hat Liam mir da bloß aufgehalst?«

»Es ist ein Vertrauensbeweis«, wiederholte Jude, was Tara am Vortag zu ihr gesagt hatte.

Dermot verzog kummervoll das Gesicht. »Ja, wahrscheinlich. Aber hören Sie, eines steht fest: Sie sollten da nicht hineingezogen werden. Das hatte ich für mich schon entschieden.«

»Wie meinen Sie das?«

»Wie Sie vorhin sehr richtig bemerkt haben, bin ich sein Bruder. Warum überlassen Sie es nicht einfach mir? Es sollte nicht Ihre Aufgabe sein, dieses ganze Chaos zu entwirren.«

»Ist das Ihr Ernst?«

»Mein voller Ernst.«

»Wo wollen Sie denn da anfangen?«

Dermot zuckte mit den Schultern. »Keine Ahnung. Ich schätze, ich muss mich erst mal schlaumachen, was die grundlegenden Dinge betrifft: welche Schulden er hatte, welche Einnahmen eventuell noch ausstehen, wie viel er – falls überhaupt – auf dem Konto hatte, all diese Dinge.«

»Klingt, als könnte das schwierig werden.«

»Ich kann immer noch jemanden fragen«, entgegnete Dermot vage. »Es muss ja Leute geben, die so was beruflich machen. Legen Sie es einfach in meine unfähigen Hände. Ich werde Sie wissen lassen, wie es läuft.«

Jude überlegte einen Moment. Die Vorstellung, das alles hinter sich zu lassen, war so verlockend, doch beim Anblick von Dermot – seinem strähnigen Haar, den dunklen Augenringen – brachte sie es nicht übers Herz. Außerdem kam ihr gerade ein Gedanke.

»Mein Bruder ist Buchhalter. Der kann uns da beraten – oder jemanden empfehlen.«

»Ich würde sagen, wir behalten ihn mal in der Hinterhand, für den Notfall.«

»Nein«, widersprach Jude entschieden. »Der macht das bestimmt.«

25

Zuerst erkannte Jude Benny gar nicht wieder. Sie hatte ihn als klein und drahtig in Erinnerung, einen Jungen mit markanten Gesichtszügen, doch in der Tür stand ein eher untersetzter Mann mit einer Wampe über der Hose, runden Wangen und sich bereits lichtendem Haar. Bei ihrem Anblick runzelte er die Stirn, wobei er einen Moment wieder mehr wie der Benny aussah, mit dem sie damals eine Weile zu tun gehabt hatte.

»Wer sind Sie?«

»Jude.«

»Jude? Jude! Was, zum Teufel …? Jude Winter. Natürlich. Du hast dich kaum verändert. Was führt dich her?«

Jude beobachtete, wie seine Miene ernst wurde, als ihm der Grund für ihren Besuch langsam dämmerte.

»Ich bin ein paar Tage zu Besuch bei meinen Eltern und dachte mir, ich könnte mal vorbeischauen.«

Sie sprach nicht weiter. Hinter ihm war eine Frau aufgetaucht, die ihr hellblondes Haar zu einem strengen Knoten hochgesteckt trug. Sie war auf eine beängstigende Weise hochschwanger und hatte eine Hand schützend auf ihren prallen Bauch gelegt.

»Yolanda?«, fragte Jude. »Bist du das?«

»Jude«, antwortete Yolanda. »Lange nicht gesehen.«

Jude hatte Benny nach dem Unfall und ihrer Trennung von Liam noch ein paarmal getroffen, doch Yolanda hatte sie das letzte Mal gesehen, als sich diese damals neben dem demolierten Wagen auf die Straße übergab.

»Na, so was!«, sagte sie. »Ich hatte ja keine Ahnung. Ich meine, Glückwunsch! Wann ist es denn so weit?«

»Vor sechs Tagen.«

Beide schauten Jude an und schienen darauf zu warten, dass sie sagen würde, warum sie nach so vielen Jahren plötzlich bei ihnen vor der Tür stand. Doch das wusste sie selbst nicht so genau.

»Dann ist es wahrscheinlich ein ungünstiger Zeitpunkt«, meinte sie verlegen.

»Ich habe schon ein paar Minuten Zeit«, sagte Benny.

Sie nahm auf dem kleinen Sofa Platz, und Benny setzte sich in einen Sessel. Rundherum war alles für das Baby bereit. Stapelweise winzige Strampler, ein Vorrat an Wegwerfwindeln, ein noch in seiner Plastikhülle steckendes Babykörbchen, daneben eine weiche Häkeldecke.

»Aufregend«, stellte Jude fest.

»Beängstigend«, entgegnete Benny, lächelte aber dabei.

»Ich weiß selbst nicht so genau, warum ich gekommen bin. Ich … na ja, du hast wahrscheinlich von dem Ganzen gelesen.«

»Du meinst, von dir und Liam. Ja, schon. Ich wusste gar nicht, dass das mit euch beiden noch ein Thema war.«

»War es auch nicht.« Jude überlegte, ob sie ein weiteres Mal erklären solle, wie es sich wirklich verhielt, konnte sich aber nicht dazu durchringen. Es spielte auch keine Rolle.

»Trotzdem sind dadurch die alten Zeiten bei mir wieder hochgekommen.«

»Im Zusammenhang mit Liam.«

»Ja.«

»Er war ein seltsamer Kerl, das steht fest. Meine Mum hat immer gesagt, er habe den Teufel im Leib. Ihrer Meinung nach war er ein schlechter Einfluss.«

»War er?«

Benny lachte. »Was mich betrifft auf jeden Fall.«

»Inwiefern?«, fragte Jude.

Benny schüttelte den Kopf. »Das spielt inzwischen keine Rolle mehr. Ich bin hier. Alles ist in Ordnung.«

»Er hat mich als seine Testamentsvollstreckerin benannt.«

»Was heißt das?«

»Ich muss dafür sorgen, dass alles so durchgeführt wird, wie er es wollte.«

Benny lächelte.

»Dieselbe alte Jude«, bemerkte er. »Noch immer eifrig bemüht, es Liam recht zu machen, auch wenn er inzwischen tot ist.«

Jude schien es, als hätte ihr jemand einen Magenschwinger verpasst. Schlagartig fühlte sie wieder die alten Qualen und Demütigungen der Teenagerzeit – so heftig und schmerzlich, dass sie sie nicht ignorieren konnte. Trotzdem protestierte sie nicht. Sie wollte einfach tun, was sie tun musste, und wieder gehen.

»Er hat dir irgendwelche besonderen Spielkarten hinterlassen.«

Benny schnaubte ungläubig. »Von anno dazumal? Wozu denn das?«

»Ich bin bloß die Überbringerin der Nachricht.«

Benny rieb sich die Wange. »Da bekomme ich direkt ein schlechtes Gewissen.«

»Warum?«

»Ich hatte ihn aus den Augen verloren. Er hat versucht, die Freundschaft aufrechtzuerhalten, mich immer angerufen, wenn er seine Eltern besuchte. Er war ein treuer Freund. Für einen Kumpel hätte er alles getan.«

»Aber du wolltest ihn nicht sehen?«

»Nein.«

»Warum nicht?«

»Er machte mir manchmal Angst. Besser kann ich es nicht erklären. Ich empfand ihn immer als gefährliche Gesellschaft, als könnte in seiner Gegenwart wortwörtlich alles passieren. Er hatte keine Bremsen.«

Jude stieß ein leises Ächzen aus, sagte aber nichts.

»Als Teenager macht man dumme Sachen. Dann wird man erwachsen und möchte das alles hinter sich lassen. Aber Liam war nicht so. Bei ihm hatte man irgendwie das Gefühl, dass er es genoss, wenn die Dinge außer Kontrolle gerieten. Ich weiß nicht. Als das mit mir und Yolanda ernst wurde, dachte ich einfach: Ich muss mich von alldem distanzieren.«

»Hat es ihm etwas ausgemacht?«

»Keine Ahnung. Immerhin hat er mir seine Spielkarten vermacht.«

»Ja, hat er.«

»Der Unfall damals«, fügte Benny nach einer Pause hinzu. »Wir hätten in der Nacht alle sterben können.«

»Ich weiß.«

»Ich erinnere mich nur an Bruchstücke.«

»Du warst ziemlich weggetreten.«

»Das waren wir doch alle. Für euch beide bedeutete es das Aus, oder?«

»Es wäre sowieso zu Ende gegangen«, antwortete Jude und stand auf. »Ich wollte ja an die Uni. Es war von Anfang an nur eine Sommerliebe.«

26

Judes Bruder Michael war verheiratet, hatte zwei Kinder und lebte gleich außerhalb von Guildford. Sie trafen sich jedes Jahr an Weihnachten im Haus ihrer Eltern. Obwohl Guildford nur eine Zugstunde von London entfernt war, hatte Jude ihn erst wenige Male dort besucht, anlässlich der Taufen seiner Kinder und einer Hauseinweihungsparty. Sie empfand ihn noch immer sehr als großen Bruder. Es kam ihr vor, als fände er die Tatsache, dass sie Ärztin war, irgendwie amüsant, als wäre es ein Hobby, das sie sich zugelegt hatte, so wie Aquarellmalerei oder Reiten.

Als sie ihn nun anrief, verlief der erste Teil ihres Gesprächs ernster als sonst. Michael hatte von Judes Beziehung mit Liam nichts gewusst. Zur Zeit des Unfalls befand er sich gerade irgendwo in einem Praktikum. Allerdings hatte er bereits mit ihren Eltern über die jüngsten Ereignisse gesprochen. Jude war schon mal erleichtert, dass sie ihm nicht auch wieder die ganze Geschichte erzählen musste. Er erklärte, das mit Nat tue ihm leid, aber um ehrlich zu sein, habe er ihn sowieso nie gut genug für sie gefunden. Michael war Nat nur wenige Male begegnet, weshalb Jude sich beherrschen musste, ihm keine wütende Antwort zu geben. Schließlich wollte sie ihn um einen Gefallen bitten.

Als sie ihm daraufhin von Liams Testament und ihrer Rolle als Vollstreckerin erzählte, brach er in Gelächter aus.

»Das ist eigentlich gar nicht lustig«, bemerkte sie.

»Es ist sogar sehr lustig. Du? Als Testamentsvollstreckerin? Was soll das?«

»Ich weiß es nicht.«

»Ich hoffe, es gibt einen zweiten Vollstrecker«, fuhr er fort. »Einen richtigen.«

»Der zweite ist sein Bruder. Ich glaube, er weiß darüber noch weniger als ich, falls das überhaupt möglich ist, hat aber angeboten, den Großteil der Arbeit zu übernehmen. Wenn du uns lediglich ein wenig die Richtung weisen könntest, wäre uns schon viel geholfen.«

Michael antwortete mit einem Schnauben.

»Das meiste davon scheint recht klar und einfach zu sein«, fuhr Jude fort. »Nur allerlei Krimskrams, den er irgendwelchen Leuten hinterlassen wollte. Aber zu unseren Aufgaben gehört offenbar auch, seine Finanzen zu überprüfen. Ich habe mich gefragt, ob es dir vielleicht möglich wäre, da mal einen Blick drauf zu werfen.«

»Ihr könntet euch mich gar nicht leisten.«

»Entschuldige. Es war ein Fehler, dich zu fragen.«

Er lachte. »Das war doch bloß ein Scherz. Kein Problem. Schick mir einfach Kopien von allem, was ich mir ansehen soll.«

»Das ist wirklich lieb von dir.«

»Du würdest dasselbe auch für mich tun.«

»Stimmt. Wenn ich könnte.«

»Apropos, ich habe da so einen Schmerz im Rücken.«

»Wo genau?«

Erneut hörte sie ihn lachen.

»Das war auch wieder nur ein Scherz«, erklärte er in jovialem Ton. »Aber jetzt mal ernsthaft. Diese ganze Geschichte … dass er dich als Vollstreckerin wollte – wie kam es dazu?«

»Keine Ahnung. Seine Eltern haben mich angerufen, nachdem sie das Testament entdeckt hatten.«

»Du meinst … Er hat dich gar nicht gefragt?«

»Nein.«

Es folgte eine längere Pause. Als Michael schließlich das Schweigen brach, klang er ernster, irgendwie geschäftsmäßiger.

»Das ist seltsam.«

»Ich weiß.«

»Jude, du solltest mit einem Anwalt reden. Du kannst aus der Sache aussteigen, wenn du willst.«

Nachdem sie ihr Telefonat beendet hatten, dachte Jude über seinen Rat nach. Wollte sie aus der Sache aussteigen?

27

Jude rechnete damit, dass Danny vor Wut oder Aufregung fluchen und schreien würde, doch als sie das Testament schließlich herausholte, entfaltete und vor Danny auf den Tisch legte, starrte diese nur schweigend darauf. Wie in Trance griff sie danach und las es, Seite für Seite. Als sie fertig war, legte sie das Dokument wieder hin und richtete den Blick auf Jude.

»Wer *sind* Sie?«, fragte sie. »Nein, ich meine, *wirklich.*«

»Ich kenne mich mit solchen Sachen nicht aus, glaube aber, dass es da nicht viel zu deuten gibt. Er hat etlichen Leuten aus seinem Freundeskreis kleinere Sachen hinterlassen, doch im Grunde geht alles an Sie und Alfie.«

»Sie haben meine Frage nicht beantwortet.«

»Ich habe Ihre Frage nicht verstanden. Sie wissen doch, wer ich bin.«

Wortlos stand Danny auf und verließ die Küche. Jude blickte sich in dem großen Raum um. Ein Teil des Bodens war herausgerissen, sodass sie die Rohre sehen konnte und darunter Schutt. Der Rest jedoch war mit schönen rostroten Natursteinplatten ausgelegt, die in der hereinfallenden Herbstsonne leuchteten. Der große Kühlschrank hatte eine rostige Tür, der Herd wirkte fast schon antik. In einem Topf blubberte etwas vor sich hin. Gelegentlich hob der Dampf den Deckel an, und Flüssigkeit spritzte heraus. Neben dem Kochfeld stand eine Pfanne mit zwei angetrockneten Spiegeleiern. Auf der Arbeitsplatte war eine große braune Papiertüte mit Mehl geplatzt und eine Menge von dem Inhalt herausgequollen. Überall lagen Reis- und Nudelpackungen herum. Neben der Hintertür stand ein kleiner Metallschubkarren voller Kartoffeln, Pastinaken und Zwiebeln. Der Holztisch war auf einer Seite mit Kerzen und Windlichtern bedeckt. Ein schlammiger Fluss aus Wachs in allen Farben hatte sich über das Holz ergossen. Auf dem Fensterbrett reihten sich Kräutertöpfe aneinander, und getrocknete Blüten hingen von einem Metallring, der an der Decke aufgehängt war. Marmeladengläser mit Blumen und Grünzeug waren im ganzen Raum verteilt: auf einem Hocker, auf dem Tisch, auf einer schönen hölzernen Kommode.

Jude hörte jemanden die Treppe hinaufsteigen. Dann ächzten im ersten Stock die Bodendielen, eine Tür flog zu, und jemand stapfte die Treppe wieder herunter. Danny kam mit einer großen Holzschüssel in die Küche und knallte sie dort auf den Tisch, besser gesagt, ließ sie fast fallen.

»Hatten Sie schon länger ein Auge darauf geworfen?«, fragte sie.

»Was?«

»Das war eine von Liams Freizeitbeschäftigungen. Er schnitzte Gegenstände aus Holz: Löffel, kleine Teller, aber auch besondere Schönheiten wie diese hier, die fast etwas von Skulpturen haben. Diese Schüssel ist eine von den wirklich besonderen Stücken, er hat dafür viele Wochen gebraucht, sich große Mühe damit gegeben und sie nun Ihnen vermacht. Haben Sie sie selbst ausgesucht?«

»Warum sagen Sie das?«, protestierte Jude. »Sehen Sie sich das Datum des Testaments an. Als Liam das schrieb, hatte ich schon seit Jahren keinen Kontakt mehr mit ihm – seit unserer Schulzeit. Ich weiß nicht, warum er mir diese Schüssel vermacht hat. Wenn Sie sie behalten wollen, können Sie sie haben.«

»Es geht mir nicht um die Schüssel. Betrachten Sie es doch mal aus meinem Blickwinkel, Jude. Mein Lebensgefährte wird plötzlich ermordet, und dann erfahre ich, dass er sich an dem Tag, an dem es passierte, mit Ihnen in einem Haus weit außerhalb von London treffen wollte. Sie und ich lernen uns kennen, und Sie erzählen mir, es sei alles sehr eigenartig und Ihnen ein völliges Rätsel. Sie hätten ihn erst kürzlich das erste Mal seit Ihrer Schulzeit wiedergesehen und wollten ihm nur einen Gefallen erweisen. Ich kann mir keinen rechten Reim darauf machen, aber während wir reden, habe ich den Eindruck, dass Sie eine anständige Person sind und ich Ihnen vielleicht sogar trauen kann. Als Nächstes bekomme ich zu hören, dass er ein Testament verfasst hat, von dem er mir nichts erzählt hat, und plötzlich sind Sie dafür zuständig. Und zu allem Überfluss hinterlässt er Ihnen auch noch diese Schale, an der sein Herz besonders hing.«

Jude sah sich die Schale genauer an. Sie war groß, ziemlich flach und aus honigfarbenem Holz, durchsetzt von dunkleren Einsprengseln. Knapp unterhalb des Rands befand sich ein Astknoten. Er war poliert, sodass er schimmerte, als wäre er irgendwie lebendig. Jude hatte noch nie etwas derart Schönes besessen.

»Und meins auch«, fügte Danny hinzu. Sie streckte die Hand aus und strich mit dem Zeigefinger über den Rand.

Jude, die einen Anflug von Ärger empfand, holte tief Luft.

»Mir ist bewusst, dass Sie gerade etwas durchmachen, das niemandem widerfahren sollte, aber ich habe mir das auch nicht ausgesucht. Sie haben es ja gelesen. Wo profitiere ich, mal abgesehen von dieser Schale? Zugegeben, Sie haben recht, sie ist sehr schön, aber Sie können sie behalten. Ich will sie nicht. Sie sagen, das alles sei für Sie völlig überraschend gekommen. Für mich ist es das auch. Man sollte eigentlich das Einverständnis des Testamentsvollstreckers einholen, bevor man es schreibt, statt es den betreffenden Personen einfach aufzudrängen. Glauben Sie, ich will diesen Job? Ganz bestimmt nicht. Ich bin nur hier, weil mein Bruder Buchhalter ist, und wenn ich den Papierkram zusammenbekomme, kann er einen Blick darauf werfen und uns vielleicht sagen, worauf das Ganze hinausläuft. Liams Bruder ist auch nicht gerade erpicht auf diesen Job als Testamentsvollstrecker.«

Als Jude Dermot erwähnte, huschte der Anflug eines Lächelns über Dannys Gesicht.

»Das kann ich mir vorstellen. So etwas ist nicht sein Ding.«

»Mein Ding ist es auch nicht.«

»Wenn Sie nicht zu den Leuten gehören, die so etwas können, warum hat er Sie dann dazu bestimmt?«

»Weiß ich nicht. Vielleicht ist ihm mein Name einfach wieder eingefallen.«

»Was bedeutet das alles für uns?«, fragte Danny. »Werden Sie jetzt anfangen, hier im Haus alle Schubladen aufzumachen und die Schränke zu durchwühlen? Überall herumzuschnüffeln?«

»Wenn Sie damit ein Problem haben, ist das für mich in Ordnung, absolut in Ordnung. Dann sage ich einfach, dass ich nicht gefragt wurde und es nicht machen will.«

»Wem wollen Sie das sagen?«

Jude überlegte einen Moment und grinste dann sarkastisch.

»Ich habe keinen blassen Schimmer. Ich weiß nicht, was es bedeutet, ein Testament zu vollstrecken, abgesehen von dem wenigen, was ich durch zehn Minuten Onlinerecherche in Erfahrung bringen konnte. Man muss das Vermögen bewerten lassen, dafür sorgen, dass eventuelle Schulden bezahlt werden, und tun, was Liam wollte – zum Beispiel sicherstellen, dass seine Mundharmonika bei der richtigen Person landet. Es wäre wahrscheinlich das Vernünftigste, einen Anwalt damit zu betrauen. Das kostet Sie Geld, aber dann wird es wenigstens richtig gemacht. Oder Sie überlassen es Dermot. Er hat gesagt, er würde es machen. Allerdings halte ich ihn nicht unbedingt für wirklich …«

»Verlässlich.«

»Geeignet für so etwas.«

Danny beugte sich über das Dokument. Ihr dunkles Haar fiel ihr ins Gesicht, sie strich es mit einer Hand zurück.

»Wissen Sie, was mir zu schaffen macht?«, fragte sie mit ernster, ein wenig trauriger Miene. »Ich sehe mir das Datum an – wie lange ist das jetzt her? Vier Monate? Und ich stelle mir vor, wie Liam da plötzlich in den Sinn kommt, ein Testament zu machen. Wie er darüber nachdenkt und wahrscheinlich Listen mit all den dämlichen Kleinigkeiten erstellt, die er den Leuten hinterlassen will. Und die ganze Zeit hält er es vor mir geheim. Um sicherzugehen, dass es geheim bleibt, fährt er nach Hause zu seinen Eltern, schreibt es dort, besorgt sich irgendwelche Zeugen, keine Ahnung, und benennt dann zur Ausführung seines Letzten Willens einen Testamentsvollstrecker.«

»Zwei Testamentsvollstrecker.«

»Dermot«, sagte sie. »War er eingeweiht?«

»Er war genauso überrascht wie ich.«

»Warum hat Liam das alles getan, ohne mir davon zu erzählen? Das ist es, was mir so zu schaffen macht.«

»Ich schätze, er hat es getan, weil er Vater geworden war und deswegen das Gefühl hatte, seine Angelegenheiten regeln zu müssen. Vielleicht hat er es Ihnen verschwiegen, weil es vielen Menschen schwerfällt, übers Sterben zu sprechen. Ich arbeite in der Geriatrie, mit lauter alten Leuten, sodass ich ständig Menschen sterben sehe. Ein großer Teil meiner Arbeit besteht darin, dafür zu sorgen, dass sie es so gut wie möglich schaffen. Aber selbst habe ich noch kein Testament gemacht, weil ich jung bin und mich weiter an die Illusion klammern will, dass ich ewig leben werde. Ich glaube, wenn man ein Kind bekommt, macht einem das die eigene Sterblichkeit bewusst – die Tatsache, dass das Leben noch weitergeht, nachdem man selbst es verlassen hat. Wirklich schlimm wäre gewesen, wenn er heimlich ein Testament geschrieben und alles jemand anders hinterlassen hätte. Aber egal, wer das Testament vollstreckt oder auch nicht, im Grunde geht alles an Sie und Alfie.«

Danny stand auf, füllte den Wasserkessel, stellte ihn auf den Herd und setzte sich wieder.

»Sie müssen sich also Kontoauszüge und solche Sachen ansehen?«

»Ich glaube schon. Er hat alles Ihnen und Alfie hinterlassen. Aber um das Erbe anzunehmen, muss Ihnen klar sein, worin es besteht. Wie viel es wert ist. Mein Bruder hat zugesagt, einen Blick darauf zu werfen.«

»Ich muss Sie warnen«, meinte Danny. »Sie werden es mit einem ziemlichen Chaos zu tun bekommen. Liam war ein ausgezeichneter Handwerker, imstande, alles Mögliche herzustellen, alles Mögliche zu reparieren – sogar Dinge, die gar nicht dafür gemacht waren, repariert zu werden. Aber mit Geld konnte er nicht umgehen. Rechnungen hat er nur bezahlt, wenn es ihm gerade einfiel oder jemand ihn daran erinnerte. So was wie ein Ablagesystem kannte er nicht.«

»Das spielt wahrscheinlich keine allzu große Rolle«, erwiderte Jude. »Es geht alles an Sie.«

Danny erhob sich wieder.

»Kamille? Ingwer? Minze? Die Minze ist frisch aus dem Garten.«

»Was am meisten entspannt.«

»Dann ist Kamille am besten. Die kann angenehm müde machen.«

Sie kehrte mit zwei dampfenden Tassen an den Tisch zurück.

»Womit wollen Sie anfangen? Die Rechnungen und Kontoauszüge sind im ganzen Haus verteilt.«

Allein schon die Vorstellung verursachte Jude Kopfschmerzen.

»Ich denke, dass wir mit dem einfachen Teil anfangen sollten«, antwortete sie. »Den Sachen, die Liam seinen Freunden schenken wollte. Wie es aussieht, hat er sich darüber eine Menge Gedanken gemacht. Aber vielleicht könnten Sie mir zeigen, wo die Unterlagen sind, die mit den Finanzen zu tun haben.«

Danny stand auf, öffnete eine Schublade und zog ein Bündel zusammengerollter Einkaufstüten heraus. Sie reichte sie Jude.

»Sie werden keine Aktenordner, Haushaltsbücher oder Tabellen finden, sondern nur verstreuten Papierkram. Sie können alles da reintun.«

Nachdem sie sich beide erhoben hatten, wären sie beinahe mit Vin zusammengestoßen, der gerade hereinkam. Er lächelte Jude an.

»Sie halten es ohne uns wohl nicht mehr aus, was?«

»Sie ist geschäftlich hier«, informierte ihn Danny. »Liam hat sie zu seiner Testamentsvollstreckerin bestimmt.«

»Nicht nur mich«, erklärte Jude, die das Bedürfnis verspürte, einen Teil der Verantwortung abzugeben. »Seinen Bruder hat er ebenfalls als Vollstrecker benannt.«

Schicksalsergeben wappnete sie sich für die Fragen, die Liams Eltern und Danny ihr gestellt hatten, doch Vin schien vor Überraschung sprachlos zu sein.

»Sie?«, stieß er schließlich hervor.

»Ich habe nicht darum gebeten.«

»Es ist ein beachtliches Dokument«, sagte Danny. »Mit vielen kleinen Hinterlassenschaften. Dir hat er seine Kreissäge zugedacht.«

»Ach, tatsächlich, hat er das?«

»Du klingst nicht allzu begeistert«, stellte Danny fest.

»Na ja, wir könnten jetzt eine kleine philosophische Diskussion darüber führen, ob es ihm überhaupt zustand, sie zu vererben.« Er riss sich am Riemen. »Wobei es schätzungsweise nett von ihm war, an mich zu denken. Trotzdem müsste ich erst mal in den Rechnungen nachsehen, um sagen zu können, wer von uns beiden sie letztendlich bezahlt hat.«

»Unsere Jude hier hat vor, den ganzen Mist durchzusehen«, entgegnete Danny.

Vin gab ein Grunzen von sich. »Viel Glück dabei.«

»Das habe ich nicht vor. Ich übergebe das Zeug nur meinem Bruder.«

Jude und Danny wandten sich bereits zum Gehen, als Vin noch einmal das Wort ergriff.

»Wann hat er dieses Testament denn gemacht?«

»Vor vier Monaten«, antwortete Jude.

»Vor vier Monaten. Und da hat er Sie als Testamentsvollstreckerin benannt?«

Jude hatte keine Lust, sich wieder von Neuem zu rechtfertigen.

»Befinden sich in Ihrer gemeinsamen Werkstatt ebenfalls Unterlagen?«, fragte sie.

»Was für Unterlagen?«

»Ich muss mir eine gewisse Vorstellung davon verschaffen, welche finanziellen Verpflichtungen er hatte und welche Einnahmen noch ausstehen.«

Vin runzelte die Stirn. »Wie gesagt, das wird interessant.«

»Aber befinden sich dort Unterlagen?«

Er zuckte mit den Schultern. »Wenn Sie Unterlagen brauchen, die haben wir. Jede Menge sogar.«

»Gibt es eine Art Firmenbuchhalter, mit dem ich sprechen kann?«

»Nein.«

»Soll das heißen, es gibt keine Buchhaltung?«

»Genau das soll es heißen. Aber Sie können gerne vorbeikommen und sich alles ansehen.« Er warf einen Blick zu Danny hinüber. »Der restliche Papierkram ist wohl größtenteils oben im Hinterzimmer, oder?«

»Da wollte ich gerade mit ihr hin.«

Vin schüttelte den Kopf. »Was auch immer Sie dafür bezahlt bekommen«, meinte er, »es ist nicht genug.«

»Ich kriege dafür gar nichts bezahlt.«

Danny führte Jude die Treppe in den weitläufigen ersten Stock hinauf.

»Die Polizei hat hier ein bisschen herumgestöbert«, erklärte sie. »Ohne viel zu finden, glaube ich. Allerdings haben sie seinen Laptop mitgenommen.«

Sie gingen den Flur entlang, bis sie einen Raum an der Rückseite des Hauses erreichten. Danny blickte sich über die Schulter nach Jude um.

»Von diesem Zimmer aus hat man einen schönen Blick über das Sumpfgebiet. Liam verbrachte viel Zeit hier oben.«

Danny öffnete die Tür und trat dann zur Seite, um Jude den Vortritt zu lassen. Jude schnappte nach Luft. Es waren zu viele Eindrücke auf einmal. Das Ganze hatte mehr von einer Rumpelkammer als von einem Büro. Es steckte voller scheinbar willkürlich zusammengewürfelter Dinge: An der Wand lehnte ein Fahrrad, daneben stapelten sich Kartons, Werkzeuge aller Art lagen herum, und dazwischen war jede Menge Papierkram verstreut. An der hinteren Wand stand unter einem Fenster ein hölzerner Schreibtisch. Aus halb herausgezogenen Schubladen quollen weitere Papiere.

Bei dem Anblick wurde ihr beinahe übel. Sie schaute sich weiter um. Die Wände wirkten vergleichsweise fast beruhigend. Sie waren in einem schönen Farbton gestrichen, einem Terrakottarot, wie man es in römischen Villen fand. Außerdem hingen dort erfrischende Bilder von Früchten, Zitronen und

Äpfeln. Durchs Fenster sah man auf das im Garten lagernde Gerümpel, das von oben noch chaotischer wirkte, doch dahinter konnte Jude das Sumpfgebiet erkennen, verschwommene spätherbstliche Farben und glitzerndes Wasser. Im Raum selbst hatte man das Gefühl, als würde man gerade ertrinken oder befände sich im Inneren eines kranken Gehirns.

Hilflos blickte sie auf die Einkaufstüten hinunter, die Danny ihr in die Hand gedrückt hatte.

»Ich bin mir nicht sicher, ob ich das schaffe«, bemerkte sie.

»Ich bin mir nicht sicher, ob irgendjemand das schafft«, antwortete Danny. Sie machte eine ausladende Geste. »Das war Liam. Sie kannten ihn. Er war wunderbar, mit niemand anders vergleichbar. Aber er war auch das hier.«

28

Danny ging und zog die Tür fest hinter sich zu. Irgendwo im Inneren des Hauses erklang wütendes Geheul. Außerdem hörte Jude gedämpfte Gitarrenakkorde, immer wieder die gleichen.

Es war schwer, sich nicht schon erschlagen zu fühlen, ehe sie überhaupt angefangen hatte. Ein paar Augenblicke ließ sie den Blick über das unvorstellbare Chaos um sie herum schweifen, dann marschierte sie entschlossen auf die Schreibtischschubladen zu, aus denen die Papiere quollen, riss die unterste ganz auf, schob die Hand hinein, nahm einen dicken Stapel heraus und platzierte ihn auf dem Schreibtisch. Nachdem sie auch noch den Rest herausgezogen hatte, ließ sie sich auf den Drehstuhl fallen, der sich prompt einmal um die eigene Achse drehte und dann ein Stück zur Seite rollte.

»Lieber Himmel!«, stieß Jude aus, während sie sich zurück an den Schreibtisch schob.

Obenauf lag eine Einkaufsliste, nicht in Liams Handschrift: Glühbirnen, Klopapier, Zahnpaste, Bleiche, Mausefallen. Jude knüllte den Zettel zusammen und warf ihn über die Schulter.

Es folgte ein Blatt mit wildem Gekritzel in leuchtender blauer und gelber Wachsmalkreide: wahrscheinlich ein Kunstwerk von Alfie. Sie warf es ebenfalls weg, wenn auch mit einem Anflug von schlechtem Gewissen. Immerhin war es Liam wichtig genug gewesen, um es aufzuheben.

Ihr wurde schnell klar, dass Liam alles aufbewahrt hatte. Quittungen für Werkzeug und für Windeln. Kritzeleien. Zahlungserinnerungen wegen der Gasrechnung, Mahnungen und letzte Mahnungen. Eine Zeichnung, die jemand von der Front des Hauses angefertigt hatte. Den Punktestand irgendeines Kartenspiels. Ein Rezept für Tamarinden-Auberginen-Curry. Eine alte Krankenkassenkarte. Pläne für eine neue Küche. Flyer für ein Folk-Konzert. Speisekarten von Takeaway-Restaurants. Broschüren. Gekonnte Bleistiftskizzen von Szenen, die Liam von seinem Schreibtisch aus gesehen hatte: Gartenvögel, Alfie neben einem Vogelkäfig, der Baum, dessen Wurzeln die Mauer zwischen Garten und Straße sprengten. Haftnotizen, uralte Postkarten, Klumpen eingetrockneter Klebemasse, leckende Filzstifte, einen abgelaufenen Pass, der – wie Jude feststellte, als sie ihn aufschlug – Danny gehörte.

Irgendwo zwischen alledem steckten – wahllos hineingeschoben – jene Papiere, von denen Jude dachte, sie könnten für ihre Aufgabe relevant sein: Kontoauszüge (sie sah sich ein paar an und verzog das Gesicht), jede Menge Gas- und Stromrechnungen, andere Rechnungen, Steuerforderungen. Sie legte alles auf eine Seite.

In der nächsten, kleineren Schublade fand sie einen Stapel ungeöffneter Umschläge. Jude schob bei einem den Finger unter die Lasche und zog eine letzte Mahnung zur Kommunalsteuer heraus. Ein anderes Kuvert enthielt die Ablehnung der Bank, weitere Überziehungen zuzulassen. Sie schob das Schreiben zurück in den Umschlag und packte alles, was auch nur annähernd mit Finanzen zu tun haben könnte, in eine Plastiktüte. Michael würde mehr bekommen, als er erwartete.

Dabei hatte sie mit dem Chaos aus Papieren, die über den Boden verstreut lagen, noch nicht mal angefangen. Sie beugte sich hinunter und griff nach einem braunen DIN-A4-Umschlag. Darin steckten Ultraschallaufnahmen: Diese körnige kleine Kaulquappe war vermutlich Alfie. Schlagartig fühlte sich Jude unsäglich traurig. Sie ging in die Hocke, umgeben von den kläglichen Überresten eines Lebens. Unter ihrer linken Hand entdeckte sie ein Schreiben, das begann: »Sehr geehrter Mister Birch, wie uns mitgeteilt wurde, sind Sie in Zahlungsverzug ...« Sie schob das Blatt in die Tüte. In ihrem Kopf regten sich die ersten unangenehmen Anzeichen einer Kopfschmerzattacke.

»Hallo!«, flötete eine Stimme hinter der geschlossenen Tür. Der Knauf drehte sich, die Tür öffnete sich einen Spalt, und der untere Teil eines sehr langen, schlanken Beins schob sich herein. Der Fuß steckte in einem limettengrünen Pumps.

»Ja?« Jude wartete.

Eine hoch aufgeschossene dramatische Erscheinung betrat seitwärts den Raum, zwei große Tassen in der einen Hand und einen Teller in der anderen. Ihr Haar war blassrot gefärbt und teilweise zu Zöpfchen geflochten, das Gesicht spektakulär, mit Hakennase und ausgeprägten Wangenknochen. Die großen, grünen, wie gesprenkelt wirkenden Augen waren dick mit schwarzem Eyeliner umrahmt, was ihr etwas Tragisches verlieh. Sie hatte schmale Schultern und scharf konturierte Schlüsselbeine. Ihr Körper – bekleidet mit einem safrangelben Jumpsuit, bei dem die Ärmel hochgekrempelt, die Knie aufgerissen und die Säume schmutzig waren – wirkte flach wie ein Brett. Jude, die immer noch auf dem Boden kauerte und von dort zu ihr hochstarrte, konnte sich nicht recht entscheiden, wie sie ihren Anblick fand: grotesk oder glamourös.

»Ich bin Irina«, verkündete die Frau.

Jude stand auf, wobei sich der leichte, aber üble Schmerz in ihrem Kopf ein wenig verlagerte. Sie fühlte sich in diesem Haus voller hochgewachsener, außergewöhnlicher Menschen sehr klein und gewöhnlich.

»Jude«, stellte sie sich vor.

Nachdem Irina die Tassen auf dem Schreibtisch und den Teller auf dem Stuhl abgestellt hatte, schüttelte sie Jude ausgesprochen energisch die Hand. An ihrem Unterarm wölbten sich die Muskeln. Sie war zwar dünn, aber kräftig.

»Ich weiß«, sagte Irina. »Endlich!«

Jude hatte es langsam satt, von allen mit derart unverhohlener Neugier angestarrt zu werden.

»Liams Geheimnis«, fuhr Irina fort. »Liams letztes Geheimnis«, fügte sie noch hinzu. Dabei riss sie die großen Augen auf, als würde sie jeden Moment in Tränen ausbrechen.

»Es tut mir so leid!«, stieß Jude erneut jene rituellen Worte hervor, weil ihr einfach nichts anderes einfiel. »Es ist schrecklich, einen Freund zu verlieren.«

»Noch dazu einen solchen Freund«, antwortete Irina, die klang, als unterdrückte sie ein Schluchzen, während ihre grünen Augen Jude weiter aufmerksam musterten. »Eine schöne Seele. Ist Ingwer in Ordnung?«

»Was?«

»Tee. Ich habe uns würzigen Ingwertee mitgebracht, außerdem Bananenkuchen, den ich in irgendeiner Büchse gefunden habe. Wie lang er da schon drin war, weiß ich allerdings nicht.«

Jude versuchte sich zu erinnern, was Vin über Irina gesagt hatte. Sie räumte anderer Leute Häuser aus und brachte eine Menge altes Zeug nach Hause. Sie war ein bisschen wild. Sie tanzte, wenn sie nicht schlafen konnte.

»Danke«, antwortete sie. »Ich schätze, Danny hat Ihnen erzählt, dass Liam mich als seine Testamentsvollstreckerin eingesetzt hat?«

»Mmm.« Irina schob sich eine halbe Scheibe Bananenkuchen in den Mund, setzte sich auf den Drehstuhl und platzierte den Teller auf ihrem Schoß. Sie ließ den Stuhl eine Umdrehung machen und griff dann nach ihrem Ingwertee. Ihre langen, knochigen Finger hatten gelbe Flecken vom Nikotin. »Schon seltsam, oder?«

»Ja.«

»Und?«

»Was?«

»Sie wissen schon.«

»Nein.«

»Hat er alles Danny hinterlassen?«

»Ach so! Verstehe.«

Jude fühlte sich unbehaglich. Sie wusste nicht recht, ob es zu ihren Aufgaben als Testamentsvollstreckerin gehörte, die Leute über den Inhalt eines Testaments zu informieren. Eigentlich machten das doch Anwälte, mit ernster Miene, in Anwesenheit der Familie, in einem eichenvertäfelten Raum, wo alles in antiquierte Worte verpackt wurde, um die Betreffenden vor der schmerzenden Wahrheit zu schützen. *Dieser Mensch ist tot – dieser so sehr geliebte Mensch.*

Irina summte leise vor sich hin.

»Warum fragen Sie nicht Danny?«, erwiderte Jude.

Irina ließ sich ein weiteres Mal herumwirbeln und streckte dann einen Fuß aus, um zu bremsen.

»Das ist nicht so einfach, wie es klingt – ganz und gar nicht einfach. Kann ich Ihr Stück Bananenkuchen auch noch haben?«

»Klar.«

»Rädchen in Rädchen«, bemerkte Irina kryptisch.

Judes Kopf pochte. Sie hatte ihre Tabletten in der Wohnung gelassen. Draußen hörte sie eine Kinderstimme und entdeckte Alfie im Garten. Er stapfte auf das kleine Beet zu, stolperte und fiel hin. Jude erwartete, dass ein Erwachsener auftauchen und ihm wieder hochhelfen würde, aber es kam niemand. Nach einer Weile stemmte er sich selbst hoch und stand einen Moment schwankend da, bis er auf seinen wackeligen Beinchen wieder das Gleichgewicht fand.

»Ich soll mir einen Überblick über Liams Finanzen verschaffen«, erklärte sie. »Aber das ist nicht so einfach.« Sie machte eine ausladende Geste.

»Seine *Finanzen*«, wiederholte Irina, wobei sie auf übertriebene Weise ihre schmalen Brauen hochzog. »Dabei kann ich Ihnen beim besten Willen nicht helfen.«

Was hatte Danny bei ihrem ersten Treffen gesagt? *Er hatte eine Affäre, wenn auch vielleicht nicht mit Ihnen.* Jude betrachtete Irina in ihrem gelben Jumpsuit. Mit ihren langen, an den Knöcheln übereinandergeschlagenen Beinen wirkte sie wie ein prachtvoller Flamingo.

»Ich kann Ihnen zumindest schon mal sagen, dass er Ihnen eine Hinterlassenschaft zugedacht hat.«

»Eine Hinterlassenschaft?«

»Das bedeutet …«

»Ich weiß, was eine Hinterlassenschaft ist. Ich verdiene meinen Lebensunterhalt damit, dass ich die Häuser anderer Leute ausräume, und meistens handelt es sich dabei um tote Leute – tote Leute mit zu viel Zeug, das niemand will. Abgesehen von mir, in manchen Fällen. Ich erkenne Schönheit, wo andere nur Gerümpel sehen. Was hat er mir denn hinterlassen?«

»Seine Gitarre.«

Irina fiel die Kinnlade herunter.

»Tatsächlich? Was soll ich denn mit einer Gitarre? Ich kann nicht Gitarre spielen und bin auch nicht besonders scharf darauf, es zu lernen. Er hätte sie lieber Doc vermachen sollen, wobei ich wette, dass er weder Doc noch Erika auch nur die kleinste Kleinigkeit vermacht hat.«

Stimmt, dachte Jude, hat er nicht.

»Ich wünschte, er hätte mir etwas von echtem emotionalem Wert hinterlassen«, fuhr Irina fort. »Das hätte ich eigentlich schon von ihm erwartet. Zum Beispiel die Kette, die er oft trug. Die hätte ich nie wieder abgenommen – immer auf meiner Haut getragen.« Sie legte die langen Finger auf ihr Schlüsselbein.

»Die bekommt seine Mutter«, erklärte Jude, die sich plötzlich höchst unbehaglich fühlte, weil sie an das Gabelbein an seinem Lederband denken musste, das sie aus Liams Tasche genommen hatte.

»Oder die wunderschöne Holzschale, an die er so lange hingeschnitzt hat.«

»Ich fürchte, die ist ebenfalls anderweitig vergeben.«

»Ach, im Grunde ist es mir scheißegal!« Irina ließ sich zurücksinken und legte eine Hand über die Augen. »Ich brauche weder die Kette noch die Schale, noch sonst was. Ich bin nicht gierig. Ich hätte nur gerne gewusst, dass ich ihm wichtig war.«

»Klar«, sagte Jude. Das verstand sie.

»Warum gibt er mir dann seine Gitarre?«

»Weil sie ihm viel bedeutet hat?«

»Vielleicht haben Sie recht. Ich kann einfach nicht glauben, dass er tot ist. Dass ich ihn niemals wiedersehen werde. Jedes Mal, wenn ich das Haus betrete, rechne ich damit, ihm über den Weg zu laufen. Ohne ihn ist es hier einsam, als wäre ein Feuer erloschen.«

Tränen traten ihr in die Augen. Jude gab ein mitfühlendes Geräusch von sich. Sie konnte absolut nicht sagen, ob Irina aufrichtig war oder nur einen Kummer spielte, den sie gar nicht empfand. Alles an ihr wirkte übertrieben, wie bei einem griechischen Chor. Gleichzeitig hatte sie etwas unerwartet Kindliches an sich, etwas Rührendes.

»Er war so lebendig«, fuhr Irina fort. »Finden Sie nicht auch?«

»Ich weiß es nicht. Wir hatten keinen Kontakt mehr.«

Irina stieß ein Schnauben aus.

»Was?«

»Bilden Sie sich wirklich ein, irgendjemand in diesem Haus glaubt das?«

Als Jude wieder nach unten kam, waren weder Danny noch Vin irgendwo zu sehen, aber aus der Küche trat gerade eine Frau mit dunkelblonden Haaren und glatten, runden Wangen, die Alfie auf eine routinierte Art an der Hüfte trug. Sie wirkte ein wenig grobknochig und irgendwie skandinavisch, doch wie sich herausstellte, sprach sie mit einem Liverpooler Akzent. Bekleidet war sie mit einer locker sitzenden Jeans, einem flauschigen Strickpulli und schäbigen Hausschuhen. Angesichts von so viel Normalität empfand Jude fast Erleichterung.

»Ich bin Erika«, stellte sie sich vor, während sie Jude eine breite, warme Hand hinhielt.

Der Name kam Jude bekannt vor. Das war die Frau, die Liam an dem Abend, an dem er ermordet worden war, auf seinem Handy angerufen hatte.

»Jude.«

Erika nickte. »Ich weiß. Sie sehen jünger aus als neunundzwanzig.«

»Woher wissen Sie, dass ich neunundzwanzig bin?«

Erika lachte. »Ich weiß eine Menge mehr als das. Wir wissen alle eine Menge über Sie.« Vorsichtig löste sie Alfies Finger aus ihrem Haar. »Ihr voller Name lautet Judith Abigail Winter. Sie sind Ärztin und behandeln alte Leute. Sie haben in Bristol studiert. Sie waren mit Nathaniel Weller verlobt, aber das ist inzwischen hinfällig, und wir wissen alle, warum.« Jude spürte, wie sich ihre Kiefermuskulatur anspannte. »Sie haben mit ihm in einer Wohnung in Stratford gelebt, aber auch das ist inzwischen hinfällig. Sie sind in Shropshire aufgewachsen, wie Liam. Sie haben einen Bruder. Ihr Vater arbeitet für die Stadt, Ihre Mutter ist Krankenschwester. Mit achtzehn waren Sie Liams Freundin. Ihren gemeinsamen Bekannten zufolge waren Sie ein sehr ungleiches Paar. Liam wollte sich an dem Tag, an dem er getötet wurde, in einem Cottage in Norfolk mit Ihnen treffen. Nun sind Sie seine Testamentsvollstrecke-rin. Im Lauf der letzten ein, zwei Wochen wurden Sie sehr unterschiedlich beschrieben: als zierlich, hübsch, elfenhaft, stark, zerbrechlich, verstört, defensiv und trotzig. Plus alles Mögliche andere, das mir gerade nicht einfällt.«

»Sie haben Ihre Hausaufgaben gemacht.«

Erika zuckte mit den Achseln. »Fünf Minuten Online-recherche. Wir sind alle neugierig. Das können Sie uns nicht verdenken.«

Obwohl Jude da anderer Meinung war, verkniff sie sich eine Antwort.

»Was hat Liam über mich gesagt?«, fragte Erika.

»Gar nichts.«

»Kommen Sie, es macht mir nichts aus.«

Jude griff nach der Holzschale.

»Ich wusste nicht das Geringste von Ihnen, und auch sonst von niemandem in diesem Haus. Ich wusste ja nicht mal von der Existenz des Hauses. Wir haben uns nichts bedeutet.«

Dabei keuchte sie fast vor Verdrossenheit, doch Erika nickte nur zu der prächtigen Holzschale hinüber, die Jude inzwischen wie einen Schild an ihre Brust presste, und zu der Tüte mit seinen finanziellen Unterlagen.

»Eine seltsame Art, sich nichts zu bedeuten.«

29

Langsam radelte sie zurück nach Tottenham. Jude war gezwungen gewesen, die beiden Plastiktüten mit den Unterlagen und der schönen Holzschüssel über die Griffe ihres Lenkers zu hängen. Jedes Mal, wenn sie um eine Kurve bog, schwangen die Tüten zur Seite, und sie musste aufpassen, dass sie nicht in die Speichen gerieten. Die Schale schlug ihr ständig gegen das Schienbein, während sie in die Pedale trat.

Bei dem Postamt ganz in der Nähe ihrer Wohnung machte sie halt, erstand ein Päckchen extragroßer Umschläge und füllte gleich dort am Schalter drei von ihnen mit den Unterlagen. Sie zahlte für eine Sendung per Einschreiben und Auslieferung am nächsten Tag.

Da es sie nicht recht zurückzog in die feuchte, ungemütliche Wohnung, suchte sie sich einen Platz in einem Café und gönnte sich einen Cappuccino und ein Gebäckstück. Sie nahm sich dort auch die Zeit, die Schale aus der Tüte zu holen, ihr wohltuendes Gewicht zu spüren, mit den Fingern über ihre kühle, seidige Oberfläche zu gleiten und die Maserung des Holzes nachzuzeichnen.

Anschließend kaufte sie in dem kleinen Supermarkt ein bisschen ein. Dabei ging ihr durch den Kopf, dass sie sich bald Gedanken darüber machen musste, wo sie in Zukunft leben wollte. Sie würde sich über vieles Gedanken machen müssen. Später, sagte sie sich, auch wenn ihr durchaus klar war, dass ihre zunehmende Verstrickung in das Chaos von Liams Leben womöglich nur ein Vorwand für sie war, um dem Chaos ihres eigenen Lebens zu entgehen.

Bei der Wohnung angekommen, musste sie zweimal die Treppe hinunter – einmal mit den Tüten, das zweite Mal, um ihr Fahrrad nach unten zu tragen. Die Katze zwickte sie in die Knöchel, bis sie ihr ein wenig Trockenfutter in ihr Schälchen schüttete. Sie hatte ihre Einkäufe noch nicht ganz ausgepackt, als es läutete. Vor der Tür stand Leila Fox. Jude führte sie in die schäbige Kellerwohnung, wo die Kriminalbeamtin interessiert den Blick schweifen ließ.

»Ein ziemlicher Abstieg.«

»Ja«, bestätigte Jude. »So was passiert, wenn Details einer polizeilichen Ermittlung an die Presse durchsickern.«

Jude rechnete mit einer wütenden oder entschuldigenden Antwort, doch Leila Fox musterte sie nur mit undurchdringlicher Miene.

»Ist etwas passiert?«

»Dachten Sie, ich finde es nicht heraus?«

»Was?«

»Dass Liam Birch Sie zu seiner Testamentsvollstreckerin bestimmt hat.«

»Ich habe es selbst erst vor ein paar Tagen erfahren. Es kam für mich sehr überraschend.«

»Ist das alles, was Ihnen dazu einfällt?«

»Was wollen Sie denn von mir hören?«

»Sagen Sie es mir. Sie waren seine Jugendliebe und diejenige, die an dem Abend, an dem er getötet wurde, auf ihn wartete.«

»Ich habe Ihnen doch erzählt, wie es dazu kam. Ich kann das alles nicht noch einmal durchkauen.«

»Sie behaupten, zwischen Ihnen sei nichts gewesen. Trotzdem brechen Sie mit Ihrem Verlobten und ziehen zu Hause aus. Und nun stellt sich auch noch heraus, dass Sie seine Testamentsvollstreckerin sind.«

»So kann man es natürlich auch hindrehen«, entgegnete Jude.

»Hindrehen? Wie würden Sie es denn hindrehen?«

»Ich habe mich nicht wegen Liam von Nat getrennt, sondern weil ich gelogen habe.«

»In Bezug auf Liam.«

»In Bezug auf die Verabredung.«

»Sie behaupten nach wie vor, dass nichts zwischen Ihnen lief.«

»Ich habe es aufgegeben, diese Tatsache immer wieder von Neuem zu beteuern«, antwortete Jude, während sie sich hinsetzte und ihren schmerzenden Kopf auf eine Hand stützte. »Mir glaubt doch sowieso niemand. Ich weiß, dass es stimmt, das reicht mir.«

»Ist Ihnen denn nicht klar, in was für einer Situation Sie stecken? Wir werden herausfinden, wer Liam Birch getötet hat, und wir werden auch herausfinden, was Sie mit seinem Tod zu tun haben.«

Jude hätte vor Frustration am liebsten mit dem Fuß aufgestampft. »Aber ich habe nichts damit zu tun!«

Die Kriminalbeamtin ließ sie nicht aus den Augen. »Früher glaubte ich, beurteilen zu können, wann jemand mich anlog und wann nicht. Inzwischen weiß ich, dass ich es nicht kann. Trotzdem bin ich mir ziemlich sicher, dass Sie mir etwas verschweigen.«

»Ich weiß nicht, wie viele Male wir das noch durchkauen sollen«, erwiderte Jude. »Sie ermitteln in einem Mordfall. Ich war gut hundertfünfzig Kilometer entfernt, als es passierte. Mir ist bewusst, wie seltsam es wirkt, dass er mich um diesen Gefallen gebeten hat. Vielleicht ging es tatsächlich um ein Alibi. Vielleicht hatte er etwas Schlimmes vor. Trotzdem weiß ich nicht, welche Art Hilfe Sie sich von mir erwarten.«

Jude sah Leila fragend an, doch die gab ihr keine Antwort, sondern erwiderte lediglich ihren Blick, und zwar mit einer Eindringlichkeit, die Jude einen Schauer über den Rücken jagte.

»Ich kann nachvollziehen, wie seltsam es Ihnen erscheinen muss, dass ich plötzlich seine Testamentsvollstreckerin bin«, fuhr sie fort. »Für mich ist es auch seltsam. Aber ich profitiere nicht davon.« Sie deutete auf die Holzschale. »Von der hier mal abgesehen. Die hat er mir hinterlassen. Ich weiß, dass das alles bizarr und unverständlich ist, aber was werfen Sie mir eigentlich vor? Was ist Ihre Theorie?«

»Wen versuchen Sie mit diesem ganzen Gerede eigentlich zu überzeugen?«, fragte Leila. »Mich oder sich selbst?«

»Nur weil gewisse Dinge merkwürdig sind«, antwortete Jude, »bedeutet das nicht, dass sie mit Liams Ermordung zu tun haben.«

Leila starrte sie weiter an. Jude versuchte, ihrem Blick standzuhalten, doch am Ende musste sie blinzeln und schaute weg. Ihre Kopfhaut kribbelte, und ihr Gesicht fühlte sich an wie aus Gummi. Sie fürchtete, ihre Mimik nicht mehr unter Kontrolle zu haben. Ihr wurde einen Moment schwindlig, die Welt um sie herum verschwamm, begann sich aufzulösen. Es kam ihr vor, als könnte die Polizistin in sie hineinsehen, in ihr geheimes Innerstes, und alles ans Licht zerren, was sich dort befand. Am liebsten hätte sie sich irgendwo verkrochen, um dem eindringlichen, prüfenden Blick von Leila Fox nicht länger ausgesetzt zu sein.

»Bis jetzt war ich auf Ihrer Seite«, erklärte Leila schließlich. »Ich habe nicht verstanden, warum Sie sich auf den Weg machten, um jemandem, den Sie angeblich schon seit mehr als einem Jahrzehnt nicht mehr gesehen hatten, diesen Gefallen zu tun. Ich habe mir wirklich Mühe gegeben, es aus Ihrem Blickwinkel zu betrachten, auch wenn mir das nicht so richtig gelungen ist. Aber jetzt noch die Sache mit dem Testament … Wenn Sie uns dafür keine bessere Erklärung liefern können, werden wir Sie ins Zentrum unserer Ermittlungen rücken, und das wird Ihnen nicht gefallen. Das wird Ihnen ganz und gar nicht gefallen.«

Leila Fox taxierte sie immer noch mit ihren grauen Augen. Jude kam sich auf ihrem Stuhl ganz klein und schwach vor. Ihr Kopf fühlte sich unerträglich schwer an.

»Was wollen Sie von mir?«, fragte sie mit zittriger Stimme.

»Sagen Sie es mir.«

»Sie meinen das Alibi? Falls es tatsächlich um eines ging. Das habe ich Ihnen doch schon so oft erzählt.«

»Nein, das meine ich nicht. Erzählen Sie mir von Ihnen und Liam, damals vor elf Jahren.«

»Warum? Was hat das mit alledem zu tun?«

»Bitte!«, antwortete Leila in fast schmeichelndem Tonfall.

Also holte Jude tief Luft und berichtete so sachlich, wie sie nur konnte, wie sie und Liam zusammengekommen waren, obwohl sie so unterschiedlich waren – nein, *weil* sie so unterschiedlich waren. Von den Partys, die sie zusammen besucht, und dass sie miteinander geschlafen hatten. Ins Detail ging sie dabei nicht.

»War er Ihr Erster?«

Jude spürte, wie ihr die Röte ins Gesicht stieg.

»Ja. Er war mein Erster. Warum spielt das eine Rolle?«

Sie erklärte, wie intensiv ihre Beziehung gewesen war. Dann berichtete sie von der Nacht des Unfalls, von Benny und Yolanda auf dem Rücksitz, dem plötzlichen Abkommen des Wagens von der Straße, ihren bruchstückhaften Erinnerungen, die damit endeten, dass Liam weggebracht wurde. Sie schloss damit, dass danach alles vorbei gewesen sei, wie ein schlagartig verblasster Traum.

Während sie gesprochen hatte, war Jude die ganze Zeit bewusst gewesen, wie Leila sie anstarrte: mit vorgebeugtem Oberkörper und fast gierigem Gesichtsausdruck. Nun, nachdem sie fertig war, schwieg die Kriminalbeamtin lange Zeit, bis sich schließlich ganz langsam ein Lächeln auf ihrem Gesicht ausbreitete.

»Was?«, fragte Jude mit einem unbehaglichen Gefühl.

»Ich hätte es schon längst kapieren müssen. Als Sie von Ihren Schuldgefühlen sprachen, weil es mit Liam bergab ging, während bei Ihnen alles so gut lief.«

»Was meinen Sie damit?«

»Es war Ihre Schuld.«

»Ich weiß nicht, wovon Sie sprechen.« Aber natürlich wusste Jude es sehr wohl. Sie meinte, in einen tiefen Abgrund zu fallen, der sich unter ihr aufgetan hatte, tiefer und immer tiefer, ohne Ende.

»Sie saßen in jener Nacht am Steuer.«

Es war keine Frage. Jude schloss die Augen.

»Als die Polizei kam, hat Liam Ihnen zuliebe die Schuld auf sich genommen. So ist das damals gelaufen.«

Aus Judes Kehle drang ein kleines Geräusch, eine Art Ächzen, als hätte ihr jemand einen Schlag verpasst.

»Als es passierte, waren Sie vielleicht durcheinander, hatten womöglich sogar eine Gehirnerschütterung und begriffen nicht, was vor sich ging. Aber später muss es Ihnen klar geworden sein. Trotzdem haben Sie sich nicht gemeldet und es richtiggestellt. Mit einer Vorstrafe hätten Sie Ihren Studienplatz verloren. Sie hätten alles verloren.«

Sie hielt inne, musterte ein weiteres Mal Judes bleiches Gesicht.

»Was haben Sie sich dabei gedacht, Jude? Dass er sein Leben sowieso in den Sand setzen würde? Oder ist es Ihnen einfach gelungen, jeden Gedanken daran zu verdrängen?«

Es folgte eine lange Pause. Als Jude schließlich das Schweigen brach, klangen ihre Worte auch in ihren eigenen Ohren seltsam gepresst. Sie hatte sie noch nie laut ausgesprochen.

»Nein, es ist mir nicht gelungen, die Gedanken daran zu verdrängen. Ich habe jeden einzelnen Tag daran gedacht. Und auch nachts, wenn ich wach lag. Egal, was sonst geschah, an der Uni, bei meiner Arbeit als Ärztin oder wenn ich allein war oder wenn ich mit einem anderen im Bett lag, ein Teil von mir wusste immer, dass mein ganzes Leben auf dieser einen Lüge beruhte. Sein ganzes Leben auch. Als Liam dann zu mir kam, um mich um einen Gefallen zu bitten, war für mich klar, dass ich es tun musste, egal, worum es sich handelte. Er hat es mir nicht gesagt. Als ich ihn fragte, ob es etwas Schlimmes sei, verneinte er. Aber vielleicht hätte ich es so oder so getan. Keine Ahnung. Vielleicht auch nicht. Ich weiß es nicht.«

»Hat er es erwähnt, als er Sie um den Gefallen bat?«

»Den Unfall? Das brauchte er nicht. Wir wussten es beide.«

»Warum hat er das damals getan? Warum hat er für Sie den Kopf hingehalten?«

»Das habe ich mich immer wieder gefragt. Ich frage es mich heute noch, wenn ich in den frühen Morgenstunden wach liege. Er hat nie ein Wort darüber verloren, nie um Dank gebeten. Ich glaube, er war einfach so. Er war idealistisch, impulsiv, leidenschaftlich. Er war der Typ Mensch, der so eine große, verrückte Geste ...« Jude brach ab. »Geste. Das klingt irgendwie oberflächlich. Es war mehr als das. Er hat sich eine Kugel eingefangen – eine Kugel, die mich hätte treffen müssen. Aber sie hat die Beziehung getötet.«

Leila machte eine ungeduldige Handbewegung.

»Warum, zum Teufel, haben Sie mir das nicht schon eher gesagt?«

»Aus dem gleichen Grund, warum ich es noch nie jemandem erzählt habe. Weder meinen Eltern noch Nat, noch meinen engsten Freunden. Ich habe mich gefürchtet und geschämt. Ich habe mich so geschämt.« Jude merkte, dass sie weinte. Sie zog ein Taschentuch heraus und schnäuzte sich. »Was passiert jetzt?«

»Wie meinen Sie das?«

»Ich habe ein Verbrechen begangen. Und es vertuscht.«

Leila schüttelte den Kopf, ohne dabei zu lächeln.

»Ich glaube nicht, dass sich die Staatsanwaltschaft nach all den Jahren noch für Ihr damaliges Verhalten interessieren würde. Ich werde Ihnen deswegen auch keine Vorwürfe machen. Obwohl das, was Sie getan haben, falsch war. Insofern mache ich Ihnen also doch einen gewissen Vorwurf. Aber Sie sind eine gottverdammte Idiotin. Aufgrund Ihres Verhaltens sind wir davon ausgegangen, dass Sie in Liams Pläne involviert waren, was auch immer er geplant haben mag. Und wenn Sie uns auf diesen Trichter gebracht haben, dann bestimmt auch andere.«

»Es sei denn, es war doch bloß ein Raubüberfall«, entgegnete Jude müde. Sie sehnte sich plötzlich danach, in einem dunklen Raum zu liegen, die Augen zu schließen und einzuschlafen.

»Sie wissen so gut wie ich, dass es kein Raubüberfall war … und ausgerechnet zu einem Zeitpunkt, wo Sie sich unbedingt aus all dem heraushalten sollten, vollstrecken Sie auch noch sein Testament.«

»Das dauert doch höchstens noch ein paar Tage.«

»Jude …«

»Zumindest das bin ich Liam schuldig.«

30

Sobald Leila weg war, ließ Jude mit einem kleinen Keuchen den Kopf auf die Tischplatte sinken und schloss die Augen. Sie dachte, nun würde sie endlich richtig weinen können, vor Scham und Kummer heulen wie ein Tier. Ihr Magen krampfte, der Kopf schmerzte, außerdem spürte sie ein seltsames Kribbeln in den Fingern und Zehen, doch Tränen kamen keine, sie konnte nicht weinen. Nach ein paar Minuten richtete sie sich wieder auf. Sie fühlte sich benommen, ihre Hände zitterten, und die Welt um sie herum verschwamm immer wieder.

Nach all den Jahren hatte sie die Worte endlich laut ausgesprochen. Sie war davon ausgegangen, dass dann eine große Veränderung mit ihr vorgehen würde. Deshalb wartete sie nun auf ein Gefühl von Schmerz, Erleichterung oder Angst, doch da kam nichts. Im Grunde empfand sie gar nichts, sie fühlte sich nur leer und irgendwie unwirklich.

Sie zwang sich, ruhig zu atmen. Nach ein paar Minuten wusste sie, was sie zu tun hatte. Das würde nicht lustig werden, aber sie musste es hinter sich bringen. Entschlossen griff sie nach ihrem Telefon.

Als Nat ihr die Tür öffnete, sagte er nicht einmal Hallo, sondern ging einfach zurück in die Wohnung, sodass es ihr selbst überlassen blieb, die Tür hinter sich zuzuziehen und ihm zu folgen. Erst im Wohnzimmer wandte er sich ihr wieder zu.

»Ich habe schon einen Teil deiner Sachen zusammengesucht«, begann er. »Die Kleidung habe ich in Müllsäcke gepackt.«

»Ich kann sie jetzt nicht mitnehmen. Ich bin mit dem Rad da.«

»Ich habe gerade Kaffee gemacht. Magst du eine Tasse?«

Jude wusste nicht recht, was sie davon halten sollte. Sie kam sich vor wie ein Tier, das erst geschlagen und dann gestreichelt wurde.

»Ja.«

Nat verschwand in die Küche und kehrte mit zwei Tassen zurück. Sie ließen sich nieder, er auf der einen Seite und Jude auf der anderen Seite des Raums. Sie konnte kaum fassen, wie seltsam es sich anfühlte, wieder in der Wohnung zu sitzen, in der sie miteinander gelebt hatten, und eine Tasse in der Hand zu halten, die sie selbst gekauft hatte. Es war keine Milch im Kaffee, obwohl er genau wusste, dass sie ihn mit Milch trank. Sie verkniff sich einen Kommentar.

»Also, was willst du?«, fragte er.

»Nicht viel. Ich versuche nur, mich ein bisschen zu sortieren.«

»Wie ich höre, hast du dir beruflich ein paar Wochen Auszeit genommen?«

»Woher weißt du das?«

»Nachdem du nicht ans Telefon gegangen bist, habe ich im Krankenhaus angerufen.«

»Du kannst mir jederzeit eine Nachricht schicken.«

»Ich wollte dir keine Nachricht schicken, sondern mit dir reden.«

Da Jude keine passende Antwort einfiel, ließ sie nur wortlos den Blick durch den Raum schweifen.

»Tja«, fuhr Nat fort, »wie du sehen kannst, sind hier eine Menge Sachen von dir. Irgendwann werden wir uns zusammensetzen und entscheiden müssen, wer was bekommt. Aber wir sollten das in einem formelleren Rahmen machen. Ich möchte, dass du bekommst, was dir zusteht.«

»Daran habe ich noch gar keinen Gedanken verschwendet.«

»Aber es stimmt.«

»Ich weiß. Nur habe ich momentan keinen Platz für die ganzen Sachen. Ich durchlebe gerade eine schwierige Phase. Können wir noch ein bisschen warten und es dann in Ruhe machen?«

»In Ruhe?«, wiederholte Nat mit einem scharfen Unterton in der Stimme. »Und auf eine saubere Art, nehme ich an. Vielleicht fällt es mir nicht so leicht wie dir, zwei Leben zu trennen, die sich derart miteinander vermischt haben. Hast du beispielsweise schon allen Leuten geschrieben, die du zur Hochzeit eingeladen hattest, und sie wieder ausgeladen?«

»Natürlich habe ich das«, antwortete Jude. »Und zwar fast sofort, das weißt du doch.« Ihr kam ein schockierender Gedanke. »Soll das heißen, du hast noch nicht alle informiert?«

Nun war Nat derjenige, der verlegen den Blick schweifen ließ.

»Ein paar habe ich informiert, aber nicht alle. Du solltest mir besser deine Liste zeigen, damit wir nicht denselben Leuten zweimal mailen.«

Jude wusste nicht, was sie davon halten sollte. War Nat bloß noch nicht dazu gekommen, die Leute zu informieren – so wie er nie so recht dazu kam, seine schmutzige Wäsche einzusammeln und in die Waschmaschine zu stecken? Oder hatte er die seltsame Vorstellung, sie würde zu ihm zurückkehren und um Verzeihung bitten, sodass die Hochzeit am Ende doch noch stattfinden würde?

»Aber du hast die Liste doch schon. Ich habe dich als verdeckten Empfänger meiner Rundmail hinzugefügt«, erklärte sie, »und dir das auch in einer separaten Nachricht mitgeteilt. Das musst du doch gelesen haben.«

»Sehr effektiv«, antwortete er in einem Ton, der sie traurig stimmte.

»Was hast du von mir erwartet? Dass ich es sofort allen stecke? Ich habe es meinen Freunden geschrieben und meiner Familie persönlich gesagt. Du kannst deine Freunde und deine Familie selbst informieren.«

Nach einer kurzen Auseinandersetzung darüber, welche Freunde als gemeinsame Freunde zu betrachten waren, meinte Jude, er solle einfach einen Blick auf die Liste der Leute werfen, denen sie bereits geschrieben habe.

»Soll ich die Leute von der Scheune kontaktieren?«, fragte Nat.

»Hast du das denn noch nicht gemacht?«

»Warum würde ich dich fragen, wenn ich es schon gemacht hätte? Ich kann versuchen, die Anzahlung zurückzubekommen, aber vermutlich werden sie darauf nicht eingehen.«

Jude gab ihm keine Antwort.

»Eine schöne Geldverschwendung«, bemerkte Nat.

Jude reagierte noch immer nicht.

»Was gibt es Neues bei der Mordermittlung?«

»Keine Ahnung«, antwortete Jude. »Ich weiß darüber nichts. Schätzungsweise befragen sie weiter alle möglichen Leute.«

»Haben sie dich befragt?«

»Ja.«

»Warum?«

»Sie befragen alle, die in den Tagen vor Liams Tod mit ihm zu tun hatten.«

»Sie müssen sich sehr für deine Verbindung mit ihm interessieren.«

»Sie haben zumindest danach gefragt.«

»Eine alte Jugendliebe, plötzlich wieder vereint. Haben Sie dir deine Geschichte geglaubt?«

»Da gibt es nichts zu glauben oder nicht zu glauben. Ich

gehöre nicht zu den Verdächtigen, Nat. Ich war nicht in London, als es passierte.«

Nat stieß ein Lachen aus, das Jude als unangenehm sarkastisch empfand.

»Ich habe nicht behauptet, dass du zu den Verdächtigen gehörst. Das wäre ja lächerlich. Warum solltest du jemanden töten wollen, den du seit elf Jahren nicht mehr gesehen hattest? Warum solltest du so etwas tun? Das wäre ja fast so absurd, wie den Mann zu belügen, den du heiraten wolltest, nur um einem Kerl, mit dem du seit elf Jahren keinen Kontakt mehr hattest, einen großen Gefallen zu tun. Lächerlich.«

Wieder gab Jude keine Antwort, sondern betrachtete lediglich Nats wutverzerrtes Gesicht, registrierte das Zucken an seiner Schläfe. Sie konnte nicht glauben, dass das der Mann war, mit dem sie den Rest ihres Lebens hatte verbringen wollen.

»Haben sie dir das abgekauft? Dass du ihn elf Jahre nicht gesehen hattest? Und dann trotzdem bereit warst, ihm diesen riesengroßen Gefallen zu tun?«

Judes Telefon klingelte. Sie holte es heraus und warf einen Blick darauf. Es war ihr Bruder.

»Du kannst ruhig rangehen, wenn du willst«, sagte Nat.

»Ich rufe zurück.«

»Du hast meine Frage nicht beantwortet.«

»Welche Frage?«

»Ob sie dir geglaubt haben. Die Polizei.«

»Sie waren irritiert, weil sie sich fragten, was Liam eigentlich von mir wollte – genauso irritiert wie ich auch. Aber ich schätze, sie haben mir geglaubt.«

»Hast du ihnen auch von der Lügengeschichte erzählt, die du mir aufgetischt hast?«

»Den genauen Wortlaut meiner Aussage habe ich nicht mehr im Kopf, aber sie wissen, dass ich ausgezogen bin.«

»Ich glaube dir übrigens nicht«, erklärte Nat. »Falls es dich interessiert.«

»Was glaubst du mir nicht?«

»Dass du diesen Liam elf Jahre nicht gesehen hattest.«

»Nein«, sagte Jude. »Zufällig interessiert es mich nicht. *Übrigens.*« Letzteres konnte sie sich nicht verkneifen.

Nat ließ sich zurücksinken. Sein Gesicht war rot angelaufen, und er rang nach Luft.

»Also?«, fuhr er schließlich fort. »Du wolltest mit mir sprechen. Worüber?«

Jude musste tatsächlich einen Moment überlegen, warum sie hier war – warum sie sich das überhaupt angetan hatte. Ach ja, sie war gekommen, um Nat von dem Unfall zu erzählen: dass sie damals am Steuer gesessen hatte. Sie war der Meinung gewesen, ihm die Wahrheit schuldig zu sein. Nun wurde ihr allein schon bei dem Gedanken übel, diese persönliche, schmerzhafte Geschichte aus ihrer Vergangenheit mit diesem rotgesichtigen, zornigen Mann zu teilen, der ihr da gegenübersaß.

»Ach, nichts weiter«, sagte sie. »Ich glaube, wir haben alles besprochen, was es zu besprechen gab.«

Als sie wieder hinaus auf die Straße trat, holte Jude ein paar Mal tief Luft, um ihre Fassung wiederzugewinnen. Dann fiel ihr der verpasste Anruf ein. Sie holte ihr Telefon heraus und rief ihren Bruder an.

»Ich komme morgen nach London«, erklärte er. »Können wir uns treffen?«

»Warum? Ist etwas nicht in Ordnung?«

»Das besprechen wir besser persönlich.«

»Geht es um das Testament?«

»Ja. Ich habe einen Blick in die Unterlagen geworfen.«

»Kannst du mir nicht schon vorab etwas sagen?«

»Lass die Finger von allem, was mit seinen Finanzen zu tun hat.«

»Was meinst du damit?«

»Liam Birchs Vermögen. Zahle ja nichts davon aus.«

»Keine Sorge. Das hatte ich nicht vor.«

31

Am nächsten Morgen um kurz nach zehn betrat Michael Winter in geschäftsmäßiger Kleidung die Wohnung und ließ sichtlich unbeeindruckt den Blick schweifen. Schlagartig fühlte Jude sich schäbig und unvorbereitet. Es kam ihr vor, als wären sie wieder Teenager und Michael der missbilligende große Bruder.

»Es tut mir leid«, begann er. »Mir war nicht klar, dass du jetzt in solchen Verhältnissen lebst.«

»Das ist nur vorübergehend«, erklärte Jude. »Sobald sich die Dinge wieder eingependelt haben, suche ich mir etwas Richtiges.«

Michael zog die Augenbrauen hoch. »Ja, die *Dinge*«, wiederholte er mit starker Betonung auf dem letzten Wort. »Darüber müssen wir sprechen.« Wieder blickte er sich um. »Können wir uns irgendwo hinsetzen?«

Er klang, als bezweifelte er, dass es eine solche Sitzgelegenheit gab. Jude lotste ihn zu dem einzigen Sessel. Sich selbst zog sie einen kleinen Holzhocker heran.

»Darf ich dir Tee oder sonst was anbieten?«

Er warf einen Blick auf seine Armbanduhr.

»Ich habe in fünfzig Minuten eine Besprechung in der Nähe der Old Street«, informierte er sie. »Wir sollten besser loslegen.«

Er hatte einen ledernen Aktenkoffer dabei, den er nun öffnete, um eine Mappe aus blauer Pappe herauszunehmen. Darin befand sich ein einzelnes Blatt Papier mit seiner winzigen, ordentlichen Handschrift. Der Anblick erinnerte Jude an ihre Schultage. Er griff nach dem Blatt, seufzte laut und legte es gleich wieder ab.

»Bevor wir über das alles sprechen, sollte ich dir wohl ein paar Fragen stellen.«

»Was für Fragen?«

»Zum Beispiel, wie es dir geht. Ich bin nicht gut in so was. Aber der Mord und das alles … Das muss für dich schrecklich gewesen sein.«

»Ja. Es war schrecklich. Ich möchte nicht behaupten, dass ich schon wieder ganz auf der Höhe bin, aber ich schaffe das.«

»Ich kannte vorher noch nie jemanden, der ermordet wurde – wobei ich diesen Mann natürlich auch gar nicht richtig kannte.«

»Ich auch nicht.«

»Und sie haben den oder die Mörder noch nicht gefasst?«

»Nein.«

»Ich habe mir das online angesehen. In dieser Stadt werden so viele Menschen erstochen. London ist ein beängstigender Ort.«

»Ich glaube, es ist eine recht sichere Stadt. Alles in allem.«

Michael griff erneut nach dem Blatt und setzte dabei eine geschäftsmäßige Miene auf.

»Hast du die Papiere durchgesehen, bevor du sie mir geschickt hast?«

»Nicht wirklich. Es erscheint mir alles ein bisschen kompliziert.«

»Ja, in gewisser Weise«, räumte Michael ein. »Aber in anderer Hinsicht ist es auch recht einfach.«

»Wie meinst du das?«

»Fest steht schon mal, dass du das auf keinen Fall stemmen kannst. Ich bin mir nicht sicher, wer es kann – das ist nicht gerade mein Spezialgebiet –, aber man braucht definitiv jemanden, der sich damit auskennt.«

»Ich dachte, jeder kann als Testamentsvollstrecker fungieren.«

»Nicht in diesem Fall.«

»Verrätst du mir, warum? Du hast doch gesagt, es sei ganz einfach.«

Michael ließ sich in den Sessel zurücksinken, um einen Moment seine Gedanken zu sammeln.

»Also«, begann er dann, »wenn du in einem brennenden Haus bist, musst du auch kein Experte für Chemie und Physik sein. Du musst nur raus. Und ich glaube, du musst raus.«

»Was soll das heißen?«

»Soweit ich es bei meiner raschen Durchsicht der Papiere beurteilen konnte, gibt es zwei Bereiche. Der erste ist Liams Arbeit, wo es um Schreinerei und Tischlerei zu gehen scheint. Nach dem zu urteilen, was ich gesehen habe, ist die Firma pleite. Die Finanzen erscheinen mir vollkommen chaotisch, auch wenn ich den Großteil des Papierkrams gar nicht gesehen habe. Ich bin mir sicher, er hat hin und wieder einfach bar kassiert, und es wurden auf beiden Seiten keine Fragen gestellt. Aber aufgrund der ganzen Rechnungen, die nicht bezahlt sind, vermute ich, dass die Firma womöglich im größeren Stil Schwarzarbeit betreibt. Er war in letzter Zeit mit einem großen Auftrag beschäftigt und hatte allem Anschein nach Probleme, an sein Geld zu kommen – Einkünfte, die für ein Unternehmen, das ohnehin schon am Kämpfen ist, womöglich der sogenannte letzte Strohhalm gewesen wären.«

»Das klingt ja fürchterlich.«

»Es muss furchtbar gewesen sein, das durchzustehen. Du bist ihm doch kurz vor seinem Tod begegnet, oder?«

»Ja.«

»Wirkte er da sehr unter Druck?«

»Nicht besonders.«

»Es muss beängstigend sein, wenn man weiß, dass es mit

der Firma Schritt für Schritt bergab geht. Ich habe von Leuten gehört, die in dieser Situation Selbstmord begingen, weil sie keinen anderen Ausweg mehr sahen.«

»Aber er hat nicht Selbstmord begangen. Er wurde ermordet.«

»Stimmt.«

»Du hast gesagt, es gebe zwei Bereiche.«

»Ja, der andere Bereich ist sein Privatvermögen, das sich im Grunde auf das Haus beschränkt.«

»Damit muss es besser aussehen.«

Michael überlegte einen Moment.

»Das ist schwer miteinander zu vergleichen, aber ich würde nicht sagen, dass es besser aussieht. Der Kaufvertrag läuft auf seinen Namen, aber er hatte eine hohe Hypothek, und soweit ich sehe, war er mit mehreren Zahlungen im Rückstand.«

»Manchmal müssen die Leute ihre Hypotheken neu aushandeln.«

»Manchmal, ja. Aber das macht man nicht, indem man einfach nicht zahlt.«

Jude dachte über seine Worte nach. »War Liam insolvent?«

»Das ist ein technischer Terminus. Um insolvent zu sein, muss man Insolvenz anmelden. Weniger technisch könnte man es als komplettes Chaos bezeichnen. Viele Leute leben so und hoffen einfach das Beste. Ich weiß nicht, wie die nachts schlafen können. Jemand – nicht du – muss kommen und Ordnung in das Ganze bringen. Etliche Leute schuldeten Liam Geld, insbesondere der Kunde, für den er den großen Auftrag ausgeführt hat, ein Mann namens …« Michael griff nach dem Blatt und warf einen Blick auf seine Notizen. »Leary. Anthony Leary. Da sind noch Rechnungen offen, die sich auf mehrere Tausend Pfund belaufen. Vielleicht gab es da irgendein Problem.«

»Du meinst, eine Art Zerwürfnis?«, fragte Jude.

»Keine Ahnung. Mir lagen nur die Rechnungen und Liam Birchs Kontoauszüge vor. Vielleicht hat Mister Leary sich mit dem Zahlen einfach Zeit gelassen. Solche Cashflow-Probleme können für eine ganz kleine Firma den Untergang bedeuten. Und die, von der wir reden, befand sich bereits unter Wasser. Es gehört zu den Aufgaben eines Testamentsvollstreckers, derartige Angelegenheiten zu regeln, aber ich wüsste nicht, warum ausgerechnet du dir das aufhalsen solltest.« Er musterte sie eindringlich. »Oder warum du den *Wunsch* verspüren solltest, das zu tun.«

»Könntest du da nicht helfen?«

Michael schüttelte den Kopf. »Es war schon übel genug, bloß einen ersten Blick auf diese Horrorshow zu werfen.«

»Denkst du, Liam wusste, wie schlimm es stand?«

»O ja. Dieser Stapel Papierkram steckte voller Mahnungen und Vollstreckungsankündigungen. Es muss sich wirklich angefühlt haben wie Feuer unterm Dach.«

»Was wird mit der Firma, dem Haus und allem anderen passieren?«

Michael hob die Schultern. »Wie es aussieht, besaß dein alter Freund gar nichts. Weniger als gar nichts. Nicht bezahlte Hypothekenraten, überzogene Bankkonten, unbezahlte Rechnungen und Kunden, die ihrerseits nicht zahlten. Manchmal kann man sich auf irgendeine Lösung einigen, aber dazu braucht man professionelle Hilfe und Zeit.«

»Wie sieht es mit Lebensversicherungen aus?«, fragte Jude. »Man hört immer wieder von Leuten, die tot mehr wert sind als zu Lebzeiten«, fügte sie hinzu. »Wäre dadurch nicht genug da, um die Hypothekenraten und die Rechnungen zu begleichen?«

»Das habe ich ganz vergessen«, antwortete Michael. »Als ich vorhin sagte, es gebe zwei Bereiche, hätte ich eigentlich drei sagen sollen. Er hatte zwei Lebensversicherungspolicen.

Die erste hing mit der Hypothek zusammen, die zweite wollte er sich vor zehn Monaten auszahlen lassen.«

»Also kurz nach der Geburt seines Sohnes. Das muss doch eine anständige Summe sein, oder nicht?«

»Mit beiden Versicherungen gab es Probleme. Er hatte schon länger keine Beiträge mehr gezahlt. Für beide Policen habe ich rot gedruckte Warnschreiben gefunden. Ich bezweifle, dass da auch nur ein Penny ausbezahlt werden wird.«

»Armer Liam.«

»Willkommen in der freien Wirtschaft«, meinte Michael in seltsam fröhlichem Ton. »Du hast von Anfang an für das staatliche Gesundheitssystem gearbeitet. Deine großzügigen Gehälter und Pensionspläne werden von meinen Steuern bezahlt. Aber wenn bei uns anderen draußen in der realen Welt etwas schiefläuft, dann wird am Ende auch noch das Sicherheitsnetz weggezogen. Liam muss gewusst haben, dass er so oder so auf eine Bruchlandung zusteuerte.«

Jude ärgerte sich über Michaels besserwisserischen Ton. So sprach er schon mit ihr, seit sie beide Teenager waren. Andererseits war ihr bewusst, dass er diese Arbeit für sie in seiner Freizeit gemacht hatte.

»Also kann ich das deiner Meinung nach nicht alleine regeln.«

»Da bin ich mir ziemlich sicher.«

»Ich könnte mit dem Mann sprechen, der Liam Geld schuldete. Das würde bestimmt helfen, oder?«

»Denk nicht mal dran!«

»Warum nicht?«

»Du weißt nicht das Geringste über diesen Mann, abgesehen von der Tatsache, dass er es versäumt hat, Liam zu bezahlen. Womöglich ist er gewalttätig.«

»Aber als Testamentsvollstreckerin habe ich doch die Aufgabe, Schulden einzutreiben, nicht wahr?«

»Nein. Ich meine, ja, theoretisch schon. Aber nicht, indem du bei ihm zu Hause auftauchst. Du könntest ihm höchstens einen Brief schreiben.«

Jude betrachtete Michael zweifelnd.

»Wie auch immer«, fuhr er fort. »Dadurch ließe sich das Schlamassel, in das Liam sich hineinmanövriert hat, auch nicht aus der Welt schaffen. Es würde schätzungsweise helfen, die Rechnungen zu zahlen, und vielleicht bliebe sogar ein bisschen was übrig, aber bestimmt nicht genug, um die Hypothekenraten zu begleichen. Und für die Lebensversicherungspolicen ist es einfach zu spät.«

»Diese Lebensversicherungen«, hakte Jude nach, »waren das gemeinsame Policen? Ich meine, eingetragen auf Ehemann und Ehefrau? Wobei Liam und Danny ja nicht verheiratet waren. Oder hat er das alleine gemacht?«

»Wenn du wissen willst, ob sie nur auf seinen Namen liefen, dann lautet die Antwort Ja. Als Begünstigte der zweiten Police war allerdings seine Lebensgefährtin eingetragen.«

»Trotzdem wird Danny am Ende mit gar nichts dastehen?«

»Ist das die Frau, von der wir sprechen?«

»Ja. Seine Lebensgefährtin, die Mutter seines Kindes und die Person, der er in seinem Testament alles hinterlassen hat.«

»Sie wird am Ende mit gar nichts dastehen, mal abgesehen von einem fürchterlichen Durcheinander.«

Als er ging, küsste er sie zum Abschied auf die Wange und tätschelte sie linkisch am Arm.

»Ernsthaft, Jude, du solltest da nicht zu tief stochern. Für mich klingt es nämlich, als würdest du ohnehin schon bis zum Hals drinstecken.«

»Keine Sorge.«

Er beäugte sie argwöhnisch.

»Warum beruhigt mich das nicht?«

32

Obwohl Jude die Adresse von Liams und Vins Firma vorlag, hatte sie Schwierigkeiten, sie zu finden. Die Karte auf ihrem Handy führte sie an den Rand von Walthamstow und dort eine Straße voller Schlaglöcher entlang, gesäumt von Häusern, bei denen zum Teil die Fenster zugenagelt waren, und schließlich hinein in ein kleines Gewerbegebiet namens Jubilee Industrial Estate.

Die Namen auf den Schildern ließen größtenteils keine Rückschlüsse auf die Art der Firmen zu: neben einer Mikrobrauerei und einer Lager- und Logistikfirma gab es auch Namen wie MaleCo, Formix, Vista Ready. Sie wanderte auf dem schlammigen Hof herum und blies immer wieder warme Atemluft auf ihre eisigen Hände, während sie versuchte, den richtigen Namen zu finden, bis sie schließlich auf ein kleines, schlichtes Holzschild stieß: »Liam Birch, Alles aus Holz« Die Jalousien waren hochgezogen. Jude presste das Gesicht an das verschmierte Fenster, konnte jedoch nichts erkennen. Immerhin hörte sie das Geräusch einer Kettensäge. Sie klopfte an die Tür. Nachdem sie eine Minute gewartet hatte, während ihr eisiger Regen den Hals hinunterlief, drückte sie schließlich vorsichtig dagegen. Die Tür schwang auf, und Jude trat ein.

In der großen, aus einem einzigen Raum bestehenden Werkstatt war es hell und fast so kalt wie draußen. Ein süßer, harziger Holzgeruch hing in der Luft, und der Boden war mit weichem Sägemehl bedeckt. Abgesehen von einem kleinen, durch Glaswände abgetrennten Bereich auf einer Seite, wo ein mit Papieren übersäter Metallschreibtisch stand, drehte sich alles ums Holz. An einer Wandseite verlief ein langer Arbeitstisch, auf dem Werkzeuge aller Art ausgebreitet lagen – kleine und große Sägen mit teuflisch aussehenden Zähnen, Handhobel, Feilen, Stemmeisen, Maßbänder, Hämmer, Dutzende von Schraubenziehern, Schachteln mit Schrauben, Nägeln und Drahtrollen. Es gab auch Papierrollen mit Diagrammen darauf sowie Farbkübel und Lacke. Entlang der restlichen Wände standen Möbelstücke, die meisten davon noch unfertig: ein schöner kleiner Melkschemel, ein großer Küchenschrank ohne Türen, eine Reihe schlichter Holzbauteile, die wohl zum Streichen bereitlagen. Außerdem gab es jede Menge Bretter, die zum Teil an den Wänden lehnten, zum Teil auf dem Boden gestapelt waren, in den verschiedensten Holzfarben und Maserungen.

Am hinteren Ende des Raums stand ein Mann, der einen orangeroten Helm mit Visier und Ohrenschutz trug, mit einer Kettensäge über ein klobiges Stück Baumstamm gebeugt. Rindenstückchen und Holzflocken flogen um ihn herum, während er arbeitete. Die Zähne der Säge fraßen sich schnell durch das Holz. Der Mann richtete sich auf, die noch laufende Säge in seiner großen, in einem Arbeitshandschuh steckenden Hand.

Obwohl er sie unmöglich gehört haben konnte, drehte er sich um, hob die Maschine wie zum Gruß und steuerte dann auf sie zu. Erst als er sie erreichte, schaltete er die Säge aus und nahm Helm und Hörschutz ab. Sein dunkles Haar fiel nach vorn, und wieder spritzte Holz. Trotz der Eiseskälte im Raum schwitzte er.

»Hallo, Vin.«

»Doktor Winter«, begrüßte er sie grinsend.

Er hatte ebenmäßige, weiße Zähne und einen dunklen Dreitagebart. Jude wusste nicht so recht, ob sein Gruß freundlich oder sarkastisch gemeint war.

»Ich hoffe, Sie haben nichts dagegen, dass ich mich selbst hereingelassen habe.«

»Ich fühle mich geehrt.«

Vin legte die Säge weg und rieb sich den Rücken. Dann nahm er ein Handtuch von einem Haken an der Wand und wischte sich damit das Gesicht ab.

»Es ist schön hier«, meinte Jude mit einer ausladenden Handbewegung. Sie meinte das ernst: das lagernde Holz, die schimmernden Werkzeuge, die Skelette von Möbeln.

Vin ließ den Blick schweifen, runzelte aber dabei die Stirn, sodass sich seine dichten Augenbrauen zusammenzogen.

»Lassen Sie uns einen Kaffee trinken«, schlug er vor. »Ich habe eine Thermoskanne dabei. Wahrscheinlich ist er trotzdem nur noch lauwarm.«

Jude folgte ihm in die gläserne Kabine. Da er schwere Arbeitsstiefel trug, klackten seine Schritte laut über den Betonboden des kleinen Raums, wo kaum Platz für sie beide war. Bekümmert registrierte Jude neben dem mit Papieren übersäten Schreibtisch einen Aktenschrank aus grauem Metall, dessen offen stehende oberste Schublade mit weiteren Papieren vollgestopft war, die alle nach Rechnungen aussahen. Nahmen die denn gar kein Ende?

An der Raumdecke war ein elektrisches Heizelement angebracht, doch Vin, der ihren hoffnungsvollen Blick bemerkt hatte, schüttelte den Kopf.

»Funktioniert nicht«, verkündete er fröhlich.

Er zog einen Stuhl von der Wand, deutete darauf, nahm eine Thermoskanne aus der Leinentasche, die über der Rückenlehne des anderen Stuhls hing, und schenkte Kaffee in zwei Keramikbecher. Er ließ sich neben Jude nieder. In dem kleinen Raum saßen sie so nah beieinander, dass Jude seine Wärme spürte.

»Ich fürchte, ich kann Ihnen weder Milch noch Zucker anbieten. Und auch keine Kekse.«

»Das macht nichts«, antwortete Jude.

»Sie können die Hälfte von meinem Mittagessen haben, wenn Sie wollen.«

Obwohl es erst halb zwölf war, holte er ein großes, in Wachspapier gehülltes Lunchpaket aus seiner Tasche und wickelte es vorsichtig aus. Es hatte in etwa die Maße eines Taschenbuchs und war ziemlich dick. Zum Vorschein kamen zwei körnige Brotscheiben, zwischen denen mehrere Schichten Füllung hervorquollen. Jude identifizierte Rote Bete, Brokkoli, orangegelbe Käsekeile und etwas, das nach Senf aussah.

»Überreste aus unserem Kühlschrank«, informierte Vin sie, ehe er das Sandwich vorsichtig zwischen beide Hände nahm und ein großes Stück abbiss. »Sind Sie sicher, dass Sie nichts davon wollen?«, fragte er mit vollem Mund. Seine Kiefer arbeiteten energisch.

»Ganz sicher«, antwortete Jude, obwohl sie plötzlich Heißhunger verspürte, während sie ihm dabei zusah, wie er die Zähne in das Brot schlug.

Er trug über seiner Jeans nur ein T-Shirt. Als er seine Tasse hob und einen großen Schluck daraus nahm, wölbte sich an seinem Oberarm eine Tätowierung. Sie griff ebenfalls nach ihrer Tasse, auf der ein Rentier prangte. Am Rand war ein Stück abgeschlagen. Der Kaffee war gerade noch warm, aber gut und stark.

»Es gibt da etwas, das ich Ihnen sagen sollte. Ich habe mir gedacht, ich mache das lieber persönlich.«

»Dann schießen Sie los.« Er lächelte und schob sich ein weiteres Stück Sandwich in den Mund.

»Wie Sie wissen, bin ich …«

»Ja, ja, Sie sind die Testamentsvollstreckerin. Sie sollten das nicht zu ernst nehmen, Jude. Liam hat Sie wahrscheinlich nur aus einer scherzhaften Laune heraus dazu bestimmt.«

»Ich weiß. Ein wirklich großer Teil von mir würde das Ganze auch am liebsten sein lassen.«

»Aber?«

»Ein anderer, kleiner Teil von mir fühlt sich inzwischen irgendwie dafür verantwortlich. Als wäre ich es ihm schuldig.«

»Verstehe«, meinte Vin. »Also, was wollten Sie mir persönlich sagen?«

»Ich habe einige seiner finanziellen Unterlagen meinem Bruder gezeigt. Er ist Buchhalter. Er war …«, sie überlegte einen Moment, wie sie es formulieren sollte, damit es nicht verletzend klang, »… leicht bestürzt. Wegen Ihrer Firma. Die steht nicht gut da, um es mal vorsichtig auszudrücken.«

Vin hob abwehrend seine breite, mit Hornhaut überzogene Hand.

»Das muss ich wirklich nicht wissen.«

»Ich schätze, das müssen Sie schon. Allem Anschein nach sind Sie insolvent.«

Er gab ein kehliges Schnauben von sich. Fand er das lustig?

»Ich meine es ernst«, fuhr sie fort. »Ich habe mich darüber informiert. Sie arbeiten viel schwarz, und das bedeutet, Sie können keine …«

»Moment!« Vin hatte einen weiteren Bissen von seinem Sandwich genommen und musste ihn erst hinunterschlucken, ehe er weitersprechen konnte. »Sie sind Ärztin. Sie bekommen ein regelmäßiges Gehalt. Sie bekommen auch Geld, wenn Sie krank oder in Urlaub sind. Sie können sich auf eine gute Rente freuen. Für Sie ist alles geregelt. Wir dagegen …« Er machte eine ausladende Geste. »Wir sind eine ganz kleine Firma. Wir arbeiten nur zu zweit, mit unseren Händen, oft für etliche Kunden gleichzeitig. Das heißt, wir müssen jonglieren. Wir leben von der Hand in den Mund. Manchmal verdienen wir ein bisschen mehr, als wir ausgeben, manchmal ein bisschen weniger. Von Zeit zu Zeit gehen andere Firmen unter und lassen uns auf dem Trockenen sitzen. Da müssen wir dann eine

Lösung finden. Oft werden wir nicht pünktlich bezahlt und bekommen Liquiditätsprobleme, was wirklich zum Kotzen ist. Es kommt sogar vor, dass wir gar nicht bezahlt werden.«

»Aber Michael hat gesagt ...«

»Wenn ständig Buchhalter kämen, um die ganzen Geschäftsbücher zu inspizieren, und alle Firmen dichtmachen würden, die sich nicht an die Regeln halten, dann wären wir kleinen schon fast komplett verschwunden. Liam und ich kamen zurecht. Oft war es knapp, aber wir schafften es irgendwie. Wir sind gut in dem, was wir tun. Wir fertigen schöne Dinge. Wir sind stolz auf unsere Arbeit. Manche Leute nerven uns, und wir nerven andere Leute. Aber wir sind immer noch da.«

Er verstummte, senkte den Blick auf die letzten Brocken seines frühen Mittagessens.

»Natürlich gibt es jetzt kein ›wir‹ mehr. Ich habe keine Ahnung, ob ich allein weitermachen kann. Es war Liams Geschäft, bevor ich mich ihm anschloss, und ich war auch nur sein inoffizieller Partner. Es wird schwer werden, neu durchzustarten.« Er schüttelte den Kopf. »Tja, was tut man nicht alles, wenn man muss.«

Jude wartete. Sie trank ihren Kaffee aus und schob die Hände in die Taschen, um sie zu wärmen.

»Anthony Leary«, sagte sie.

Vin riss den Kopf hoch.

»Arschloch!«, stieß er hervor. »Nicht Sie. Er.«

»Gehört er zu denen, die gar nicht zahlten?«

»Leute wie der«, antwortete Vin, »halten sich für etwas Besseres, bloß weil sie Geld haben.« Er faltete das Wachspapier zusammen und steckte es zurück in die Tasche. »Deswegen hat er uns nicht nur nicht bezahlt, sondern dabei auch noch recht selbstgerecht getan, auf eine scheinheilige Art.«

»Klingt ziemlich übel«, meinte Jude.

»Ach, Sie werden ihn wahrscheinlich mögen.« Vin wirkte

plötzlich so, als hätte ihm jemand den Ärger wie mit einem Staubtuch aus dem Gesicht gewischt. »Schließlich sind Sie keine Handwerkerin, sondern Ärztin. Ich schätze, Sie sind auf dem Weg zu ihm?«

»Ich dachte, ich sollte mit ihm reden.«

An der Tür überraschte er sie, indem er sie an den Schultern nahm und sich zu ihr hinunterbeugte, um sie zu küssen: erst auf die eine Wange, dann auf die andere.

»Sie sind ganz schön stur«, stellte er fest.

»Ich tue nur, was meine Aufgabe ist.«

Vin schüttelte den Kopf.

»Ihre Aufgabe ist es, in Ihr Krankenhaus zurückzukehren und wieder als Ärztin zu arbeiten.«

33

Jude fuhr nicht direkt zu Anthony Leary, sondern machte vorher einen Abstecher in das kleine italienische Restaurant, das sie auf dem Weg zu Liams Werkstatt entdeckt hatte. Ihr war vor Hunger fast schon übel. Erst jetzt wurde ihr klar, dass sie keine richtige Mahlzeit mehr zu sich genommen hatte, seit sie am Sonntag von ihren Eltern zurückgekehrt war. Stattdessen hatte sie sich nur wahllos irgendwas in den Mund gestopft, wenn es ihr in den Sinn gekommen war, beispielsweise die eingelegten, bereits abgelaufenen Sardellen, die sie in Simons Kühlschrank gefunden hatte.

In dem Restaurant war es kuschelig warm, und es roch intensiv nach Essen. Jude bestellte sich eine Pizza mit Oliven und Kapern. Wie sich herausstellte, war sie viel zu groß für eine Person, bedeckt mit noch blubbernder, würziger Tomatensoße und Blasen schlagendem Käse, von dem klebrige Fäden herabhingen, als sie ein Stück in den Mund schob. Trotzdem verspeiste sie fast alles und trank dazu mehrere Gläser Wasser, gefolgt von einer großen Tasse Kaffee. Danach fühlte sie sich so voll, dass sie sich kaum noch bewegen konnte, und plötzlich auch so müde, dass es ihr schwerfiel, die Augen offen zu halten. Sie wollte nicht wieder hinaus in den kalten Regen, aber auch nicht zurück in eine Kellerwohnung, wo es nach Feuchtigkeit roch, der Kühlschrank leckte und die Katze nach wie vor einen Rachefeldzug gegen sie führte, indem sie ihr ständig in die Fußknöchel biss.

Jude konsultierte den Stadtplan auf ihrem Handy. Anthony Leary wohnte nur ein paar Kilometer östlich. Wenn sie ihn aufsuchen wollte, dann musste sie es sofort tun, solange sie noch einen Funken Willenskraft verspürte.

Zwanzig Minuten später fühlte sie sich völlig durchgefroren und nass. Die Route hatte sie durch verkehrsreiche Straßen geführt, sodass sie von oben bis unten mit schmutzigem Wasser bespritzt war, den Fontänen vorbeibrausender Autos. Während ihrer Fahrt mit dem Rad hatten sich die Häuser entlang der Straße allmählich verändert, sie waren jetzt schöner und größer, gepflegter, weiter zurückgesetzt von der Straße, mit mehr Abstand zu den Nachbarn. Spielte das umstrittene Geld für jemanden, der so lebte, wirklich eine Rolle? Bei Liam und Vin hingegen war es ums Überleben gegangen. Wahrscheinlich würde sie Leary an einem Mittwochnachmittag gar nicht zu Hause antreffen.

Aber er war da. Mit argwöhnisch hochgezogenen Augenbrauen öffnete er ihr die Tür. Leary war ein Mann mittleren Alters, mit wettergegerbten Wangen und einer Knollennase, die nicht zum Rest von ihm zu passen schien. Sein lockiges, bereits ergrauendes Haar war seitlich gescheitelt. Er trug einen schön geschnittenen, wenn auch eine Spur zu eng sitzenden grauen Anzug, als wäre er auf dem Weg zu einer Besprechung oder gerade von einer zurückgekehrt. Neben ihm stand ein kleiner, heftig bellender Hund.

»Entschuldigen Sie die Störung«, begann Jude, die wünschte, sie wäre nicht so nass und schlammbespritzt. Ihr Haar war vom Fahrradhelm platt gedrückt, und ihre klammen Finger schmerzten von der Kälte. »Ich bin Doktor Judith Winter.«

Sie wartete, um zu sehen, ob er ihren Namen kannte, doch er verzog keine Miene.

»Ich wurde damit betraut, Liam Birchs Testament zu vollstrecken«, erklärte sie, weil sie hoffte, dass »betraut« offizieller klang, als es tatsächlich war.

Nun kam doch Bewegung in Anthony Learys Gesicht. Seine Miene verfinsterte sich, und er zog die Augenbrauen zusammen, sodass sich seine Stirn in Falten legte.

»Wussten Sie, dass er gestorben ist?«

»Die Polizei war schon hier und hat mit mir gesprochen.« Er fuhr mit einem Finger an der Innenseite seines Kragens entlang.

»Könnte ich vielleicht auch kurz mit Ihnen sprechen?«

Jude trat einen hoffnungsvollen Schritt auf die Haustür zu, woraufhin der Hund noch eine Spur lauter bellte.

Leary musterte sie von oben bis unten.

»In einer halben Stunde kommt mein Sohn aus der Schule heim.«

»So lange wird es nicht dauern.«

Widerwillig trat er zurück und winkte sie herein.

»Vielleicht sind Sie so nett und ziehen Ihre Schuhe aus«, sagte er. »Die Putzfrau war gerade erst da.«

Jude hängte ihren nassen Mantel an einen Haken und zog ihre schlammigen Stiefel aus.

»Ich weiß nicht, was Sie von mir wollen«, erklärte er. »Und ich weiß auch nicht, was man Ihnen erzählt hat, aber was auch immer es war, ich habe nichts Falsches getan.«

»Ich übe lediglich mein gesetzliches Amt aus«, entgegnete Jude. »Als Mister Birchs Testamentsvollstreckerin muss ich die Gelder eintreiben, die ihm noch zustehen, damit seine Vermögenswerte geklärt werden können.«

Sie hatte keine Ahnung, ob sie die richtigen Ausdrücke verwendete, deswegen beeilte sie sich klarzustellen, was sie meinte.

»Auch wenn er inzwischen verstorben ist, müssen Sie trotzdem zahlen, was Sie ihm schuldig sind.«

Anthony Leary verschränkte die Hände vor der Brust und warf ihr dabei einen finsteren Blick zu. »Auf keinen Fall.«

»So lautet das Gesetz.«

»Kommen Sie mit«, sagte er und stürmte dann den Gang entlang, gefolgt von Jude, die in ihren Socken kaum Halt fand auf den glatt polierten Holzdielen, den bedrohlich knurrenden Hund dicht auf den Fersen.

Leary riss die Küchentür auf und winkte Jude hinein.

»Das haben die gemacht.«

Jude ließ den Blick durch den Raum schweifen: schöne Holzschränke, darüber Regalfächer mit dicken Holzböden, zu beiden Seiten des Spülbeckens Arbeitsflächen aus Granit, ein großes Fenster mit Blick auf einen ordentlichen, kahlen Garten und dahinter umgepflügte Felder.

»Sehr schön.«

»Aber nicht das, was wir bestellt hatten. Ich kann Ihnen zeigen, was wir bestellt – was wir vereinbart hatten. Wir wollten Edelstahl, und bekommen haben wir das da.« Er klopfte auf die Granitfläche. »Noch dazu zu einem Horrorpreis. Eigentlich wollten wir Schränke mit Glasfronten, aber das hat er einfach ignoriert, sodass wir, als wir aus dem Urlaub zurückkehrten – den wir nur genommen hatten, um von dem ständigen Gehämmere wegzukommen –, das hier vorfanden.«

Er deutete vorwurfsvoll mit einem Zeigefinger auf die Holzschränke. »Außerdem wollten wir ein Doppelwaschbecken, aber stattdessen hat er auf dem Schrottplatz ein Stück die Straße entlang etwas für uns gefunden, das seiner Meinung nach besser aussah.«

»Es sieht wirklich gut aus«, antwortete Jude, während sie das große Porzellanbecken betrachtete.

Anthony Leary trat einen Schritt auf sie zu. Er roch seltsam. Es erinnerte sie an etwas, auch wenn ihr nicht einfiel, woran.

»Das Ganze war überteuert, dauerte viel länger als vereinbart und war absolut nicht das, was wir bestellt hatten.«

»Ich verstehe, dass …«

Aber er hatte sich inzwischen richtig in Rage geredet.

»Außerdem waren es unerträgliche Typen. Dieser Liam hat mit seiner Zigarette einen Brandfleck auf den Tisch gemacht, und als ich mich deswegen beschwerte, meinte er, es sei sowieso ein scheußlicher Tisch und mit ein paar Narben sehe er besser aus. Als wäre das alles nur ein Witz!«

»Klingt, als wären sie Ihnen wirklich auf die Nerven gegangen.«

Leary musterte sie mit bekümmerter Miene.

»Sie sind mir nicht auf die Nerven gegangen. Diese Leute haben sich einfach schlecht benommen. Und unprofessionell.«

»Trotzdem schulden Sie ihnen Geld.«

»Was wissen Sie schon davon«, entgegnete er. »Sagten Sie nicht, Sie seien Ärztin?«

»Ja, stimmt.«

»Nun, ich bin Geschäftsmann, und als solcher ist mir bekannt, was man jemandem schuldet – und wann man es zu bezahlen hat und wann nicht.«

Jude blickte sich um. »Über Sie weiß ich wirklich nicht viel, vermute jedoch, dass dieses Geld für die Gegenpartei wichtiger war als für Sie.«

»Sie haben recht«, antwortete er. »Sie wissen nicht viel über mich. Ich habe versucht, diesen Leuten entgegenzukommen. Ich sagte ihnen, ich würde sie bezahlen, sobald sie den Auftrag so ausgeführt hätten wie ursprünglich vereinbart. Klingt das für Sie nicht vernünftig?«

»Das kann ich schlecht beurteilen.«

»Als dieser Liam und sein Kompagnon damals gingen, war das Gartentor ausgehängt, kein Küchengerät angeschlossen, der Teppich völlig verdreckt, und überall standen Untertassen voller Zigarettenkippen herum. Danach haben die beiden sich hier nie wieder blicken lassen. Ihre Rechnung schickten sie mir natürlich schon.«

»Die Sie aber nicht bezahlt haben.«

»Natürlich nicht.«

»Wenn ich das richtig sehe, brach zwischen Ihnen irgendwann die Kommunikation ab«, erwiderte Jude. »Fakt bleibt trotzdem, dass die beiden wochenlang in Ihrem Haus gearbeitet haben, eine Menge für Material ausgaben ...«

»Material, das ich nicht wollte.«

»Das heißt also, Sie haben weiterhin nicht vor zu zahlen.«

»Genau.«

»Ihnen ist sicher klar, dass Liams Tod nichts ändert. Ihnen können trotzdem rechtliche Folgen drohen.«

Sie hatte keine Ahnung, ob das wirklich stimmte, wollte jedoch herausfinden, wie er reagierte.

Für den Bruchteil einer Sekunde huschte etwas über sein Gesicht, das möglicherweise ein Anflug von Sorge war, doch davon abgesehen bewahrte er die Fassung.

»Nur zu«, meinte er.

»Darf ich Sie etwas fragen?«

»Was?«

»Ich kenne Ihre finanziellen Verhältnisse nicht. Können Sie es sich überhaupt leisten zu bezahlen, was Sie denen schuldig sind? Oder zumindest einen Teil davon?«

»Wie bitte?« Er klang jetzt wieder aufgebracht.

»Ich muss Sie das fragen – in meiner Funktion als Testamentsvollstreckerin. Sie werden auf jeden Fall etwas zahlen müssen.«

Jude fühlte sich merkwürdig, als sie sich diese Worte aussprechen hörte – als würde sie für Liam kämpfen.

»Die Tatsache, dass es meine Branche zurzeit ein wenig beutelt, tut nichts zur Sache«, antwortete er schließlich. Seine Miene wirkte dabei starr vor unterdrückter Scham und vor Wut.

»Haben Sie sich mit Liam gestritten?«

»Ich habe mich bemüht, höflich zu bleiben.«

»War er wütend?«

Jude konnte es sich vorstellen. In Liam schlummerte ein Zorn, von dem sie kleine Funken wahrgenommen und nie vergessen hatte. Manchmal war es nur ein Blick gewesen, wenn sie nicht sagte, was er hören wollte, aber es hatte ausgereicht, um ihr Angst zu machen.

»Wütend trifft es nicht so ganz. Ich würde sagen, er schäumte vor Wut. Er hat mich derart unflätig beschimpft, dass ich am Ende gar nicht mehr ans Telefon ging. Ich fühlte mich von ihm regelrecht bedroht. Ich spielte sogar schon mit dem Gedanken, die Polizei einzuschalten.«

Jude betrachtete diesen Mann, den sie stark im Verdacht hatte, Liam und Vin einen Auftrag erteilt zu haben, ohne über das nötige Geld zu verfügen, um sie zu bezahlen. Sie versuchte sich vorzustellen, wie sie reagiert hätte, wenn sie Liam gewesen wäre. Schäumend vor Wut. Unflätig. Das klang durchaus nach ihm.

34

Es war bereits dunkel, als Jude in die Wohnung zurück-kehrte. Die Katze fauchte zur Begrüßung, der Kühlschrank gab ein pfeifendes Geräusch von sich. Sie zog ihre schmutzigen Stiefel aus und stellte den Wasserkessel auf den Herd. Als sie einen Blick auf ihr Handy warf, sah sie die vielen ungelesenen SMS und Mails, die verpassten Anrufe und WhatsApp-Nachrichten.

Sie klickte auf die erste SMS, die mit »Liebe, liebe Jude« begann. Rasch legte sie das Handy mit dem Display nach unten auf den Tisch. Ihre Brust schmerzte.

Sie ließ sich ein heißes Bad einlaufen und kippte den letzten Rest von Simons muskelentspannendem Schaumbad hinein. Die Schaumblasen reichten fast bis an den Rand. Mit einem Seufzer stieg sie hinein und ließ sich ins Wasser gleiten.

Vor ihrem geistigen Auge sah sie Liam auf einem Tisch, der ihm nicht gefiel, seine Zigarette ausdrücken und dabei lachen. Dann musste sie daran denken, wie er die Schuld für den Autounfall auf sich genommen hatte, ohne sich dabei wie ein Märtyrer oder Held zu benehmen. Sie sah ihn wieder vor sich, wie sie ihn das letzte Mal gesehen hatte: lächelnd, aber undurchschaubar. Sie stellte ihn sich tot vor: eine Leiche dort draußen im Sumpfgebiet, eilig unter ein Gebüsch geschoben, im Regen, in der Dunkelheit.

Sie musste daran denken, dass sie es nicht über sich gebracht hatte, Nat zu erzählen, was sie als junges Mädchen getan hatte. Diesem Fremden mit der eisigen Miene, bei dem sie gestern gewesen war, hätte sie ihr Geheimnis unmöglich verraten können. Sie schloss die Augen, ließ sich unter Wasser sinken und kam dann plötzlich prustend und atemlos wieder hoch.

Ihr war ein Gedanke gekommen.

Eingehüllt in ein Handtuch, setzte sie sich mit ihrem Telefon aufs Bett, fand die Nummer von DI Fox und rief sie an.

»Ich habe mir gedacht, ich sollte Sie auf dem Laufenden halten.«

»Auf dem Laufenden? Inwiefern?«

»Zum einen wollte ich Ihnen sagen, dass Liams Finanzen ein Chaos waren.« Jude hielt einen Moment inne, weil ihr einfiel, dass Leary ihr erzählt hatte, die Polizei habe bereits mit ihm geredet. »Ich nehme an, das wussten Sie bereits.«

»In der Tat.«

»Ich habe mit einem Mann gesprochen, der Liam eine Menge Geld schuldete, einem Typen namens Anthony Leary. Zwischen ihm und Liam kam es offensichtlich zu einem massiven Zerwürfnis.« Jude wartete, doch Leila Fox reagierte nicht. »Ich dachte, es könnte sich lohnen, dem nachzugehen.«

»So, dachten Sie?«

Jude wartete erneut, aber Leila schwieg.

»Eigentlich wollte ich Ihnen etwas über Nat erzählen.« Sie hüstelte. »Meinen Ex.«

»Ich weiß, wer Nat ist.«

»Sie hatten mich ja schon nach ihm gefragt, und ich sagte Ihnen, dass er nichts von Liam wusste. In dem Zusammenhang ist mir gerade etwas eingefallen. Es geht um den Morgen, als alles anfing – als Liam mich im Krankenhaus besuchte und bat, ihm einen Gefallen zu erweisen. Als Liam auftauchte, schrieb ich Nat eine Textnachricht, er solle nicht kommen. Wir hatten nämlich vorher vereinbart, miteinander frühstücken zu gehen.«

Jude rechnete mit einer Antwort, doch die blieb aus.

»Sind Sie noch dran?«, fragte sie.

»Ja.«

»Was, wenn meine Nachricht zu spät einging und Nat schon aufgebrochen war, um sich mit mir zu treffen? Was, wenn er mich und Liam zusammen gesehen hat? Ich meine ja nur … Womöglich hat er uns gesehen. Er könnte ganz falsche Schlüsse gezogen haben.«

Dass ihre Gefühle so drastisch umgeschlagen waren – von Liebe und Zuneigung in Feindseligkeit und Misstrauen –, erschütterte sie selbst.

»War's das?«

»Ja. Wie denken Sie darüber?«

»Wir werden dem nachgehen.«

»Es ist wahrscheinlich Blödsinn«, fügte Jude hinzu. »Ich weiß selbst nicht mehr, was ich denken soll. Worüber wir beide kürzlich gesprochen haben … Sie wissen schon, den Unfall, bei dem ich am Steuer saß … Ich konnte es Nat nicht sagen. Es ging einfach nicht. Ich bin zu ihm gefahren, um es ihm zu beichten, aber er war so angefressen und fies, dass ich es nicht über mich brachte.«

»Das verstehe ich«, antwortete Leila in sanfterem Ton.

»Ja?«

»Ich muss jetzt aufhören.«

»Natürlich.«

»Einen Rat möchte ich Ihnen noch geben.«

»Welchen?«

»Bezüglich Ihrer Rolle als Testamentsvollstreckerin. Hängen Sie sich da nicht so rein. Versuchen Sie lieber, Ihr eigenes Leben in den Griff zu bekommen statt seins.«

35

Jude wachte mitten in der Nacht auf und konnte nicht mehr einschlafen. Ihr schwirrte der Kopf von all dem, was sie inzwischen über Liam und sein Leben wusste. Jahrelang hatte sie nichts von ihm gehört und sich manchmal gefragt, was wohl aus ihm geworden war. Aber sie hatte nie im Internet nach ihm gesucht, nie auf Facebook oder Instagram nach ihm Ausschau gehalten. Es war ihr immer wie verbotenes Wissen erschienen.

Nun, da er tot war, erfuhr sie alles: über seine Familie, sein Haus, sein Geschäft. Sie wusste mehr über seine Finanzen als über ihre eigenen – sogar mehr, als er selbst gewusst hatte. Sie kannte die Orte seines Lebens: wo er aufgewachsen war, wo er gelebt und gearbeitet hatte. Doch während sie über all das nachdachte, wurde ihr plötzlich bewusst, dass es einen Ort gab, den sie noch nicht kannte. Sie beschloss, ihn sich anzusehen, und stellte fest, dass diese Idee eine seltsam beruhigende Wirkung auf sie hatte, denn kurze Zeit später glitt sie endlich in den Schlaf.

Erst als sie am nächsten Morgen ihre zweite Tasse Kaffee trank, fiel Jude wieder ein, was ihr mitten in der Nacht durch den Kopf gegangen war. Selbst im grauen Morgenlicht schien es ihr noch eine gute Idee zu sein. Schließlich hatte sie nichts anderes zu tun. Warum also nicht gleich?

Was hatte Leila Fox zu ihr gesagt? Walthamstow Marshes. Sie holte ihr Handy heraus und konsultierte den Stadtplan. Es war ein großer Bereich, der knapp zwei Kilometer entlang des

River Lea bis hinauf zu den Filterbecken verlief. Würde sie die betreffende Stelle finden? Sie erinnerte sich an etwas, das die Kriminalbeamtin erwähnt hatte. Es sei ganz in der Nähe eines Reitplatzes passiert. Ganz in der Nähe? Waren das ihre Worte gewesen? Sie wusste es nicht mehr genau. Wieder warf sie einen Blick auf ihre Karte und entdeckte das Lee Valley Riding Centre. Das war zumindest ein Anhaltspunkt, von dort aus würde sie weitersehen. Zumindest bekäme sie auf diese Weise einen Eindruck von der Gegend, in der Liam gestorben war.

Sie schaute aus dem Fenster. Obwohl schon nach neun, kam es ihr noch immer nicht richtig hell vor. Sie zog sich warm an: Pullover, Jacke, Mütze, Handschuhe und Schal. Dann setzte sie sich auf ihr Rad und fuhr los, durch Stamford Hill und Clapton, bis sie schließlich in die Lea Bridge Road einbog. Sie fuhr an der Eislaufbahn vorbei und sperrte ihr Rad vor dem Reitzentrum ab. Von dort führte ein Weg an der linken Seite des Zentrums entlang. Das Ganze nannte sich Park, ging aber schnell in eine Art Heideland über, eine Oase der Wildnis, umgeben von neuen Wohnblöcken im Westen und einem Industriegebiet im Osten. Man hörte Verkehrslärm und alle paar Minuten das Rattern eines Zuges, doch selbst jetzt, an einem Werktagmorgen, wurde Jude bewusst, dass es sich um einen Ort handelte, an dem ein Mensch einem Mord zum Opfer fallen konnte, ohne dass es jemand mitbekam, und eine Leiche rasch vor neugierigen Blicken versteckt werden konnte.

Während sie sich weiter von der Straße entfernte und die Landschaft einen zunehmend verwilderten Eindruck machte – rechts vom Weg wucherte mittlerweile hohes Gebüsch –, wurde Jude aber auch klar, warum man die Leiche so schnell entdeckt hatte. Es gab hier die üblichen Jogger, allerdings liefen die hauptsächlich über das Heideland. Zu ihrer Linken jedoch registrierte sie etliche Leute mit Hunden, von denen einige nicht angeleint waren und neugierig herumschnüffelten.

Gerade als sie beschloss, dass ihr das reichte, bemerkte sie es. Ein Stück vor ihr, mehr oder weniger neben dem Weg, leuchteten ein paar Farbtupfer. Als sie näher kam, sah sie, dass es sich um ein Arrangement aus Blumensträußen, Nachrichten und Fotos handelte – einen spontan errichteten Schrein für Liam.

Sie stand ganz still, spürte den kalten Wind auf ihrem Gesicht, der bereits eine erste Ahnung von Regen mit sich trug. Ihre Brust fühlte sich eng an und ihr Hals rau von den Tränen, die sie nicht vergossen hatte. Das Letzte, was Liam gesehen hatte. Unter dieses Gebüsch war seine Leiche gezerrt und dort notdürftig versteckt worden. Genau da, wo sie gerade stand, hatte er vermutlich seinen letzten Atemzug getan. War ihm bewusst gewesen, dass er verblutete? Hatte er Angst vor dem Tod gehabt? Sie hatte ihn nie angstvoll erlebt. Selbst in der Nacht des Unfalls war er ihr eher wehmütig-amüsiert erschienen, als hätte er für die Launen des Lebens nur ein Schulterzucken übrig.

Es handelte sich um den perfekten Ort für einen Mord. Näher an der Straße brannten Lichter, und mehr Leute waren unterwegs. Hier jedoch standen die Chancen recht gut, dass niemand etwas mitbekam.

Sie starrte zurück in die Richtung, aus der sie gekommen war. Ja. Von dort, wo sie gerade stand, hätte man Liam kommen sehen können, aber selbst wäre man nicht zu sehen gewesen, im Dunkeln.

Jude senkte den Blick auf die traurige kleine Sammlung. Das Zentrum bildete eine laminierte Karte mit einem Foto von Liam. Obwohl es sich dabei um einen leicht verschwommenen Schnappschuss handelte, begriff Jude, warum er ausgewählt worden war. Die Aufnahme zeigte Liam, während er sich der fotografierenden Person zuwandte und überrascht in die Kamera lächelte. Jude fragte sich, wer das Foto wohl aufgenommen hatte.

»Was haben Sie hier zu suchen?«

Ein Mann war neben sie getreten. Er war groß und kräftig gebaut. Durch die Kapuze seiner Jacke und den dicken Wollschal, den er um den Hals geschlungen hatte, wirkte er wie vermummt. Jude wurde schlagartig bewusst, wie einsam es hier war. Im Park hielten sich zwar Leute auf, doch kein Mensch befand sich in ihrer Nähe.

»Ich kannte diesen Mann«, erklärte sie.

Der Mann neben ihr zog sich die Kapuze vom Kopf. Er hatte lockiges Haar und einen kurzen Bart.

»Woher?«, fragte er.

Jude wusste nicht recht, was sie sagen sollte. Musste sie sich gegenüber diesem Fremden wirklich rechtfertigen?

»Aus der Schule«, antwortete sie knapp.

Auf dem Gesicht des Mannes breitete sich ein Lächeln aus. »Jetzt weiß ich, wer Sie sind. Sie sind diejenige …« Er brach ab. »Sie waren im Haus.«

»Ja.«

Er hielt eine Hand hoch. Zwischen seinen Fingern hielt er eine einzelne Blume.

»Ich komme fast jeden Tag her.« Mit diesen Worten ging er in die Hocke und legte die Blume auf dem Boden ab. »Das mache ich bis zur Beerdigung.«

Er erhob sich wieder und musterte Jude neugierig.

»Woher kannten *Sie* Liam?«

»Ich wohne in seinem Haus.«

Jude überlegte einen Moment. »Sie sind Doc, stimmt's?«

»Sie haben gut aufgepasst.«

»Man hat über Sie geredet.«

»Tatsächlich?«, gab er zurück. »Was denn?«

Peinlicherweise war das Einzige, woran sie sich im Zusammenhang mit ihm erinnerte, die Sache mit dem lauten Sex im Haus. Das und der verbrannte Toast.

»Nur Ihren Namen. Dass Sie zu den Bewohnern des Hauses gehören. Zusammen mit Erika.«

»Und Sie kümmern sich jetzt um das Testament«, stellte er fest.

»Es ist kompliziert«, antwortete sie vage.

Sie blickten beide auf den Schrein hinunter.

»Man sieht so was ja öfter«, sagte er. »Am Rand einer Straße, wo ein Radfahrer von einem Lastwagen erwischt wurde. Oder man sieht ein Foto von einem Teenager, den man erstochen hatte. Ich fand solche Gedenkstätten immer ein bisschen übertrieben. Sie kamen mir vor wie eine Inszenierung, zur Schau gestellte Bestürzung. Aber nun das. Wir stehen alle unter Schock. Als ich in der Grundschule war, wurde ein Mädchen aus der Parallelklasse von einem Auto überfahren und starb. Aber abgesehen davon kenne ich keinen Menschen in meinem Alter, der schon gestorben ist.«

Jude wandte sich Doc zu. Seine feierliche Miene, seine fast theatralisch wirkende Pose der Trauer widerstrebte ihr.

»Er ist nicht einfach gestorben«, entgegnete sie. »Jemand hat ihn getötet.«

»Wir haben über Sie gesprochen«, wechselte er das Thema. »Niemand kannte Sie. Niemand hatte je von Ihnen gehört, mit Ausnahme von Danny, aber auf einmal sind Sie die Frau, an die er sich wendet, kurz bevor er stirbt. Dann stellt sich heraus, dass er ein Testament gemacht hat und Sie mit der Vollstreckung beauftragt sind.«

»Nicht nur ich«, widersprach Jude. »Auch sein Bruder.«

»Das ist genauso seltsam.«

»Warum?«

»Ich schätze, ich kannte Liam nicht so gut. Es geht mich nichts an, wem er seinen Letzten Willen anvertraut.« Er lächelte. »Ich gehe nicht davon aus, dass er mir alles hinterlassen hat.«

»Bedauerlicherweise nicht«, antwortete Jude.

Doc wandte sich zum Gehen, hielt dann aber mitten in der Bewegung inne.

»Begleiten Sie mich zum Haus?«, fragte er.

Jude deutete in die andere Richtung. »Da drüben steht mein Rad.«

Er streckte ihr die Hand hin. Als sie ihm daraufhin die ihre reichte, hielt er sie ein wenig zu lange fest, als wollte er ihr Gewicht bestimmen.

»Wir werden Sie ja bald wieder im Haus sehen.«

»Wahrscheinlich stehe ich Ihnen dann allen im Weg herum.«

Er verneinte nicht, sondern zuckte nur mit den Achseln, ehe er sich endgültig auf den Heimweg machte.

36

An diesem Abend ging Jude mit einer Gruppe von Freundinnen aus. Es war das erste Mal, seit ihr Leben in aller Öffentlichkeit aus den Fugen geraten war, das erste Mal seit ihrer Trennung von Nat. Sie fühlte sich angespannt und verletzlich, doch sie wusste genau, je länger sie wartete, desto schwieriger wurde es. Also duschte sie und wusch sich die Haare, zog sich schön an, besprühte sich mit Parfüm und betrat lächelnd und erhobenen Hauptes das gut besuchte Pub.

Die anderen hießen sie herzlich willkommen, natürlich taten sie das. Schließlich waren sie ihre Freundinnen, ihre Vertrauten, die Menschen, die sie auf der Welt am besten kannten und immer auf ihrer Seite waren, egal, was sie tat oder wie schlecht sie sich benahm. Alle umarmten sie, küssten sie, legten ihr eine Hand auf den Arm, während sie mit ihr sprachen. Sie spendierten ihr einen Drink nach dem anderen, sodass ihre Gedanken bald verschwammen und der harte Knoten aus Scham und Furcht sich lockerte. Sie redete: über Nat, über Liams Tod und ihre Rolle als Testamentsvollstreckerin, über die triste Wohnung und die unfreundliche Katze, über das Ende von Beziehungen, über Scham und Einsamkeit. Sie stellte das Ganze als einen Witz hin – einen Witz auf ihre Kosten. Sie breitete die Arme aus, sagte ihnen allen, wie viel sie ihr bedeuteten, lachte und brach dann plötzlich in Tränen aus. Ziemlich beschwipst und gefühlsduselig, hatte sie das Gefühl, alles sagen zu können, wirklich alles – und trotzdem erzählte sie ihnen nicht von ihrem Unfall als Achtzehnjährige. Darüber hielt sie noch immer einen Mantel des Schweigens gebreitet. Nur Leila Fox wusste Bescheid.

Der folgende Tag verging, ohne dass sie es richtig mitbekam. Sie war verkatert, hatte einen trockenen Mund, fühlte sich völlig erledigt und konnte sich zu nichts aufraffen. Deswegen hing sie nur in der Wohnung herum, trank jede Menge Wasser, verspeiste abends eine Schüssel Pasta und ging früh zu Bett.

Als sie am Samstag aufwachte, drangen sofort zwei Dinge in ihr Bewusstsein: erstens, dass die Katze neben dem Bett laut hustend versuchte, ein Haarknäuel loszuwerden, und zweitens, dass ihr Handy klingelte.

Sie streckte die Hand nach dem Telefon aus und bekam es auch gleich zu fassen. Ein schneller Blick aufs Display sagte ihr, dass es schon fast zehn war.

»Ja?«

Sie fühlte sich, als hätte ihr jemand einen Ziegelstein auf den Kopf geschlagen. Sie brauchte dringend mehrere Tassen Tee.

»Jude, hier ist Danny.«

»Hallo.«

Jude kämpfte sich in eine sitzende Position. Die Katze würgte weiter heftig vor sich hin. Vielleicht war sie krank oder womöglich sogar am Sterben, wie die Pflanzen allem Anschein nach auch.

»Ich möchte, dass Sie herkommen.«

»Zu euch?«

»Wie wäre es gegen Mittag?«

»Das schaffe ich nicht«, antwortete Jude.

Sie hätte es sehr wohl geschafft, aber Dannys herrischer Ton ärgerte sie.

»Und später?«

»Gegen halb vier oder vier, das könnte ich einrichten«, sagte Jude, »wenn es derart eilig ist.«

»Großartig.«

Danny beendete das Gespräch, ohne sich zu verabschieden oder zu bedanken.

Jude machte sich eine Kanne Tee und dann, als diese leer war, gleich noch eine mit Kaffee, dazu aß sie zwei Scheiben Honigtoast. Anschließend fütterte sie die Katze, versuchte sie sogar ein wenig zu streicheln und goss die schlappen Pflanzen. Vielleicht gab sie ihnen ja zu viel Wasser? Sie putzte die Küche, saugte Staub und ließ sich dann ein Bad einlaufen. Während sie in der Wanne lag, lauschte sie mit halbem Ohr einem Podcast.

Leila Fox hatte ihr geraten, sich um ihr eigenes Leben zu kümmern statt um das Chaos, das Liam hinterlassen hatte, und sie hatte recht. Liam war tot und nicht mehr zu retten.

Sie dachte an den morastigen Boden, auf dem seine Leiche gelegen hatte, die welken Blumensträuße und traurigen Nachrichten. Jude hatte schon etliche Leichen gesehen. Ihre Arbeit spielte sich unter Leuten ab, die am Ende ihres Lebens standen, und vieles von dem, was sie tat, diente dem Zweck, ihnen das Gehen so leicht wie möglich zu machen. Aber sie hatte noch nie die Leiche eines Menschen gesehen, den sie geliebt und in den Armen gehalten hatte.

Der Regen der vergangenen Tage hatte aufgehört und der Himmel sich zu einem milchigen Blau aufgehellt. Jude marschierte die ganze Strecke bis nach Walthamstow in strammem Tempo. Nur einmal machte sie kurz halt, um eine kleine Papiertüte mit heißen Kastanien zu kaufen. Kurz vor vier traf sie ein, durchgeblasen vom Ostwind.

Als sie an die Tür klopfte, schwang diese fast sofort auf. Vor ihr stand Danny, in Leggings und einer orangeroten Jacke mit Reißverschluss und hohem Stehkragen. Sie war barfuß. An ihrem schön geformten Fußgelenk entdeckte Jude ein geometrisches Tattoo. Dannys Haar war zu einem hohen, wilden Knoten aufgetürmt, wodurch sie noch größer wirkte, als sie ohnehin schon war.

»Wir haben gerade Gymnastik gemacht«, erklärte sie. »Nicht wahr, Alfie?«

Erst jetzt bemerkte Jude, dass der kleine Junge halb versteckt hinter seiner Mutter stand, die Arme um ihre langen Beine geschlungen. Als Jude daraufhin zu ihm hinunterlächelte, streckte er den Kopf vor, und schlagartig brachte ein Grinsen sein ganzes Gesicht zum Strahlen, was bei ihr ein absurdes Hochgefühl auslöste.

»Hallo, Alfie.«

Danny nahm ihn auf den Arm und stolzierte in ihre chaotische Küche. Jude hängte ihre Jacke auf und folgte. Sogar Dannys Rücken wirkte angespannt.

»Ist alles in Ordnung?«, fragte Jude, während sie sich setzte. Vor ihr auf dem Tisch standen etliche heruntergebrannte Teelichte und eine Schale, randvoll mit Mandarinen.

»Wie könnte alles in Ordnung sein?«

»Ich meine«, korrigierte sich Jude, »was gibt es?«

Danny setzte Alfie auf dem Boden ab und reichte ihm einen Holzlöffel, mit dem er sofort energisch gegen das Tischbein hämmerte.

»Was es gibt?« Sie stieß ein heiseres Lachen aus.

»Sie haben mich gebeten herzukommen.«

Jude verzog das Gesicht, als Alfie ihr gegen das Schienbein schlug.

»Ich möchte Sie etwas fragen«, erklärte Danny.

Das wäre auch am Telefon gegangen, hätte Jude am liebsten gesagt, verkniff es sich aber.

»Ich meine, ernsthaft. Unter vier Augen.«

»Schießen Sie los«, sagte Jude.

»Was wollen Sie?«

Es klang eher nach Vorwurf als nach Frage. Eine Weile hielt Jude Dannys Blick stand. Alfie ließ den Holzlöffel fallen und begann zielstrebig durch den Raum zu krabbeln.

»Ich will gar nichts.«

»Jude«, antwortete Danny in sanftem Ton. »Mir ist klar, dass das nicht stimmen kann.«

Jude zuckte mit den Achseln. »Dann weiß ich nicht, was ich Ihnen noch sagen soll.«

»Sie stochern in unserem Leben herum. Sie haben sogar Doc aufgespürt.«

»Wovon reden Sie? Ich bin ihm bloß auf der Heide über den Weg gelaufen.«

»Sie meinen, an der Stelle, wo Liam gestorben ist.«

»Die in der Heide liegt – im Sumpfgebiet.«

»Ach, bitte!«

»Außerdem stochere ich nicht herum. Ich bin Liams Testamentsvollstreckerin.«

»Was Ihnen den perfekten Vorwand zum Herumschnüffeln gibt.«

»Haben Sie mich deswegen hergebeten? Um mich zu beleidigen?«

»Ich habe Sie hergebeten, um Ihnen Gelegenheit zu geben, mir die Wahrheit zu sagen. Es wird keine weiteren Konsequenzen haben, aber ich muss die Wahrheit wissen. Das verstehen Sie sicher. Nur die Wahrheit kann mich befreien.«

War das ein Zitat?

»Ich kann Sie nicht befreien«, entgegnete Jude sanft. »Sie suchen an der falschen Stelle. Ich kann Ihnen nichts anderes sagen.«

Danny musterte sie mit funkelndem Blick. Dann wurde sie schlagartig sanfter, als hätte jemand einen Schalter umgelegt. Ihre Schultern entspannten sich, und ihr Gesicht verlor seine feindselige Härte.

»Entschuldigen Sie«, sagte sie. »Es war nicht meine Absicht, Sie zu beleidigen. Ich kann manchmal ein ziemliches Biest sein. Bleib da, Alfie.«

Er hatte die Tür erreicht. Danny ging zu ihm hinüber, hob ihn hoch und brachte ihn zurück zum Tisch, wo er mit einer heftigen Armbewegung mehrere Mandarinen aus der Obstschale fegte, sodass sie über die hölzerne Tischplatte rollten.

»Alles ist so chaotisch«, stellte Danny fest. »Seine Finanzen waren eine totale Katastrophe, oder?«

»Es sieht ganz danach aus. Das muss ein Schock für Sie sein.«

Danny griff nach einer Mandarine und begann sie mit ihren langen, schlanken, schwer beringten Fingern sehr langsam zu schälen. Erst als sie damit fertig war, sprach sie weiter.

»Ich habe versucht, mit ihm darüber zu reden. Ich war auf Rechnungen gestoßen, die er nicht einmal aufgemacht hatte. Er war mit den Hypothekenraten im Rückstand. Die Beiträge für die Lebensversicherungen zahlte er auch nicht mehr. Eine wollte er sogar auflösen. Was soll man da machen?« Sie stieß ein hartes Lachen aus. »Kennen Sie den Spruch, dass manche Leute tot mehr wert sind als lebendig? Auf den armen alten Liam traf das nicht zu.«

Sie riss ein Blatt von der Küchenrolle auf dem Tisch und putzte sich die Nase. Dann ließ sie das Kinn auf Alfies weiche Locken sinken.

»Seine Trauerfeier ist am Dienstagnachmittag.«

»Das wusste ich nicht.« Jude musste an seine Instruktionen denken. Sie zögerte einen Moment.

»Bestimmt wissen Sie das schon, aber er wollte einen Weidensarg …«

»Ja, ja, und obendrauf seine alten Stiefel.«

»Ja.«

»Eigentlich wünschte er sich, in einem Boot angezündet und dann aufs Meer hinausgeschoben zu werden wie ein Wikinger, aber wie sich herausstellte, ist das heutzutage schwer durchführbar. Wir halten aber trotzdem eine Art Zeremonie ab – eine Feier seines Lebens, könnte man es vielleicht nennen, hier ganz in der Nähe. Anschließend gibt es einen Leichenschmaus, und am nächsten Tag wird er auf dem Friedhof von Walthamstow beigesetzt.«

»Das wird bestimmt eine schöne Zeremonie.«

»Keine Ahnung. Wir organisieren das Ganze alle gemeinsam, und wie Sie sicher schon bemerkt haben, ist dieser Haushalt nicht gerade gut organisiert. Es wird eine Menge Livemusik geben, die vorher nicht geprobt wurde, und etliche Leute werden sich erheben, um eine Rede zu halten, die sie nicht vorbereitet haben.«

»Das hätte Liam bestimmt gefallen.«

»Machen Sie für den Leichenschmaus etwas zu essen?«

»Ich?«

»Ja. Er wird hier im Haus stattfinden.«

»Mir war gar nicht klar, dass Sie mich bei der Trauerfeier dabeihaben wollen.«

Danny schnaubte, aber es klang nicht unfreundlich.

»Wirklich, ich muss nicht kommen, wenn Ihnen das lieber ist.«

»Sie machen Witze, oder? Die Frau, die er an dem Tag treffen wollte, als er starb. Die Frau, die er zu seiner Testamentsvollstreckerin ernannt hat. Die Frau, der er seine heiß geliebte Holzschale hinterlassen hat. Jedenfalls könnten Sie etwas zum Leichenschmaus beitragen.«

»Was soll ich denn da bringen?«, fragte Jude vorsichtig.

»Das überlasse ich Ihnen. Keine Gurkenhäppchen oder so was in der Art. Ich frage auch nicht nur Sie, sondern alle, die mir in den Sinn kommen. Hauptsache, ich muss selbst nichts machen.«

»Wie viele Personen erwarten Sie?«

»Keine Ahnung. Wer kommen mag, kommt. Liam kannte jede Menge Leute. Sie fühlten sich irgendwie von ihm angezogen. Wie Motten vom Licht. Wer ihn kennenlernte, wollte mit ihm befreundet sein.«

Jude nickte. Sie verfolgte, wie Alfie die Arme hochstreckte und seine Finger in Dannys weiche Haarmähne grub.

»Dann bringe ich also am Dienstag möglichst viel Essen, bei dem es sich nicht um Gurkenhäppchen handelt«, fasste Jude zusammen.

»Und tragen Sie ja nicht Schwarz.«

An Dannys Wimpern glitzerten Tränen.

Jude stand auf. »Ich sollte jetzt gehen.«

»Wie spät ist es?«

Jude warf einen Blick auf ihr Telefon. »Zwanzig vor fünf.«

»Mist! Irina und Vin wollten längst zurück sein und auf Alfie aufpassen. Sie hatten es mir versprochen!«

»Müssen Sie irgendwohin?«

»Ich wollte Schlittschuh laufen gehen. Das ist mein Ding. Ich gehe jeden Samstagnachmittag mit meiner Schwester, bei Regen wie bei Sonnenschein. Das machen wir schon seit Jahren so. Alle haben zu mir gesagt, wie wichtig es sei, dass ich heute gehe: ein winziges Stückchen Normalität in diesem ganzen Horror. Und jetzt machen sie sich nicht mal die Mühe zu erscheinen. Was soll ich denn jetzt tun?« Während sie das sagte, glitt ihr Blick zu Jude. »Sie würden nicht zufällig ...?«, fragte sie. »Nur bis die anderen kommen?«

Wie konnte Danny auch nur in Betracht ziehen, ihr ihren Sohn zu überlassen?

»Ist das Ihr Ernst?«

»Sie werden keine Probleme mit ihm haben. Lesen Sie ihm etwas vor. Spielen Sie Verstecken. Vin oder Irina treffen bestimmt gleich ein. Ich muss bloß ganz schnell mein Zeug zusammenpacken und losprinten, sonst verpasse ich meinen gebuchten Zeitraum.«

Ohne eine Antwort abzuwarten, erhob sie sich und setzte

Alfie auf Judes Schoß. Der Junge fühlte sich warm und weich an, und sein Haar kitzelte sie an der Nase. Er verdrehte den Kopf und starrte ihr mit zusammengekniffenen Augen ins Gesicht, die Unterlippe vorgeschoben. Er überlegte wohl gerade, ob er weinen solle oder nicht.

Jude griff nach einer Mandarine.

»Lass uns die zusammen essen«, meinte sie in fröhlichem Ton und begann sie zu schälen.

Danny verließ den Raum mit einem Abschiedsgruß, kam aber gleich noch einmal hereingestürmt, um sich eine Taschenlampe zu schnappen.

»Es ist dunkel da draußen im Sumpf«, erklärte sie, ehe sie erneut den Raum verließ.

Zwei, drei Minuten später hörte Jude die Haustür ins Schloss fallen.

Eine Freundin von Jude hatte sich kürzlich einen sehr temperamentvollen kleinen Welpen zugelegt. Sie hatte berichtet, man müsse sich mit Welpen auf Augenhöhe beschäftigen, nicht von oben herab. Jude ging durch den Kopf, dass das vielleicht auch für kleine Kinder galt, deswegen hob sie Alfie vom Stuhl und hockte sich neben ihn auf den Boden.

»Was wollen wir spielen?«, fragte sie hoffnungsvoll.

Alfie streckte seine Patschhand aus und stemmte sie versuchsweise gegen ihre Brust. Jude ließ sich nach hinten auf die Fliesen fallen, die, wie sie dabei feststellte, schmutzig und schmierig waren.

Alfie brüllte vor Lachen.

Von ihrem Erfolg ermutigt, kam Jude wieder hoch in die Hocke, wurde geschubst, fiel um, bekam die gleiche begeisterte Reaktion.

Sie wiederholte das Manöver mehrere Male. Wie es schien, konnte er davon nicht genug kriegen.

»Na, so was!«, sagte eine Stimme.

Während Jude sich in eine sitzende Position kämpfte, versuchte sie ihren hochgerutschten Pulli über den freigelegten Bauch zu ziehen.

Vin und Irina waren in den Raum getreten und starrten auf sie hinunter. Hinter ihnen im Türrahmen stand der Student Jan, mit peinlich berührter Miene.

»Nicht schlecht, Frau Doktor Winter«, meinte Vin, breit grinsend.

»Das sah gerade ziemlich heiß aus«, kommentierte Irina, lächelte dabei aber nicht.

»Sie kommen zu spät«, gab Jude zurück. »Danny musste zu Ihrem Eislauftermin.«

»Wir haben Getränke für den Leichenschmaus besorgt.«

»Sie sind trotzdem zu spät dran.«

Jude stand auf. Sie fand alle in diesem Haus viel zu groß. Neben ihnen fühlte sie sich wie ein mickriges Mauerblümchen.

»Dann gehe ich jetzt.«

»Keine Sorge, wir sehen uns bestimmt bald wieder.« Vin bekam das Grinsen nicht aus dem Gesicht. »Sie tauchen ja überall auf: hier im Haus, in der Werkstatt, an der Stelle, wo Liam starb, in seinem Testament.«

Jan stand immer noch im Türrahmen. Alfie zerrte an Jude und gab dabei ein leises Brummen von sich, wie ein Motor im Leerlauf.

»Ich bin bloß hier, weil Sie beide nicht da waren«, gab Jude verärgert zurück.

»Komm, kleiner Mann.«

Vin hob Alfie hoch in die Luft, um ihn sich auf die Schultern zu setzen. Alfie packte ihn an den Haaren und lachte glucksend.

»Also dann«, sagte Jude.

»Bis Dienstag, bei der Trauerfeier«, antwortete Irina.

»Ach übrigens, Jude«, meinte Vin, als sie an ihm vorbei-ging. Sie drehte sich um.

»Ja?«

»Sie haben einen Schmutzfleck an der Wange. Hier.« Er berührte sein eigenes Gesicht an der entsprechenden Stelle. Jude rieb hektisch an ihrer Wange herum.

»Besser?«

»Ja. Bis bald.«

Jan folgte ihr zur Haustür und blieb neben ihr stehen, während sie ihre Jacke anzog. Dabei trat er von einem Fuß auf den anderen und räusperte sich mehrmals. Jude hatte den Eindruck, dass er etwas sagen wollte, doch dann rief Vin aus den Tiefen des Hauses, und der Moment war vorüber.

37

Was isst man denn bei einem Leichenschmaus?«, erkundigte sich Jude bei ihrer Mutter, als sie an diesem Abend mit ihr telefonierte.

»Chips«, lautete die entschiedene Antwort. »Chips und Sandwiches und Brötchen mit Wurst, solche Sachen.«

Für Jude klang das mehr nach Kindergeburtstag als nach Leichenschmaus.

»Es muss vegetarisch sein«, erklärte sie, »und ohne Sandwiches.«

»Dann Räucherlachs und Frischkäse-Bagel.«

»Räucherlachs ist nicht vegetarisch.«

»Wie wäre es mit ganz viel Pittabrot und Dips? Hummus, Guacamole, so in der Art.«

»Ja, vielleicht.«

»Ich kann einen richtig guten Dip mit Erbsen und Kokosnuss.« Dee kam allmählich in Fahrt. »Und einen mit Roter Bete und Meerrettich. Wobei Rote Bete Flecken macht. Du könntest auch ein paar Camembertäerder backen.«

»Du wärst dafür viel besser geeignet als ich.«

»Ich kann kommen und dir helfen. Das wäre doch nett, wie in den guten alten Zeiten, als wir uns eine Wohnung teilten. Ich habe morgen nicht allzu viel vor. Was hältst du davon, wenn ich am Nachmittag vorbeischaue? Wir könnten sogar einen kalten Schokokuchen machen – von dem sind immer alle begeistert. Halb drei?«

»Dee«, antwortete Jude, »das wäre wirklich wunderbar.«

Jude kochte Erbsen, schälte Knoblauch und presste Zitronen. Dee zerstampfte schwungvoll Kekse und schmolz dunkle Schokolade. Die Küche, die Jude bisher als so trist empfunden hätte, füllte sich mit Wärme und guten Gerüchen.

»Das hat mir gefehlt«, stellte sie fest.

»Mir auch. So, und jetzt erzähl mir von diesem Liam Birch, der dein Leben derart auf den Kopf gestellt hat.« Dees Mund war schokoladenverschmiert.

»Was soll ich dir da erzählen? Du weißt, was passiert ist.«

Dee zuckte mit den Achseln. »Beschreib ihn. Wie war er damals, als Teenager?«

»Impulsiv«, antwortete Jude. »Charismatisch, würde ich sagen. Zornig. Waghalsig. Ein guter Handwerker. Künstlerisch begabt, auf seine ganz eigene Art. Allerdings auch irgendwie fatalistisch.« Den Blick in die Ferne gerichtet, versuchte sie den Liam, den sie vor all den Jahren gekannt hatte, separat von dem Mann zu sehen, über den sie in den letzten Tagen so viel erfahren hatte. »Ich schätze, er war so eine Art Anführertyp, wenn du weißt, was ich meine. Er hatte eine starke Ausstrahlung.«

»Klingt ein bisschen nach einem Alphamännchen.« Dee fegte die zerbröselten Kekse in eine Schüssel.

»Ja, vielleicht.«

»Findest du das nicht ein bisschen seltsam?«

»Inwiefern?«

»Er klingt überhaupt nicht nach deinem Typ Mann.«

»Du hast recht.« Jude musste lachen. »Das ist er auch nicht. War er nicht.«

»Aber du solltest deinen Blick sehen, wenn du von ihm sprichst.«

»Ich war erst achtzehn.«

»Könnte es sein, dass du nie über ihn hinweggekommen bist?«

»Unsinn. Ich habe Nat geliebt. An Liam dachte ich nie – oder so gut wie nie.«

»Als er plötzlich auftauchte, löste das irgendetwas in dir aus, und dann starb er. Deswegen hattest du nie die Gelegenheit zu erkennen, dass er nur einer von den Männern war, die es gewohnt sind, leichtes Spiel mit den Frauen zu haben.«

»Mit mir hatte er kein leichtes Spiel«, widersprach Jude. »Zwischen uns ist nichts passiert und wäre auch nichts passiert. Ich empfand nichts mehr für ihn, mal abgesehen von Neugier und Dankbarkeit.«

Dee zog eine Augenbraue hoch. »Dankbarkeit?«

Jude setzte zu einer Erklärung an, ließ es dann aber bleiben. Sie konnte nicht, jedenfalls nicht in dem Moment – noch nicht.

»Weil er mir früher mal wichtig war«, sagte sie nur.

Dee goss die geschmolzene Schokolade über die Kekse und die getrockneten Früchte. »Und jetzt hast du die ganze Zeit mit seiner Partnerin und seinen Freunden zu tun. Das ist schon ein bisschen seltsam, oder?«

Jude überlegte.

»Es ist wahrscheinlich einfacher, als mein eigenes Leben zu sortieren«, meinte sie schließlich.

Dee nickte. Obwohl Jude auf den Hummus hinunterschaute, den sie gerade zubereitete, spürte sie den prüfenden Blick ihrer Freundin, die offenbar mehr von ihr hören wollte.

»Die sind eine echt seltsame Hausgemeinschaft«, fuhr sie daher fort. »Ich meine, jeder einzelne Bewohner ist irgendwie seltsam.«

»Inwiefern?«

»Das ist schwer zu beschreiben. Wenn ich mich dort aufhalte, kommt mir alles ein bisschen glamouröser vor als anderswo, zugleich aber auch ein wenig bedrohlich. Ich weiß nie, ob jemand die Wahrheit sagt oder nur irgendeine Rolle spielt, als wäre alles eine Art Spiel. Es ist, als gäbe es dort keine richtigen …«, sie suchte nach dem passenden Wort, »… Regeln, Grenzen.«

»Klingt übel.«

»Alle beobachten alle anderen. Einschließlich mir.«

»Soll das heißen, dass sie dich beobachten oder dass du sie beobachtest?«

»Ich weiß nicht. Vielleicht beides.«

»Ich verstehe nicht, warum du da immer wieder hingehst. Die klingen gruselig.«

»Sie sind aber auch irgendwie faszinierend.«

Dee musterte sie ernst. »Ich finde, du solltest da nicht mehr hingehen, Jude. Ich glaube nicht, dass dir das guttut.«

Jude stieß ein Lachen aus. »Ich gehe zumindest noch zu der Trauerfeier. Schließlich haben wir das ganze Essen gemacht!«

»Nein, du musst mit alldem aufhören. Du musst da raus und wieder dein normales Leben führen.«

»Ich denke darüber nach. Das verspreche ich dir. Lass mich nur erst die Trauerfeier hinter mich bringen.«

38

Jude war in ihrem Leben bisher auf sieben Trauerfeiern gewesen. Zwei davon hatten in Kirchen stattgefunden, vier in Krematorien und eine, für einen Onkel, den sie kaum gekannt hatte, in einer Art Konferenzzentrum außerhalb von Birmingham. Die Feier für Liam sollte in seiner Werkstatt abgehalten werden. Als Jude das erfahren hatte, war ihr die Idee zunächst sehr eigenartig erschienen, fast schon blasphemisch, doch sie hatte ihre Meinung ganz schnell geändert. Inzwischen erschien es ihr genau passend. Liam machte nichts so wie andere, nicht einmal als Toter.

Als sie vor dem kleinen Gewerbegebiet aus dem Taxi stieg, sah sie auch andere Leute eintreffen: irreal wirkende Farbtupfer, die sich zwischen den tristen, heruntergekommenen Gebäuden bewegten. Jude fühlte sich seltsam befangen als die einzige Person, die eher für eine traditionelle Trauerfeier angezogen war. Es hieß, man solle sich farbenfroh kleiden, doch sie hatte plötzlich der Mut verlassen, als sie sich an diesem Morgen anzog. Dabei verfügte sie durchaus über farbenfrohe Kleidung. Sie besaß einen orangeroten Jumpsuit und einen Rock, der ganz aus fransigen Seidenstreifen in Gelb, Blau und Rot bestand. Sie nannte sogar eine Federboa, die sie vor langer Zeit mal auf einer Kostümparty getragen hatte, ihr Eigen und eine Auswahl an leuchtenden und bunt gemusterten Oberteilen. Aber das meiste davon befand sich noch in ihrer alten Wohnung, die jetzt Nats Zuhause war und nicht mehr das ihre. Die Sachen, die sie mitgebracht hatte, probierte sie nicht mal an. Sie war eine Ex-Freundin von Liam und außerdem in seinen Tod verwickelt. Und sie war verantwortlich für die Umsetzung seines Letzten Willens – also kein Anlass, um Aufmerksamkeit auf sich zu lenken. Deswegen entschied sie sich für einen ihrer androgynen Hosenanzüge, einen grauen. Dazu trug sie eine weiße Seidenbluse. Den Anzug hatte sie sich irgendwann mal angeschafft in der Hoffnung, im richtigen Licht ein bisschen wie Marlene Dietrich darin auszusehen, doch nun hoffte sie nur noch, zwischen all den karnevalesken Kostümen nicht aufzufallen.

Sie sah kein bekanntes Gesicht, bis ihr Blick auf Leila Fox fiel, die direkt vor dem Eingang der Werkstatt stand. Jude steuerte auf sie zu – wie immer, wenn sie mit der Polizistin zu tun hatte, mit einem leicht flauen Gefühl im Magen. Als die Kriminalbeamtin sie entdeckte, lächelte sie.

»Na, *wir beide* gehen wohl besser nicht zusammen rein, oder?«

»Wie meinen Sie das?«

Leila deutete auf Judes Aufzug und dann auf sich selbst. Da musste Jude auch lächeln. Sie waren fast identisch gekleidet.

»Die Leute werden denken, wir haben uns abgesprochen.«

»Vermutlich finden Sie es seltsam, dass ich hier bin«, meinte Jude.

»Ich finde das gar nicht seltsam. Schließlich sind Sie die Ex-Freundin und Testamentsvollstreckerin und jetzt allem Anschein nach auch noch eine Freundin der Witwe.« Die Art, wie Leila das sagte, ließ es mehr nach einem Vorwurf als nach einer Feststellung klingen. »Außerdem«, fügte sie hinzu, »hatte ich ohnehin gehofft, Sie hier zu treffen.«

»Warum?«

»Sie haben mit mir über Ihren Verlobten gesprochen, besser gesagt, Ihren Ex-Verlobten, Nat Weller. Ich wollte Ihnen nur sagen, dass er nicht länger im Fokus unserer Ermittlungen steht.«

»Im Fokus Ihrer Ermittlungen. Was bedeutet das?«

»Sie hatten doch vermutet, er könnte über Sie und Liam Bescheid gewusst und etwas gegen Ihre Verbindung gehabt haben.«

»Ich hielt es zumindest für möglich«, antwortete Jude vorsichtig. »Obwohl ich natürlich nie geglaubt habe, dass er … Sie wissen schon.«

»Liam getötet hat.«

»Ja.«

»Wir haben noch einmal genau überprüft, wo er sich am Abend des Mordes aufhielt.«

»Er war also auf der Party?«

Ein unerwarteter Ausdruck huschte über das Gesicht der Kriminalbeamtin, etwas Zögerndes, beinahe Verstohlenes, das aber fast schon wieder verschwunden war, als Jude es registrierte.

»Eine Weile«, antwortete Leila Fox.

»Was soll das heißen, eine Weile?«

»Die Party dauerte nicht lang. Es regnete.«

»Wo war er dann?«

»Das tut nichts zur Sache. Ich dachte nur, Sie sollten wissen, dass Nat nicht unter Verdacht steht.«

»Gut, aber warum können Sie mir nicht sagen, wo er war?«

»Ich darf ganz einfach keine Details unserer Ermittlungen weitergeben.«

Jude nickte. »Nat hat also Liam nicht getötet – was mir sowieso schon klar war. Trotzdem danke, dass Sie es mir gesagt haben.«

»Wir sollten reingehen.«

Jude betrachtete die Miene der Kriminalbeamtin, die höflich, aber ansonsten undurchdringlich wirkte. Sie musste wieder an den seltsamen Ausdruck denken, der ein paar Augenblicke zuvor über dieses Gesicht gehuscht war.

»Warum sagen Sie es mir nicht?«

»Es gibt vieles, was ich Ihnen nicht sage, Jude, weil es sich hierbei um eine Mordermittlung handelt und Sie keine Kollegin sind, sondern eine Zeugin.«

»Es hat mit dem betreffenden Abend zu tun«, mutmaßte Jude.

Deutlich wie in einem Film sah sie Nat vor sich, als sie nach diesem katastrophalen Ausflug zu dem Cottage in Norfolk in ihre gemeinsame Wohnung zurückgekehrt war. Sie war viel früher nach Hause gekommen als erwartet, und er hatte in einem Ton, der zugleich beschwichtigend und ein wenig wütend klang, am Telefon auf jemanden eingeredet. Was hatte er gesagt? Sie versuchte krampfhaft, sich daran zu erinnern, aber vielleicht hatte sie es schon damals nicht richtig mitbekommen. Sie versuchte, sich stattdessen seinen Gesichtsausdruck ins Gedächtnis zu rufen, als er sie schließlich entdeckte. War da nicht etwas gewesen, ein Augenblick der Panik, ehe er auf sie zusteuerte, um sie in die Arme zu schließen? Oder bildete sie sich das nachträglich ein?

»War Nat in der Nacht mit einer anderen zusammen?«, fragte sie mit schwacher Stimme. »Ist es das, was Sie mir nicht verraten wollen?«

»Ich habe alles gesagt, was ich zu sagen hatte, und wollte damit nichts andeuten. Wenn Sie Fragen haben, müssen Sie sich damit an ihn persönlich wenden.«

Jude hob eine Hand an den Kopf, weil sie das vertraute Anzeichen einer nahenden Migräne spürte.

»Vielleicht war er ja selbst die ganze Zeit der Untreue, während er sich wegen meiner angeblichen Untreue so aufführte.«

»Das habe ich nicht gesagt. Ich habe überhaupt nichts Derartiges gesagt. Ziehen Sie hier keine voreiligen Schlüsse, Jude. Ich erkläre Ihnen lediglich, dass er in keinster Weise unter Verdacht steht.«

»Na gut«, entgegnete Jude. Sie fühlte sich schwach und wackelig, als hätte ihr jemand den Boden unter den Füßen weggezogen. Vor ihren Augen verschwamm alles. »Aber wenn es nicht stimmt, dann können Sie es doch sagen. Sie können mir sagen, dass Nat nicht untreu war.«

»Ich kann nur sagen, was ich bereits gesagt habe. Alles andere müssen Sie mit ihm besprechen.«

39

Nichts erinnerte an das übliche Brimborium einer traditionellen Trauerfeier. Es gab keine Platzanweiser und auch kein offizielles Programm. Man hatte einfach die Tore der Werkstatt mit Holzkeilen weit aufgespreizt. Jude schloss sich den Leuten an, die hineinströmten, und als sie dann selbst eintrat, schnappte sie überrascht nach Luft. All die Maschinen und Werkzeuge waren weggeräumt worden, um Platz zu schaffen für Holzplanken auf Böcken, wodurch Reihen von einfachen Bänken entstanden waren. An allen vier Wänden hingen riesige Papierbogen mit kühn skizzierten Figuren. Die Wirkung war atemberaubend – ein Ansturm ekstatischer menschlicher Gestalten in leuchtenden Farben, die alle wild tanzten, durcheinanderwirbelten, ineinander verschwammen, sich vermischten. Die Figuren waren umgeben von Wasser, Himmel, Sonne und Sternen. Alles war in den Primärfarben gehalten, Blau, Rot und Gelb. Es erinnerte fast an Buntglas, und die Farben wirkten so kräftig und leuchtend, dass es aussah, als würde die Sonne durch sie hindurchscheinen.

In den Ecken lehnten kahle Äste, die mit Lichterketten geschmückt waren, und überall im Raum waren Sträuße aus allerlei Grünzeug verteilt. Vorne befand sich ein leicht erhöhtes Podium. In der Mitte stand eine Werkbank mit dem Weidensarg, den man aber vor lauter eingeflochtenen Blumen und Ranken kaum sah. Obenauf thronten Liams Stiefel, mit den Spitzen in Richtung der versammelten Gäste. Rund um den Sarg waren Stühle und eine Auswahl an Musikinstrumenten gruppiert, mehrere Gitarren, ein Kontrabass, ein Keyboard und etliches andere, das Jude nicht kannte. Als sie sich umblickte, entdeckte sie vorne Vin und Danny, ins Gespräch vertieft. Hin und wieder registrierte Danny jemanden und formte mit dem Mund einen Gruß. Auf einer Seite des Podiums war Doc damit beschäftigt, einen Lautsprecher anzubringen, und gab dabei immer wieder einer Person im hinteren Teil des Saals Handzeichen. Ab und zu griff er nach seiner Gitarre und spielte mit ein paar leisen Akkorden eine Melodie an. Er machte einen angeschlagenen, kränklichen Eindruck.

Jude fand einen Platz am Ende einer Bank in der letzten Reihe. Nachdem sie sich niedergelassen hatte, zückte sie sofort ihr Handy und starrte darauf hinunter, als wäre sie mit etwas Wichtigem beschäftigt. In Wirklichkeit wollte sie auf diese Weise nur jeden Blickkontakt vermeiden. Hätte sie jemand Bekannten entdeckt, wäre die betreffende Person womöglich hergekommen, um sich neben sie zu setzen, aber sie wollte auf niemanden reagieren müssen. Sie wollte einfach mit ihren Gedanken allein sein.

Rundherum hörte sie gedämpftes Stimmengewirr und das Knarren von Schritten auf dem Holzboden. Dann aber verstummten die Geräusche allmählich, die Tore wurden geschlossen, und auf einmal lag eine erwartungsvolle Spannung in der Luft, fast wie bei einem Konzert. Jude hörte jemanden in die Hände klatschen. Als sie daraufhin von ihrem Telefon aufblickte, sah sie, dass Vin auf das Podium getreten war. Er trug eine bernsteinfarbene Knittersamthose und ein schwarzweiß gemustertes Jackett und wirkte darin wie der Zeremonienmeister eines mittelalterlichen Banketts.

In solchen Momenten, wenn jemand im Begriff war, vor Publikum zu sprechen, empfand Jude oft ein Gefühl von Nervosität, weil sie mit der betreffenden Person bangte, aber dieses Mal ging es ihr nicht so, denn Vin fühlte sich sichtlich wohl, umgeben von Freunden.

»Wir sind hier, um …« Er brach ab und lächelte. »Beinahe hätte ich gesagt, dass wir hier sind, um uns von Liam zu verabschieden, aber das stimmt ja gar nicht. Wir müssen uns nicht von ihm verabschieden, denn er wird immer bei uns bleiben. Und wir sind auch nicht hier, um ihn zu betrauern. Wir sind hier, um ihn zu feiern.« Er trat neben den Sarg und klopfte leicht dagegen. »Es ist eine Party für dich, Kumpel. Ich hoffe, sie wird dir gefallen.« Er wandte sich wieder der Menge zu. »Einige von uns werden ein bisschen Musik spielen. Ein paar Stücke, die Liam gern mochte. Auch ein paar, die er vielleicht nicht so gern mochte, wir aber gerne spielen.« Leises Gelächter war zu hören. »Dann werden wir ein paar Worte sprechen. Anschließend sind alle, die mögen, herzlich eingeladen, mit uns nach Hause zu kommen.« Er blickte in die Runde. »Seid ihr so weit, Leute?«

Zwei Frauen und drei Männer traten auf das Podium und nickten der Menge zu. Eine der Frauen entpuppte sich als Irina, deren Haar inzwischen dunkler rot gefärbt war und sich wellenförmig über ihre Schultern schlängelte, fast wie echte Schlangen. Sie trug einen grünen Umhang. Die Gruppe war eine bunte Mischung aus unterschiedlichen Modestilen: Grunge, Hip-Hop, Jazz und Hippielook. Sie griffen nach ihren jeweiligen Instrumenten – einer der Männer nahm eine Geige aus einem Koffer –, stimmten sie kurz, wechselten ein paar leise Worte miteinander und legten dann los. Die Stücke, die sie spielten, waren so unterschiedlich wie ihre Modestile. Niemand von ihnen kündigte vorher an, was sie zum Besten geben wollten, oder identifizierte es im Nachhinein. Sie wirkten einfach wie eine Gruppe von Freunden, die ihren Spaß hatte. Es gab eine Art schottischen Tanz, etwas im Stil von Dylan, etwas, das nach Cohen klang, schließlich ein klassisches Geigensolo, vielleicht von Bach. Aus dem Publikum kam noch jemand mit einer Trompete aufs Podium, und sie spielten alle zusammen ein Stück, das für Jude nach Miles Davis oder John Coltrane klang.

Währenddessen betrachtete sie all die vor ihr sitzenden Leute, die sie nicht kannte. Von den meisten sah sie nur den Rücken, doch es bestand kein Zweifel daran, dass fast alle sehr eigenwillig und schön gekleidet waren. Ganz vorne entdeckte sie Liams Eltern: Auch sie hatten sich an die Anweisung gehalten, in farbenfroher Kleidung zu erscheinen. Neben Tara saß Alfie, von dem Jude nur die weichen Locken sah. Der Gesamteindruck war, als würde man auf eine Blumenwiese blicken. Nur sie selbst und Leila passten in ihren nüchternen grauen Anzügen nicht ins Bild.

Dort auf ihrem Platz in der letzten Reihe, ganz außen auf der Bank, ging es ihr plötzlich wieder wie damals, als sie Liam kennenlernte. Genauso hatte sie sich gegenüber seinem exotischen Freundeskreis gefühlt: wie eine Zuschauerin, fasziniert von diesen andersartigen Menschen, die alle über eine Art geheimes Wissen verfügten, von dem sie ausgeschlossen war. Woher wussten sie, was angesagt war, was man tragen musste, um hip zu sein, und wie kamen sie an ihre ausgefallenen Klamotten und die Furcht einflößenden Substanzen, die sie tranken, rauchten oder schnupften?

Liam war ihre einzige, kurzfristige Verbindung zu dieser fremden Welt gewesen, die sie gleichzeitig anzog und abstieß. Während jener paar Monate schien er in ihr zu sehen, was kein anderer Mensch je gesehen hatte, nicht einmal sie selbst. Sie hatte es nur immer in anderen gesehen, und nun ging es ihr wieder so. Sie sah es in diesen lebendigen, wundervollen Menschen, aber nicht in sich selbst. Allein schon die Art, wie sie gekleidet waren: so clever und witzig und extravagant. Ihr Blick wanderte an sich selbst hinunter. Was sie trug, sollte verhindern, dass sie auffiel, bewirkte aber wohl das Gegenteil. Sie und Leila schienen die Einzigen zu sein, die auf Nummer sicher gegangen waren. Leila konnte sich damit entschuldigen, dass es sich um ihre Arbeitskleidung handelte, also blieb im Grunde nur sie.

Eine schöne, beschwingte Tanzmelodie ging gerade zu Ende. Die Musiker legten ihre Instrumente nieder. Unter Beifall erhoben sie sich, traten nach vorne und stellten sich in einer Reihe auf. Irina hob die Hände, um den Applaus zu stoppen. Als wieder Stille eintrat, wartete sie noch ein paar Sekunden, blickte dann ihre Gefährten an, die rechts und links von ihr standen, und nickte leicht, woraufhin sie zu singen begannen. Die Musik klang sehr alt – die Worte, die Jude verstand, waren lateinisch –, und plötzlich war es, als würden die hölzernen Wände, die Raumdecke und die Bodendielen mit dem Klang schwingen. Jude empfand es als leidenschaftlichen Ausdruck einer Art Freundschaftsbund – etwas, wovon sie so gerne ein Teil gewesen wäre, aber genau wusste, dass sie das nie sein konnte, und das brach ihr das Herz. Sie dachte an sich und Nat, ihre chaotische, beschädigte, unehrliche Beziehung. Denn das war es, was sie gehabt hatte – ganz im Gegensatz zu dem, was Liam hier gefunden und nun verloren hatte.

Als das Lied zu Ende war – unerwartet plötzlich, wie Jude fand –, wandten sich die Sänger dem Sarg zu, neigten alle leicht den Kopf und verließen dann schweigend das Podium. Das Publikum verhielt sich noch immer ganz still, nur in der ersten Reihe schluchzte jemand heiser, wahrscheinlich Tara, deren Kopf nach vorn gebeugt war. Jude stellte fest, dass sie ihrerseits auch Tränen in den Augen hatte und daher nicht klar sehen konnte. Sie zog ein Taschentuch heraus, wischte sich damit über die Augen und putzte sich anschließend die Nase. Erst dann fiel ihr auf, dass Vin auf die Bühne getreten war und den Blick durch den Raum schweifen ließ.

»Für mich fühlte es sich richtig an, diese Feier hier in der Werkstatt abzuhalten«, begann er, »denn die Arbeit mit Liam war mein großer Glücksfall.« Er wandte sich dem Sarg zu. »*Du* warst mein großer Glücksfall. Deswegen erzähle ich den anderen jetzt von dir.« Er wandte sich wieder an seine Zuhörer. »Liam war der Bruder, den ich nie hatte. Er war der beste Freund, den ich nie hatte, bis ich ihn traf. Ich lebte mit ihm und arbeitete mit ihm. Wir taten uns zusammen, weil wir beide einen Traum hatten. Ich dachte nie, dass wir es wirklich schaffen könnten, aber Liam glaubte daran, und hier, an diesem Ort, ließen wir es Wirklichkeit werden. Hier träumten wir unsere Träume, bauten alles Mögliche, reparierten alles Mögliche, schufen eine Firma, für die es Höhen und Tiefen gab, das ist ja immer so, aber wir schafften es.« Er machte eine ausladende Handbewegung. »Wir sagten, wir würden es schaffen, und wir schafften es verdammt noch mal auch.«

Man hörte beifälliges Gemurmel. Als Vin zu sprechen begonnen hatte, waren Jude erneut Tränen in die Augen getreten, doch nun empfand sie einen Anflug von Ernüchterung. Das war jetzt der Teil, der ihr bei Trauerfeiern immer ein unangenehmes Gefühl bescherte, egal, ob sie in einer Kirche oder in einer schön dekorierten Werkstatt abgehalten wurden: dass man Dinge zu hören bekam, die nicht stimmten oder nur eine tröstliche Version der chaotischen Wahrheit darstellten, weil man über jemanden, der gerade erst verstorben war, eben nur Gutes sagte. *Ihr habt es nicht geschafft*, widersprach sie in Gedanken, *und das wisst ihr auch.*

»Aber es ging nie nur um die Arbeit«, fuhr Vic fort. »Bei Liam ging es immer auch um die Familie: um Danny und den kleinen Alfie hier.« Seine Stimme klang plötzlich brüchig. Er verstummte, nickte nur langsam vor sich hin, als müsste er sich erst wieder fangen. Nachdem er zweimal tief durchgeatmet hatte, legte er eine Hand an den Sarg. »Ich möchte dir nur sagen, Kumpel, dass wir für dich auf diesen Ort hier aufpassen werden …«, er machte eine weitere ausladende Bewegung, »... und auch auf deine Familie. Wir werden versuchen, uns deiner würdig zu erweisen.« Mit einem weiteren kleinen Nicken fügte er hinzu: »Zu Danny haben wir alle gesagt, dass sie heute gar nichts machen muss, auch keine Rede halten. Aber Danny ist eine Frau, die sich nichts sagen lässt. Deswegen wird diese ganz besondere Lady jetzt doch ein paar Worte zu euch sprechen. Komm rauf!«

Er streckte eine Hand aus und half Danny auf die Bühne. Sie wandte sich der Menge zu. Über einer schwarzen Hose mit Satinstreifen an den Seiten trug sie eine scharlachrote Smokingjacke und dazu einen genauso scharlachroten Lippenstift, der aus ihrem totenbleichen Gesicht grell herausstach. Jude fand, dass sie entschlossen und grimmig wirkte, fast prachtvoll in ihrer Trauer. Als sie nun zu sprechen begann, klang ihre Stimme fest und so ruhig, dass Jude sich fragte, ob sie etwas eingenommen hatte.

»Als Liam und ich uns kennenlernten, waren wir beide ein bisschen ...«, sie zögerte kurz, »... wild unterwegs. Aber ich hatte noch nie jemanden getroffen wie ihn. Er war attraktiv, er hatte die gütigsten Augen, die ich je gesehen hatte, er war der kreativste Mensch, dem ich je begegnet war, er war witzig, eigenwillig, immer für eine Überraschung gut.« Wieder hielt sie einen Moment inne. Es war klar, dass sie sich nichts vorab überlegt hatte, sondern einfach sagte, was ihr in den Sinn kam. »Wir haben nie geheiratet. Trotzdem haben wir zusammen so eine Art Gelübde abgelegt. Es ging dabei nicht um den alten Zopf von wegen ›lieben, achten und ehren‹. Wir versprachen uns, aufeinander aufzupassen. Und einander zu vertrauen.« Einen Moment schien sie den Faden verloren zu haben. »Aber da war noch mehr. Liebe. Diesen Teil des Eheversprechens übernahmen wir sehr wohl. Wir versprachen uns, einander zu lieben. Und wir wollten miteinander alt werden. Das haben wir nicht geschafft.« Sie schniefte und hob den rechten Handrücken an die Nase. »Das tut mir leid, Liam. Es tut mir leid, dass wir das nicht geschafft haben.« Nun folgte eine lange Pause – so lange, dass unter den Anwesenden ein ungutes Gefühl entstand, eine Unruhe. Danny schien vergessen zu haben, wo sie sich befand. Ihr Blick war auf den Sarg gerichtet. »Mach's gut, Liam«, sagte sie schließlich.

Die Leute reagierten mit zustimmendem Gemurmel. Danny nahm es mit einem majestätischen Neigen des Kopfes zur Kenntnis.

»Danke euch allen. Jetzt wird sein Bruder Dermot etwas sagen.«

Alle wandten sich erwartungsvoll Dermot zu, doch der blieb einfach auf seinem Platz sitzen. Nach ein paar Momenten peinlicher Stille trat Danny vom Podium und steuerte auf ihn zu. Sie beugte sich über ihn und flüsterte ihm etwas ins Ohr, richtete sich dann wieder auf und streckte ihm die Hand hin. Dermot griff danach und erhob sich. Danny führte ihn zu der kleinen Bühne, wartete, bis er emporgestiegen war, und nickte ihm dann zu – halb ermunternd, halb befehlend.

Jude hatte Dermot vorher gar nicht bemerkt. Als sie ihn nun da vorne vor dem Publikum stehen sah, sichtlich verlegen und angespannt, hatte sie das Gefühl, dass er so war wie sie. Auch er war kein Mitglied dieser Gruppe. Er gehörte nicht dazu. Auch er war für eine traditionellere Art von Trauerfeier gekleidet, als wäre die Aufforderung, sich farbenfroh anzuziehen, nicht ganz zu ihm durchgedrungen. Er trug einen dunklen Anzug, der ihm etwas zu groß war. Seine wild gemusterte Krawatte stellte das einzige Zugeständnis an den Wunsch nach leuchtenden Farben dar, doch der große Knoten sah aus, als würde er seinen Hals einschnüren und nach oben an sein Kinn drücken.

Dermot zog einen Zettel aus der Tasche, faltete ihn mit zitternden Händen auseinander und begann dann so leise zu lesen, dass sofort jemand rief, er solle bitte lauter sprechen, was ihn sichtlich aus dem Konzept brachte. Er fing noch einmal von vorne an, ein wenig lauter, aber Jude verstand trotzdem nicht alles, was er sagte. Sie sah in seinem Vortrag eher ein Schauspiel: die Qual eines Menschen, der zugleich nervös und voller Trauer war. Das Ergebnis war kein Ausdruck von Emotion, sondern das Gegenteil – ein braver Schulaufsatz darüber, wann sein Bruder geboren worden war, welche Schulen er besucht und welche beruflichen Stationen er durchlaufen hatte. Als Ärztin erkannte Jude in Dermot einen Menschen, der einen schweren Verlust erlitten hatte und immer noch unter Schock stand. Es ging in seiner Rede nicht darum, wie Liam gewesen war oder was er, Dermot, empfand. Er war noch gar nicht in der Lage, seinen Schock über das Geschehene in Worte zu fassen. In gewisser Weise wirkte das berührender als die lässige, theatralische Offenheit von Vin oder Danny, denn Dermot stand in seiner ganzen Qual da vor den Leuten, sodass ihn alle leiden sehen konnten. Die Mimik seines Gesichts, das dem von Liam so ähnlich war, wechselte so rasch, als hätte er keine Kontrolle darüber.

Dermots Rede fand auch kein richtiges Ende. Es gab keine Zusammenfassung, keinen abschließenden Ausdruck von Emotion. Er hörte einfach zu reden auf und starrte einen Moment die Leute an. Dann ließ er den Kopf sinken und blickte auf seinen Zettel hinunter, als sähe er ihn zum ersten Mal.

»Das war's«, sagte er mit bebender Stimme. »Das ist alles.« Er schaute sich suchend um.

Jude empfand plötzlich Beklemmung. Sie hatte das Gefühl, im Theater zu sitzen und mitzuerleben, wie ein Schauspieler seinen Text vergaß. Doch hier war niemand, der ihm ein Stichwort gab. Er hatte offensichtlich keine Ahnung, was er als Nächstes tun oder wie er vom Podium herunterkommen sollte.

»Ich weiß nicht«, stammelte er schließlich. »Ich weiß nicht, was ich noch sagen soll. Er war mein großer Bruder. Ich dachte eigentlich, er würde immer da sein und auf mich aufpassen oder so.« Er wischte sich mit dem Ärmel über die Augen, im Begriff, noch etwas hinzuzufügen, doch nun trat Danny auf die Bühne, umarmte ihn und flüsterte ihm irgendetwas Beruhigendes zu, woraufhin er sich von ihr vom Podium führen ließ, begleitet vom mitfühlenden Gemurmel des Publikums.

Die Musiker kehrten auf die Bühne zurück, und Irina verkündete, sie würden eines von Liams Lieblingsstücken spielen, einen alten irischen Tanz, während der Sarg hinausgetragen wurde. Eine weitere Schar von Leuten betrat das Podium: Vin war wieder dabei, außerdem Erika, ein Mann mit einem langen grauen Bart und einem bestickten Kimono, ein sehniger junger Mann, der mit seinem quer gestreiften Outfit aussah wie einem Gefängnis entsprungen, zwei weitere hochgewachsene junge Männer in beinahe identischen Paisleyhemden. Sie bezogen rund um den Sarg Stellung und griffen danach. Als Vin nickte, hoben sie ihn schwungvoll, aber nicht gleichzeitig an, sodass er sich erst in die eine und dann in die andere Richtung neigte, wodurch die Stiefel ins Rutschen gerieten. Jude stellte sich Liam im Inneren vor: wie seine Leiche in der Enge hin und her rollte. Einem der Männer glitt der Sarg beinahe aus der Hand, woraufhin ihn Vin ziemlich heftig und laut anzischte, doch schließlich hatten sie ihn auf den Schultern und machten sich ganz langsam auf den Weg, die Stufen vom Podest hinunter, begleitet von den lieblichen, wirbelnden Tönen des irischen Tanzes.

Danny stand auf. Tara und Andy folgten ihrem Beispiel, mit Alfie in ihrer Mitte. Danny streckte die Hand aus und griff nach der ihres kleinen Sohnes. Er trug eine blaue, mit Blumen bestickte Strickweste und machte einen benommenen Eindruck, während er auf seinen krummen Beinchen hinter dem Sarg herstolperte. Als er die Tür erreichte, hob Danny ihn hoch.

Langsam leerte sich der Raum. Jude blieb, wo sie war, während die Leute auf dem Weg nach draußen an ihr vorbeidefilierten. Sie lauschte weiter der Musik. Vor ihrem geistigen Auge konnte sie Liam dazu tanzen sehen. Er war ein guter Tänzer gewesen, ganz locker und in seiner eigenen Welt. Wie seltsam, dass er nicht mehr lebte – und wie seltsam, dass niemand ein Wort darüber hatte verlauten lassen, dass er ermordet worden war.

Ihr Blick fiel auf Dermot, der nun ohne Krawatte und mit glasigem Blick auf den Ausgang zusteuerte. Rasch stand sie auf und stellte sich ihm in den Weg. Er starrte sie fragend an. Erst auf den zweiten Blick schien ihm zu dämmern, wer sie war. Jude trat noch einen Schritt auf ihn zu und sah ihm voll ins Gesicht.

»Sie stehen unter Schock«, sagte sie. »Ich weiß, wie das ist. Es wird eine Weile dauern, bis Sie die Trauer spüren, und erst dann können Sie das alles verarbeiten.«

»Ja«, antwortete er dumpf.

»Aber es war gut, dass Sie gesprochen haben. Liam hätte das bestimmt gefallen.«

Er musterte sie jetzt aufmerksamer, als nähme er sie gerade erst so richtig wahr.

»Meinen Sie?«

Jude ging durch den Kopf, dass der Liam, den sie gekannt hatte, es wahrscheinlich nicht besonders gut gefunden hätte.

»Natürlich«, sagte sie.

40

Jude trat nach draußen. Es hatte zu dämmern begonnen, und am Himmel war bereits der Mond zu sehen. Auf der anderen Seite des Geländes waren die Sargträger neben einem Leichenwagen stehen geblieben und versuchten nun, den Sarg in den geöffneten Kofferraum zu verfrachten. Blumen fielen zu Boden. Zwei Männer in schwarzen Anzügen – der eine sehr klein, der andere sehr groß und kräftig – standen daneben und verfolgten das Ganze mit sichtlich missbilligender Miene. Aus der Werkstatt drang noch immer die irische Melodie zu den wartenden Trauergästen hinaus, die im kalten Wind in Grüppchen beieinanderstanden.

»Gehen Sie zum Leichenschmaus?«, fragte Leila, während sie auf Jude zusteuerte und dabei in einen dicken Mantel schlüpfte.

»Ich? Nein.«

»Ich auch nicht.« Leila zögerte einen Moment, ehe sie sich mit einem Nicken von Jude verabschiedete. »Dann auf Wiedersehen.«

»Auf Wiedersehen.«

»Ach, und Jude ...«

»Ja?«

»Ich weiß nicht. Passen Sie auf sich auf, sollte ich wohl hinzufügen.«

Jude blickte der Kriminalbeamtin nach. In Gedanken spielte sie noch einmal durch, was Leila Fox über Nat gesagt und nicht gesagt hatte. Nat besaß ein Alibi für die Mordnacht, und dieses Alibi beschränkte sich nicht auf die Tatsache, dass er sich am Abend des Feuerwerks mit ihren gemeinsamen Freunden getroffen hatte. Er war früh aufgebrochen und noch woanders hingegangen. Wenn es sich dabei um etwas Harmloses handelte, warum hatte er es ihr dann nicht erzählt? Warum hatte er sie in dem Glauben gelassen, dass er mit Dee und ihren Freunden zusammen gewesen und anschließend nach Hause gegangen war?

Sie versuchte sich an den genauen Wortlaut dessen zu erinnern, was er über den Abend berichtet hatte. Er hatte gesagt, er sei … was? *Ziemlich zeitig daheim gewesen.* Ja. Sie war sich fast sicher, dass er es so ausgedrückt hatte. Ihre Erinnerung daran war sehr klar, weil sich alles, was im Cottage und am darauffolgenden Tag passiert war, mit grausamer Schärfe in ihr Gedächtnis eingeprägt hatte. Er hatte noch hinzugefügt, dass es ja geregnet habe und daher niemand lang geblieben sei. Er sei früh nach Haus gekommen. Diesbezüglich war Jude ganz sicher – was bedeutete, dass er sie genauso angelogen hatte wie sie ihn.

Es schnürte ihr die Luft ab, wenn sie daran dachte: Wie gnädig Nat überlegt hatte, ob er ihr verzeihen solle, mit beleidigter Miene, voller feierlicher Selbstgerechtigkeit, obwohl womöglich er die ganze Zeit der Untreue gewesen war und nicht sie. Er hatte sich mit einer anderen getroffen, behandelte aber sie, als wäre sie die Verräterin.

»Mist, Mist, Mist!«, stieß sie leise aus.

»Wie bitte?« Überrascht fuhr sie herum. Vor ihr stand Jan, der Mitbewohner von Liam, der Mathematiker. Er trug ein grellgelbes Sweatshirt, das keinen Zweifel daran ließ, dass er laufen gewesen war, und über dem Gelb leuchtete sein verlegen dreinblickendes Gesicht, rot von der Kälte.

»Da stimmt etwas nicht.«

»Keine Sorge, mit mir ist alles in Ordnung.«

»Da stimmt etwas nicht«, wiederholte er. Erst jetzt begriff Jude, dass es keine Frage war.

»Wie meinen Sie das?«

»Jude. Gott sei Dank!«, sagte plötzlich eine Stimme.

Es handelte sich um Erika, auch wenn sie hinter einem großen Arm voll Grünzeug kaum zu erkennen war.

»Hallo. Was für eine schöne Trauerfeier.«

»Das war erst der Anfang. Können Sie die hier nehmen?«

Sie hielt ihr die Äste aus der Werkstatt hin, Birkenäste, an denen noch ein paar gelbe Blätter hingen, außerdem Eukalyptus, Ilex und Zweige mit dichten Trauben orangeroter Beeren.

»Tut mir leid, ich komme nicht zum Leichenschmaus.«

»Wirklich nicht? Es sind doch nur ein paar Minuten von hier, und danach können Sie immer noch heimgehen.«

»Kann denn nicht Jan …?«

Aber Jan hatte sich schon verdrückt. Jude sah gerade noch sein gelbes Oberteil in der Dunkelheit verschwinden.

Seufzend griff sie nach dem Grünzeug, von dem ihr sofort ein scharfer, frischer Duft in die Nase stieg, und folgte der kleinen, farbenfrohen Schar von Trauernden zum Haus. Ein Stück weiter vorne sah sie Alfie auf jemandes Schultern reiten, wobei er allerdings ein wenig schlapp wirkte, wie ein kleiner Mehlsack. Als schließlich das Gebäude auftauchte, fiel ihr auf, dass die Bäume im Garten mit Lichterketten geschmückt waren.

Die Tür stand offen, und die Diele war voller Leute. Jude bahnte sich einen Weg durch das Gedränge, ihre Zweige an die Brust gedrückt.

»Wo sollen die hin?«, wandte sie sich an Doc.

»Wer weiß?«, antwortete er, während er gleichzeitig beide Hände hob und die Augenbrauen hochzog. »Fragen Sie Erika. Sie ist für die Blumen zuständig.«

»Wo ist Erika?«

»Wer weiß?«, wiederholte er mit der gleichen Geste übertriebener Hilflosigkeit.

Jude kämpfte sich in die Küche vor, wo ihr eine Wolke heißen Dampfes entgegenschlug. Am Herd stand eine Frau im
Kaftan, die gerade in einem Topf rührte.

»Möchten Sie Punsch?«, fragte sie und hob einen Schöpf-
löffel hoch.

»Nein, danke«, antwortete Jude. »Ich wollte bloß die hier
loswerden.«

»Ich glaube, die sind für den Wintergarten.«

Jude machte sich mit ihrem Grünzeug auf den Weg in den
Wintergarten. Auch dort herrschte ziemliches Gedränge, und
der ganze Raum war erfüllt von Stimmengewirr. Auf dem großen Arbeitstisch standen jede Menge Teller und Platten mit
Essen, einschließlich der Dips, die sie am Vormittag abgegeben
hatte, sowie eine bunte Mischung aus Gläsern, Bechern und
Tassen. Am hinteren Ende entdeckte sie Vin, der Flaschen öffnete und schallend lachte. Die Türen zum Garten waren offen,
und draußen zwischen dem dort verteilten Gerümpel standen
Grüppchen rauchender oder sich unterhaltender Leute.

Danny eilte nur ein paar Schritte von Jude entfernt vorbei,
schien aber weder sie noch sonst jemanden zu registrieren.
Mehrere Leute nahmen sie im Vorbeigehen am Arm und sagten ein paar Worte, doch sie verzog dabei kaum eine Miene.
Ihr rot geschminkter Mund wirkte in ihrem kalkweißen
Gesicht wie eine klaffende Wunde und ihr Blick glasig. Sie
stolperte bloß durch die Szenerie, war aber gar nicht richtig
anwesend. Jude ging durch den Kopf, dass sie wahrscheinlich
viel lieber in einem dunklen Raum läge, bis dieser Tag endlich
vorüber wäre.

Entschlossen lehnte sie die Zweige gegen eine Wand, richtete sich wieder auf und zupfte Blätter und Reisig von ihrem
Jackett. Anschließend schnappte sie sich ein Canapé, auf dem
sich Frischkäse mit irgendeiner Kräutermischung türmte, schob
sich das ganze Ding in den Mund, leckte einen Rest Frischkäse

von ihren Fingern und wandte sich zum Gehen, wäre dabei aber beinahe mit Tara und Andy zusammengestoßen.

»Hallo«, stieß sie mit vollem Mund hervor. Nach kurzem hektischem Kauen fügte sie hinzu: »Wie geht es Ihnen beiden?«

»Was glauben Sie?«, antwortete Tara, während Andy gleichzeitig sagte: »So gut, wie es die Umstände zulassen.«

»Es war eine wunderschöne Feier.«

»Ach ja, finden Sie?« Tara hob die Augenbrauen. Mit ihrem langen Rock und der taillierten Jacke sah sie aus wie eine Figur aus einem viktorianischen Kostümfilm. Ihr braunes Haar war zu einem wilden Knoten aufgetürmt, und ihre rot geränderten Augen funkelten zornig.

»Ich glaube«, antwortete Jude vorsichtig, »dass es Liam angemessen war. Die Musik, die Örtlichkeit, die Worte.«

»Andy wollte ein Gedicht vorlesen«, entgegnete Tara.

»Nicht wirklich«, widersprach Andy und trat dabei verlegen von einem Bein aufs andere. »Ich wollte nicht wirklich.«

»Aber Danny meinte, es sei nicht diese Art Feier.«

»Wenigstens hat Dermot gesprochen«, meinte Jude.

»Er war sehr nervös«, sagte Andy. »Ich bin mir nicht sicher, ob es gut angekommen ist.«

»Ich fand es gut«, antwortete Jude verlegen.

»Sie sollten mehr an Alfie denken.« Tara trat einen Schritt auf sie zu. Jude registrierte ihre verschmierte Wimperntusche, den Duft ihres Parfüms und das leichte Zucken ihrer Kiefermuskulatur. »Meinen kleinen Enkel.«

»Natürlich«, gab ihr Jude recht. Sie wollte nur noch weg.

»Liam vergötterte seinen kleinen Jungen.«

»Ja, bestimmt.«

»Aber Alfie wird sich nicht an ihn erinnern. Er wird sich nicht daran erinnern, wie sehr sein Vater ihn liebte und auf ihn aufpasste und stolz auf ihn war. Das ist schrecklich.«

»Schrecklich, ja. Aber wenigstens ist er von Menschen umgeben, die ihn lieben.«

»Tara und ich wollen ihn regelmäßig sehen«, mischte Andy sich ein. »Darum geht es.«

»Natürlich.«

»Sie werden also dafür sorgen, egal, was Danny sagt?« Tara griff nach Judes Arm und umklammerte ihn fest.

»Ich?«

»Sie sind die Vollstreckerin.«

»Das betrifft nur das Testament«, gab Jude erschrocken zurück. »Die Besitzverhältnisse. Für alles andere bin ich nicht zuständig.«

»Im Testament hat Liam geschrieben, dass ich mich um Alfie kümmern soll, falls sie beide sterben sollten. Deswegen ist es mein Recht, Zeit mit ihm zu verbringen – mein gesetzliches Recht.«

»Da kann ich nichts machen«, entgegnete Jude. »Es gehört nicht zu meinen Aufgaben. Aber Sie können Alfie doch bestimmt sehen, sooft Sie wollen. Das ist ja nicht nur gut für Sie, sondern auch für ihn.«

»Sie sind eine kleine Närrin.« Sie nahm ihre Hand von Judes Arm und verzog dabei verächtlich den Mund.

»Tara«, sagte Andy in warnendem Ton.

»Sie haben doch keine Ahnung!«, zischte Tara sie an. Ihre Augen funkelten. »Kleine, brave Frau Doktor.«

Jude wich vor ihr zurück.

»Das alles tut mir aufrichtig leid«, sagte sie. »Sprechen Sie mit Danny, klären Sie das mit ihr. Ich muss jetzt gehen.«

Wieder schob sie sich durch das Gedränge. In der Diele stieß sie auf Jan, der inzwischen sein gelbes Shirt mit einem dicken grauen Pulli vertauscht hatte. Er machte einen sehr niedergeschlagenen Eindruck.

»Hallo«, sagte sie. »Ich bin gerade am Gehen.«

»Ich möchte auch weg.«

»Bald ist es vorbei.«

»Was tun Sie eigentlich hier?«

»Ich habe nur ein paar Zweige abgegeben.«

»Das meine ich nicht.« Er runzelte die Stirn. »Warum sind Sie ständig da?«

»Sie meinen, hier im Haus?«

Er nickte.

»Wegen … nun ja, wegen der schlimmen Geschichte, die passiert ist, und vor allem wegen des Testaments.« Jude machte eine vage, ausladende Geste.

»Wenn es Ihnen hier so gut gefällt, dann …«

»Nein, so ist das nicht, ganz und gar nicht.«

»Wenn es Ihnen hier so gut gefällt«, wiederholte er stur, »dann können Sie mein Zimmer haben.«

»Wie bitte?«

»Wenn es Ihnen hier so gut gefällt, können Sie mein Zimmer haben.«

»Ich will Ihr Zimmer nicht! Ich habe selbst eine Wohnung.« Obwohl das genau genommen natürlich nicht mehr stimmte.

»Mein Zimmer ist ganz oben und ziemlich groß. Der Heizkörper ist undicht, die Wand feucht, und es ist sehr laut. Man hört lauten Sex, lautes Gestreite, Kindergeschrei und ständiges Bohren und Hämmern.«

»Klingt nicht allzu lustig.«

»Ist auch nicht lustig. Mit der Zeit dreht man durch.«

»Das kann ich mir vorstellen.«

»Hinzu kommt …« Mit ernster Miene verschränkte er die Arme. »Alle hier sind durchgedreht.«

»Mit durchgedreht meinen Sie wütend?«

»Nein. Verrückt. Gestern hat Irina mich mit einem Wischmopp geschlagen.«

»Ach!« Jude konnte sich ein kleines Lachen nicht verkneifen. Jan starrte sie enttäuscht an. »Sie wollen also ausziehen?«, fragte sie.

»Ich muss hier raus, und zwar unverzüglich.«

»Tja, das verstehe ich, aber ich will Ihr Zimmer definitiv nicht übernehmen.«

»Sie sollten auch von hier verschwinden«, erklärte Jan. »Sie gehören hier nicht her.«

»Wie gesagt, ich bin schon am Gehen.«

»Gut.«

Er nickte ihr zu und machte sich auf den Weg nach oben.

41

Jude knöpfte ihren Mantel zu. Auf dem Weg zur Tür stieß irgendetwas an ihr Bein. Als sie nach unten blickte, sah sie, dass es Alfie war, der noch einen Moment schwankend dastand und dann auf den Hintern plumpste. Er hielt einen schon recht schäbigen Plüschelefanten umklammert und starrte sie mit diesen besonderen, dunklen Augen an. Sein Mund verzog sich zu einer eckigen Form, bevor er aufschluchzte.

Jude ging neben ihm in die Knie.

»Hallo, Alfie«, sagte sie. »Wo ist denn Mummy?«

»Mummy«, wiederholte er. »Mummy.«

Jude spähte die Diele entlang, sah aber nur Fremde. Schließlich richtete sie sich wieder auf und streckte ihm die Hand entgegen.

»Lass uns Mummy suchen«, sagte sie in energischem Ton.

Alfie legte vertrauensvoll die Hand in ihre und ließ sich von ihr hochziehen. Gemeinsam kehrten sie ins Partygeschehen zurück.

»Glühwein?« Die Frau im Kaftan hielt ihr eine Emailletasse hin.

»Nein, danke«, antwortete Jude.

»Schmeckt fein und wärmt«, meinte die Frau aufmunternd.

»Also gut, aber nur einen kleinen Schluck«, sagte Jude und griff nach der Tasse. Das wärmende Getränk schmeckte nach Brandy, Wein, Muskatnuss und Nelken. Es erinnerte Jude an den Weihnachtsmarkt in Gent, den sie vor fast einem Jahr mit Nat besucht hatte. Bei dem Gedanken an Nat verkrampfte sich ihr Magen vor Zorn und Kummer. Schnell nahm sie noch einen Schluck. Dampf stieg ihr ins Gesicht.

Sie meinte, im Garten Dannys rotes Jackett schimmern zu sehen, und steuerte quer durch den Raum auf die Flügeltür zu, Alfie im Schlepptau.

»Jude«, sagte eine Stimme. Vin drückte ihr einen Kuss auf den Scheitel, lachte über ihren Gesichtsausdruck, wuschelte Alfie durchs Haar und wandte sich dann wieder seiner Gesprächspartnerin zu.

Draußen im lichtergeschmückten Garten waren Doc, Irina und ein Mann mit orangerotem Haar und einem schönen irischen Akzent damit beschäftigt, ein kleines Lagerfeuer zu entfachen. Nebenbei rauchten sie einen Joint. Die Feuerstelle befand sich ziemlich nahe am Haus, wie Jude fand. Sie sah Danny am anderen Ende des Gartens neben einer steinernen Amphore stehen, im Gespräch mit einer Frau, bei der es sich nur um ihre Schwester handeln konnte, auch wenn sie nicht auf ganz so dramatische Weise schön war.

»Da ist Mummy«, sagte Jude zu Alfie.

»Und wenn schon, ich nehme ihn«, verkündete Irina, die sich ihnen so schwungvoll zuwandte, dass ihr grüner Umhang dabei die Flamme streifte, die Doc soeben entzündet hatte.

»Danke«, sagte Jude.

Irina beugte sich hinunter, hob Alfie an ihre flache Brust und ließ ihre Haarmähne über ihn fallen. Er kuschelte sich an sie. Seine Augenlider wirkten schwer. Sogar sein Haar machte einen müden Eindruck.

»Nicht mal am Tag der Trauerfeier für seinen Daddy schafft Danny es, ihm eine gute Mutter zu sein«, bemerkte Irina in bitterem Ton.

Alfie schob den Kopf unter ihr Kinn.

»Daddy?«, wiederholte er fragend.

Irinas Augen füllten sich mit Tränen.

»Mein armer kleiner Alfie«, murmelte sie in seinen Scheitel hinein. »Wir hatten ihn beide sehr lieb, nicht wahr?«

»Was wollen Sie damit sagen?«, hakte Jude nach. »Über Danny, meine ich.«

»Sehen Sie sie sich doch an. Sie hat keine Ahnung, wo er ist. Er könnte überall sein, bei weiß Gott wem.«

»Aber Sie alle kümmern sich doch um ihn, oder nicht? Das scheint mir eine gute Art zu sein, mit einem Kind umzugehen – es an viele verschiedene Menschen zu gewöhnen.«

»Wie ein Haustier?«

»Natürlich nicht wie ein Haustier.«

»Was wissen Sie schon!«, meinte Irina. »Sie kümmern sich nur um alte Leute und haben Affären mit den Männern anderer Frauen.«

»Das ist eine Lüge, noch dazu eine infame!«

»Ach!« Irinas Augenbrauen schossen hoch. »Sie sind ja wütend«, stellte sie fest.

»Klar bin ich wütend. Und Sie sind erschüttert wegen Liam, aber das ist kein Grund, so beleidigend und grob zu werden – und obendrein auch noch zu lügen!«

»Recht so!« Irina nickte mehrere Male aufmunternd. »Lassen Sie es raus!«

»Ich gehe jetzt. Ich hätte gar nicht erst herkommen sollen.«

»Sie sollten noch nicht gehen. Wir wollen alle noch auf Liam anstoßen, und dann gibt es wieder Musik.«

»Ich glaube, der Saum Ihres Umhangs fängt gerade Feuer.«

»Mir doch egal.« Irina lachte unbekümmert. »Soll er ruhig brennen!«

»Vielleicht wäre es doch besser, Sie würden die Flamme austreten.«

Seufzend übergab Irina Alfie in Judes Arme, wo er wie ein warmer Mehlsack hing, löste das Band ihres Umhangs, ließ ihn zu Boden gleiten und sprang dann darauf herum.

»So!«, meinte sie schließlich.

Judes Augenlider brannten vor Müdigkeit, und mit einem flauen Gefühl im Magen registrierte sie das erste Zucken einer auf der Lauer liegenden Migräne. Schlagartig verpuffte ihre Wut.

»Und Liam?«, fragte sie. »War er ein guter Vater?«

»Liam«, antwortete Irina mit Nachdruck, »war absolut unglaublich!«

»Wirklich?«

»Er hat fast alles für Alfie getan.«

»Aber es ist doch gut, wenn Väter das tun, oder nicht?«

»Hmm … Ich glaube, Danny fehlt jeglicher Mutterinstinkt«, entgegnete Irina.

»Nicht alle Frauen haben sogenannte Mutterinstinkte, aber das bedeutet ja nicht, dass sie schlechte Mütter sind. Es bedeutet nur …«

»Ja, klar«, unterbrach Irina sie in sarkastischem Ton, hob ihren Umhang auf und rauschte ab ins Haus. Jude hielt immer noch Alfie im Arm.

»Wollen Sie mal ziehen?«, fragte Doc und hielt ihr quer über das kleine Feuer einen Joint hin.

»Nein, danke«, antwortete Jude. »Ich bin gleich weg.«

42

Da Danny und ihre Schwester noch immer ins Gespräch vertieft waren, trug Jude den inzwischen fest eingeschlafenen Alfie zurück ins Haus.

»Können Sie ihn nehmen?«, wandte sie sich an Tara. »Ich muss wirklich gehen.«

»Natürlich.«

Tara streckte die Arme aus. Vorsichtig übergab ihr Jude den schlafenden Jungen. Unter leisem Gemurmel zog Tara ihn eng an sich. Dabei wirkte ihr Gesichtsausdruck derart zärtlich, dass Jude sich vor Rührung abwenden musste.

Ein weiteres Mal bahnte sie sich einen Weg hinaus in die Diele, wo sie auf Dermot stieß, der dort mit einer Bierflasche in der Hand auf der Treppe saß, den Kopf gegen die Wand gelehnt.

»Auf Wiedersehen«, sagte sie zu ihm. »Viel Glück mit allem.«

Er starrte sie einen Moment benommen an.

»Meine Mitvollstreckerin«, meinte er dann mit einem etwas dümmlichen Grinsen.

»Ich gehe nach Hause.«

»Nach Hause«, wiederholte er, als handelte es sich dabei um ein ihm unbekanntes Fremdwort.

»Ja. Passen Sie auf sich auf, Dermot.«

Er setzte sich gerade hin und rieb sich mit der Faust die Augen.

»Haben Sie ihn geliebt?«, fragte er.

»Liam, meinen Sie?«

«Ja. Alle anderen haben ihn geliebt. Sie auch?«

Jude hatte es gründlich satt, dass die Leute sie ständig nach ihrer Beziehung zu Liam fragten, ihre Antwort jedoch ignorierten.

»Ich war achtzehn«, antwortete sie kurz angebunden. »Damals war ich in ihn verliebt. Das ist elf Jahre her, eine Ewigkeit. Seitdem habe ich ihn nicht mehr gesehen und auch nicht mehr geliebt.«

»Die Einzige, die davongekommen ist«, verkündete Dermot. Dann hickste er heftig.

»Und Sie?«

»Ob ich meinen Bruder geliebt habe? Ja, Jude, ich habe meinen Bruder geliebt. Ich bin immer hinter ihm hergedackelt wie ein kleiner Welpe. Manchmal verscheuchte er mich, aber oft durfte ich mit ihm und seinen Kumpels rumhängen, alles Mögliche anstellen.« Er rieb sich wieder die Augen. »Er war so cool.«

»Hatten Sie beide immer noch ein enges Verhältnis?«

Dermot nahm einen Schluck von seinem Bier.

»Er hat mir immer mehr bedeutet als ich ihm, und Mum bedeutete er auch immer mehr als ich, was sich manchmal ziemlich scheiße anfühlte, aber er war mein Bruder – mein einziger Bruder. Was soll ich sagen? Er ist tot. Er wird von jetzt an immer tot sein. Den Rest meines Lebens werde ich einen toten Bruder haben.« Nach einem weiteren Schluck Bier fügte er hinzu: »Einen ermordeten Bruder.«

»Also haben ihn nicht alle geliebt.«

»Was?«

Während sie sich neben ihm auf der Treppe niederließ, wurde ihr plötzlich so richtig bewusst, wie müde sie war. »Sie sagten vorhin, alle hätten ihn geliebt. Aber das stimmt nicht. Nicht alle. Jemand hasste ihn genug, um ihn zu töten.«

Hinter ihnen setzte Musik ein. Ein Bass dröhnte durchs Haus.

»Ist Liebe nicht ein bisschen wie Hass?«, entgegnete Dermot. »Das wird doch immer behauptet.«

Jude schauderte ein wenig. Sie musste endlich raus aus diesem Haus.

Eine Stimme – die von Vin – schallte aus dem Wintergarten. »Füllt alle eure Gläser. Zeit für einen Trinkspruch!«

»Wir sollten reingehen und auf ihn anstoßen«, meinte Dermot, während er sich leicht schwankend erhob. Sein Anzug sah inzwischen ziemlich zerknautscht aus. »Kommen Sie.«

Und Jude folgte ihm.

43

Jude fand sich in dichtem Gedränge wieder, direkt vor dem Wintergarten. Sie konnte Vin hören, aber nicht sehen.

»Haben alles etwas zu trinken?«, fragte er. Es folgte zustimmendes Gemurmel. »Könnt ihr mich alle hören?«

»Das ist eine blöde Frage«, bemerkte ein Mann neben Jude. »Wenn man ihn nicht hört, hört man auch die Frage nicht.«

»Ich habe nicht vor, eine Rede zu halten«, fuhr Vin fort. »Der traurige Teil liegt schon hinter uns. Wir haben um Liam getrauert. Wir haben alle Tränen vergossen. Aber das hätte Liam gar nicht gewollt. Er hätte sich von uns gewünscht, dass wir eine richtig schöne Party feiern. Dass wir ein bisschen trinken oder auch ein bisschen mehr, und dann schön tanzen und uns an die guten Zeiten erinnern, die wir miteinander hatten. Also auf Liam und die guten Zeiten!«

Wieder gab es Gemurmel, gefolgt von Gläserklirren.

Eine gute Gelegenheit zu gehen. Jude schob sich durch das Gedränge in Richtung Ausgang, ohne ein bekanntes Gesicht zu entdecken, doch kurz bevor sie die Tür erreichte, hörte sie jemanden ihren Namen rufen. Es war Vin. Sie nuschelte irgendeine Erklärung, warum sie dringend gehen müsse.

»Das verstehe ich«, antwortete er. »Aber könnten wir vorher noch kurz reden?« Er ließ sie nicht aus den Augen, registrierte ihr Zögern und lächelte. »Es dauert nur eine Minute. Kommen Sie, ich zeige Ihnen etwas. Ich bin gerade auf dem Weg in den Keller, Wein holen.«

Er nahm sie am Arm und führte sie die Diele entlang. Mit der anderen Hand griff er sich zwei saubere Weingläser von einem Tisch, schob eine kleine Holztür auf, die sich unter der Treppe befand, betätigte einen Lichtschalter und forderte Jude dann mit einer Handbewegung auf vorauszugehen. Hölzerne Stufen führten nach unten. Jude registrierte eine unverputzte Ziegelwand. Sofort stieg ihr ein modriger, feuchter Geruch in die Nase. Vin folgte ihr. Als er die Tür hinter sich zuzog, war der Partylärm nur noch gedämpft zu hören.

Am Fuß der Treppe angekommen, ließ Jude den Blick schweifen. Das schwache Licht beleuchtete nur Teile des Raums, die Ecken lagen im Schatten. Es handelte sich um einen Keller, der sich unter der vorderen Hälfte des Hauses befand. Der Boden war gepflastert. Als Jude den Kopf hob, sah sie über sich Balken und Bretter. Sie hörte das Holz unter den Schritten der Partygäste ächzen.

Rundherum entdeckte sie allerlei Gerümpel: Klappstühle, einen rostigen Grill, eine nicht angeschlossene Waschmaschine, Umzugskisten, Werkzeuge und etliche andere Gegenstände, die sie nicht genau identifizieren konnte. Vin öffnete gerade einen Pappkarton und zog eine Flasche Rotwein heraus.

»Die Party braucht Nachschub«, erklärte er. »Ich dachte mir, wir könnten vorher eine kleine Weinprobe machen.« Mit diesen Worten schraubte er den Verschluss ab und goss Rotwein in beide Gläser. Nachdem er Jude eines davon gereicht hatte, stieß er mit ihr an und nahm einen Schluck.

»Vor hundert Jahren wäre dieser Keller voller Kohlen gewesen. Sie wären von einem Pferdekarren angeliefert und durch ein Loch am Ende des Gartenwegs gekippt worden.« Er ließ den Blick schweifen. »Liam und ich sprachen darüber, etwas daraus zu machen. Liam meinte, es könnte eine Art Studio werden. Nun wird es ein Projekt für die neuen Eigentümer, wer auch immer sie sein mögen.« Er sah Jude an. »Sie widersprechen mir nicht. Sie sagen nicht, ach nein, bestimmt kann Danny das Haus behalten.«

»Das steht mir nicht zu. Wahrscheinlich gibt es durchaus eine Möglichkeit, das Haus zu behalten, wenn sie das wirklich möchte.« Vin musterte sie so eindringlich, dass sie unter seinem Blick ganz verlegen wurde. »Was?«, fragte sie.

Er lächelte.

»Sie sind eine geheimnisvolle Frau«, sagte er dann. »Ein Objekt der Faszination.«

Jude nahm einen Schluck Wein und musste husten.

»Das bin ich ganz und gar nicht.«

»Ständig fragen mich die Leute: Wer ist diese Frau eigentlich? Was hat sie hier zu suchen? Und ich weiß nicht, was ich ihnen antworten soll.«

»Sie klingen wie die Beamtin von der Kripo.«

Verblüfft starrte er sie an.

»Wieso? Warum sollte ich wie jemand von der Kripo klingen?«

»Weil mir diese Beamtin auch immer solche Fragen stellt und von mir wissen will, inwiefern ich in diese ganze Sache verwickelt bin.«

»Und was sagen Sie dann?«

»Dass ich überhaupt nicht darin verwickelt bin.«

Vin lachte, allerdings nicht unfreundlich. »Für eine Person, die nicht darin verwickelt ist, sind Sie definitiv viel hier.«

»Dabei wollte ich gar nicht zu diesem Leichenschmaus. Erika bat mich, ihr zu helfen, das Grünzeug zurück ins Haus zu bringen, und eigentlich wäre ich längst wieder weg, aber jedes Mal, wenn ich im Begriff bin zu gehen, dann …«

»Hält Sie jemand auf, beispielsweise, indem er Sie hinunter in den Keller lockt.«

»Ja, zum Beispiel.«

»Sie müssen sich für Ihr Hiersein nicht entschuldigen. Wahrscheinlich bin ich bloß neugierig, was Sie von uns allen denken.«

»Das ist eine große Frage.«

»Heute ist der Tag unserer Trauerfeier für unseren Freund«, entgegnete Vin. »Es ist ein Tag für große Fragen.«

»Haben Sie mich deswegen hier heruntergelotst?«

»Solche Gespräche führt man besser im Halbdunkeln.«

Jude zögerte. Sie spielte mit dem Gedanken, irgendetwas Banales, Bedeutungsloses von sich zu geben und dann wieder nach oben zu gehen, hinauf ins Licht, wo die Musik spielte, und endlich aus dem Haus zu verschwinden, aber plötzlich stieg ein unerwartetes Gefühl von Kühnheit in ihr auf. Deswegen antwortete sie ihm ehrlich.

»Als ich zum ersten Mal ins Haus kam, spürte ich etwas, das ich vorher eigentlich noch nie so empfunden hatte. Es war die Art, wie ihr hier alle miteinander lebt und kreativ seid. Ich habe selbst auch schon mit mehreren Leuten zusammengewohnt, aber das war nie ganz so wie hier, wo ihr miteinander Dinge herstellt, Bilder malt und alles Mögliche andere zusammen macht. Es fühlte sich … irgendwie wunderbar an. Wirklich wie ein Wunder.«

Wieder lächelte Vin. Er hatte weiße, ebenmäßige Zähne. »Sie sagten vorhin, das sei Ihr Eindruck gewesen, als Sie ›zum ersten Mal ins Haus‹ kamen. Empfinden Sie das immer noch so?«

Jude nahm einen Schluck von ihrem Wein und dachte, dass sie besser etwas essen sollte, bevor sie ging. Ihr war vom Alkohol schon leicht schummrig.

»Offensichtlich wird alles viel komplizierter, sobald man die Leute besser kennenlernt.«

»Wie meinen Sie das? Wenn man sie besser kennenlernt? Kennen Sie uns inzwischen denn besser?«

»Nicht wirklich. Aber ich weiß zumindest, dass es in diesem Haus Spannungen und Konflikte gibt.«

»Wie zum Beispiel?«

Jude trank einen weiteren Schluck Rotwein.

»Das passiert mit jeder Gruppe, und selbst eure Wohngemeinschaft entpuppt sich am Ende als doch nicht ganz so wundervoll«, erklärte sie, wobei sie nur am Rande registrierte, dass ihre Worte fast beleidigend klangen. »Zum Beispiel hat Jan mir erzählt, dass er auszieht.«

Er runzelte die Stirn. »Davon weiß ich gar nichts. Warum? Was hat er gesagt?«

»Ich glaube, er braucht etwas Ruhigeres. Aber ihr solltet das mit ihm selbst besprechen.«

»Er hätte mit uns reden sollen«, entgegnete Vin. »Wir hätten eine Lösung finden können.«

»Das glaube ich nicht.« Sie hörte sich ein Lachen ausstoßen. »Er hält euch alle für verrückt.«

»Ach, tatsächlich?«

Sie ermahnte sich selbst, endlich den Mund zu halten.

»Außerdem ist er der Meinung, dass mit diesem Haus etwas nicht stimmt«, fügte sie hinzu.

»Finden Sie das auch?«

Aber Jude wollte nichts mehr dazu sagen.

»Soll ich ein paar von diesen Flaschen tragen?«, wechselte sie das Thema.

»Fortsetzung folgt«, antwortete Vin.

»Was meinen Sie damit?«

Er nahm zwei Flaschen aus dem Karton und reichte sie ihr. Verlegen griff sie danach.

»Dieses Gespräch.«

Jude war sich gar nicht sicher, ob sie eine Fortsetzung dieses Gesprächs wünschte. Sie war froh, dank der Flaschen einen Grund zu haben, nach oben zurückzukehren.

44

Wieder im Erdgeschoss angekommen, stellte Jude die Flaschen auf einem Regal in der Diele ab. Sie würde jetzt etwas essen, um dem Alkohol entgegenzuwirken, den sie nie hatte trinken wollen, und dann endlich aufbrechen. Sie hätte gleich wieder gehen, nein, sie hätte gar nicht erst herkommen sollen.

Sie bahnte sich einen Weg in die Küche, wo auf sämtlichen Flächen Teller und Schüsseln mit Essen standen. Jude nahm sich einen Pappteller und belud ihn mit Hummus, Auberginenreis, verschiedenen Salaten und mehreren Scheiben Brot. Das würde den Wein aufsaugen. Sie ging damit hinaus in den Garten, wobei sie jeden Seitenblick nach rechts oder links tunlichst vermied. Das Ergebnis war, dass sie mit jemandem zusammenstieß, zu einer Entschuldigung ansetzte mit der Absicht, schnell weiterzueilen, dann aber merkte, dass es Erika war.

Sie entschuldigte sich, sagte Hallo und war bereits im Begriff, an ihr vorbeizugehen, als sie einen Blick in ihr Gesicht warf.

»Geht es Ihnen nicht gut?«

Erika schüttelte nur den Kopf. Jude sah, dass sie Tränen in den Augen hatte und kein Wort herausbrachte. Schniefend holte sie mehrmals hintereinander tief Luft.

»Warten Sie«, stieß sie schließlich hervor, »gehen Sie nicht weg!«

Verlegen blieb Jude stehen, während Erika zurück ins Haus stürmte. Eine Minute später tauchte sie wieder auf, mit einer Flasche Wein und zwei Gläsern.

»Kommen Sie hier rüber«, sagte sie und führte Jude zu

der Seite, wo der Garten von einer niedrigen Mauer begrenzt wurde. Mit einigem Bedauern stellte Jude den Teller mit ihrem Essen auf der Mauer ab. Sie empfand inzwischen richtigen Heißhunger.

»Ich dachte, Sie wären womöglich schon gegangen.«

»Ich habe mir erst noch etwas zu essen geholt.« Jude deutete auf ihren Teller. »Danach breche ich auf. Eigentlich weiß ich gar nicht, warum ich noch hier bin. Es ist, als würde mich dieses Haus nicht loslassen.«

»Ich bin froh, dass Sie noch da sind. Ich wollte schon die ganze Zeit mit Ihnen reden«, erklärte Erika. »Ich glaube, wir haben uns noch gar nicht richtig unterhalten.«

Jude murmelte, was für ein emotionaler Tag das doch für alle sei.

»Sie kannten Liam länger als wir alle«, stellte Erika fest. »Schon als Teenager.«

»Wobei wir uns natürlich aus den Augen verloren hatten.«

»Aber in Ihrer Jugend waren Sie beide ein Paar.«

Jude stöhnte.

»War er Ihr Erster?«

Jude war vollkommen verblüfft über die Direktheit der Frage. Da blieb wohl kein Spielraum für irgendeine vage Antwort.

»Darüber möchte ich nicht sprechen«, sagte sie.

Das klang schroff, was Erika aber nichts auszumachen schien. Sie füllte ihr Glas mit Wein und nahm einen großen Schluck.

»Ich weiß noch, wie intensiv solche Teenagerbeziehungen sind«, meinte sie. »Manchmal frage ich mich, ob man je wieder so starke Gefühle hat wie mit sechzehn, siebzehn.«

»Wir waren nur kurz zusammen.«

»Das spielt keine Rolle. Nach all den Jahren sind immer noch Sie diejenige, an die er denkt. Sie sind die Frau, an die er sich wendet.«

»Ich weiß selbst nicht so recht, warum er das getan hat.«

Erika blickte sich suchend um. »Mein Gott, ich könnte eine Zigarette gebrauchen. Eigentlich habe ich längst zu rauchen aufgehört, aber in solchen Situationen fehlt es mir richtig. Soll ich reingehen und ein paar für uns schnorren?«

»Ich rauche nicht.«

Erika lächelte wissend. »Stimmt, Sie sind ja Ärztin.«

»Ehrlich gesagt rauchen ziemlich viele von den Kollegen und Kolleginnen, mit denen ich befreundet bin«, erwiderte Jude. »Und dasselbe gilt für die Krankenschwestern und Pfleger in meinem Freundeskreis.«

»Aber nicht für Sie. Sie sind vernünftig.«

Jude war nicht sicher, ob es ihr gefiel, als vernünftig charakterisiert zu werden. Erika nahm einen weiteren großen Schluck von ihrem Wein. Sie machte bereits einen angetrunkenen Eindruck, dabei hatte die Party gerade erst begonnen.

»Jedenfalls bin ich sehr froh, dass Sie da sind«, erklärte sie mit einer Inbrunst, die Jude irritierend fand. »Es freut mich richtig, dass Sie nun zu unserem Haushalt gehören«, fuhr Erika fort. »Es ist eine so seltsame, schwierige Zeit. Ich habe das Gefühl, dass Sie eine Frau sind, mit der ich reden kann. Sie sind Ärztin. Da sind Sie es bestimmt gewohnt, dass die Leute das Gefühl haben, Ihnen Sachen sagen zu können, die sie anderen nicht anvertrauen wollen.«

Jude war es in der Tat gewohnt, dass wildfremde Menschen, die herausfanden, dass sie Ärztin war, plötzlich um eine Schnelldiagnose zu einem Schmerz in ihrem Rücken oder einem Knoten an ihrem Hals baten. Müde wartete sie auf den Bericht über Erikas intime Symptome.

»Wir haben etwas gemeinsam«, begann Erika leise und blickte sich dabei um, als wollte sie sehen, ob jemand ihr Gespräch belauschte.

»Was denn?«

»Liegt das nicht auf der Hand?«

Jude runzelte die Stirn. War das jetzt ein Quiz? Wurde von ihr erwartet, dass sie anfing zu raten?

»Liam«, sagte Erika.

»Ach.«

Jude stellte fest, dass ihre erste Reaktion Überraschung war. Sie hätte gedacht, falls Liam mit einer Frau aus dem Haus eine Affäre hatte, dann bestimmt mit der extravaganten, theatralischen Irina, die so voller eigenwilliger Energie steckte. Bei ihrer ersten Begegnung mit Erika hatte sie diese als eher praktisch veranlagtes, phlegmatisches Mitglied des Haushalts eingestuft. Trotzdem war es Erika gewesen, die Liam in jener Nacht angerufen hatte, als Jude sich mit Liams Telefon in dem Cottage in Norfolk aufhielt.

»Ja, genau.« Erika nahm einen weiteren großen Schluck Wein, als müsste sie damit ihren Durst stillen. »Ich konnte mit niemandem darüber reden – noch nie.« Sie sah Jude direkt ins Gesicht und schüttelte den Kopf. »Und nein«, fügte sie hinzu, als würde sie auf eine unausgesprochene Frage von Jude antworten, »ich habe es Doc nicht erzählt.«

Jude wusste nicht, wie sie reagieren sollte.

»Mir ist klar, was Sie nun denken«, meinte Erika.

Wohl kaum, dachte Jude.

»Wie konnten wir das in einem Haus geheim halten, wo jeder alles über jeden weiß? Danny hatte eine schwierige Geburt. Sie blieb über eine Woche im Krankenhaus. Doc war ebenfalls ein paar Tage nicht da. Ich war allein – und Liam verletzlich und angeschlagen. Es fühlte sich nicht falsch an. Auch nicht wie Untreue. Wir waren einfach zwei Menschen, die sich gegenseitig trösteten.«

Jude hätte beinahe laut geschnaubt. Sie schenkte sich ein bisschen Wein ein und trank einen Schluck, um ihren Schock und ihren Abscheu zu kaschieren.

»Ich weiß, was Sie fragen wollen«, fuhr Erika fort. »Wenn es sich nicht falsch anfühlte, warum war es dann so ein großes Geheimnis? Warum erzählten wir es weder Doc noch Danny?«

»Glauben Sie nicht, die beiden hätten Verständnis dafür gehabt? Dafür, dass Sie sich nur gegenseitig trösteten?«, gab Jude zurück.

Erika schien ihren Zorn und Sarkasmus nicht zu registrieren.

»Ehrlich gesagt war das nicht so einfach. Es fing zwar so an, wurde dann aber zu einer Art Sucht. Als Danny und Alfie aus dem Krankenhaus heimkamen, hörte es natürlich auf, aber trotzdem war da noch irgendetwas zwischen uns. Wir wussten es beide. Manchmal ergab sich dann rein zufällig eine Gelegenheit, und wir konnten nicht widerstehen.«

Sie stellte ihr Glas auf der Mauer ab, und ehe Jude eine Chance hatte, die Flucht zu ergreifen, trat Erika vor, um sie zu umarmen. Jude spürte die warme Alkoholfahne der Frau an ihrer Wange, das Kitzeln ihrer strohigen blonden Haare. Steif ertrug sie Erikas Umarmung, mit ausgestreckter Hand, um ihren Wein nicht zu verschütten. Sie wollte die Umarmung nicht erwidern. Vor ihrem geistigen Auge sah sie Danny mit ihrem neugeborenen Baby im Krankenhaus. War sich Liam da nicht wie ein richtiger Mistkerl vorgekommen? Hatte Erika kein schlechtes Gewissen gehabt? Anscheinend nicht.

Was für ein Haushalt, dachte sie. Alle hatten ihre Geheimnisse, alle hintergingen einander.

45

Jude ließ Erika einfach stehen und steuerte aufs Haus zu. Sie fühlte sich schmutzig und wollte nur noch weg, so schnell wie möglich in die Wohnung, ihre Sachen ausziehen und duschen – und nie, nie wieder herkommen. Es war ein schlimmer Ort, ein Ort, wo alles passieren konnte. Es gab hier keine Regeln und keine Grenzen. Und keine Güte, dachte sie. Es war ein wilder Ort.

Musik pulsierte durch das Gebäude, ein tiefer Bass. Es herrschte Schummerlicht, jemand hatte Kerzen angezündet und in die obersten Regalfächer gestellt, sodass sie flackernde Schatten warfen. Ein paar Leute tanzten. Jemand reichte Jude ein weiteres Glas Wein, und sie trank daraus, ohne nachzudenken. Sie fühlte sich seltsam schlaff, als lösten sich ihre Knochen auf. Obwohl ihr durch den Kopf ging, dass sie nichts mehr trinken sollte, hob sie erneut das Glas an die Lippen.

»Du glaubst, du hast gewonnen.«

Eine Frauenstimme schnitt laut und deutlich durch die Musik und das Stimmengewirr. Die umstehenden Leute verstummten.

»Du glaubst, du kannst uns Alfie einfach wegnehmen, ohne dass wir etwas gegen dich unternehmen.«

Es war Tara, die den kleinen Jungen an sich drückte und Danny gegenüberstand. Ihre Gesichtszüge wirkten verzerrt, ihre Augen wie dunkle Steine.

»Komm, Liebes.« Andy legte seine große Hand auf ihren sehnigen Arm.

»Ja, Zeit für dich zu gehen, schätze ich«, meinte Danny, die

Liams Mutter dabei freundlich anlächelte. »Wahrscheinlich brauchst du einfach ein paar Stunden Schlaf.«

»Du gemeines, heuchlerisches Miststück!«

Alfie rührte sich, schlug die Augen auf, blickte sich verwirrt um.

»Gib mir meinen Sohn.« Danny streckte die Arme aus. Mit kehliger Stimme gurrte sie: »Komm zu Mummy, Alfie!«

»Ich habe von Anfang an gesagt, dass Liam zu gut für dich war«, erklärte Tara.

»Er hat sich immer darüber amüsiert, dass du nicht loslassen konntest.« Dannys Ton blieb freundlich. Es schien ihr nichts auszumachen, dass alle Blicke auf sie gerichtet waren. Vielleicht genoss sie es sogar. »Manche Mütter sind einfach Glucken, was?« An Alfie gewandt, fügte sie hinzu: »Ich werde nicht so zu dir sein, das verspreche ich dir.« Sie legte ihre langen, schwer beringten Finger auf seine weiche Locken. Verträumt blickte er zu ihr hoch.

»Du bist eine böse Frau«, verkündete Tara mit zitternder Stimme.

»Tja, mag sein.«

Danny streckte die Hände nach ihrem Sohn aus und entwand ihn Taras Griff, die versuchte, ihn festzuhalten. Jude schloss einen Moment bekümmert die Augen. Alfie begann zu weinen.

»Ist schon gut«, gurrte Danny. »Alles ist gut. Mummy ist hier.« Über Alfies Kopf hinweg betrachtete sie Tara.

»Er hat dich nicht geliebt«, erklärte Tara. »Er ist nur wegen Alfie geblieben.«

»Mein Schatz«, sagte Danny zu Alfie, allem Anschein nach ungerührt, obwohl ihre Augen in ihrem bleichen Gesicht verdächtig glitzerten.

»Er hat dich gehasst.«

»Bitte, Tara!« Andy zupfte an ihrem Arm.

»Mum«, mischte Dermot sich ein. Er machte einen aufgelösten Eindruck. Auf seinem Hemd prangte ein Fleck. »Das reicht jetzt. Alle hören zu.«

Tara fuhr herum.

»Bin ich dir peinlich? Ja? Bin ich das? Liam wäre ich nicht peinlich gewesen. Er hätte mich angefeuert.«

»Dir wäre es lieber gewesen, ich wäre gestorben und nicht er«, stellte Dermot in bitterem Ton fest.

»Das stimmt nicht«, warf Andy hilflos ein.

»Wirklich nicht? Mum?«

Plötzlich klang er wie ein kleiner Junge, der um Liebe bettelte.

»Was?«

»Hab ich nicht recht?«

»Das ist die Trauerfeier für Liam!«, rief Tara. »Liam! Meinen Jungen! Er ist tot. Ermordet. Und du stehst hier und jammerst wie ein Kind, bettelst um mein Mitleid.«

»Also stimmt es?«

»Geh weg. Ich kann es nicht ertragen, wenn du mich so ansiehst.«

»Nein. Du gehst!«, widersprach Danny mit ihrer tiefen Stimme. Sie legte Dermot eine Hand auf die Schulter. »Du gehst, Tara. Bring sie nach Hause, Andy.«

Mit einem dumpfen Nicken legte Andy den Arm um seine Frau. Einen Moment stand sie wie erstarrt da, dann schwankte sie und ließ sich an seine Schulter sinken. Ihr Gesicht legte sich in Kummerfalten. Andy führte sie hinaus. Jude konnte sie draußen in der Diele schluchzen hören.

»So«, sagte Danny, »schon besser. Geht es dir gut, Dermot?«

»Ich weiß nicht.« Dermot wirkte benommen. »Geht es mir gut?«

In dem Moment fiel Dannys Blick auf Jude. Sie lächelte, doch ihre Augen blieben dabei ernst. »Sie müssen entschuldi gen. In einem Punkt hatte sie allerdings recht, Liam hätte diese kleine Szene wahrscheinlich genossen. Er liebte Streitigkeiten in aller Öffentlichkeit. Ach, könnten Sie Alfie ein paar Minuten nehmen? Da ist jemand, mit dem ich sprechen muss.«

Ohne eine Antwort abzuwarten, legte sie Alfies warmen Körper in Judes Arme – und weg war sie, verschluckt vom Getümmel der Tänzer.

46

Jude wusste nicht recht, was sie tun sollte. Auf jeden Fall musste Alfie in sein Bett, er war sichtlich erschöpft. Als sie sich suchend umblickte, sah sie Doc mit grimmiger Miene auf sie zusteuern.

»Was haben Sie zu Erika gesagt?« Seine Aussprache klang leicht undeutlich.

»Ich?«

»Sie ist vollkommen durcheinander.«

»Tja, es ist eine Trauerfeier.«

»Worüber hat sie mit Ihnen gesprochen?«

»Fragen Sie sie doch selbst«, gab Jude zurück. »Ich glaube, jemand sollte schnellstmöglich Alfie ins Bett bringen.«

»Sie spielen ein gefährliches Spiel, das ist Ihnen hoffentlich klar.«

»Ich spiele überhaupt kein Spiel.«

»Wirklich nicht?«

Ohne Vorwarnung streckte Doc eine Hand aus und legte sie flach auf ihre Brust.

Jude wich erschrocken einen Schritt zurück. Hinter sich hörte sie ein Glas fallen und zu Bruch gehen.

»Ich warne Sie! Verziehen Sie sich, Doc!«

»Ich lebe hier, haben Sie das vergessen? *Sie* verziehen sich.«

»Keine Sorge, das mache ich. Ich verziehe mich und komme nie wieder, aber vorher muss jemand Alfie übernehmen.«

»Na, dann viel Glück«, meinte er, machte auf dem Absatz kehrt und entschwand in Richtung Küche.

Alfie wand sich leise wimmernd in ihren Armen.

»Mist«, sagte Jude leise.

Etliche Leute tanzten, wiegten sich in dem schummrigen Licht. Draußen brannte das Lagerfeuer fröhlich vor sich hin. Jude konnte im Garten Gestalten ausmachen, die mit einer Art trunkener Euphorie Gegenstände hineinwarfen. Sie meinte, Irina unter ihnen zu erkennen. Als sie daraufhin die Tür zum Garten aufschob, stellte sie fest, dass es sich tatsächlich um Irina handelte. Sie hatte ihren angekokelten grünen Umhang ausgezogen und stand nun in einem eng anliegenden silbrigen Kleid da, in dem sie aussah wie eine Meerjungfrau. Sie hielt den Steg einer Gitarre umklammert. Jude sah sie das Instrument in die Höhe schwingen, bereit, es in die Flammen zu werfen.

»Halt!«

Irina drehte sich um. »Was ist?«

»Wollen Sie die verbrennen?«

»Und wenn?«

»Ist das die Gitarre, die Liam Ihnen hinterlassen hat?«

»Und wenn schon?«

Von der anderen Seite des Feuers warf ein Mann einen Korbstuhl mit Sprossenlehne ins Feuer. Die Flammen loderten kurz auf, sodass Jude in ihrem Licht Gesichter sah, deren Augen alle auf sie gerichtet waren. Eines dieser Gesichter kam ihr bekannt vor – ein Mann mittleren Alters mit Knollennase und kleinen Augen –, aber sie konnte nicht sagen, woher.

»Er hat mich nie geliebt!«, verkündete Irina.

»Ich bin mir sicher, dass das nicht stimmt.«

Jude schwirrte vor Müdigkeit der Kopf. Die Leute um sie herum verschwammen vor ihren Augen, nahmen wieder Konturen an, verschwammen erneut. Hinter ihr wurde die Musik immer lauter und hämmernder.

»Nie, nie, nie! Mein dunkler Stern!«

»An Ihrer Stelle würde ich die Gitarre trotzdem nicht verbrennen. Morgen früh werden Sie es bestimmt bereuen.«

Irina stieß ein schrilles Lachen aus. »Morgens bereue ich immer alles. Aber dann kommt ja wieder ein neuer Abend.«

Ein zweiter Stuhl segelte durch die Luft und landete in den Flammen. Funken stoben hoch, und gleich darauf war ein zischendes Geräusch zu hören, als das Korbgeflecht Feuer fing.

In der plötzlichen Helligkeit erblickte Jude wieder das Gesicht des Mannes, hörte ihn lachen. Schlagartig erkannte sie ihn.

»Ist das nicht …?«

»Er hätte lieber mich nehmen sollen!«, lamentierte Irina.

»Sie meinen …«

»Er und Danny – puh!« Sie unterstrich ihre Worte mit einer heftigen Geste, indem sie mit der Handkante quer über ihre Kehle fuhr. »Aber mich hat er gedemütigt.«

»Das verstehe ich jetzt nicht.«

»Ich auch nicht«, antwortete Irina. »Ich auch nicht!«

»Können Sie bitte Alfie ins Bett bringen? Ich muss nach Hause.«

Als sie das sagte, musste Jude plötzlich ein Schluchzen unterdrücken. Sie hatte kein Zuhause mehr. Keine Arbeit, keine Liebe, keinen sicheren Zufluchtsort.

»Klar!«

Irina streckte beide Arme aus, obwohl sie mit der einen Hand noch immer die Gitarre hielt. Während sie in dieser Pose am Rand des Feuers stand, wirbelten hinter ihr Funken hoch. Sie wirkte völlig außer sich.

Jude zögerte. Ihr Blick wanderte von der wilden Frau am Feuer zu dem kleinen Jungen in ihren Armen.

»Lassen Sie es gut sein«, sagte sie. »Ich bringe ihn selber rein.«

»Wir sind uns schon begegnet«, sagte sie zu dem Mann mit der Knollennase und dem gewellten grauen Haar. Er trug ein geblümtes Hemd, und sein Gesicht leuchtete im Schein des Feuers rötlich.

Offenbar konnte er sie nur schemenhaft sehen, denn er kniff angestrengt die Augen zusammen.

»Sie sind die Testamentsvollstreckerin.«

Jude brauchte ihrerseits einen Moment, bis sie den Namen zum Gesicht parat hatte, insbesondere, weil es nicht an diesen Ort zu gehören schien, nicht in diesen Kontext. Dann fiel ihr der Name wieder ein. Anthony Leary.

»Was tun Sie hier?«

»Ich bin hier, um ihm die letzte Ehre zu erweisen. Warum auch nicht?«

»Ich dachte, Sie konnten ihn nicht ausstehen, und er Sie ebenso wenig.«

»So würde ich es nicht ausdrücken.« Er lachte verlegen. »Als Vin mich einlud, dachte ich, gut, lasst es uns abhaken, einen Schlussstrich unter die Sache ziehen.«

»Vin hat Sie eingeladen?«

»Ja. Warum nicht?«

»Weil es seltsam ist, zum Leichenschmaus eines Mannes zu erscheinen, mit dem man zerstritten war und dessen Rechnungen man nicht zahlen wollte? Weil Sie Liams Feind waren und nicht sein Freund? Also wie können Sie einen Fuß in das Haus der Leute setzen, die um ihn trauern?«

Leary lächelte sie an. Seine Augen leuchteten, und sein kleiner Mund glänzte feucht.

»Wenn Sie mich fragen, haben die ziemlich viel Spaß. Sollten Sie auch mal versuchen.«

Jude setzte zu einer wütenden Antwort an, versenkte dann aber den Kopf in Alfies weiche Locken, bis sie sich wieder gefangen hatte. Sie war nicht Liams Beschützerin. Wenn Vin und Danny es ertragen konnten, diesen knollengesichtigen Unsympathen im Haus zu haben, wieso sollte sie sich dann anmaßen, Einwände dagegen zu erheben?

Das ist ein Irrenhaus, ging ihr durch den Kopf, *wo nichts sicher ist und man niemandem trauen kann.*

Sie manövrierte sich und Alfie zurück durch den Wintergarten, wo Vin mit aufgeknöpftem Hemd auf dem Tisch stand und die Tanzenden dirigierte. In der Diele bemerkte sie einige Leute, die am Gehen waren, aber im angrenzenden Raum herrschte immer noch Gedränge.

»Na, dann«, murmelte sie und steuerte auf die Treppe zu, wobei sie über Bierlachen und umgefallene Flaschen steigen musste. Mehrere Gäste saßen auf der Treppe, darunter eine junge Frau, die mit weit geöffnetem Mund fest schlief. Jude blieb nichts anderes übrig, als sich an ihnen vorbeizuquetschen. Der schlafende Junge in ihren Armen schien immer schwerer zu werden.

»Bitte lassen Sie mich durch«, hörte sie über sich jemanden sagen.

Als sie daraufhin den Kopf hob, erkannte sie oben am Treppenabsatz Jan, flankiert von großen Koffern. Wie es aussah, hatte er so viele von seinen Klamotten angezogen wie nur möglich, denn er trug über einer Steppjacke noch einen dicken Mantel und auf dem Kopf eine Wollmütze. Über seinem Rücken hing ein großer Rucksack. Sein Gesicht war schweißnass vor Hitze und Anstrengung. Die zwei Personen, die ein paar Stufen unterhalb von ihm saßen, standen auf und drängten sich an die Wand, während Jan sich keuchend anschickte, seine Koffer die Treppe herunterzuhieven, und sie dabei immer wieder gegen die Sockelleisten knallte.

»Sie konnten es wohl gar nicht mehr erwarten«, stellte Jude fest.

Mit einem letzten Rums erreichte Jan den Fuß der Treppe, stellte die Koffer ab und begann seine Hände zu kneten. Er blickte sich um.

»Keinen einzigen Tag länger«, bestätigte er.

»Verstehe. Na, dann viel Glück«, sagte Jude.

»Ich glaube nicht an Glück.«

Und weg war er. Jude stieg erneut die Treppe hinauf.

Sie wusste nicht, wo Alfie schlief. Ihr taten von seinem Gewicht schon die Arme weh. Sie schob die erste Tür im ersten Stock auf, gleich nach der Treppe. Wie sich herausstellte, handelte es sich um ein Badezimmer. Neben der vollen Wanne stand ein Mann über das Waschbecken gebeugt. Jude murmelte eine Entschuldigung und trat den Rückzug an. Die nächste Tür führte in einen kleinen Raum mit einer Toilette und einem weiteren Waschbecken.

Jude wandte sich nach links. Dort stand eine Tür offen, und es brannte Licht. Jude spähte hinein. Die Wände waren unverputzt, und auf einer Seite fehlten ein paar von den Bodendielen, sodass sie Kupferrohre sehen konnte, die entlang des Raums verliefen. Vorhänge gab es keine. Stattdessen waren die Fenster mit Decken verhängt. Alfies Zimmer war das ganz sicher nicht. Das von Erika und Doc konnte es auch nicht sein, weil sie wusste, dass die beiden im obersten Stockwerk des Hauses wohnten, genau wie Jan. Jude betrachtete die achtlos über einen Stuhl geworfene Kleidung – eine Segeltuchjacke und eine abgewetzte Jeans –, die Werkzeuge und Handbücher in den Regalen, eine umgekippte leere Wodkaflasche, den überquellenden Aschenbecher: Vins Zimmer.

In dem Arbeitszimmer mit Blick auf den Garten war sie bereits gewesen, als sie Liams Unterlagen durchgesehen hatte, deswegen machte sie kehrt, klopfte an die Tür auf der anderen Seite des Badezimmers, öffnete sie dann, wartete einen Moment, trat in die Dunkelheit, tastete mit einer Hand nach einem Lichtschalter und fand sich in einem theatralisch anmutenden Durcheinander wieder. Die seidig schimmernden Stoffe, die über die Wände drapiert waren, konnten die ausblühenden Flecken der sich dort ausbreitenden Feuchtigkeit dennoch nicht ganz kaschieren. Die Decke hatte jemand mit violetten und gelben Farbklecksen verziert, die von Judes Standort aus wie schlimme Blutergüsse wirkten. Überall lagen Kleidungsstücke herum, alle in kräftigen, sich teils beißenden Farben. Auf dem Bett türmte sich ein ganzer Berg bunter Klamotten. Ein kleines Klavier, das neben dem Fenster stand, war mit Schminkzeug bedeckt, einem Sammelsurium aus Tiegeln und Tuben. Schließlich fiel Judes Blick auf einen grünen Umhang mit verkohltem Saum. Irina.

Danny und Liam hatten den größten Raum für sich selbst behalten. Die beiden Fenster waren mit blauen, sehr alten und reparaturbedürftig wirkenden Läden versehen. Der riesige, fleckige Kleiderschrank hatte eine eingedrückte Tür. An einer Seite des Raums löste sich die Tapete ab und hing in Streifen von der Wand. Der große Spiegel hatte in der Mitte feine Sprünge, die wie ein Spinnennetz aussahen. Aber die Bodendielen waren aus schönem, poliertem Holz, und die Hälfte einer Wandseite nahm eine Kohlezeichnung von einem winterlichen Wald ein, die Jude vor Bewunderung seufzen ließ. Auf langen, grob belassenen Regalböden reihten sich Teelichte. Kleidung quoll aus Schubfächern, und über einem Stuhl hing ein langer Leinenmantel. Jude konnte sich Liam gut darin vorstellen. Vor ihrem geistigen Auge sah sie ihn in seinem typischen, lässigen Gang eine Straße entlangschlendern.

In einer Ecke entdeckte Jude einen zusammengerollten Futon, aber nirgendwo ein Bett für Alfie. Ganz vorsichtig legte sie den schlafenden Jungen mitten auf Dannys großes Bett und deckte ihn zu. Er lag da, als wäre er gerade aus großer

Höhe herabgestürzt, mit ausgestreckten Armen und Beinen. Sein Atem ließ seine Lippen vibrieren. Da sie befürchtete, er könnte sich umdrehen und aus dem Bett fallen, wenn er aufwachte, platzierte sie links und rechts von ihm je ein Kissen und wandte sich dann zum Gehen.

In dem Moment begann er zu wimmern, sodass sie mitten in der Bewegung innehielt. Mit weit aufgerissenen Augen starrte er sie an.

»Schlaf weiter«, flüsterte sie, ehe sie auf Zehenspitzen ihren Weg in Richtung Tür fortsetzte.

Das Wimmern wurde lauter, schlug in hicksendes Schluchzen um. Jude versuchte Alfie durch Gemurmel zu beruhigen, doch er verzog das Gesicht, riss den Mund weit auf und begann zu heulen.

Jude machte kehrt und setzte sich aufs Bett. Das Geheul verstummte. Alfie starrte sie an, als überlegte er, wie er weiter vorgehen sollte. Sie streichelte über sein Haar und gab dabei Geräusche von sich, von denen sie hoffte, dass sie eine beruhigende Wirkung auf ihn haben würden.

Langsam fielen ihm die Augen wieder zu, und seine Atmung vertiefte sich. Jude wartete ein paar Minuten, ehe sie sich ganz langsam aufrichtete. Alfie öffnete die Augen und verzog das Gesicht. Erneut riss er den Mund auf und machte sich mit einem zittrigen Atemzug bereit. Rasch ließ sie sich wieder neben ihm aufs Bett sinken. Er vergrub die Finger in ihrem Haar. Nach einer Weile konnte sie eher spüren als sehen, dass er wieder am Einschlafen war.

Sie drehte den Kopf ein wenig von Alfie weg. Wenige Zentimeter von ihr entfernt stand ein Nachttisch aus grobem Holz, der eindeutig selbst geschreinert war. Darauf lagen ein Beutel Tabak, ein Rasierer, ein Buch über Seevögel, eine übergroße Armbanduhr, ein paar einzelne Münzen, fröhlich bedruckte Spielkarten und eine kleine Pfeife, ebenfalls aus grobem Holz und handgeschnitzt. Demnach war das Liams Seite des Betts gewesen, wo er Nacht für Nacht neben Danny gelegen, wo er gelesen, geliebt, gestritten, geschlafen und seine Träume geträumt hatte.

Es war so seltsam, so falsch und so schrecklich traurig, hier zu liegen, wo er gelegen hatte, umgeben von gemusterter Tapete, die in Streifen herabhing, und einem gezeichneten Wald, der so real wirkte, dass es ihr vorkam, als könnte sie hineinspazieren.

Unter ihr dröhnte die Musik.

Jude erwachte mit einem solchen Ruck, dass sie schon aufrecht im Bett saß, noch bevor sie die Augen aufschlug. Ein paar Sekunden lang hatte sie keine Ahnung, wo sie sich befand. Alfie schlief fest. Vorsichtig glitt sie vom Bett und tastete nach ihrem Telefon, um zu sehen, wie spät es war: ein paar Minuten vor zwei. Sie hatte stundenlang geschlafen. Im Haus lief noch Musik, aber sie hörte keine Stimmen mehr und auch kein Gläserklirren. Auf Zehenspitzen schlich sie den Gang entlang zum Badezimmer, wo sie sich mit kaltem Wasser das Gesicht wusch. Ihr Anzug war verknittert, das Haar stand ihr vom Kopf ab, und ihre Augen wirkten verquollen.

Neben dem Treppenabsatz schlief ein Mann mit einem grauen Pferdeschwanz. Er hatte sich einfach auf dem Boden zusammengerollt und schnarchte leicht vor sich hin. So leise, wie sie nur konnte, stieg Jude die Stufen hinunter. Aus dem Wintergarten hörte sie nun doch Stimmen. Krampfhaft überlegte sie, wo sie ihre Tasche gelassen hatte. Zwischen den Mänteln, die an den Haken in der Diele hingen, konnte sie sie nicht entdecken, obwohl sie der Meinung gewesen war, sie dort hingehängt zu haben. Verstohlen spähte sie ins Wohnzimmer, in dem sich niemand mehr befand. Überall standen Gläser und Flaschen herum. Eine Schüssel mit dem von ihr mitgebrachten Hummus war umgekippt. Ihre Tasche fand sie nicht.

Sie wandte sich in Richtung Wintergarten. Zwar wollte sie niemandem begegnen, aber um nach Hause gehen zu können, brauchte sie ihre Tasche, denn darin befanden sich ihre Geldbörse und der Schlüssel zur Wohnung. In dem Moment trat Danny aus dem Raum und steuerte lautlos wie ein Geist auf sie zu. Judes Anblick schien sie nicht zu überraschen.

»Alfie schläft in Ihrem Bett.« Jude empfand plötzlich einen wohltuenden Funken von Wut, der ihre Verlegenheit wegbrannte. »Er war vollkommen erschöpft, und ich habe niemanden gefunden, der sich um ihn hätte kümmern können.«

»Gut«, sagte Danny.

»Vielleicht sollten Sie nach ihm sehen.«

»Ja, vielleicht.«

»Ist mit Ihnen alles in Ordnung?«

»Ich weiß es nicht, Jude. Ich weiß es einfach nicht.«

»Also, ich muss jetzt nach Hause, bin aber noch auf der Suche nach meiner Tasche.«

Während Danny sich auf den Weg nach oben machte, warf Jude schnell einen Blick in die Küche, ehe sie in den Wintergarten ging, wo immer noch Leute im Halbdunkel tanzten, umgeben von leeren Flaschen, zerbrochenen Gläsern, einer umgestoßenen Pflanze. Auch draußen im Garten standen noch ein paar Gestalten rund um die Reste des Lagerfeuers.

Dermot kam aus einer Ecke des Raums auf sie zugeschlurft. Er sah fürchterlich aus. Sein Gesicht wirkte kalkweiß, seine Augen waren rot gerändert. An der Wange prangte ein verschmierter Kreis roten Lippenstifts.

»Geht es Ihnen nicht gut?«

»Nicht gut?«, wiederholte er.

Er hob die Faust und knallte sie mit voller Wucht gegen die Wand, taumelte dann vor Schmerz ein paar Schritte zurück, auf den Tisch zu, der hinten an die Wand geschoben war, wobei seine Bewegungen wirkten wie die einer Marionette, ruckartig und ungelenk. Er war sturzbetrunken.

»Sie sollten nach Hause gehen«, sagte Jude, »oder sich hinlegen, Ihren Rausch ausschlafen. Sie sehen nicht gut aus. Wollen Sie hierbleiben? Oder soll ich Ihnen ein Taxi rufen?«

»Nein. Nein, nein, nein!« Er klang wie ein gequältes Tier.

»Bitte, Dermot, es ist genug.«

»Nein«, widersprach er. Er hatte Speichel an den Lippen, und seine dunklen Augen leuchteten. »Mein Bruder. Es ist noch nicht vorbei. Du kleine Schlampe.«

»Das reicht jetzt wirklich.«

Die Leute hatten zu tanzen aufgehört und starrten zu ihnen herüber.

Einen Moment sah Dermot aus, als würde er zusammenbrechen. Sein Gesicht wirkte wie das eines kleinen, verängstigten Jungen. Er stützte sich mit einer Hand auf die Kante des langen Arbeitstisches, schloss die Augen und holte ein paarmal keuchend Luft.

Dann riss er plötzlich die Augen weit auf, beugte sich abrupt und ohne jede Vorwarnung hinunter, packte mit beiden Händen den Tisch und warf ihn mit einem heftigen Ruck um. Einen Moment schien alles in Zeitlupe abzulaufen. Gegenstände hoben von der kippenden Tischplatte ab und segelten durch die Luft: Flaschen, Gläser, Schüsseln mit Essen, ein Brett mit Käse und Crackern, Unterteller mit Zigarettenstummeln, Messer, brennende Kerzen, mit Blumen gefüllte Marmeladengläser. Jemand kreischte. Es gab eine Explosion von Geräuschen: Stühle fielen krachend um, Glas splitterte, Porzellan zerbarst, Gegenstände kreiselten in immer größerem Bogen über den Boden.

Die dröhnende Musik brach ab. Schlagartig herrschte Stille. Eine Frau, die neben der Gartentür lag, begann zu schluchzen.

»So!«, stieß Dermot hervor, klang dabei aber eher halbherzig.

»Kann bitte jemand das Licht anschalten?«, bat Jude. »Da sind überall Scherben.«

Das Licht ging an. Jude hätte beim Anblick des spektakulären Durcheinanders beinahe laut losgeprustet: Überall lagen Glassplitter und zerbrochene Flaschen, aus offenen Dosen tröpfelte Bier, Zigarettenkippen steckten in klebrigen Pfützen aus Hummus, Guacamole und Schokomousse, hier und dort ragten Käsestücke aus dem Chaos, und obendrüber waren Karotten- und Paprikastreifen sowie ein paar farbenfrohe Blumen verteilt, fast wie bei einer verrückten Kunstinstallation.

»Wow!«, sagte Vin, der plötzlich neben ihr stand. Er klang beinahe bewundernd.

»O mein Gott!«, schrie Irina, die gerade aus dem Garten kam. Sie riss die bleichen Hände über den Kopf und formte mit dem Mund ein perfektes »O«.

»Sie sollten jetzt nach Hause gehen«, wandte Jude sich an Dermot, »und eine Runde schlafen.«

»Ich kann aufräumen helfen«, murmelte er.

»Geh einfach, Kumpel«, meinte Vin.

»Ihr seid mir nicht böse?«, fragte Dermot in die Runde.

Vin legte ihm eine Hand auf die Schulter.

»Du weißt, dass du ein Idiot bist, oder?«, sagte Vin. »Aber du gehörst zu dieser verrückten kleinen Familie.«

»Ich schätze, ich musste einfach Dampf ablassen. Es war ein harter Tag. Liams Trauerfeier.«

Niemand sagte etwas. Alle beobachteten, wie Dermot mit hängendem Kopf aus dem Raum torkelte. Jude beugte sich hinunter, um ein kleines Plüschtier vom Boden aufzuheben.

»Wir müssen das Glas wegräumen«, sagte sie. »Es ist überall.«

»Inzwischen auch in meinen Fußsohlen«, bemerkte ein beleibter, kahlköpfiger Mann, der gerade barfuß durch das Chaos balancierte. Seine Füße wirkten überraschend zart und rosig.

»Dann steigen Sie nicht noch weiter hinein!«, warnte ihn Jude. »Lieber Himmel, bleiben Sie doch stehen!«

Die auf dem Boden liegende Frau hob den Kopf und verkündete in lautem, theatralischem Ton: »Mein Bein ist gebrochen! Es ist ganz schlimm gebrochen!« Dann verfiel sie mit hoher, klarer Stimme in eine Art Heulgesang.

»Wirklich?«, fragte Jude zweifelnd.

»Ich hole mal einen Besen und Müllsäcke«, meinte Vin. Er klang dabei recht munter, als gehörte so etwas einfach zum normalen Verlauf einer Party.

»Was ist passiert?« Danny stand in der Tür. Sie trug einen Frotteebademantel und hatte sich wohl gerade das Make-up aus dem Gesicht geschrubbt.

»Das war Dermot«, verkündete Irina. »Er hat den Tisch umgeworfen. Er war völlig durcheinander«, erklärte sie unnötigerweise.

»Und betrunken«, fügte Jude hinzu.

»Armer Dermot«, sagte Danny. »Was für ein Tag!«

Vin traf mit mehreren Besen und Müllbeuteln ein.

»Entweder Ihr helft mir oder Ihr verschwindet hinaus in den Garten«, befahl er ihnen allen. »Aber passt auf wegen der Scherben!«

Erika schob einen Wischmopp durch den Raum, und Doc stellte Stühle auf. Irina setzte sich auf den Boden.

»Hier, bitte schön.« Vin drückte Jude ein Glas Whisky in die Hand.

Sie nahm einen Schluck und dann gleich noch einen. Die Wärme des Getränks durchflutete sie so schlagartig, als hätte jemand einen Stecker in eine Steckdose geschoben. Die Musik ging wieder an. Irina stand auf und begann zu tanzen, langsam und mit schlängelnden Bewegungen, die Jude befremdlich fand.

»Er war sehr betrunken«, stellte Danny mit ihrer weichen Stimme fest.

»In der Tat«, bestätigte Jude, »und durcheinander.«

»Armer Kerl. Armer Dermot.«

»Ja.«

»Liam hat einen langen Schatten geworfen.«

»Das kann man wohl sagen.«

47

Geht es Ihnen gut?«

Jude hatte nicht mehr geschlafen. Sie saß im Wohnzimmer in einem Sessel und lauschte dem Ausklingen der Party. Sie hörte, wie sich draußen in der Diele Leute verabschiedeten.

Ein paar Stunden zuvor hatte sie sich todmüde gefühlt, doch über diesen Punkt war sie hinweg. Inzwischen schien sie wieder hellwach zu sein, als würde ihr Gehirn auf Hochtouren laufen. An Schlaf war nicht mehr zu denken. Sie zerbrach sich den Kopf über Nat und ihren Verdacht, dass er sie betrogen hatte. Zumindest hatte er sie angelogen, sich gleichzeitig aber geweigert, ihr ihre Lüge zu verzeihen.

In ihrem überwachen Zustand sah sie vor ihrem geistigen Auge Szenen ihres gemeinsamen Lebens aufblitzen, als würde eine Diaaufnahme nach der anderen in einen Projektor geschoben. Übermäßig komplizierte Erklärungen für Nächte, die er nicht zu Hause verbracht hatte. Abrupt abgebrochene Telefonate. Plötzliche Gesten der Zärtlichkeit, die ihr nun rückblickend wie versteckte Entschuldigungen vorkamen. Sie sagte sich selbst, dass das vielleicht nur Paranoia war. Aber es fühlte sich nicht nach Paranoia an, sondern eher nach einem Ruck in der Schärfenregulierung, sodass bisher verschwommene Bilder auf einmal klar und deutlich hervortraten.

Beinahe hätte sie ihn geheiratet, einen Mann, der sie betrog – oder von dem sie inzwischen zumindest glaubte, dass er sie vielleicht betrogen hatte, korrigierte sie sich –, noch dazu, während sie gemeinsam ihre Hochzeit planten. War ihr Leben nur eine Illusion gewesen, eine trügerische Fassade? Und falls dem so war, warum hatte sie es nicht gemerkt? Was sagte das über sie aus? Im Grunde hatte sie Glück gehabt. Dafür sollte sie dankbar sein. Warum empfand sie keine Dankbarkeit?

Sie blickte hoch, um zu sehen, wer sie angesprochen hatte. Es handelte sich um Vin. Er war eine Weile an ihrer Seite gewesen, dann weggegangen und soeben zurückgekehrt.

»Ich glaube, ich sollte gehen«, sagte sie.

»Darf ich Ihnen vorher noch etwas zeigen?«, fragte er.

»Noch einen Keller?«, gab sie zurück.

»Nein.«

»Was dann?«

»Wenn ich es Ihnen sage, ist es keine Überraschung mehr.«

Mit einer Handbewegung forderte er Jude auf, ihm zu folgen. Als er ihr Zögern bemerkte, wandte er sich nach ihr um und lächelte sie über die Schulter an. *Warum eigentlich nicht?*, dachte sie. Er stieg mit ihr drei Treppen hinauf. Im obersten Stockwerk angekommen, griff Vin an die Decke und zog eine zusammenschiebbare Leiter herunter, die zu einer Öffnung emporführte. Wortlos kletterte er hinauf. Jude folgte ihm zögernd in die Dunkelheit. Nachdem Vin einen Lichtschalter betätigt hatte, ließ sie den Blick schweifen.

»Aha«, sagte sie. »Dieses Mal ist es also kein Keller, sondern ein Speicher.«

»Wir sind noch nicht da«, entgegnete Vin.

Am hinteren Ende des Raums reichte die Dachschräge bis zum Boden. Es handelte sich um ein großes Mansardenfenster. Vin löste einen Haken und zog einen Fensterflügel nach innen. Dann streckte er Jude eine Hand hin.

»Was wird das?«, fragte sie.

»Keine Sorge«, antwortete er.

Sie griff nach seiner Hand. Er führte sie hinaus in die Dunkelheit. Sofort schlug ihr so kalter Wind entgegen, dass ihr davon fast das Gesicht schmerzte. Sie konnte kaum etwas sehen – nicht einmal, worauf sie eigentlich stand.

»Ist das hier eine Dachterrasse?«

»Es ist gar nichts Besonderes. Wir kommen nur ab und zu herauf, um den nächtlichen Ausblick zu genießen. Schauen Sie!«

Sie konnte mehr spüren als sehen, wie er die Arme ausbreitete. Vor ihnen lagen die Lichter des östlichen London, und dahinter war das Leuchten von Shard und Canary zu erkennen. Jude spürte Vin neben sich.

»Bei Tageslicht sieht man bis zu den Surrey Hills«, erklärte er.

Vins Feuerzeug blitzte auf, und im Schein der Flamme sah sie ihn eine Zigarette anzünden, oder was auch immer das war. Während die Glut aufleuchtete, stieg ihr der vertraute Geruch in die Nase. Er reichte ihr den Joint, sie betrachtete ihn einen Moment nachdenklich, nahm dann einen Zug und gab ihn zurück. Mit einem leichten Anflug von Schwindel und auch Nervosität ließ sie den Blick schweifen.

»Ist da ein Geländer?«

»Da ist gar nichts. Eigentlich hatten wir vor, etwas daraus zu machen, wo wir an sonnigen Tagen sitzen und etwas trinken könnten, aber irgendwie sind wir nie dazu gekommen und werden es jetzt wohl auch nicht mehr schaffen. Also passen Sie auf, wo Sie hintreten. Da geht es ziemlich weit hinunter.«

Sie schaute nach oben. Es war eine kalte, klare Nacht, und man konnte die Sterne sehen. Fast fühlte es sich an, als befände man sich gar nicht in London.

»Was halten Sie von alledem?«

»Alledem? Dem Leben, dem Universum und alledem?«

»Ja, genau«, sagte er lachend. »Und wie fanden Sie den Abend?«

Jude setzte zu einer Antwort an, zögerte dann aber. Es gab so viel zu sagen – über Tara, über Erika, über Dermot, über

Danny –, aber sie bezweifelte, dass es der richtige Zeitpunkt und Ort dafür war, hier auf einem Dach mit einem Mann, von dem sie nicht recht wusste, ob sie ihn überhaupt mochte und ob sie ihm trauen konnte.

»Es war ein anstrengender Tag«, sagte sie schließlich. »Die Trauerfeier war sehr aufwühlend und die Party ebenfalls, wenn auch auf recht unterschiedliche Art.«

Vin lachte.

»Das haben Sie jetzt sehr diplomatisch ausgedrückt. Als Sie herkamen, war Ihnen bestimmt nicht klar, worauf Sie sich da einließen. Dieser Haushalt ist ein bisschen kompliziert.«

Jude wandte sich Vin zu. Vor dem dunklen Hintergrund des Himmels konnte sie nur seine Silhouette sehen. Auch wenn er inzwischen ernsthafter klang, als sie ihn bis dahin erlebt hatte, fand sie es trotzdem beunruhigend, mit jemandem zu sprechen, dessen Gesichtsausdruck sie nicht ausmachen konnte, noch dazu in dem Wissen, dass ein paar Schritte von ihnen entfernt das Dach endete.

»Es ist schon seltsam. Ich kannte Liam, bis zu einem gewissen Grad, vor sehr langer Zeit, als wir fast noch Kinder waren, auch wenn wir uns noch so erwachsen fühlten. Und inzwischen weiß ich auch so viel über Sie alle, natürlich nur in einem sehr begrenzten Rahmen. Aber ich habe Liam nie mit jemandem von Ihnen erlebt. Ich habe ihn nie mit Danny oder Alfie gesehen oder mit dem Rest von Ihnen. Ich versuche es mir die ganze Zeit vorzustellen.« Jude schwieg einen Moment. Sie wusste nicht recht, wie sie ihre Frage formulieren sollte. »Was hielten Sie von Liam und Danny. Als Paar?«

»Ich weiß nicht, wie ich das beantworten soll. Meiner Meinung nach kann man eine Beziehung von außen nie richtig beurteilen.«

»Aber Sie haben doch mit den beiden gelebt, sie jeden Tag gesehen, jeden Morgen mit ihnen gefrühstückt.«

»Wie Liam war, wissen Sie selbst, und Danny haben Sie auch kennengelernt. Die beiden kann man nicht mit allen anderen vergleichen.«

Wieder hielt er ihr den Joint hin. Sie nahm einen weiteren Zug und reichte ihn zurück.

»Ich merke aber, was Sie nicht sagen.«

»Was sage ich denn nicht?«

»Was die Leute sonst gern über Paare sagen: dass sie wundervoll miteinander umgingen, dass es bei ihnen lustige Zeiten gab, dass sie füreinander bestimmt waren.«

»Bei den beiden konnte es schon lustig zugehen. Aber in der Hinsicht waren sie doch wie alle anderen: Sie hatten ihre Probleme.« Jude spürte Vins Hand an ihrem Rücken. »Und was ist mit Ihnen? Wie geht es Ihnen an diesem seltsamen Tag, in diesem seltsamen Haus?«

»Ich weiß selbst nicht so recht, wie es mir geht«, antwortete Jude langsam, fast verträumt. »Ich weiß ja nicht mal, was ich hier eigentlich zu suchen habe. Noch vor ein paar Wochen kreisten meine Gedanken hauptsächlich um meinen Beruf und meine bevorstehende Hochzeit. Inzwischen bin ich von meinem Job beurlaubt, und die Hochzeit ist abgesagt. Heute habe ich erfahren, dass mein Verlobter mir untreu war. Meine alte Jugendliebe wurde ermordet, und ich bin mit der Vollstreckung des Testaments betraut. Und jetzt ist es mitten in der Nacht, und ich stehe angetrunken auf dem Dach eines Hauses oder wo auch immer ich mich gerade befinde.«

»In Walthamstow«, sagte Vin. Sie konnte das Lachen in seiner Stimme hören. »Was übrigens gar kein so schlechter Ort ist.«

»Ihr müsst mich alle so satthaben. Liam wurde ermordet, niemand weiß, wer es war, und plötzlich stecke ich hier überall meine Nase rein. Ich habe mich schon selber satt.«

Jude blickte sich um. Sie sah zwar die Lichter in der Ferne, nicht aber, wo das Dach endete. Es konnte so leicht passieren, dass sie stolperte und die drei Stockwerke hinunterstürzte. Man würde Alkohol und illegale Substanzen in ihrem Blut finden – im Blut einer Ärztin, die man, wenn auch auf inoffiziellem Weg, wegen gestörten Verhaltens vom Dienst suspendiert hatte, die außerdem frisch von ihrem Verlobten getrennt war, erst vor wenigen Stunden von dessen Untreue erfahren hatte und gerade auf der Trauerfeier ihrer ersten großen Liebe gewesen war. Sie spürte Vins sanfte Berührung an ihrem Rücken. Es brauchte nur einen klitzekleinen Schubs, und niemand würde sich die Mühe machen, der Sache nachzugehen.

»Wir haben dich nicht satt«, sagte Vin.

»Wollt ihr denn nicht einfach wieder zur Normalität zurückkehren?«

»Ich fürchte, dafür ist es ein bisschen zu spät.«

Vins große Gestalt kam näher, sie spürte seinen Atem, seine Hand an ihrer Wange, seine Lippen auf den ihren. Ihre erste Reaktion war Überraschung, gefolgt von einer seltsamen Apathie. Sie wich ein kleines Stück zurück.

»Soll ich aufhören?«

Wollte sie, dass er aufhörte? Sie wusste nicht, was sie wollte. Es war ihr egal. Am liebsten hätte sie nichts mehr gedacht, nichts mehr gespürt, sich an nichts mehr erinnert. Sie ließ sich wieder an ihn sinken, küsste ihn, schmeckte den Alkohol und den Joint und roch einen Duft, den sie nicht kannte.

Weder er noch sie sagten etwas. Jude ließ sich von ihm an der Hand nehmen und zurück durch das Fenster lotsen. Nachdem sie beide die Leiter hinabgestiegen waren, führte er sie den Gang entlang und die Treppen hinunter, bis sie schließlich sein Zimmer im hinteren Teil des Hauses erreichten, den Raum, in den sie schon einen kurzen Blick geworfen hatte, als sie auf der Suche nach einem Schlafplatz für Alfie gewesen war. Er verpasste der Tür einen leichten Tritt, und plötzlich waren sie von völliger Dunkelheit umgeben, abgesehen von dem kaum wahrnehmbaren, diffusen Licht, das durch das verhängte Fenster an der gegenüberliegenden Wand drang. Er schob sie durch den Raum, bis sie hinter sich das Bett spürte und darauf niedersank. Da lag er schon halb auf ihr, und sie küssten sich und versuchten sich gegenseitig aus ihren Klamotten zu schälen.

Sie wollte loslassen und sich treiben lassen, konnte aber nicht aufhören, über das, was sie gerade tat, nachzudenken. Ebenso wenig schaffte sie es, ihre Schuhe abzuschütteln, während sie von Vin geküsst und gestreichelt wurde, sodass sie innehalten und sich vorbeugen musste, um die Schuhbänder zu lösen. Auch als Vin dann an ihrer Hose zerrte und sie spürte, wie der Stoff über ihre Schenkel und Knie glitt, konnte sie ihre Gedanken nicht ausblenden. Ihr ging durch den Kopf, dass es sich um die Kleidung handelte, die sie für die Trauerfeier ausgewählt hatte. Zudem war ihr durchaus bewusst, dass sie ziemlich beschwipst und leicht zugedröhnt war und deswegen höchstwahrscheinlich nicht ganz bei Verstand. Würde sie das alles auch mit sich machen lassen, wenn sie stocknüchtern wäre?

Am Ende ergab sie sich in ihr Schicksal wie eine erschöpfte Schwimmerin, die sich nicht mehr dagegen wehrte, dass es sie unter Wasser zog. Sie überließ sich ihrem Empfinden, auch wenn nicht ganz klar war, um welche Art von Empfinden es sich handelte: Lust oder Verwirrung, Verzweiflung oder einfach nur Erleichterung, den Schmerz und die Angst nicht mehr spüren zu müssen. Alles erschien ihr seltsam und dunkel, und sie hatte keinerlei Gefühl mehr für Zeit oder Raum.

Hinterher kam es ihr vor, als wachte sie aus einer Narkose auf, wobei sie auch dieses Aufwachen als sehr verwirrend empfand. Wo war sie? Was hatte sie getan? Was sollte sie jetzt tun? Neben sich hörte sie ein gleichmäßiges Atemgeräusch. Vin schlief. Kurz darauf schlief sie auch.

In ihren Träumen rief jemand nach Daddy, eine kindliche, piepsige Stimme mit fragendem Unterton.

»Daddy?«

Jude öffnete halb die Augen. Eine kleine Gestalt stand neben dem Bett und starrte sie beide an.

»Alfie?«

»Daddy?«

»Geh wieder schlafen, Großer«, stöhnte Vin. »Los, raus mit dir!«

Woraufhin Alfie verschwand. Jude dachte, sie hätte ihn nur geträumt, wäre da nicht das leise Patschen seiner Schritte gewesen, draußen auf dem Gang.

48

Grau.

Jude spürte es, bevor sie es sah. Ihre Lider fühlten sich an wie zusammengeklebt. Sie musste sich erst die Augen reiben, ehe sie sich öffnen ließen. Wie spät es war, wusste sie nicht, aber definitiv schon Tag. Was bedeutete das? Acht? Neun? Das Fenster war vollkommen mit Kondenswasser beschlagen. Im Raum herrschte eine erdrückende Hitze, und ein feuchter, abgestandener Geruch hing in der Luft. Ihre Haut fühlte sich klebrig an. Sie versuchte zu schlucken, aber ihr Mund war zu trocken.

Vin lag von ihr abgewandt. Er atmete ruhig und schwer. Sein Rücken erschien ihr wie ein Fleischberg, haarig und glänzend von Schweißperlen.

Jude überkam eine Welle der Übelkeit nach der anderen. Schnell presste sie den Handrücken an den Mund. Sie stand kurz davor, sich zu übergeben, und musste sich zwingen, zu atmen und langsam die Atemzüge zu zählen, bis die Übelkeit sich etwas legte. Sie empfand Abscheu wegen allem, was passiert war, doch am meisten ekelte sie sich vor sich selbst. Wie hatte sie das tun können? Wie hatte sie es zulassen können? Was stimmte nicht mit ihr?

Sie musste hier raus und schnellstmöglich verschwinden, ohne dass jemand sie sah. Sie würde in die Wohnung zurückkehren, so lange duschen wie nie zuvor in ihrem Leben, alles waschen, was sie am Leib trug, oder alles in den Müll werfen, das wäre noch besser. Anschließend würde sie versuchen, so zu tun, als wäre das Ganze nie geschehen.

Sie glitt aus dem Bett. Als Erstes musste sie ihre Klamotten finden, sich anziehen und aus dem Raum schleichen, ohne dass Vin aufwachte. Während sie auf Zehenspitzen durch den Raum stakste, blickte sie sich suchend um. Am Ende war sie gezwungen, sich auf alle viere zu begeben, um die einzelnen Kleidungsstücke wieder einzusammeln. Eine Socke war irgendwie unter das Bett gerutscht.

Jude musste sich strecken, um an sie heranzukommen. Als sie sich aufrichtete, saß Vin im Bett und grinste sie an.

»Am Ende des Gangs«, sagte er.

»Was?«

»Das Badezimmer.« Er deutete auf die Kommode neben dem Fenster. »In der untersten Schublade sind Handtücher.«

Jude überlegte einen Moment. Vins lockerer, vertraulicher Tonfall war ihr dermaßen zuwider, dass sie gar nicht klar denken konnte. Sie fand es unerträglich, dass er sie hier so stehen sah, im scheußlich grauen Licht dieses bewölkten Morgens, nackt in seinem Schlafzimmer. *Sei's drum*, sagte sie sich. Sie zog ein Handtuch aus der Schublade, wickelte sich darin ein und eilte den Gang entlang zur Badezimmertür, die abgeschlossen war.

»Schon fertig«, verkündete eine Stimme.

Ehe sie irgendwie reagieren konnte, öffnete sich die Tür, und aus einer Dampfwolke tauchte Erika auf, in einen Bademantel gehüllt und mit rosigem Gesicht. Sie lächelte Jude vielsagend an.

»Tolle Party, was?«, meinte sie.

Jude ging einfach an ihr vorbei und schloss die Tür. Über der Badewanne war eine primitive Dusche angebracht, aus der nur ein Rinnsal kam, aber Jude wusch sich, so gut es ging. Als sie in Vins Schlafzimmer zurückkehrte, stand er in Boxershorts mitten im Raum, damit beschäftigt, ein Karohemd zuzuknöpfen. Er musterte Jude abschätzend.

»Wir könnten wieder ins Bett gehen«, schlug er vor.

Jude schaffte es nicht mal, ihn anzusehen.

»Ich muss los.«

Er trat auf sie zu, legte die Arme um sie, schob eine Hand unter das Handtuch, in das sie eingewickelt war, und ließ die Finger an ihrem feuchten Rücken nach unten gleiten. Als sich daraufhin das Handtuch zu lösen begann, schüttelte sie ihn ab, trat gleichzeitig einen Schritt zurück und zog das Handtuch wieder fest. Er lächelte sie an, was ihr das Gefühl gab, als würde sie mit kochendem Wasser übergossen. Zu ihrem Entsetzen kam er erneut näher, sodass sie schon befürchtete, er würde sich an sie schmiegen oder sie gar küssen, doch was er stattdessen tat, war noch schlimmer.

»Ich weiß, dass du ihn gefickt hast«, flüsterte er ihr ins Ohr.

»Was?«

Er lehnte sich zurück und betrachtete sie mit sichtlichem Vergnügen.

»Dein ganzes Geschwafel davon, dass du dich angeblich nur ein einziges Mal mit ihm getroffen hast und ihm bloß einen Gefallen tun wolltest … Glaubst du wirklich, irgendjemand hat dir das abgekauft?«

»Wovon redest du?«

»Versteh mich nicht falsch«, fuhr er fort. »Ich verurteile dich nicht, und ihn auch nicht. Nicht nach der letzten Nacht. Wir zwei hatten richtig Spaß, was?«

Jude ging ein paar Schritte zurück, beugte sich hinunter und griff nach ihrem Slip. Nur mit Mühe gelang es ihr, ihn anzuziehen, ohne das Handtuch loszulassen.

»Es war ein Fehler«, entgegnete sie.

»Sag das nicht. Du bist schön. Eine Klassefrau. Du solltest ein bisschen lockerlassen, das Leben mehr genießen.«

Jude sah sich nicht imstande, ihm darauf eine Antwort zu geben. Sie hatte das dumpfe Gefühl, dass sie ihm womöglich irgendeinen schweren Gegenstand an den Kopf geknallt hätte, wenn einer in Reichweite gewesen wäre – und das, obwohl er ihr keineswegs Gewalt angetan hatte. Sie selbst war dafür verantwortlich. Sie hatte ihm nachgegeben. Vor seinen Augen in ihren verknitterten, fleckigen Hosenanzug zu schlüpfen, fühlte sich grässlich an und dauerte ewig. Sie musste sich aufs Bett setzen, um ihre Schuhe anzuziehen. Als sie fertig war, stand sie auf und zwang sich, ihn anzusehen.

»Es war der falsche Zeitpunkt«, erklärte sie.

Wieder lächelte Vin. »Für mich nicht. Ich werde nie vergessen, wie du dich angefühlt hast. Wie du geschmeckt hast. Du bist jetzt Teil der Familie.«

Einen Moment zuckte sie vor Abscheu zusammen, doch dann betrachtete sie ihn genauer, wie er da vor ihr stand, massig und fleischig, ein ganzes Stück größer als sie. Er kam ihr vor wie ein männliches Tier, das seine Duftmarke auf ihr hinterlassen hatte. Wortlos wandte sie sich ab, öffnete die Tür und ging. Während sie die Treppe hinunterstieg, hörte sie seine nackten Füße hinter ihr her patschen.

49

W ir brauchen Kaffee«, meinte Vin, als sie im Erdgeschoss angekommen waren.

»Nein!«, widersprach Jude schärfer als beabsichtigt. »Ich brauche bloß meine Tasche und meinen Mantel, dann gehe ich.«

»Wie du meinst.« Mit freundlicher, entspannter Miene lächelte er sie einen Moment an, ehe er auf die Küche zusteuerte.

Judes Mantel hing noch an dem Haken in der Diele, doch wo sie ihre Tasche gelassen hatte, blieb ein Rätsel. Im Wohnzimmer war sie auch nicht.

Während sie leise in den Wintergarten schlich, betete sie, dass dort niemand sein würde. Zu ihrer großen Erleichterung war der Raum tatsächlich leer. Verstreute Kleidungsstücke lagen herum. Über den Rand eines gerahmten Drucks war eine Seidenstrumpfhose drapiert, und auf einer Kuchenplatte schmiegte sich ein schönes Kaschmirjäckchen zwischen ein paar übrig gebliebene Schokowindbeutel. Die grünen Zweige, die sie selbst am Vortag hereingetragen hatte – war das wirklich erst gestern gewesen? –, begannen bereits zu welken. Ausgelaufenes Wachs aus herabgebrannten Kerzen härtete auf den Fensterbrettern vor sich hin.

Doch ihre Tasche konnte sie nirgendwo entdecken.

Sie presste das Gesicht an die Glastür. Draußen hingen Nebelschwaden in der Luft, und es nieselte leicht. Das Lagerfeuer bot inzwischen einen scheußlichen Anblick. Es qualmte noch, und am Rand wellte sich halb verbranntes Papier. Jude konnte die Überreste der Stühle ausmachen, die nachts in den Flammen gelandet waren.

Ihre Tasche musste in der Küche sein, also dort, wo Vin sich aufhielt. Wo sie nicht sein wollte. Sie holte tief Luft, straffte den Rücken und öffnete die Tür.

»Oh«, entfuhr ihr.

Vin stand neben dem Herd und schnitt dicke Scheiben von einem überdimensional großen Laib Vollkorntoast. Das Chaos, das ihn umgab, schien er gar nicht wahrzunehmen.

Das galt wohl auch für Danny, die mit Alfie auf dem Schoß am Tisch saß und beide Hände um eine Tasse Kaffee gelegt hatte. Ihr Haar war zu einem komplizierten Knoten hochgesteckt. Über einer weiten Nadelstreifenhose trug sie eine salbeigrüne, bis oben zugeknöpfte Strickjacke.

»Guten Morgen, Jude«, sagte sie, auf eine schreckliche Art gefasst. »Möchten Sie Frühstück?«

»Nein«, antworte Jude, »danke.«

Sie hatte vor Verlegenheit heftige Hitzewallungen und das Gefühl, knallrot anzulaufen.

»Jude kann es nicht erwarten, endlich aufzubrechen«, erklärte Vin, während er mehrere Scheiben Toast unter den Grill schob.

Alfie klopfte mit seinem Löffel auf der Tischplatte herum.

»Ich suche bloß noch meine Tasche mit meinen Schlüsseln. Die muss hier irgendwo sein.«

Verzweifelt ließ sie den Blick durch den Raum schweifen, über die Stapel benutzter Teller und Töpfe, die Gläser, von denen viele noch halb voll waren, die Schüsseln mit dem restlichen Essen – durchgeweichtem Kuchen, schlappen Kartoffelschnitzen, zermanschten Avocados, inzwischen grau und wässrig.

Hinter ihr ging die Küchentür auf.

»Morgen«, hörte sie Docs Stimme. »Hallo, Jude. Mir war gar nicht klar, dass wir einen Frühstücksgast haben.«

Jude wandte den Kopf, registrierte Docs Gesichtsausdruck, als sein Blick von ihr zu Vin wanderte. Ein Lächeln kroch über sein Gesicht. Sie musste daran denken, wie er ihr am Vorabend die flache Hand auf die Brust gelegt hatte. Übelkeit stieg in ihr hoch, doch sie schluckte sie hinunter.

»Ich bin schon am Gehen«, erklärte sie.

»Sie können doch bestimmt ein Frühstück vertragen«, entgegnete Doc. »Um den Alkohol zu neutralisieren. Ich jedenfalls muss jetzt unbedingt etwas essen.«

Er ließ sich am Tisch nieder, fuhr Alfie durchs Haar, schüttelte Müsli in eine Schüssel, wobei einiges daneben landete, und gab ein paar Löffel Joghurt dazu.

»Nein, danke«, antwortete Jude. Sie fühlte sich, als versuchte sie gerade erfolglos, ein normales menschliches Wesen zu verkörpern.

»Kaffee?«, fragte Danny in mitfühlendem Ton. »Sie sind wahrscheinlich nicht viel zum Schlafen gekommen.«

»Danke, keinen Kaffee, und sonst auch nichts.«

»Demnach gehen Sie wohl nicht mit zur Beerdigung?«

Daran hatte sie überhaupt nicht mehr gedacht.

»Ich kann nicht.«

»Schade.«

»Ich brauche nur noch meine Tasche.«

Sie wandte sich zum Gehen und wäre beinahe mit Irina zusammengestoßen, die in einem langen schwarzen Kleid, aber barfuß in die Küche geschwebt kam, das rote Haar zu einem einzelnen dicken Zopf geflochten, der Jude an Muskelstränge erinnerte.

»Jude? Jude! Na, so was! Wo haben Sie denn letzte Nacht geschlafen?«

Jude murmelte etwas, doch Irina brachte sie mit einer Handbewegung zum Schweigen.

»Nein, sagen Sie nichts, lassen Sie mich raten! Wobei es ja

nicht schwer zu erraten ist. Heute Nacht hatte ich sowieso mal das Gefühl, Geräusche zu hören, aber dann erklärte ich es mir damit, dass sich im Bad wohl jemand übergeben musste.«

Jude hätte sich am liebsten die Ohren zugehalten. Ihr Gesicht fühlte sich an wie aus Gummi, so viel Kraft kostete es sie, eine coole, unbeteiligte Miene zu machen.

»Ich bin gerade am Gehen.«

Irina war in der Tür stehen geblieben und rührte sich nicht von der Stelle.

»Vin«, sagte sie in überschwänglichem Ton. Mittlerweile roch der ganze Raum nach verbranntem Toast. »Ach, Vinny, mein Held!« Ihr Ton klang halb scherzhaft, halb feindselig.

»Du bringst Jude in Verlegenheit«, antwortete Vin. »Sie ist an unsere Art nicht gewöhnt.«

Er nahm einen großen Bissen von seinem Toast mit Orangenmarmelade und kaute lautstark darauf herum. Jude ertrug es nicht länger. Es interessierte sie nicht mehr, wo sich ihre Tasche, ihre Geldbörse und ihre Schlüssel befanden. Sie musste nur noch raus hier. Entschlossen schob sie sich an Irina vorbei.

»Sie ist in meinem Schlafzimmer!«, rief ihr Danny nach. »Deine Tasche!«

Jude stürmte hinauf in Dannys Zimmer. Tatsächlich lag die Tasche dort auf dem Bett. Sie klaffte weit auf, und auch der Reißverschluss der Geldbörse war offen. Danny hatte sich nicht die Mühe gemacht zu vertuschen, dass sie in Judes Sachen herumgeschnüffelt hatte.

Jude schnappte sich die Tasche, sah nach, ob ihre Schlüssel noch drin waren, und hatte es dann so eilig wegzukommen, dass sie beinahe gestolpert und die Treppe hinuntergestürzt wäre. Als sie schließlich die Haustür aufriss, sah sie sich zu ihrer Überraschung Leila Fox gegenüber.

Die Kriminalbeamtin starrte sie ungläubig an.

»Sind Sie wegen der Beerdigung hier?«

Doch noch während sie das sagte, glitt ihr Blick über Judes fleckigen, verknitterten Anzug, ihr ungekämmtes Haar, ihr blasses, verkatertes Gesicht.

Vin trat in die Diele. In einer Hand hielt er seinen Toast mit Orangenmarmelade, aber die andere legte er auf Judes Schulter, als gehörte sie ihm. Jude schüttelte ihn wütend ab.

»Ich bin gerade am Gehen«, erklärte sie.

Leila Fox neigte den Kopf.

»Verstehe«, sagte sie.

»Nein, bestimmt nicht«, entgegnete Jude.

»Wahrscheinlich doch«, meinte Vin lachend.

»Warten Sie einen Moment«, wandte sich die Beamtin an ihn. »Ich muss Sie und alle anderen im Haus etwas fragen. Ich bin sofort wieder da.«

Mit diesen Worten nahm sie Jude am Ellbogen und zog sie hinaus auf die Straße.

»Sind Sie komplett übergeschnappt?«

»Ich weiß nicht, was Sie meinen.«

»Hören Sie sofort auf mit den Spielchen!« Dann wich plötzlich die Wut aus ihrem Gesicht. Sie stieß ein kleines Seufzen aus. »Ist es wegen der Sache, die ich Ihnen gesagt habe – obwohl ich Ihnen eigentlich ja nichts gesagt habe –, wegen Ihres Verlobten?«

Jude spürte, dass die Polizistin sie mit ihren grauen Augen musterte, und hob den Kopf.

»Vielleicht«, antwortete sie mit schwacher Stimme, »ein bisschen.«

»Ich hätte nichts sagen sollen.«

»Ich bin froh, dass Sie es getan haben«, widersprach Jude. »Ich musste es wissen. Das Schlimmste ist, so etwas nicht zu wissen. Und was den Rest betrifft, letzte Nacht …« Sie versuchte zu lächeln, doch ihr Gesicht fühlte sich an wie eine

317

starre Maske. »Da brauchen Sie sich keine Sorgen zu machen. Es wird nicht wieder vorkommen. Ich setze nie wieder einen Fuß in dieses Haus. Ich weiß jetzt, dass es ein ganz, ganz übler Ort ist.«

50

Jude rannte. In den engen Schuhen taten ihr die Füße weh, die Tasche schlug ihr ständig gegen die Hüfte, und Luft bekam sie auch keine. Als sie das Ende der Straße erreichte, blieb sie neben einer großen Platane stehen und ließ sich keuchend an den fleckigen Stamm sinken.

»Idiotin«, schalt sie sich selbst. »Vollidiotin!«

Sie lechzte nach einer langen, heißen Dusche – und danach, sich die Zähne zu putzen, bis ihr Zahnfleisch blutete. Außerdem brauchte sie dringend mehrere Tassen schwarzen Kaffee.

Sie dachte an die schäbige Kellerwohnung und die fauchende Katze mit den unfreundlichen grünen Augen.

»Mist!«, stöhnte sie.

Tränen quollen aus ihren brennenden, müden Augen. Sie setzte sich wieder in Bewegung, wanderte unter der kleinen Brücke hindurch und dann weiter, hinaus ins Sumpfgebiet. Inzwischen regnete es gleichmäßig vor sich hin. Die Gebäude hinter ihr waren nur noch verschwommen zu sehen, das Gras verwandelte sich in Morast, und die Wolken hingen tief und dunkel am Himmel. Einer von jenen Tagen, an denen es nie richtig hell wird, ging ihr durch den Kopf. Dann versuchte sie, sich ins Gedächtnis zu rufen, welcher Tag eigentlich war. Mittwoch, fiel ihr ein: die triste Mitte einer traurigen Woche.

Eine Weile marschierte sie einen groben Weg entlang, dann kehrte sie wieder um. Sie wusste selbst nicht so recht, wohin sie unterwegs war. Ihre Augen brannten, ihr Kopf schmerzte, außerdem fühlte sie sich irgendwie wackelig auf den Beinen.

Da es immer heftiger regnete, suchte sie schließlich Schutz unter einem Baum und schloss die Augen. Der Regen prasselte auf seine glänzenden, immergrünen Blätter.

Sie war ohnehin schon klatschnass. Die Ereignisse der Nacht erschienen ihr wie die Bruchstücke eines wirren Traums, dem trotzdem eine eigene Logik innewohnte. Einzelne Episoden stachen in greller Klarheit hervor, wie von Scheinwerfern angestrahlte Schilder in einer nebligen Landschaft. Tara und Danny, die sich anfauchten im Streit um Alfie und um die Liebe eines Mannes, der bereits tot war. Erikas Beichte – wenn Beichte überhaupt das richtige Wort dafür war, da sie ja offensichtlich nichts bereute. Docs anzüglicher Blick und seine Hand auf ihrer Brust. Dermot, aus dessen Miene eine Mischung aus Kummer und Triumph sprach, als er den voll beladenen Tisch umstieß. Irinas wilder, rachsüchtiger Gesichtsausdruck am Lagerfeuer. Danny, die mit majestätischer Ruhe auf der Party herumstolzierte wie eine tragische Gestalt. Vin auf dem Tisch, als Dirigent der Tanzenden. Vin, wie er sie hinauf aufs Dach führte. Vin, wie er sie in sein Zimmer abschleppte. Vin, wie er sagte, sie gehöre jetzt zur Familie.

Jude schlug die Hände vors Gesicht, als könnte sie auf diese Weise ihren durcheinanderwirbelnden Gedanken Einhalt gebieten. Als sie die Augen wieder öffnete, sah sie sich mit einem seltsamen Spektakel konfrontiert. Jenseits der matschigen Grasfläche war gerade Liams Trauerzug unterwegs in Richtung Friedhof. Obwohl die Leute zu weit entfernt waren, um ihre Gesichter zu erkennen, sah sie doch, dass sie sich an den Händen hielten und wie eine Menschenkette durch den strömenden Regen zogen. Irinas langes Kleid schleifte durch den Schlamm. Vin ging ganz hinten, mit Alfie in einem Tragegestell auf dem Rücken, und Danny ganz vorne, beide mit einem riesigen Schirm. Von dort, wo sie stand, konnte Jude sie singen hören.

Diese Menschen stritten miteinander, betrogen einander, schliefen miteinander und verließen einander. Manchmal hassten sie sich, und es konnte sogar sein, dass jemand von ihnen ein Mörder war – trotzdem zogen sie nun Hand in Hand zu einer Beerdigung, vereint in ihrem gemeinsamen Trauergesang.

Jude schaute ihnen nach, bis die Reihe der Gestalten hinter der Kuppe des Hügels verschwand. Inzwischen ließ der Regen nach. Als Jude schließlich unter dem schützenden Blätterdach hervortrat, riss der graue Himmel auf, und ein blasser Streifen Türkis blitzte durch.

Bald würden die sterblichen Überreste von Liam Birch unter der Erde sein. Jude, die vorgehabt hatte, schnurstracks zur Wohnung zurückzukehren, um zu duschen und dann zu schlafen, ertappte sich dabei, dass sie einen Umweg zu der Stelle machte, wo man ihn getötet hatte. Es waren nur zehn Minuten zu gehen, vorbei an den Filterbecken und dann den Pfad entlang, der auf den wilderen Bereich zuführte. Dort, gleich neben dem Weg, befanden sich das immer noch flach getretene Dornengestrüpp und die Überreste des Schreins, auf den Jude gestoßen war, als sie die Stelle das erste Mal aufgesucht hatte. Die Blumen waren inzwischen alle verwelkt, mit Ausnahme eines Straußes orangeroter Dahlien, die noch frisch aussahen. Sie fragte sich, wer sie wohl abgelegt hatte, und wünschte, sie hätte daran gedacht, auch etwas mitzubringen.

Jahrelang war Liam Birch in ihrem Gedächtnis ohne jeden Makel gewesen, die abstrakte Version eines Mannes, schön und ungestüm, edelmütig, großzügig ihr gegenüber. In den vergangenen Wochen jedoch hatte sie eine weitaus weniger glamouröse Version Liams kennengelernt. Er war selbstsüchtig gewesen, rücksichtslos und grausam. Er hatte Danny betrogen, während sie mit ihrem neugeborenen Sohn im Krankenhaus lag. Er hatte Menschen verletzt und sich nicht darum geschert. Während sie nun dort stand und auf die Stelle blickte, wo er gestorben war, hatte Jude diese beiden Versionen Liams im Kopf, all die Widersprüche, die ihn so erbärmlich, aber auch so verführerisch und gefährlich gemacht hatten.

Schließlich ging sie weiter. Das Reitzentrum kam in Sicht. Dahinter lag die Eislaufbahn.

Eislaufen. Jude blieb abrupt stehen und blickte auf die Strecke zurück, die sie gekommen war – auf den Weg, der von hier zum Tatort führte und von dort quer durch das Sumpfgebiet zu Liams Haus.

Sie zwang sich, sich zu konzentrieren, sich die Einzelheiten ins Gedächtnis zu rufen. Sie hörte Danny schimpfen, Vin und Irina hätten ihr versprochen, auf Alfie aufzupassen, seien aber nicht erschienen.

Ich wollte Schlittschuh laufen gehen. Das ist mein Ding. Ich gehe jeden Samstagnachmittag mit meiner Schwester, bei Regen wie bei Sonnenschein. Das machen wir schon seit Jahren so.

Um welche Uhrzeit war das gewesen? Jude verdrehte vor Anspannung die Augen, während sie krampfhaft versuchte, sich zu erinnern. Danny hatte sie gefragt, wie spät es sei. Jude hatte auf ihr Handy geschaut. Zwanzig vor fünf. Ja, so war es gewesen. Danny hatte gemeint, wenn sie sich nicht beeile, werde sie die gebuchte Zeit verpassen. Mit diesen Worten hatte sie Jude ihren kleinen Sohn in die Arme gedrückt, sich eine Taschenlampe geschnappt und war aus dem Raum gestürmt.

Zwanzig vor fünf. Demnach hatten sie die Bahn zwischen fünf und sechs gebucht.

Wann war Liam getötet worden? Jude wusste es nicht. Leila Fox hatte es ihr gegenüber nie erwähnt, da war sie sicher. Sie wusste nur, dass seine Leiche vom Weg gezerrt worden war, hinein in das Dornengestrüpp, wo ihn jemand gefunden hatte, der am Samstag spätabends noch mit seinem Hund unterwegs gewesen war.

Jude ging bis zur Eislaufbahn und blieb am Eingang stehen. Sie konsultierte die Landkarte auf ihrem Handy und rief dann den Routenplaner für den Fußweg zu Liams Haus auf. Sie folgte den Anweisungen, die sie dieselbe Strecke zurückführten, die sie gekommen war. Nach kurzer Zeit stand sie erneut vor dem verlassenen Schrein. Es war die einzige mögliche Route für Danny. Sie ging diesen Weg jeden Samstag, egal, ob es regnete oder die Sonne schien – vorbei an der Stelle, wo Liam erstochen worden war.

Jude legte die ganze Strecke bis zur Wohnung zu Fuß zurück. Als sie ankam, hatte sie Blasen an den Fußsohlen. Sie streifte vorsichtig die Schuhe ab, fütterte die Katze und goss die Pflanzen. Dann, noch ehe sie ihre feuchte, schmutzige Kleidung auszog oder den Wasserkessel füllte, rief sie Leila Fox an.

»Um welche Uhrzeit wurde Liam getötet?«

Am anderen Ende der Leitung war ein Seufzer zu hören.

»Was führen Sie denn nun schon wieder im Schilde, Jude?«

»Können Sie mir eine Uhrzeit nennen?«

»Nicht so, wie Sie meinen. Aber wir haben durchaus ein Zeitfenster: Es passierte nach fünf Uhr nachmittags und mindestens zwei Stunden vor dem Fund der Leiche um halb elf Uhr abends, also irgendwann zwischen siebzehn Uhr und zwanzig Uhr dreißig.«

Jude überlegte krampfhaft. Nach fünf bedeutete, dass es nicht passiert sein konnte, als Danny auf dem Weg zu ihrer Eislaufstunde war. Aber es konnte hinterher geschehen sein, in der Zeitspanne, während der sie an jedem anderen Samstag auf ihrem Heimweg durch das dunkle Sumpfgebiet gewesen wäre.

»Verraten Sie mir, warum Sie mich das fragen?«, meldete sich die Kriminalbeamtin wieder zu Wort.

»Er wurde auf dem Weg ermordet, der von der Eislaufbahn in Richtung des Sumpfgebiets von Walthamstow führt.«

»Ja. Und?«

»An einem Samstagabend. Da geht Danny immer mit ihrer Schwester zum Eislaufen.«

Am anderen Ende herrschte Schweigen. Jude ließ sich davon nicht aus dem Konzept bringen. »Demnach müsste Danny vor Ort gewesen sein. Genau da, wo es passiert ist.«

Es erfolgte noch immer keine Reaktion.

»Verstehen Sie denn nicht?«, fügte sie hinzu.

»Jude.« Leila Fox klang sauer. »Für wie blöd halten Sie uns eigentlich?«

»Was?«

»Glauben Sie wirklich, dass Sie, Jude Winter, auf Dinge kommen, die wir noch nicht in Betracht gezogen haben? Allen Ernstes? Glauben Sie, wir haben nicht ganz genau rekonstruiert, wo sich Danny Kelner am Tag der Ermordung von Liam Birch jeweils aufgehalten hat – von allen anderen Hausbewohnern mal ganz zu schweigen?«

»Wo war sie?«

»Nicht in der Nähe.«

»Aber sie geht dort jeden Samstag zum Eislaufen.«

»An dem betreffenden Tag nicht.«

»Warum nicht? Wo war sie?«

»Glauben Sie mir, Jude, sie hat Liam Birch nicht ermordet. Oder glauben Sie mir meinetwegen nicht. Schauen Sie einfach auf YouTube nach.«

»Auf YouTube?«

»Ich muss jetzt weiterarbeiten.«

51

Bei ihrer Recherche zu Danny Kelner stieß sie als Erstes auf einen kurzen Film übers Tätowieren. Danny sprach über ihre Arbeit, während sie einen Schwan auf dem Rücken einer jungen, blonden Frau verewigte. Obwohl es nicht das war, was Jude suchte, konnte sie nicht anders, als ein paar Minuten zuzusehen. Sie hatte seit jeher das Gefühl, selbst keine wirklich künstlerische Begabung zu besitzen. Sie konnte nicht zeichnen und auch nicht Klavier spielen. Danny schuf gerade Kunst, und zwar Kunst auf menschlicher Haut, wo kein Raum für Fehler war. Sie hatte nicht die Möglichkeit, einen Strich wegzuwischen und neu zu zeichnen. Trotzdem redete sie die ganze Zeit mit der Frau, erklärte ihr, was sie gerade machte, und sprach nebenbei noch mit jemandem hinter der Kamera. Sie erläuterte die Bedeutung des Schwans als Symbol der Reinheit und kommentierte ihre Verwendung der Farben.

Jude fand, dass sie das gut machte. Hinzu kam ihr faszinierendes Aussehen, ihre charismatische Ausstrahlung. Kein Wunder, dass sie und Liam sich zueinander hingezogen gefühlt hatten.

Jude blickte auf die Kleidung hinunter, die sie trug. Sie hob den Arm und schnupperte am Stoff ihres Jackenärmels. Er stank nach Rauch und Alkohol und allem Möglichen anderen, wonach Klamotten eben rochen, wenn man sie auf einer Party getragen, mitten in der Nacht ausgezogen und dann morgens wieder angezogen hatte.

Schlagartig fühlte sie sich von Kopf bis Fuß verseucht. Sie ertrug es keine Sekunde länger. Eilig streifte sie ihren Anzug ab, stopfte ihn in den Müll, zog ihre restlichen Sachen aus und schob sie in die Waschmaschine. Anschließend stellte sie sich unter die Dusche, wusch sich die Haare und schrubbte dann an ihrem Körper herum, bis ihre Haut sich wund anfühlte. Sie hörte erst auf, als das Wasser kalt wurde. Rasch frottierte sie sich ab und schlüpfte in eine weite Jeans und einen Pulli.

Sie griff wieder nach ihrem Handy und scrollte nach unten. Da, das musste es sein. Das Video trug den Titel »Nacht des Feuerwerks« und war von jemandem namens Nico eingestellt worden. Man konnte es sich fast nicht ansehen. Die Leute tanzten, und man hatte das Gefühl, dass der Typ, der filmte, ebenfalls tanzte. Das Bild wippte und zuckte hin und her. Es war Nacht, sodass die Tänzer entweder vom flackernden Licht des Feuers beleuchtet oder nur als Silhouetten auszumachen waren. Trotzdem konnte Jude die Gesichter von Danny und Vin deutlich erkennen – und einen Moment wohl auch das von Irina, aber da war sie sich nicht sicher. Danny sah man längere Zeit, phasenweise ganz in sich versunken, während sie sich im Rhythmus der Musik bewegte, die Arme über dem Kopf. Sie war eine schöne, geschmeidige Tänzerin. *Noch etwas, was sie gut kann*, ging Jude durch den Kopf.

Irgendwann bemerkte Danny, dass sie gefilmt wurde, lächelte breit und sagte irgendetwas Unverständliches. Der kleine Film dauerte knapp fünfzehn Minuten, enthielt jedoch etliche Schnitte und Musikwechsel. Danny war immer wieder zu sehen.

Als es vorbei war, überlegte Jude einen Moment und rief dann erneut Leila Fox an.

»Ich habe mir den Film angesehen«, erklärte sie.

»Gut. Sie hätten mich nicht extra anzurufen brauchen, um mir das zu sagen.«

»Es gibt Lücken«, fuhr Jude fort. »Schnitte.«

»Was meinen Sie damit?«

»Der Film weist Lücken auf. Sie könnte gefilmt worden

sein, die Party verlassen haben, zurückgekommen und dann wieder beim Tanzen gefilmt worden sein.«

»Bitte!«, stöhnte die Kriminalbeamtin.

»Habe ich denn nicht recht?«

Sie hörte die Polizistin mal wieder tief durchatmen.

»Ich muss mich vor Ihnen nicht rechtfertigen, Jude. Aber nur so viel, ausnahmsweise: Die fragliche Party fand in Brixton statt, also weit vom Sumpfgebiet entfernt. Danny hätte eine gute Stunde gebraucht, um dort hinzukommen. Etliche Leute können bezeugen, dass sie kurz nach siebzehn Uhr fünfundvierzig eintraf. Um diese Zeit begann das Feuerwerk. Eine Kollegin von mir hat sich den kompletten Film angeschaut, bei dem durchgängig die Uhrzeit eingeblendet ist und der insgesamt über zweieinhalb Stunden dauert, von achtzehn Uhr bis einundzwanzig Uhr dreißig. Danny Kelner ist immer wieder zu sehen.«

Demnach erstreckte sich Dannys Alibi also fast genau über den Zeitraum, in dem Liam dem Gerichtsmediziner zufolge gestorben sein musste.

»Es ist doch möglich, dass sie zwischendurch weg war und dann zurückkam«, entgegnete Jude lahm.

»Nein, das ist nicht möglich.«

»Finden Sie das nicht ein bisschen sehr praktisch?«

»Wie bitte?«

»Ich schätze mal, eine Ihrer Hauptaufgaben bei einer Mordermittlung besteht darin, die Verdächtigen zu fragen, wo sie waren, und normalerweise bekommt man doch bestimmt Antworten wie: Ich habe ferngesehen, ich war spazieren, ich war mit dem oder der etwas trinken. Aber in diesem Fall haben Sie es mit einer Person zu tun, die während der Tatzeit sogar gefilmt wurde.« Als Jude fertig war, herrschte am anderen Ende Schweigen. »Entschuldigung, sind Sie noch dran?«

»Ja, ich bin noch dran.«

»Wie denken Sie darüber? Finden Sie nicht, dass Dannys Alibi zu gut ist?«

»Eben meinten Sie noch, es sei nicht gut genug. Jetzt ist es Ihnen *zu* gut. Was wollen Sie damit überhaupt sagen?«

»Wie viele Verdächtige sind in der Lage, durch Videoaufnahmen zu belegen, dass sie die Tat nicht begangen haben können?«

Wieder erfolgte keine Reaktion.

»Was meinen Sie?«, hakte Jude nach.

»Ich höre bloß den Teil, wo Sie sagen: ›belegen, dass sie die Tat nicht begangen haben können‹.«

»Sie verstehen nicht, worauf ich hinauswill?«

»Bevor ich Ihnen darauf eine Antwort gebe, würde ich Ihnen gern eine Frage stellen, wenn Sie nichts dagegen haben.«

»Nein. Ich meine, fragen Sie mich ruhig.«

»Was haben Sie letzte Nacht getan?«

Jetzt war es an Jude zu schweigen.

»Es war kompliziert. Alles ging durcheinander. Ich bin nicht stolz darauf.«

»Ich muss mich vor Ihnen nicht rechtfertigen, und Sie müssen sich vor mir nicht rechtfertigen. Aber wäre ich eine Freundin von Ihnen, würde ich wahrscheinlich versuchen, Ihnen in einer so schwierigen Phase zu helfen. Haben Sie Freunde?«

»Ja.«

Jude dachte an ihren Freundeskreis, an das Leben, das sie bis vor ein paar Wochen geführt hatte – ein glückliches, geselliges Leben voller Hoffnungen und Pläne. Ihr ging durch den Kopf, wie schnell all das verloren gehen konnte. Schlagartig wurde ihr die Brust so eng, dass sie nach Luft rang.

»Ich glaube, Sie sollten mit ihnen sprechen. Aber diese Leute in Liams Haus – das sind nicht Ihre Freunde.«

Jude setzte gerade zu einer Antwort an, als sie begriff, dass die Leitung tot war. Leila hatte aufgelegt.

52

Ganz langsam ging Jude hinüber in ihr dunkles, kaltes, nach Feuchtigkeit riechendes Schlafzimmer. Der Rest des Tages, der noch vor ihr lag, erschien ihr endlos lang. Und dann kam der nächste Tag, und der nächste.

Sie warf einen Blick auf ihr Handy, all die verpassten Anrufe und unbeantworteten Nachrichten. Darum würde sie sich später kümmern. Erschöpft ließ sie sich aufs Bett sinken und schloss die Augen. Vor Müdigkeit konnte sie nicht mehr klar denken. Sie wollte nur noch schlafen, bis … was? Bis das alles nur noch ein schrecklicher Traum war und sie aufwachte und sich in ihrem alten Leben wiederfand: bevor Liam sie aufspürte, bevor Nat mit einer anderen ins Bett stieg, bevor sie zum ersten Mal das Haus in Walthamstow betrat.

Ihr Telefon klingelte. Sie öffnete ein Auge und sah, dass es Dee war. Sie ging nicht ran. Das Telefon hörte zu klingeln auf, fing aber gleich wieder an. Dee gab nicht auf. Jude streckte eine Hand aus und schaltete ihr Handy ab.

Seufzend rollte sie sich zusammen und schloss wieder die Augen. Vielleicht war sie auch kurz eingeschlafen, denn als sie das nächste Mal für einen Moment die Augen aufmachte, kam ihr der Himmel draußen dunkler vor. Kurz darauf hörte sie ein Geräusch. Die Türklingel. Immer wieder. Sie wollte nicht schon wieder die Augen öffnen. Sie war zu müde und zu deprimiert, sie wollte nicht aufstehen, nicht einen Fuß vor den anderen setzen, nicht sprechen. Sie fühlte sich jetzt weder der Kriminalbeamtin mit den klugen Augen gewachsen noch jemandem aus ihrem Freundeskreis. Sie konnte nicht so tun, als ginge es ihr gut. Ihr Mund fühlte sich trocken an, aber es war ihr zu anstrengend, sich ein Glas Wasser zu holen.

Wieder klingelte es an der Tür. Jude rollte sich noch fester zusammen und zog sich ein Kissen über den Kopf. Irgendwann hörte das Klingeln auf.

Sie lag im Bett, in der stillen Wohnung. Draußen riss der Verkehrslärm nicht ab. Hin und wieder hörte sie im Stockwerk über ihr Schritte. Vor der Wohnungstür miaute das Katzenvieh.

Kurz darauf hörte sie die Katzenklappe rattern.

Als sie aufwachte, war es dunkel. Regen prasselte gegen das Fenster. Hatte es je zuvor so viel geregnet? Ihr war kalt, sie fühlte sich völlig ausgedörrt und musste dringend auf die Toilette.

Ohne Licht anzuschalten, stolperte sie ins Bad, setzte sich aufs Klo und ließ das Gesicht in die Hände sinken. Sie wusste nicht, was sie tun, wie sie aus der Situation, in der sie gelandet war, wieder herausfinden sollte.

So saß sie lange Zeit da und atmete durch ihre Hände, doch irgendwann wankte sie zurück ins Schlafzimmer, zog ihre Jeans und ihren Pulli aus und kroch unter die Bettdecke.

Sie lag in der Dunkelheit eine Weile wach und schlief dann wieder ein. Als sie das nächste Mal die Augen aufschlug, war es draußen hell. Sie überlegte, die Vorhänge zuzuziehen, doch da sie nicht die Kraft besaß, ein weiteres Mal aufzustehen, kuschelte sie sich einfach tiefer hinein in die Höhle ihrer Bettdecke.

In ihrem Kopf schwirrten Bilder herum wie die schemenhaften, flüchtigen Bruchstücke eines Traums. Gestalten verschwammen ineinander: Sie sah Liam vor sich als Jungen, dann als erwachsenen Mann und schließlich, als er tot war und ein Schrein voller welker Blumen die Stelle markierte, an der ihm jemand ein Messer in den Leib gerammt hatte.

Sie stellte sich seine Überraschung vor. Bestimmt hatte er sich für unsterblich gehalten. Danny tauchte auf, mit ihren tätowierten Tränen auf dem unbeweglichen Gesicht. Vin. An Vin wollte sie nicht denken. Nein, eigentlich wollte sie auch nicht daran denken, wie sie betrunken, zugedröhnt und voller Selbsthass zugelassen hatte, dass er Anspruch auf sie erhob. Docs Hand auf ihrer Brust. Dermot vor dem Chaos, das er angerichtet hatte, mit dem Blick eines getretenen Hundes. Irina, am Lagerfeuer tanzend.

Nat, den sie geliebt hatte, nun aber nicht mehr liebte, nicht einmal mehr kannte. Er hatte sich in Luft aufgelöst, und an seine Stelle war ein Fremder mit selbstgerechter Miene und höhnischer Stimme getreten.

Ihr ganzes Leben war eine Luftblase gewesen, und sie selbst hatte diese Blase zum Zerplatzen gebracht.

Jude fragte sich, welchen Tag sie wohl hatten. Gestern war der Mittwoch gewesen, an dem Liam in seinem Weidensarg begraben wurde, mit seinen Stiefeln obendrauf. Vor ihrem geistigen Auge sah sie die Hausbewohner Hand in Hand über die Heide ziehen und singen.

Demnach musste heute Donnerstag sein. Oder womöglich schon Freitag? Im Grunde spielte es keine Rolle, welcher Tag oder ob es Morgen, Mittag oder Abend war, denn inzwischen empfand sie die Zeit nicht mehr als einen Fluss, der sie vorwärtstrug, sondern nur noch als tiefen, zähen Sumpf. Draußen hörte sie die Katze miauen. Sie brauchte Futter. Die Pflanzen gehörten auch gegossen.

Sie schlief wieder ein oder versank zumindest in jene düstere Welt zwischen Schlaf und Wachzustand, bevölkert von Gesichtern und Gestalten, einem heftig schlagenden Herzen und dem Prasseln des Regens.

Schon wieder klingelte jemand an der Tür. Endlos. Es kam ihr vor, als würde sich das Klingeln in ihren Kopf bohren.

Endlich hörte es auf.

Einen Moment herrschte Stille, dann vernahm sie ein Geräusch am Fenster. Tap, tap, tap. Sie wandte sich in die Richtung und öffnete die Augen einen winzigen Spalt.

Durch den Nebel ihrer tiefen Erschöpfung erkannte sie ein Gesicht.

Es war das Gesicht ihrer Mutter, das sich da an die Fensterscheibe drückte, mit geöffnetem Mund und klatschnassem Haar. Aus ihrer Miene sprach Entsetzen, doch als sie bemerkte, dass Jude sie ansah, änderte sich ihr Gesichtsausdruck. Kurz legte sie beide Handflächen an die Scheibe, dann begann sie zu klopfen. Gleichzeitig rief sie etwas.

Jude stöhnte. Mühsam rappelte sie sich hoch, stolperte zum Fenster und öffnete es.

»Ach, Judith, mein Liebling!«

»Mum? Was machst du denn da im Garten?«

»Dein Nachbar hat mich über seinen Zaun steigen lassen. Mach mir in Gottes Namen endlich auf!«

Jude nickte. Sie fühlte sich benommen und seltsam irreal. Als sie sich zum Gehen wandte, rief ihre Mutter sie zurück.

»Zieh dir erst etwas an!«

Jude blickte an sich hinunter. Sie trug nur einen Slip. Rasch schlüpfte sie in Jeans und Pulli, eilte zu der Tür, die in den Garten hinausführte, entriegelte sie und riss sie auf. Ein Schwall kalter, feuchter Luft schlug ihr entgegen. Ihre Mutter stürmte herein und schlug die Tür hinter sich zu.

»Mum«, sagte sie erneut. Sie schämte sich zutiefst. Am liebsten hätte sie sich irgendwo versteckt.

»Ach, mein Liebling!«, entgegnete ihre Mutter mit zittriger Stimme.

Sie war völlig durchnässt, und das Haar klebte ihr am Kopf.

»Was ist denn los?«, fragte Jude erschrocken. »Ist etwas passiert? Ist mit Dad alles in Ordnung?«

»Ihm fehlt nichts. Ich war bloß krank vor Sorge um dich. Seit Tagen versuche ich dich telefonisch zu erreichen, aber du gehst nie ran, und dann hat auch noch deine Freundin Dee angerufen und gesagt, sie könne dich nicht erreichen, und alle anderen hätten auch nichts von dir gehört. Sie wollte schon den Notruf wählen.«

»Das ist doch verrückt.«

»Das ist gar nicht verrückt. Freunde machen so etwas. Und deswegen bin ich jetzt hier«, fügte ihre Mutter mit einem unsicheren Lachen hinzu. »Falls du jemanden brauchst, der dich rettet.«

»Nicht nötig«, erwiderte Jude.

Aber es war sehr wohl nötig. Sie erkannte es an dem Gesichtsausdruck, mit dem ihre Mutter sie ansah. So viel zärtliche Sorge weckte in Jude erneut den Wunsch, sich zu verstecken. Beschämt wandte sie sich ab.

»Was für ein Tag ist heute?«, fragte sie.

»Freitag.«

Kein Wunder, dass sie sich wie ausgehöhlt fühlte. Wann hatte sie das letzte Mal etwas gegessen?

»Draußen steht mein Wagen«, informierte ihre Mutter sie. »Im Halteverbot. Lass uns fahren, bevor ich einen Strafzettel bekomme.«

»Fahren?«

»Ich nehme dich für ein paar Tage mit nach Hause.«

Jude wusste nicht, wie sie damit umgehen sollte.

»Was ist mit der Katze?«

»Kannst du nicht deinen Nachbarn bitten, sie zu füttern?«

»Den kenne ich doch gar nicht.«

»Pack rasch zusammen, was du brauchst. In der Zwischenzeit gehe ich rüber und frage ihn.«

»Danke«, antwortete Jude schwach.

»Das wird schon wieder.«

»Meinst du wirklich?«

»Ja. Ganz bestimmt.«

»Ich habe so ein Chaos angerichtet. Mein Leben kommt mir vor wie ein einziger Scherbenhaufen.«

53

Während der ersten zwei Tage fühlte Jude sich, als müsste sie sich von einem langen Leiden erholen: nicht mehr krank, aber noch schwach und schnell erschöpft. Sie schlief viel oder saß mit einem Buch, das sie nicht las, unten bei ihren Eltern. Die meiste Zeit schaute sie in den kahlen, winterlichen Garten hinaus. Gelegentlich unternahm sie kurze Spaziergänge mit ihrem Vater, der ihr gegenüber verlegen und übervorsichtig war. Weinen konnte sie nicht richtig, spürte aber doch hin und wieder, dass ihr ein paar heiße Tränen aus den Augen quollen. Sie versuchte, nicht darüber nachzudenken, was ihr passiert war – was sie getan hatte –, doch oft fielen die Gedanken einfach über sie her, vor allem in den frühen Morgenstunden. Außerdem träumte sie eine Menge wirres Zeug, an das sie sich nicht erinnern konnte, wenn sie aufwachte. Trotzdem fühlte sie sich nach diesen Träumen immer zittrig und voller Angst.

Am Morgen des dritten Tages kam ihre Mutter mit einer Tasse Kaffee und einem noch warmen Mandelcroissant in ihr Zimmer, stellte ihr beides auf den Nachttisch und ließ sich dann auf dem Sessel neben dem Fenster nieder, statt wie sonst den Raum zu verlassen.

»Also …«, begann sie nach einem einleitenden Hüsteln.

»Ich weiß«, fiel ihr Jude ins Wort. Sie setzte sich auf, lehnte den Rücken an ihr Kopfkissen und nahm einen Schluck Kaffee.

»Was weißt du?«

»Dass ich mich zusammenreißen muss.«

Sie dachte einen Moment über den Ausdruck nach. Er erschien ihr passend, denn sie fühlte sich, als hätte sie sich in ihre Einzelteile aufgelöst – die Säume und Nähte ihrer alten Identität zerrissen. Doch bei der Vorstellung, sich nun wieder zusammenflicken zu müssen, fühlte sie sich sofort erbärmlich müde. Sie wusste gar nicht, wo sie da anfangen sollte.

»Ich finde, du solltest mit jemandem sprechen.«

»Du denkst an eine Therapie?

»Ja.«

»Ich glaube, das ist eine gute Idee«, antwortete Jude. Die Miene ihrer Mutter hellte sich auf. »Wenn ich wieder in London bin, mache ich das.«

»Du kannst so lange hierbleiben, wie du willst, das weißt du.«

»Ich muss zurück. Schließlich habe ich auch noch einen Job.« Sie stieß ein freudloses Lachen aus. »Hoffe ich zumindest.«

»Wie geht es denn mit deiner Arbeit weiter?«

»Die haben schon versucht, mich zu erreichen.« Sie dachte an den beängstigenden Berg an Mails, Sprach- und Textnachrichten. »Ich kümmere mich heute darum.«

»Gut.«

Ihre Mutter nickte ihr energisch zu, als könnte ihre Aufmunterung Jude über all die Hürden in ihrem Kopf tragen. Jude nahm einen Bissen von dem buttrigen Gebäckstück und hatte gleich das Gefühl, dass es ihr guttat. Auf dem kleinen Tisch standen Blumen, und der ganze Raum wirkte sauber und hell. Ihr Blick fiel auf das zusammengerollte Lederband mit dem geschnitzten Gabelbein, das sich noch genau da befand, wo sie es bei ihrem letzten Besuch hingelegt hatte – an dem Tag, als sie erfuhr, dass sie Liams Testamentsvollstreckerin war. Sie griff danach, spürte sein Federgewicht auf ihrer Handfläche.

»Noch etwas«, fuhr ihre Mutter fort. »Ich weiß natürlich,

dass es sich nur um eine Übergangslösung handelt, aber wenn du mich fragst, ist diese Wohnung, auf die du da aufpasst, gar nicht gut für deine Psyche.«

»Das kannst du laut sagen.«

»Wie wäre es denn, wenn du dir etwas anderes suchst?«

»Ja.«

»Vielleicht erst mal bei Freunden?«

»Vielleicht.«

»Es wäre doch nett, wenn du nicht allein wärst. Nach allem, was du durchgemacht hast.«

»Wahrscheinlich hast du recht.«

Jude legte sich das Band mit dem Gabelbein um und nahm dann einen weiteren Bissen von dem Croissant, einen weiteren Schluck Kaffee, ehe sie sich wieder ihrer Mutter zuwandte und sie anlächelte.

»Danke«, sagte sie. »Und du hast recht: Ich muss mein Leben neu sortieren. Als Erstes rufe ich in der Arbeit an.«

Sie fürchtete sich davor. »Danach setze ich mich mit meiner Clique in Verbindung und überlege mir, wo ich unterkommen kann. Eins nach dem anderen.«

Später an diesem Tag unternahm Jude allein einen Spaziergang. Sie ging durch das kleine Wäldchen, wo unter ihren Füßen trockenes Laub raschelte, und dann den Hügel hinauf, um die Scheune herum, wo sie mit Nat ihre Hochzeit hatte feiern wollen, und entlang der Hauptstraße zurück. An der Bäckerei legte sie einen Zwischenstopp ein, um einen Laib Brot zu kaufen. Als sie wieder aus dem Laden trat, stand plötzlich Tara Birch vor ihr, auch wenn sie sie auf den ersten Blick gar nicht erkannte, weil sie einen langen schwarzen Mantel trug und sich eine Kapuze über den Kopf gezogen hatte.

Sie starrten sich erschrocken an. Tara lächelte nicht.

»Ich habe nicht damit gerechnet, Ihnen hier in die Arme zu

laufen. Ich war zu Besuch bei einer Freundin, die ganz in der Nähe wohnt, und jetzt wollte ich noch rasch ...«

Sie brach ab. Erneut starrten sie sich an.

»Geht es Ihnen gut?«, fragte Jude.

»Nicht wirklich. Und Ihnen?«

»Mir ging es auch schon besser.«

»Sollen wir eine Tasse Kaffee zusammen trinken?«

Jude wollte nicht, aber auf die Schnelle fiel ihr keine passende Ausrede ein. Schweigend gingen sie die Straße entlang, bis sie ein kleines Café erreichten. Drinnen war es nicht allzu warm. Tara bestellte für sie beide Kaffee. Anschließend setzten sie sich an einen kleinen Tisch, einander gegenüber. Erst jetzt, nachdem Tara ihre Kapuze in den Nacken geschoben hatte, fiel Jude auf, wie mitgenommen sie aussah. Ihr Gesicht wirkte eingefallen, fast geschrumpft, sodass die Knochen kantig hervortraten. Ihre Haut hatte eine kalkige Blässe, von einem Ausschlag an der Wange mal abgesehen.

»Kürzlich, an dem Abend, auf der Party ...«, begann Tara. »Ich bin sonst nicht so.«

»Es war die Trauerfeier Ihres Sohnes«, antwortete Jude sanft. »Sie müssen sich für gar nichts entschuldigen.«

»Erst habe ich Danny angeschrien und dann Dermot. Das sieht mir gar nicht ähnlich. Oder vielleicht doch. Ich neige zum Jähzorn. Fragen Sie Andy.«

Jude schüttelte nur den Kopf.

»Es war fürchterlich«, fuhr Tara fort. »Ich hatte das Gefühl durchzudrehen. Vielleicht drehe ich ja tatsächlich durch. Jeden Morgen wache ich auf, und dann fällt es mir ein. Jeden einzelnen Morgen muss ich mich von Neuem daran erinnern. Andy hat mich genötigt, zum Arzt zu gehen und mir Antidepressiva verschreiben zu lassen.«

»Helfen die?«

»Ich habe sie nicht genommen. Es klingt verrückt, aber ich

will mich gar nicht wirklich besser fühlen. Mein Sohn wurde getötet. Warum sollte ich darüber hinwegkommen?«

»Ich glaube, es geht gar nicht darum, dass man darüber hinwegkommt«, entgegnete Jude. »Es geht eher darum, einen Weg zu finden, damit zu leben.«

»Ich will keinen Weg finden, damit zu leben. Weil es einfach unerträglich ist. Und das sollte es auch sein. Er ist tot. Ich bin die Mutter eines toten Sohnes. Eines ermordeten Sohnes.«

Jude beobachtete, wie eine Träne über Taras eingefallenes Gesicht rollte und dann gleich noch eine. Sie legte ihr eine Hand auf den Arm.

»Ich habe meinen Sohn verloren, und auch meinen Enkel«, fuhr Tara fort.

»Sie haben immer noch Dermot«, gab Jude hilflos zu bedenken.

»Der arme Dermot.« Tara hob den Kopf und sah Jude traurig an. »Ich weiß, dass er leidet. Aber was ist sein Kummer im Vergleich zu meinem? Ich kann ihm nicht helfen. Ich kann niemandem helfen.«

»Meinen Sie, er fühlt sich vielleicht ...?«

»Was tragen Sie denn da?«

»Bitte?«

»Um den Hals?«

»Oh.« Jude blickte an sich hinunter. Das hölzerne Gabelbein lugte gerade noch unter dem V-Ausschnitt ihres Shirts hervor. Sie zog es heraus.

»Es gehörte Liam«, erklärte sie.

»Ich weiß. Hat er es Ihnen geschenkt?«

»Nein.« Jude spürte, wie sie rot anlief. »Es gehört mir eigentlich gar nicht. Ich ... nun ja, ich habe es an mich genommen. Es fiel aus seiner Tasche, als ich in dem Cottage war – an dem Wochenende, als er getötet wurde. Ich habe es einfach umgelegt. Warum, weiß ich selbst nicht so genau.« Sie musste daran denken, dass sie sich auch mit seinem Parfüm eingesprüht hatte. »Das hätte ich nicht tun sollen«, fügte sie hinzu.

»Egal«, sagte Tara matt. »Vielleicht sind Sie am Ende ja tatsächlich diejenige, die es haben sollte – das Mädchen, für das er eine Schwäche hatte, als er noch ein Junge war. Immer noch besser, als wenn Danny es nimmt. Das könnte ich nicht ertragen. Als Andy und ich fünfundzwanzig Jahre verheiratet waren, hat Liam für jeden von uns vier so ein Gabelbein als Anhänger geschnitzt. Es sollte der ganzen Familie Glück bringen. Glück. Und nun sehen Sie uns an.«

Als sie sich verabschiedeten, hielt Tara Judes Hand einen Moment fest umklammert.

»Schauen Sie auf jeden Fall bei mir vorbei, bevor Sie nach London zurückkehren«, sagte sie. »Bitte.«

54

Als Jude am nächsten Morgen erwachte, stellte sie fest, dass es eine frostige Nacht gewesen war. Inzwischen aber schien die Sonne, der Himmel leuchtete in einem stählernen Blau, und die Luft war klar. Alles wirkte blitzblank. Jude erschien das wie ein Omen. Es war Zeit für sie heimzufahren. Sie empfand es als seltsam, dass sie diesen Entschluss ausgerechnet hier für sich formulierte, an diesem Ort, der so viele Jahre ihr Zuhause gewesen war. Noch seltsamer fand sie, dass sie in London ja gar kein Zuhause mehr besaß. Aber es war an der Zeit, sich wieder eines zu suchen – oder sich eines aufzubauen.

Das Gesicht ihrer Mutter legte sich in Kummerfalten, als sie es ihr mitteilte.

»Heute schon?«, fragte sie.

»Ja. Ich muss das Eisen schmieden, solange es heiß ist.«

»Aber wo wirst du wohnen?«

»Ich sorge erst mal dafür, dass diese Kellerbude wieder anständig aussieht, und dann ziehe ich wahrscheinlich zu Dee, bis ich etwas anderes finde. Falls sie mich aufnimmt. Aber notfalls habe ich auch noch andere Freunde, wo ich bleiben kann, solange ich auf Wohnungssuche bin. Das klappt schon.«

Jude griff nach der Hand ihrer Mutter und drückte sie sich an die Wange. Sie waren beide den Tränen nahe. »Du warst ganz wunderbar«, fuhr sie fort. »Aber jetzt muss ich mein Leben neu ordnen, und je länger ich warte, umso schwerer wird es.«

Dann war da noch die Sache mit Tara. Eigentlich wollte sie

ihr keinen weiteren Besuch abstatten. Im Grunde kannte sie die Frau ja kaum. Hatten sie sich nicht schon alles gesagt, was es zu sagen gab? Jude spielte mit dem Gedanken, einfach zu verschwinden und ihr dann eine entschuldigende Textnachricht zu schicken, sobald sie zurück in London war. Aber sie musste an Taras Gesicht denken. Sie sollte zumindest den Mut aufbringen, sie anzurufen und ihr zu sagen, dass sie es leider nicht mehr schaffen werde, bei ihr vorbeizuschauen, weil sie heute schon nach London aufbrechen wolle.

Es funktionierte nicht.

»Sie wollen heute fahren?«, fragte Tara. »Das passt ja perfekt!«

»Wie meinen Sie das?«

»Dermot ist hier«, erklärte sie. »Er fährt später zurück nach London und kann Sie mitnehmen.«

Das war in so vielerlei Hinsicht keine gute Idee. Nach allem, was geschehen war, reichte es ihr von Dermot. Außerdem hatte sie sich darauf gefreut, ein paar Stunden lang im Zug sitzen zu können, ohne sich mit jemandem unterhalten zu müssen.

»Ich will ihm wirklich keine Umstände machen.«

»Das sind überhaupt keine Umstände«, widersprach Tara in energischem Ton, ehe sie sich auf eine Art lautes Flüstern verlegte, sodass Jude gerade noch verstehen konnte, was sie sagte. »Er muss sich wieder in den Griff kriegen. Bestimmt tut es ihm gut, wenn er jemanden hat, mit dem er sich unterhalten kann.«

Aus genau diesem Grund wollte Jude nicht drei Stunden lang neben Dermot Birch im Wagen sitzen, aber da ihr keine Ausrede einfiel, die nicht verletzend geklungen hätte, antwortete sie, dass sie das Angebot dann gerne annehme.

Ihre Mutter chauffierte sie zum Haus der Birchs. Dort angekommen, fuhr sie seitlich ran und stellte zu Judes Überraschung den Motor ab. Einen Moment hielt sie den Blick starr geradeaus gerichtet. Jude kam sich schlagartig wieder vor wie ein Teenager. Sie spürte, dass irgendeine Art von Vortrag kommen würde. Schließlich wandte ihre Mutter sich ihr zu und betrachtete sie mit ernster Miene.

»Ich glaube, die Tage bei uns haben dir gutgetan.«

»Ich hoffe, ich habe schon gesagt, wie dankbar ich euch bin.«

»Du musstest eine Menge durchmachen in letzter Zeit.« Ihre Mutter deutete auf das Haus. »Mir ist klar, dass du eine Vollblutärztin bist, aber du kannst nicht jeden heilen.«

»Wie meinst du das?«

»Sie erleben gerade etwas, das niemand erleben sollte. Aber du kannst ihnen ihr Leid nicht abnehmen. Sie müssen da einfach selber durch.«

Jude lächelte. »Ich nutze doch nur eine Mitfahrgelegenheit nach London.«

Ihre Mutter schüttelte den Kopf.

»Sie sehen in dir eine Verbindung zu ihrem Sohn beziehungsweise zum Bruder. Das ist eine zu große Aufgabe für dich.«

Jude beugte sich zu ihrer Mutter hinüber und gab ihr einen Abschiedskuss.

»Es ist nur eine Mitfahrgelegenheit.«

55

Jude fand, dass Tara ein wenig besser aussah als bei ihrer letzten Begegnung, aber Andys Miene wirkte düster, und er hatte dunkle Augenringe.

»Schön, dass Sie vorbeischauen«, murmelte er mürrisch.

»Mir ist klar, dass Sie gerade eine sehr schmerzliche Phase durchmachen«, antwortete Jude.

»Sie brauchen das nicht andauernd zu wiederholen«, wies Tara sie zurecht. »Das ist das Problem, wenn ein Angehöriger stirbt. Die Leute meinen ständig, sie müssten einem ihr Mitgefühl ausdrücken, und selber muss man dann die ganze Zeit seine Trauer zur Schau tragen.«

»Tara«, sagte Andy. »Sie wollte nur höflich sein.«

»Ich rede doch gar nicht von ihr«, entgegnete sie und korrigierte sich dann selbst, an Jude gewandt: »Ich meine nicht Sie. Sie kannten Liam ja. Ich spreche von Leuten, die wir kaum kennen. Es ist, als wollten sie sich irgendwie bei uns reindrängen – all diese Leute, die über Liam reden, als hätten sie ihn gekannt.«

Jude ging durch den Kopf, dass sie definitiv auch zu denen gehörte, die Liam nicht wirklich kannten.

»Ich glaube, manchmal haben die Leute einfach Probleme, die richtigen Worte zu finden«, gab sie zu bedenken.

»Die wissen halt nicht, wie das ist«, antwortete Andy. »Sie können es ja nicht wissen.«

Da Jude nun erst recht das Gefühl hatte, jedes Wort auf die Goldwaage legen zu müssen, sagte sie lieber gar nichts mehr.

»Dermot ist noch nicht da«, erklärte Tara. »Eigentlich

wollte er längst hier sein. Möchten Sie Tee oder Kaffee? Ich habe uns ein paar Kekse besorgt.«

Die Situation wurde leicht verworren, als Jude antwortete, sie schließe sich ihnen beiden an, und Tara zurückgab, sie beide würden sich ganz nach ihr richten, woraufhin Andy einwarf, er werde beides machen. Jude hatte den Eindruck, dass es ihr letztendlich doch wieder nicht gelungen war, das Richtige zu sagen. Andy verschwand in die Küche. Tara schickte sich gerade an, ihr zu erklären, wie schwer es ihm falle, seine Gefühle zum Ausdruck zu bringen, als sie draußen jemanden die Haustür öffnen und dann hinter sich zuknallen hörte.

Jude identifizierte Dermots Stimme. Sie überlegte, dass eine Tasse Tee und eventuell ein Keks reichen mussten. Danach konnte sie erklären, wie dringend sie zurück nach London müsse.

Dermot kam in den Raum gestürmt und umarmte seine Mutter. Als er Jude entdeckte, wirkte er sichtlich überrascht.

»Sie haben gar nicht mit mir gerechnet, oder?«

»Was?«

»Tara hat Ihnen nichts gesagt?«

Tara und Dermot begannen gleichzeitig zu sprechen, und weder sie noch er waren bereit, dem anderen den Vortritt zu lassen.

»Ich kann auch einfach mit dem Zug fahren«, verkündete Jude in einer Lautstärke, die beide verstummen ließ.

»Nein, nein«, entgegnete Dermot. »Wir können aufbrechen, wann immer Sie wollen.«

Jude betrachtete Dermot bekümmert. Sein Haar wirkte zerzaust, die Trainingsjacke, die er trug, stark verschmutzt. Sie wusste nicht recht, ob sie ihn darauf hinweisen sollte, dass eines seiner Schuhbänder aufgegangen war. Er sprach ein wenig zu schnell und riss dabei die Augen weit auf, was Jude mit kleinen Kindern verband, die vor lauter Übermüdung nicht mehr schlafen konnten. Sie empfand tiefes Mitgefühl mit ihm, fand es andererseits aber auch höchst bedenklich, dass das der Mann war, der sie in Kürze nach London chauffieren würde. Er trat auf sie zu und nahm sie kurz in den Arm. Sofort stieg ihr der Geruch von Alkohol und Schweiß in die Nase. Auf jeden Fall brauchte dieser Mann dringend Hilfe, eine Dusche und mindestens eine Nacht Schlaf.

»Geht es Ihnen gut?«, fragte sie.

Er fuhr sich mit den Fingern durchs Haar.

»Sie sind die Ärztin«, gab er zur Antwort. »Mein Bruder ist ermordet worden. Wie kann es mir da gut gehen? Was wäre denn Ihrer Meinung nach eine gesunde Art, damit klarzukommen?«

»Sie hat doch nur gefragt«, mischte Tara sich ein. »Kein Grund, ihr den Kopf abzureißen.«

Dermot setzte zu einer Antwort an, doch in dem Moment betrat Andy mit einem Tablett den Raum, auf dem eine Tee- und eine Kaffeekanne standen. Dermot eilte ihm entgegen, um ihm zu helfen, aber irgendwie stießen sie dabei zusammen, und Andy ließ das Tablet fallen. Die Teekanne zerbarst, während die Kaffeekanne ganz blieb, der Kaffee aber dennoch herausspritzte. Das Ergebnis war spektakulär. Flecken brauner Flüssigkeit prangten sowohl auf einem Webteppich als auch auf dem großen Sofa. Die Flecken sahen so aus, als würden sie nie wieder herausgehen, was immer man auch mit ihnen anstellte.

»Ich wollte nur helfen!«, erklärte Dermot in betretenem Ton.

Weder Andy noch Tara gaben ihm eine Antwort. Sie wirkten nicht verärgert, auch nicht bekümmert. Sie sagten aber auch nicht, dass es nicht so schlimm sei. Stattdessen schwiegen sie. Es war, als wäre Andy mit einem leblosen Gegenstand kollidiert. Er beugte sich hinunter, um die Kaffeekanne und die größeren Bruchstücke der Teekanne aufzuheben. Währenddessen holte Tara Eimer und Wischmopp. Dermot bot an, das Aufwischen zu übernehmen, doch sie ignorierte ihn.

»Ich will auch etwas tun«, sagte Dermot.

»Setz dich einfach hin«, antwortete Tara. »Es spielt keine Rolle.«

Nach Judes Gefühl waren diese wenigen Worte, die unter anderen Umständen auch mütterlich und tröstlich hätten klingen können, das Niederschmetterndste, was sie sagen konnte. Für Tara spielte es wirklich keine Rolle, weil für sie gar nichts mehr eine Rolle spielte.

Ein paar Minuten später kehrte Andy mit einer anderen Teekanne in den Raum zurück. Sie hatte eine seltsame Form und war mit einem Blumenmuster verziert. Andy betrachtete die Kanne und verzog das Gesicht zu einem schrägen Lächeln, als sähe er sie zum ersten Mal.

»Die haben wir mal geschenkt bekommen. Nicht mein Geschmack. Wir haben sie noch nie benutzt.«

Als schließlich alle eine Tasse vor sich stehen hatten, kam es zu einer peinlichen Pause.

»Wie ist denn der Stand der Dinge in Sachen Testament?«, versuchte Andy sie zu füllen.

Jude antwortete nicht. Sie brachte es nicht fertig, in dieser Umgebung über all das zu sprechen.

»Laut Jude ist es eine Katastrophe«, meldete sich Dermot zu Wort. »Falls jemand Liam wegen des Geldes getötet hat, wird die Enttäuschung ziemlich groß sein.«

»Dermot, bitte!«, sagte Andy in vorwurfsvollem Ton.

»Das war nicht als Kritik gemeint«, gab Dermot zurück. »Es ist einfach die Wahrheit.«

Tara sah Jude an. »Stimmt das?«

»Ich weiß es nicht«, antwortete Jude. »Es gab auf jeden Fall finanzielle Probleme. Aber vielleicht lässt sich da noch etwas geradebiegen.«

»Wer soll das denn geradebiegen?«

»Wenn Danny das Haus behalten möchte, findet sich vielleicht eine Lösung.«

Andy stieß ein Schnauben aus, woraufhin Tara ihn finster anfunkelte. Jude warf einen schnellen Blick zu Dermot hinüber.

»Vielleicht sollten wir …«, begann sie in vielsagendem Ton.

»Mir ist zu Ohren gekommen, dass Sie mit der Kriminalbeamtin gesprochen haben«, wandte sich Andy an Jude.

Jude wusste nicht, wie sie auf die Frage reagieren sollte. Sie war versucht, mit einer Gegenfrage zu antworten: Woher wissen Sie das? Warum fragen Sie mich das? Was geht das Sie an?

»Ich wurde befragt«, erwiderte sie schließlich. »Wie alle anderen auch.«

»Diese Polizistin war auf der Trauerfeier«, fuhr Andy fort.

»Ja«, bestätigte Jude.

»Hat sie gesagt, wie es mit den Ermittlungen vorangeht?«

»Nein.« Jude versuchte Blickkontakt mit Dermot aufzunehmen, um ihm zu signalisieren, dass sie aufbrechen wollte, doch er starrte auf seine Schuhe hinunter.

»Haben die schon einen Verdächtigen?«

Tara unterbrach ihren Mann in scharfem Ton. »Andy, warum sollte die Polizei Jude über so etwas informieren?«

»Ich habe ein schlechtes Gefühl. Es heißt doch immer, wenn sie den Täter nicht innerhalb der ersten zwei Tage fassen, dann kriegen sie ihn wahrscheinlich nie.«

»Das ist doch lächerlich«, widersprach Tara.

Jude fand es nicht so lächerlich. Ihrem Empfinden nach hatte die Polizei bisher nichts anderes getan, als Verdächtige von der Liste zu streichen.

»Es geht ums Abschließen«, erklärte Andy. »Ich glaube, wir können es erst abschließen, wenn jemand gefasst ist und dafür bezahlt.«

»Abschließen«, wiederholte Dermot bitter. »Was soll das denn überhaupt heißen? Wenn du wüsstest, dass er bloß Opfer eines willkürlichen Raubüberfalls wurde, ginge es dir dann besser? Oder wenn ihn jemand getötet hätte, der …«

Er brach ab.

»Der was?«, fragte Tara in sanftem Ton. Sie beugte sich zu ihrem Sohn hinüber. »Was wolltest du sagen?«

»Ich weiß selbst nicht genau, was ich sagen wollte. Wenn ihn jemand getötet hätte, den er kannte. Würdet ihr euch dann besser fühlen?«

»Es geht nicht darum, sich besser zu fühlen«, entgegnete Andy. »Wir wüssten dann einfach Bescheid. Wir könnten einen Schlussstrich ziehen.«

»Was wäre euch denn lieber?«, fragte Dermot aufgebracht. »Fändet ihr es besser, wenn es eine willkürliche Tat gewesen wäre? Oder würdet ihr lieber erfahren, dass es jemanden gab, der euren Sohn genug hasste, um ihn zu ermorden?«

Es herrschte einen Moment Schweigen.

»Vielleicht war es weder das eine noch das andere«, erwiderte Andy langsam. »Es könnte sich auch um eine Verwechslung gehandelt haben.«

»Wir würden es nur gerne wissen, das ist alles«, mischte Tara sich ein. »Das Schlimmste ist diese quälende Ungewissheit.« An Jude gewandt fügte sie hinzu: »Versteht ihr das denn nicht?« Sie schrie die Worte fast.

»Doch, das verstehe ich«, antwortete Jude.

»Hör auf zu schreien!«, fuhr Andy Tara an. Dabei war er mindestens so laut wie zuvor Tara. »Du klingst wie eine Irre.«

»Vielleicht möchte ich ja irre werden. Vielleicht bin ich eines Tages irre genug, um zu glauben, dass er noch lebt. Ich schätze, es interessiert mich gar nicht so sehr, ob sie die Person fassen oder nicht. Wenn man seinen Sohn verliert, ist es schwer, sich überhaupt noch für etwas zu interessieren.«

»Ihr habt noch einen, wenn ich euch daran erinnern darf«, warf Dermot ein.

»Was?«, fragte Andy.

»Ihr habt noch einen Sohn.« Dermots Gesicht wirkte plötzlich fleckig. »So, wie Mum das eben gesagt hat, klang es, als hätte sie ihr einziges Kind verloren. Ich wollte euch nur an die Tatsache meiner Existenz erinnern. Hier bin ich. Hier!«

Er schlug sich fest an die Brust.

»Ach ja«, sagte Tara. »Das ist doch wieder typisch. Lasst es uns so hindrehen, dass du im Mittelpunkt stehst.«

»Es geht mir verdammt noch mal nicht darum, im Mittelpunkt zu stehen. Ich wollte euch nur ins Gedächtnis rufen, dass ich auch noch da bin. Euer Sohn. Dermot.«

Er war mittlerweile den Tränen nahe.

»Als hätte das je ein Mensch bezweifelt.« Taras Stimme triefte vor Verachtung. »Seit er gestorben ist, läufst du rum wie ein Häufchen Elend und tust dir nur noch selber leid. Der arme kleine Dermot.«

Schlagartig war es im Raum totenstill. Die unguten Schwingungen hingen in der Luft wie eine elektrische Ladung. Jude starrte betreten auf den Boden hinunter. Dermot erhob sich.

»Wir sollten gehen.«

Jude stand ebenfalls auf. Obwohl sie den starken Drang verspürte, einfach fluchtartig das Haus zu verlassen, hatte sie gleichzeitig das Gefühl, etwas sagen zu müssen.

»Vielleicht sollten Sie drei sich erst aussprechen. Ich kann draußen warten.«

»Ich glaube nicht, dass wir uns aussprechen müssen«, entgegnete Dermot.

»Ich finde, du solltest dich bei deiner Mutter entschuldigen«, sagte Andy.

»Mich bei meiner *Mutter* entschuldigen? Was zum Teufel soll das?«

Andy knallte seine Tasse auf den Tisch. Mit hochrotem Gesicht stand er auf. Jude befürchtete einen Moment, dass er auf seinen Sohn losgehen würde. Tara hatte wohl auch diesen Eindruck, denn sie rief den Namen ihres Mannes und brach dann in Schluchzen aus. Die beiden Männer sahen sie an, beide heftig atmend. Jude ging zu Tara hinüber und setzte sich neben sie aufs Sofa.

»Es ist schrecklich«, sagte sie, »schrecklich für alle.« Sie blickte hoch. »Ich kann mit dem Taxi zum Bahnhof fahren. Ich finde wirklich, Sie drei sollten miteinander reden, sich wieder gegenseitig stützen.«

»Und ich finde, es ist Zeit zu gehen«, erwiderte Andy. Aber er sagte es nicht zu ihr. Er sagte es zu seinem Sohn.

56

Draußen saßen Dermot und Jude minutenlang schweigend im Wagen. Dermot wirkte atemlos. Jude fragte sich, ob er überhaupt in der Lage war zu fahren. Sie hatte selbst auch das Gefühl, unter Schock zu stehen. Beim Hinausgehen hatte sie ein paar Worte des Dankes und Bedauerns gemurmelt, wusste aber nicht, ob sie bei Tara angekommen waren. Andy hatte Jude am Ellbogen genommen und zur Haustür hinausgeführt.

»Ich hoffe, Sie bleiben mit uns in Verbindung«, sagte er dort zu ihr.

»Ja, natürlich«, antwortete Jude, obwohl sie in Wirklichkeit hoffte, nach diesem Tag nie wieder mit irgendeinem Mitglied der Familie Birch zusammenzutreffen.

»Sie waren Tara ein Trost – eine Erinnerung an die alten Zeiten.«

Während sie nur benommen nicken konnte, war Dermot wortlos an ihnen vorbeimarschiert. Jude hatte sich mit einem Nicken von Andy verabschiedet und war Dermot zum Wagen gefolgt.

»Es tut mir leid, dass Sie das miterleben mussten«, brach er schließlich das Schweigen und sah Jude an. Seine Augen wirkten feucht, als hätte er geweint.

»Das ist schon in Ordnung.«

»Sie sind Zeugin von etwas geworden, das wir normalerweise verborgen halten«, erklärte er.

»Wenn so schlimme Dinge passieren, drehen die Menschen eben ein bisschen durch.«

»Oder zeigen, wer sie wirklich sind.«

»Ich glaube nicht, dass das stimmt.«

Dermot musterte sie einen Moment eindringlich, dann fuhr er sich mit beiden Händen übers Gesicht, als würde er es waschen.

»Geht es Ihnen besser?«, fragte Jude.

Er hob den Kopf.

»Na, so ein Zufall!«, sagte er.

»Was?«

Er fasste in den Kragen seines Hemds und zog das gleiche kleine hölzerne Gabelbein heraus, das sie trug.

»Dann hat er für Sie also auch eins gemacht?«, fragte Dermot.

»Nein, das ist seins.«

Er starrte sie verwirrt an. »Aber wann hat er Ihnen das denn gegeben?«

Jude stöhnte innerlich. Alles, was sie tat, schien darauf abzuzielen, die Leute darin zu bestärken, dass sie und Liam eine Affäre gehabt hatten.

»Tut mir leid, das war nicht richtig von mir. Als ich in Norfolk auf ihn wartete, entdeckte ich es in seinem Gepäck. Und lieh es mir aus. Oder stahl es, um genau zu sein.« Noch während sie sprach, hatte sie selbst das Gefühl, sich immer mehr um Kopf und Kragen zu reden. »Tara meinte allerdings, ich soll es behalten.«

Die lange Pause, die nun folgte, überraschte Jude. Sie hätte es verstanden, wenn Dermot richtig sauer geworden wäre, weil sie das getan hatte. Womöglich hatte sie ihn damit sehr verletzt.

»Hauptsache, sie kann Danny eine reinwürgen.« Mit diesen Worten startete er den Motor. »Lassen Sie uns aufbrechen.«

»Sind Sie sicher, dass Sie fahren können?«

»Sie denken an die Teekanne? Keine Sorge, es geht mir gut.«

57

Natürlich ging es Dermot nicht gut.

»Ich glaube, hier darf man nur fünfzig fahren!« Instinktiv riss Jude einen Arm hoch, während der Wagen um eine Kurve schoss und dann einen heftigen Schlenker machte, um einem Radfahrer auszuweichen.

»Was sagen Sie?«

Dermot wandte den Kopf und starrte sie an. Jude bekam es mit der Angst zu tun, weil er so lange nicht auf die Straße schaute.

»Man darf hier nur fünfzig fahren. Sie fahren achtzig.«

Er bremste so abrupt, dass es ihr den Kopf nach vorne riss.

»Ich bin ein guter Autofahrer. Sie brauchen sich keine Sorgen zu machen.«

»Vielleicht ist es für Sie trotzdem nicht der richtige Zeitpunkt, um am Steuer zu sitzen – nach allem, was Sie durchgemacht haben.«

Sie fuhren inzwischen nur noch dreißig. Der Wagen hinter ihnen hupte, woraufhin Dermot teuflisch grinste und die Geschwindigkeit noch mehr drosselte.

»Arschloch«, sagte er.

»Vielleicht könnten Sie mich einfach am Bahnhof absetzen«, schlug Jude vor. »Bitte.«

»Nein. Die lange Fahrt wird uns beiden guttun. Außerdem können wir dann reden: wir zwei Testamentsvollstrecker.«

Jude versuchte sich zu entspannen. Sie hatte beide Hände zur Faust geballt und die Zähne fest zusammengebissen. Die tief stehende Sonne fiel schräg auf die schmutzige Windschutzscheibe. Jude fragte sich nervös, ob Dermot überhaupt etwas sah. Als sie die Ortsgrenze erreichten und ihre Reise in Richtung Süden antraten, beschleunigte er wieder.

»Was führt Sie denn nach London?«, fragte sie, während er den Wagen um eine Kurve schlittern ließ.

»Geschäftliches«, meinte er achselzuckend. »Nichts allzu Interessantes. Ich hasse London.«

Danach schwiegen sie wieder eine ganze Weile. Jude starrte hinaus in die einsetzende Dämmerung. Ihr Blick schweifte über Felder, Hügel und Wald. Ein kleiner Fluss schlängelte sich durch ein Tal. Zwei Pferde grasten friedlich auf einer Weide. Ein Mann stand neben seinem ordentlich aufgeschichteten Lagerfeuer. In der Luft schwebte ein Turmfalke. Normales Leben, dachte sie, während sie vorbeischossen und die Tachonadel bedenklich nach oben stieg.

Jude warf einen Blick zu Dermot hinüber, der das Lenkrad mit beiden Händen fest umklammerte. Sein Gesicht wirkte grimmig und verkniffen, sein Haar wirr. Er roch ungewaschen und machte insgesamt einen so verstörten, elenden Eindruck, dass sie plötzlich Mitleid mit ihm empfand.

»Vielleicht«, begann sie, »sollten Sie darüber nachdenken, mit jemandem über all das, was Sie durchgemacht haben, zu sprechen.«

Was natürlich der gleiche Rat war, den sie selbst von ihrer Mutter bekommen hatte.

»Sie haben doch keinen blassen Schimmer, wie ich mich fühle«, erwiderte Dermot. Der Wagen krachte durch ein Schlagloch. Jude registrierte, dass er sich die Unterlippe aufgebissen hatte und sein Mundwinkel blutverschmiert war.

Sie setzte zu einer Antwort an, doch er kam ihr zuvor.

»Liam hätte gesagt, ich soll mich zusammenreißen. Dem Feind ins Auge blicken.«

»Wie in einer Schlacht?«

»Genau. Er sagte immer, man müsse für sich selbst kämpfen wie ein Soldat – oder wie ein Krieger.« Vor Konzentration zog er dabei das ganze Gesicht in Falten, als wäre es von schmerzhafter Wichtigkeit, sich an den genauen Wortlaut zu erinnern. »Wahrscheinlich hat er Krieger gesagt. Das klingt mehr nach Liam. Sie wissen schon – Dolche und Fäuste, nicht Maschinengewehre und Panzer.«

»Gegen wen muss man denn kämpfen?«

Dermot zuckte mit den Schultern. Er hatte die Trainingsjacke ausgezogen. Jude sah die feuchten Flecken unter seinen Achseln und die Schweißperlen auf seiner Stirn. »Gegen alle, die gegen einen sind oder sich einem in den Weg stellen. Es kann nur einer gewinnen: die oder man selbst.«

»Klingt für mich nach einer grimmigen Art zu leben«, bemerkte sie.

»Ja, kann schon sein.«

Er rieb sich mit einer Faust die Augen. Judes Augen brannten auch – vor Müdigkeit.

»Ich weiß, er war Ihr großer Bruder, und Sie trauern um ihn«, sagte sie. »Aber das bedeutet nicht automatisch, dass er in allem recht hatte.«

»Trotzdem hat er immer gewonnen. Wenn er etwas wollte, bekam er es.« Dermots Blick schweifte zu ihr hinüber. Gleichzeitig machte der Wagen einen Schlenker in Richtung Straßenrand. »Wie Sie damals. Sie hat er doch auch bekommen, oder etwa nicht?«

»Er hat mich nicht *bekommen*.«

»Und Danny. Sie war vorher mit diesem anderen Typen zusammen, aber Liam hat einfach beschlossen, dass er sie kriegen würde, und nichts konnte ihn mehr davon abbringen.«

Jude schloss die Augen. Sie wollte ihn weder sehen noch hören. Sie wollte nicht in diesem überheizten, nach Zigaretten, Schweiß und Unglück stinkenden Wagen sitzen und in diesem Höllentempo Richtung London rasen.

»Man ist entweder ein Verlierer oder ein Gewinner«, erklärte Dermot in einem Ton, der an ihren Nerven zerrte. »Und Liam war ein Gewinner.«

Jude riss die Augen auf.

»Er wurde ermordet, Herrgott noch mal!«, gab sie zurück. »Das klingt für mich nicht allzu sehr nach Gewinnen.«

Sie erreichten einen Kreisverkehr und bogen in die Autobahnzufahrt ein. Dermot scherte knapp vor einem riesigen gelben Lastwagen aus und schien dessen gellendes Hupen gar nicht zu bemerken. Er sagte gerade etwas über Tara. Der Lastwagen überholte. Jude sah das vor Wut hochrote Gesicht des Fahrers, der etwas aus dem Fenster schrie, das sie nicht hören konnten, und ihnen den Stinkefinger zeigte.

Inzwischen war es fast dunkel. Sie schloss erneut die Augen. Wahrscheinlich döste sie auch ein wenig vor sich hin, und der Lärm der Autobahn vermischte sich mit ihren unruhigen Träumen. Dann aber war sie mit einem Ruck wieder hellwach, während der Wagen über den Rand der Autobahn holperte und sie das Metall der Leitplanke aufleuchten sah.

Sie stieß einen Schrei aus, woraufhin Dermot gerade noch rechtzeitig das Lenkrad herumriss.

»Tut mir leid!«, stieß er hervor und verzog den Mund dann zu einem Lächeln. »Mein Fehler!«

»Fehler? Sie sind verdammt noch mal eingeschlafen! Sie hätten uns beinahe umgebracht!«

»Jetzt passt es wieder.«

»Wir müssen anhalten und eine Pause einlegen.«

»Es geht mir gut. Vielleicht finden Sie im Handschuhfach ja einen Kaugummi für mich.«

»Sie sind nicht fahrtüchtig.«

»Doch, es geht mir gut.«

»Es geht Ihnen überhaupt nicht gut!«

Nach ein paar Minuten sah Jude das Schild einer Raststätte, und Dermot bog ab.

Sie holte ihm einen großen Kaffee und dazu einen Teller mit Spiegeleiern und Pommes, die er mit etlichen Klecksen Tomatenketchup bedeckte.

»Tut mir leid«, sagte er, während er die Messerspitze in ein Ei versenkte und zusah, wie der Dotter auslief. »Ich weiß nicht, was in mich gefahren ist.«

Er schob sich eine dottergelbe Fritte in den Mund.

»Sie und Ihre Eltern – Sie sollten wirklich miteinander reden.«

»Dafür ist es zu spät.«

»Das glaube ich nicht«, entgegnete Jude schwach.

»Er hat alle verzaubert. Selbst jetzt nach seinem Tod kommt es mir so vor, als hätte er noch das Sagen – noch immer die Fäden in der Hand.«

»Wie meinen Sie das?«

»Na ja, sehen Sie sich doch selbst an.«

»Mich?«

»Sie meinen, *ich* bin ein bisschen durchgedreht. Und was ist mit Ihnen?«

Jude starrte ihn an, hörte aber nicht mehr, was er sagte. Sie sah nur noch sein tränennasses Gesicht, die geröteten Augen, das ungekämmte Haar und die zitternden Finger, mit denen er sich eine Fritte nach der andern in den Mund schob, bis er ganz dicke Backen hatte.

War sie auch so? Betrachtete sie gerade eine Version von sich selbst?

Vor langer Zeit hatte Liam sie bezaubert, sie gewonnen und dann mit einer wagemutigen Geste verlassen, indem er sich selbst opferte, und dann war er Jahre später plötzlich wieder aufgetaucht. Mit einer weiteren einzelnen Geste – einem raschen Ruck am Faden – hatte er sie zurück in sein Leben gezogen. Sie hatte ihre eigene Existenz aufs Spiel gesetzt. Und jetzt war sie Liams Testamentsvollstreckerin geworden, die Babysitterin seines Sohnes, eine unpassende Freundin für seine Eltern, nebenbei mischte sie sich in eine Mordermittlung ein, und um dem Ganzen die Krone aufzusetzen, war sie auch noch für eine Nacht, die sie am liebsten vergessen hätte, im Bett seines besten Freundes gelandet.

Dabei konnte sie sich nicht einmal auf Trauer hinausreden. Ein ätzendes Gefühl von Scham fraß sich in sie hinein.

Dermot ließ sie an der U-Bahn-Haltestelle Hanger Lane aussteigen. Während sie ihren Sicherheitsgurt löste, stieß er plötzlich hervor: »Ich hoffe, Sie sind jetzt nicht beleidigt, aber ich finde wirklich, Sie sollten Danny diese Halskette geben.«

Jude blickte auf das zarte hölzerne Gabelbein hinunter.

»Es fühlt sich einfach seltsam an«, fuhr Dermot fort, wobei er vor Verlegenheit rote Flecken bekam, »wenn wir drei Birches so einen Anhänger haben und der Vierte, noch dazu der von Liam, an seine Jugendliebe geht statt an seine Partnerin.«

»Da haben Sie recht.«

»Er hat ihn Ihnen ja nicht geschenkt.«

»Ich habe Ihnen bereits zugestimmt, Dermot.«

»Gut. Soll ich ihn ihr geben, wenn ich sie sehe?«

Sie blickte Dermot an. Irgendetwas in ihr sträubte sich.

»Vielleicht sollte ich ihn ihr lieber persönlich aushändigen. Oder ich schicke ihn ihr und schreibe ein paar Worte dazu. Einen letzten Gruß.«

58

Als Jude auf die Wohnung zusteuerte, klingelte ihr Handy. Ihr Bruder.

»Hallo, Jude«, begrüßte er sie und klang dabei recht geschäftsmäßig. »Wo bist du gerade?«

»In Tottenham. Ungefähr zwei Gehminuten von der Wohnung entfernt. Ich war bei Mum und Dad.«

»Ich weiß. Ich hatte gehofft, wir könnten uns treffen.«

»Jetzt?«

»Morgen früh. Ich habe um zehn eine Besprechung in London. Gegen halb neun könnte ich bei dir sein.«

»Gibt es irgendein Problem?«

»Ich würde nur gerne etwas mit dir bereden, vorzugsweise persönlich.«

Jude seufzte innerlich. Ließ sich das nicht einfach am Telefon erledigen? Das war ihr alles zu anstrengend.

»Ich freue mich, dich zu sehen.«

Michael kam fünfzehn Minuten früher. Jude war noch in einen abgetragenen Bademantel gehüllt, als er eintraf. Er trug Anzug, Krawatte und auf Hochglanz polierte Schuhe. Man kann einen Mann immer nach seinen Schuhen beurteilen, hatte mal jemand zu ihr gesagt.

»Ich habe gerade Kaffee gemacht«, erklärte sie, während sie ihn in die Wohnung führte.

»Wunderbar.«

»Hast du schon gefrühstückt?«

»Ich muss gleich wieder weg.«

Er nahm auf einem Stuhl Platz und beugte sich hinunter, um die Katze zu streicheln. Sie machte einen solchen Buckel, dass sich ihr die Rückenhaare sträubten, und fauchte ihn an.

»Nette Gesellschaft hast du da«, bemerkte er.

»Ja, ich weiß. Bestimmt finde ich bald eine andere Bleibe.«
Er blickte sich um. »Klingt nach einer guten Idee.«

»Und ab Montag arbeite ich wieder.«

»Gut«, sagte er in herzlichem Ton. »Das sind großartige Neuigkeiten, Jude.«

Sie stellte ihm eine Tasse Kaffee hin und ließ sich mit ihrer eigenen Tasse ihm gegenüber nieder. Michael setzte sich noch aufrechter hin und zupfte leicht nervös an seinem Krawattenknoten herum.

»Ich habe nachgedacht«, fuhr er fort. »Und ich habe mit Mum und Dad gesprochen.«

»Über mich?«

»Sie machen sich Sorgen. Versteh mich nicht falsch, Jude, aber du hast dich in letzter Zeit ein wenig seltsam benommen.«

Jude wickelte sich noch fester in ihren Bademantel.

»Das ist jetzt vorbei«, stammelte sie verlegen.

»Es freut mich, das zu hören. Aber darüber hinaus, besser gesagt, im Zusammenhang damit …« Er machte eine vage Handbewegung. »Wir finden, du solltest von der Schnapsidee Abstand nehmen, als Liam Birchs Testamentsvollstreckerin zu fungieren.«

»Das habt ihr so beschlossen, ja?«

»Seien wir doch mal ehrlich, dir fehlen einfach die Fachkenntnisse, um das ordentlich zu machen, außerdem ist es dir doch ohnehin schon alles zu viel. Zusätzlich zu dem ganzen anderen Zeug.«

»Du bist gekommen, um mir das zu sagen?«

»Ich werde die Sache übernehmen. Ab sofort. Überlass alles mir.«

»Dir?«

»Na ja, wahrscheinlich größtenteils meiner Auszubilden-
den, aber im Grunde, ja.«

Judes erster Impuls war aufzuspringen und Michael wütend
anzuschreien, weil er sich in ihr Leben einmischte und hinter ihrem Rücken über sie sprach. Doch dann hatte sie einen
zweiten Impuls, der den ersten eliminierte.

»Das ist sehr großzügig von dir, Michael.«

Er hielt eine Hand hoch. »Höre ich da ein Aber kommen?«

»Nein, kein Aber.«

»Heißt das, du bist damit einverstanden?«

»Natürlich. Mehr als einverstanden. Ich bin sehr erleichtert. Du hast recht, ich schaffe das nicht. Ich weiß gar nicht,
wie ich dir danken soll.«

Auf Michaels Gesicht breitete sich ein Lächeln aus. »Ich
dachte, du würdest dich sträuben.«

»Nein. Ich möchte das alles jetzt hinter mir lassen. Anfan-
gen, mein Leben wieder auf die Reihe zu kriegen. Du kannst
Mum und Dad anrufen und ihnen sagen, dass sie sich keine
Sorgen mehr machen müssen.«

59

Obwohl der graue Himmel einen unguten Stich ins Violette angenommen hatte und man in der Ferne schon hin und wieder ein dumpfes Donnergrollen hörte, ging Jude zu Fuß nach Walthamstow. Als sie dort vor der Haustür stand, nahm sie die Halskette ab und schob sie in ihre Tasche. Sie wollte Danny darüber informieren, dass Michael die Rolle des Testamentsvollstreckers übernahm, ohne etwas dafür zu berechnen, ihr anschließend Liams Gabelbein-Anhänger überreichen und dann das Haus verlassen, um nie wieder einen Fuß hineinzusetzen. Am Wochenende wollte sie anfangen, sich nach einer neuen Bleibe umzusehen, und bis sie etwas Passendes fand, zu Dee in deren Wohngemeinschaft ziehen. Am Montag würde sie in die Arbeit zurückkehren.

Doc öffnete ihr die Tür. Er wirkte nicht überrascht, sie zu sehen.

»Ist Danny da? Sie weiß, dass ich komme.«

»In der Küche.«

Jude traf sie am Küchentisch an, ihren Laptop vor sich.

»Danke, dass Sie mir noch einmal Ihre Zeit opfern.«

Danny zog die Augenbrauen hoch. »Hör doch endlich mit dem Gesieze auf, Jude. Und von Zeit opfern kann ja wohl nicht die Rede sein. Du bist hier immer willkommen, Jude, das weißt du. Du bist jetzt eine von uns.«

Jude hätte am liebsten geschrien, dass sie keine von ihnen war, zwang sich aber stattdessen zu einem Lächeln. Sie hatte gerade zum Sprechen angesetzt, als hinter ihr die Tür aufging.

Als sie sich daraufhin umwandte, sah sie sich Vin gegenüber. Vor Verlegenheit bekam sie sofort einen hochroten Kopf. Sie merkte, dass ihm ihre Verwirrung nicht entging. Er lächelte und küsste sie dann auf die Wange.

»Jude hat gerade angekündigt, dass sie mir etwas zu sagen hat«, erklärte Danny.

»Ist es eine Mädchensache oder kann ich bleiben?«

»Egal.«

»Wollt ihr Tee?«, fragte Vin.

»Minze«, antwortete Danny.

»Du auch?«, wandte Vin sich an Jude. »Die Minze ist frisch aus dem Garten.«

»Nein, danke.«

Während Vin den Kessel füllte, nahm Jude gegenüber Danny Platz, die ihren Laptop zuklappte und sie erwartungsvoll ansah.

»Ab Montag arbeite ich wieder«, begann Jude.

»Ich auch«, informierte sie Danny.

»Ich dachte, ich sollte persönlich vorbeischauen, um dir zu sagen, dass ich nicht mehr als Liams Testamentsvollstreckerin fungieren kann. Ich hätte mich von Anfang an nicht darauf einlassen dürfen.«

»Aber du hast es getan.«

»Das war ein Fehler.«

»Weiß Dermot es schon?«

»Der Ärmste«, meinte Vin, während er Wasser über die Minzzweige goss, die er auf zwei Tassen verteilt hatte. Anschließend öffnete er den Kühlschrank und nahm einen mit Folie bedeckten Teller heraus. »Die Pizzareste von gestern Abend. Möchtet ihr auch was?«

Jude ignorierte ihn.

»Wegen Dermot braucht ihr euch keine Sorgen zu machen. Mein Bruder ist Buchhalter. Er wird das übernehmen. Ohne etwas dafür zu berechnen.«

»Warum sollte er das für uns tun?«, fragte Danny.

»Er tut es für mich.«

Vin ließ sich neben Danny nieder, zog die Folie von der Pizza, biss ein riesiges Stück ab und begann zu kauen. Dabei hielt er wie Danny den Blick auf Jude gerichtet.

»Das wollte ich euch sagen«, erklärte Jude, »und mich bei der Gelegenheit auch gleich verabschieden.«

Sie war bereits aufgestanden, als ihr der Anhänger einfiel.

»Noch etwas«, sagte sie und schob die Hand in die Tasche ihrer Jeans, um das Lederband herauszuziehen.

In dem Moment schwang die Tür auf. Jude drehte sich um. Alfie kam hereingestolpert.

Als Jude sich daraufhin wieder Danny und Vin zuwandte, registrierte sie plötzlich, dass Danny ganz sanft – und für Jude im Grunde kaum zu erkennen – Vins unteren Rücken streichelte. Beide hielten immer noch den Blick auf Jude gerichtet.

»Noch etwas?«, wiederholte Vin aufmunternd.

»Ach, nicht wichtig«, antwortete Jude. »Ich muss los.«

Sie wollte plötzlich nur noch raus. In der Diele begegnete ihr Irina, die gerade aus der Kälte kam. Sie trug rosa Gummistiefel und einen glänzenden gelben Regenhut.

»Jude«, sagte sie.

Jude eilte wortlos an ihr vorbei.

Ein routinierter Akt der Intimität, der vor ihren Blicken verborgen gewesen war, solange sie saß. Eine Hand, die den unteren Rücken hinunterglitt, hinein in die Spalte zwischen den Pobacken. Die vertraute Hand einer Geliebten.

Danny und Vin. Vin und Danny.

Judes Gehirn rauchte fast, so viele Gedanken wirbelten darin herum. Sie musste daran denken, wie Alfie in den frühen Morgenstunden neben Vins Bett gestanden und ihn »Daddy« genannt hatte.

Beide hatten Alibis. Absolut wasserdichte Alibis. Wie Leila Fox zu Recht angemerkt hatte, blieb auch ein seltsam perfektes Alibi dennoch ein Alibi.

Trotzdem. Danny und Vin nebeneinander am Tisch, den Blick seelenruhig auf sie, Jude, gerichtet, während Danny ihrem Geliebten den Hintern streichelte.

Jude sagte sich, dass das nicht ihr Problem war. Dieses chaotische, hässliche Kapitel ihres Lebens war vorbei.

Sie warf über die Schulter einen Blick zurück zum Haus und glaubte an einem der Fenster ein Gesicht auszumachen – jemanden, der sie beobachtete.

Sie zog ihr Handy heraus und rief die Nummer auf.

»Leila?«, meldete sie sich. »Hier ist Jude. Kann ich vorbeikommen?«

60

Im Gegensatz zu Jude sah Leila Fox keinen so dringenden Gesprächsbedarf. Sie schlug vor, einen Termin für den nächsten oder übernächsten Tag zu vereinbaren. Es brauchte einige Überzeugungskraft, bis sie schließlich doch zustimmte, sich noch am selben Tag mit Jude zu treffen. Leila nannte ihr ein Café in Holborn, wo sie gegen fünf hinkommen würde, wenn sie mit ihrer Schicht fertig war. Jude traf eine Viertelstunde früher ein und hatte bereits ihren zweiten Kaffee zur Hälfte getrunken, als Leila endlich auftauchte. Sie machte einen müden, zerstreuten Eindruck.

»Darf ich Ihnen auch einen holen?« Jude deutete auf ihren Kaffee.

Leila antwortete, sie könne sich selbst etwas holen, ging an die Theke und kehrte kurz darauf mit einem nach süßen Gewürzen duftenden Getränk zurück.

»Harten Tag gehabt?«, fragte Jude.

»Geht so.«

Jude hatte das untrügliche Gefühl, dass Leila sie inzwischen nicht mehr sehen konnte oder – was noch wahrscheinlicher war – mit ihrer Freizeit einfach Besseres anzufangen wusste.

»Sie müssen entschuldigen, dass ich Sie schon wieder belästige«, begann sie.

»Ich habe wirklich nur sehr wenig Zeit.«

»Ich werde mich kurz fassen. In Ordnung?«

Die Kriminalbeamtin nickte nur ganz leicht, sodass Jude fortfuhr. Sie beschrieb, was sie bei ihrem Besuch in Walthamstow beobachtet hatte. Als sie fertig war, herrschte erst einmal Schweigen.

»Ich dachte, ich sollte Ihnen das nicht vorenthalten«, fügte Jude hinzu.

»Warum?«

Jude starrte die Beamtin überrascht an. Sie wusste selbst nicht so recht, was sie eigentlich erwartet hatte, aber auf jeden Fall mehr als das.

»War Ihnen schon bekannt, dass die beiden ein Paar sind?«

»Nein, das war mir nicht bekannt.«

»Finden Sie das nicht signifikant? Dass sie zusammen sind, diese Tatsache aber geheim gehalten haben?«

»Ich weiß gar nicht, wo ich da anfangen soll. Zum einen frage ich mich, inwiefern es signifikant sein sollte. Außerdem ist damit meiner Meinung nach noch keineswegs erwiesen, dass die beiden tatsächlich zusammen sind.«

»Das sind sie definitiv. Sie wissen doch, wie vertraut Menschen miteinander umgehen, wenn sie liiert sind. Wie sie sich berühren, sich ansehen. Da besteht kein Zweifel.«

»Ich hege den Verdacht, dass in diesem Haus jeder etwas mit jedem hat, auf die eine oder andere Weise.«

»Genau das meine ich. Sie haben recht. Auf unterschiedliche Art und Weise haben oder hatten diese Leute alle irgendetwas miteinander am Laufen. Warum dann ein so großes Geheimnis daraus machen? Hat Danny Ihnen davon erzählt, als sie von Ihnen befragt wurde?«

»Hören Sie, Jude, können wir einfach mal festhalten, dass durch Ihre Beobachtung noch keineswegs bewiesen ist, dass die beiden eine Beziehung haben? Und selbst wenn Sie es bewiesen hätten, glaube ich nicht, dass es eine Rolle spielt.«

»Aber warum sollten sie sich die Mühe machen, es zu verheimlichen. Welches Motiv verbirgt sich dahinter?«

»Welches Motiv? Wovon reden Sie eigentlich? Menschen

haben für ihr Verhalten oft seltsame Gründe. Manchmal tun sie Dinge auch völlig grundlos – oder aus Gründen, die sie selbst nicht erklären können.«

Jude wusste nicht, was sie darauf antworten sollte. Sie griff nach ihrer Tasse, doch als sie einen Schluck Kaffee nahm, stellte sie fest, dass er inzwischen kalt war und scheußlich schmeckte. Aber vielleicht empfand sie das auch nur so.

»Wie laufen denn die Ermittlungen?«, wechselte sie schließlich das Thema.

»Dazu darf ich keinen Kommentar abgeben«, antwortete Leila kurz angebunden.

»Ich wollte ja keinen offiziellen Kommentar wie bei einer Pressekonferenz, sondern nur wissen, ob Sie vorankommen.«

Leila setzte zu einer Antwort an, überlegte es sich dann aber anders. Als sie schließlich doch etwas sagte, klang ihr Tonfall wieder sanfter.

»Sobald es etwas zu verkünden gibt, werden wir das tun.«

»Demnach machen Sie also keine Fortschritte.«

Jude sah in Leilas grauen Augen Wut aufblitzen. Die Kriminalbeamtin rutschte auf ihrem Stuhl nach vorne, als wollte sie jeden Moment aufstehen und gehen. Sie griff nach ihrem Telefon, das neben ihrer Tasse lag.

»Ich glaube, ich sollte jetzt besser …«

Abrupt hielt sie inne und musterte Jude mit neuem Interesse. Sie legte ihr Handy wieder auf den Tisch, beugte sich vor und streckte eine Hand nach Jude aus. Jude zuckte zurück, weil sie das Gefühl hatte, dass die Polizistin ihr ins Gesicht fassen wollte, doch stattdessen berührte diese das kleine hölzerne Schmuckstück an ihrem Hals.

»Wo haben Sie das her?«, fragte sie.

»Ich habe es entdeckt, als ich in dem Haus in Norfolk einen Blick in Liams Gepäck warf. Es fiel zu Boden, und ich nahm es an mich. Als eine Art Andenken.«

»Soll das heißen, Sie haben es gestohlen?«

»Nein, nein, ich habe es nur an mich genommen. Ich dachte mir nichts dabei.«

Leila runzelte die Stirn. »Ist das die Wahrheit? Sie haben es gefunden? Liam hat es Ihnen nicht selbst gegeben?«

Jude war verwirrt. Was spielte das für eine Rolle?

»Warum sollte ich lügen? Meine Version lässt mich doch viel schlechter dastehen.«

Als Leila weitersprach, klang es, als redete sie mit sich selbst. »Ich habe diesen Anhänger schon mal gesehen.«

»Wo?«

»Das tut nichts zur Sache.«

»Liam hat ihn geschnitzt. Einen für sich selbst und drei weitere für seine Familie – für seinen Bruder Dermot, seine Mutter und seinen Vater.«

Die Kriminalbeamtin schien in Gedanken versunken.

»Hätten Sie ihn nicht genommen«, sagte sie, wobei sie sehr langsam und bedächtig sprach, »dann hätten wir ihn also bei seinen Sachen gefunden.«

»Ja. Tut mir leid. Ich weiß, ich hätte das nicht machen sollen. Es schien mir bloß eine winzige kleine Schnitzerei zu sein, und aus einer spontanen Laune heraus habe ich sie an mich genommen. Aber spielt das wirklich eine Rolle?«

»Ich muss etwas überprüfen«, antwortete Leila. Sie erhob sich. »Ich melde mich bei Ihnen.«

61

In die Wohnung zurückgekehrt, wusste Jude nichts mit sich anzufangen. Sie fühlte sich rastlos, lauter wirre Gedanken schwirrten ihr durch den Kopf, aber schließlich bekam sie doch einen zu fassen.

Sie zog sich rasch um. Kurze Zeit später rannte sie in Shorts und T-Shirt los, hinaus in die Dunkelheit. In schnellem Tempo lief sie die ganze Strecke bis zu ihrer alten Wohnung in Stratford, wo sie, noch keuchend vor Anstrengung, auf die Klingel drückte und dann an die Tür hämmerte. Gerade drückte sie zum zweiten Mal den Klingelknopf, als die Tür aufschwang und Nat vor ihr stand, ein höfliches Lächeln auf den Lippen, das bei ihrem Anblick sofort erstarb.

»Jude? Was ist los? Dir muss fürchterlich kalt sein.«

Jude war heiß bis unter die Haarwurzeln.

»*Du* hast *mich* betrogen.«

»Was?«

»Das ist alles, was ich dir sagen wollte. Ich will nicht hören, wie du es abstreitest, du brauchst mir auch nicht zu sagen, wer es war, und deine Ausreden will ich auch nicht hören. Ich hatte einfach nur das Bedürfnis, dich wissen zu lassen, dass ich es weiß. Mir ist jetzt klar, wer du bist, und Mannomann, was für ein Glück, dass ich aus der Sache raus bin!«

Nat starrte sie einen Moment an und schluckte dann krampfhaft. Sie konnte sehen, wie sein Adamsapfel sich bewegte und seine Gesichtsmuskeln zuckten.

»War es das jetzt?«, fragte er schließlich.

»Das war's«, antwortete sie. »Jetzt ist es endgültig vorbei.«

Sie wandte sich ab und lief dieselbe Strecke zurück, die sie gekommen war, wobei sie versuchte, durch die körperliche Betätigung zumindest einen Teil der Wut loszuwerden, die in ihr kochte. Als sie schließlich in die Straße einbog, in der die Wohnung lag, stolperte sie über einen schiefen Pflasterstein und landete mit voller Wucht auf dem Boden, wo sie unter dem gelben Licht einer Straßenlampe einen Moment ausgestreckt liegen blieb, mit schmerzverzerrtem Gesicht und gleichzeitig sehr verlegen.

»Ist mit Ihnen alles in Ordnung?«, fragte eine Stimme.

Jude hievte sich in eine sitzende Position hoch. Ein schwarzer Welpe schnüffelte interessiert an ihr herum. Am anderen Ende der Leine befand sich eine Frau mittleren Alters, die fragend auf sie hinabblickte.

»Ja, es geht mir gut, danke«, antwortete Jude, während sie sich weiter aufrichtete. Erst als sie stand, stellte sie fest, dass es ihr doch nicht ganz so gut ging. Sie hatte sich die Außenseite des rechten Beins von der Wade bis hinauf zum Oberschenkel aufgeschürft, teilweise so stark, dass die Wunde blutete. Als sie vorsichtig den rechten Fuß belastete, hätte sie vor Schmerz fast aufgeschrien.

Die Frau erklärte ihr, dass sie die Verletzung richtig reinigen müsse, um so die Gefahr von Wundstarrkrampf zu vermeiden. Jude wollte ihr eigentlich sagen, dass das nicht stimmte, brachte aber nichts heraus, weil sie gerade die nächste Schmerzwelle überrollte. In der Hoffnung, dass der Schmerz schnell nachlassen würde, murmelte sie irgendetwas Unverständliches und setzte sich in Bewegung, um das letzte Stück ihres Heimwegs hinter sich zu bringen. Bei fast jedem Schritt musste sie sich irgendwie abstützen, indem sie sich an einem Geländer festhielt oder an einen Baum lehnte.

In der Wohnung angekommen, ließ sie sich ein Bad einlaufen und zog ihre Sportsachen aus. Sie beobachtete, wie der

rechte Knöchel bereits stark anschwoll. Sie musste die Schuhbänder lösen und dann vorsichtig die Schnürung lockern, um
den Schuh vom Fuß zu kriegen, und konnte trotzdem ein gequältes Wimmern nicht unterdrücken.

Langsam ließ sie sich in die Wanne sinken. Als das heiße
Wasser mit ihrer aufgeschürften Haut in Kontakt kam, tat
das so weh, dass sie ein lautes Schluchzen ausstieß. Sie gab
dem Impuls nach und begann hemmungslos zu heulen, bis ihr
Gesicht ganz nass war vor Tränen, Schweiß und Rotz. Es war,
als hätte sich nun sogar ihr eigener Körper gegen sie gewandt.

Als sie dann wieder aus der Wanne stieg, platzierte sie ihren
rechten Fuß behutsam auf dem Boden. Es schmerzte, fühlte
sich aber nicht so an, als wäre etwas gerissen oder gebrochen.
Morgen oder übermorgen würde es schon besser sein.

Nachdem sie in eine Jogginghose und ein Shirt geschlüpft
war, überlegte sie, wie sie den Rest des Abends verbringen
wollte. Ihr war klar, dass sie etwas essen sollte, und sie zog
kurz in Betracht, sich etwas zu bestellen, doch schon beim
bloßen Gedanken an Pizza, Sushi oder ein Currygericht drehte
sich ihr der Magen um. Sie warf einen Blick in den Küchenschrank, wo sie einen Rest Reis entdeckte. Den kochte sie
und rieb sich anschließend Käse darüber. Beim Essen sah sie
nicht wie sonst fern oder schaute sich irgendetwas auf ihrem
Handy an. Sie setzte sich einfach nur an den Tisch, aß etwa
die Hälfte des Reises und trank Wasser dazu. Als sie satt war,
betrachtete sie das schmutzige Geschirr, das sich angesammelt
hatte, fühlte sich dem Berg aber noch nicht gewachsen. Der
würde bis zum nächsten Tag warten müssen. Lieber ging sie
gleich ins Bett. Etwas anderes fiel ihr nicht ein.

Morgen wird es anders, versprach sie sich selbst.

62

Als sie am nächsten Morgen aufwachte, war es nach acht. Es dauerte ein paar Augenblicke, bis sie wusste, wo sie sich befand und welcher Tag war. So richtig zu sich kam sie erst durch das unangenehme Stechen, das sie spürte, als sie den rechten Fuß bewegte. Vorsichtig brachte sie sich auf der Bettkante in eine sitzende Position und berührte mit den Zehen den Boden. Das klappte einigermaßen. Es tat zwar weh, aber nicht mehr so schlimm wie am Vortag. Sie stand auf. Ja, es ging.

Sie blickte sich um. Die Wohnung sah fürchterlich aus, schmutzig und unordentlich. Deswegen traf sie eine Entscheidung: Bevor sie die Wohnung verließ, wollte sie dort für Ordnung sorgen, sozusagen einen sauberen Schlussstrich unter ihr derzeitiges Leben ziehen und dann neu durchstarten. Sie schlüpfte in eine alte Jeans, bei der sich der Saum bereits auflöste, ein übergroßes T-Shirt, das sie normalerweise nur im Bett trug, und ihre ausgelatschten Schaffellhausschuhe, die ihren Fuß nicht einengten. Den Rest ihrer auf dem Boden herumliegenden Kleidung sammelte sie ein und stopfte ihn in die Waschmaschine.

In der Wohnung herrschte ein so schreckliches Chaos, dass Jude sich fragte, wo sie da eigentlich anfangen sollte. Sie fand, dass es in der Küche wohl am schlimmsten aussah. Entschlossen füllte sie das Spülbecken mit all den benutzten Gläsern, Tellern, Messern und Gabeln. Als Letztes legte sie vier kleine Küchenmesser hinein, von denen jedes eine andere Farbe hatte. Sie spülte und trocknete alles ab. Die Gläser und das Geschirr kamen in den Küchenschrank. Das Besteck kippte sie nicht einfach nur in die Schublade, sondern sortierte es ordentlich in die dafür vorgesehenen Fächer. Am Ende lagen auf der Arbeitsplatte nur noch die vier Küchenmesser mit ihren Griffen in unterschiedlichen Farben: in leuchtendem Rot, Gelb, Blau und Grün. Jude fühlte sich an die Kinderzeichnung eines Regenbogens erinnert. Wie war noch mal die Reihenfolge der Regenbogenfarben? Neben dem Toaster befand sich an der Wand ein Magnetstreifen. Links hängte sie das rote Messer hin, gefolgt von Gelb, Grün und Blau.

Sie saugte die Küche, das Wohnzimmer, das Schlafzimmer und das Bad. Unter dem Waschbecken fand sie einen Eimer, füllte ihn mit heißem Wasser und wischte den Boden in der Küche und im Bad. Nach kurzer Zeit waren ihre Hausschuhe nass, und ihr Fuß pochte. Normalerweise hätte sie nebenbei das Radio laufen lassen oder ihre Kopfhörer aufgesetzt, aber jetzt tat es ihr gut, keine Ablenkung zu haben und auch nichts denken zu müssen. Sie verlor sich ganz in der Anstrengung und dem Geruch des Desinfektionsmittels. Alles wurde damit abgeschrubbt. Im Badezimmerspiegel erhaschte sie einen Blick auf sich selbst: Das Haar stand ihr zu Berge, und überall hatte sie nasse Flecken vom Putzwasser. An ihrer linken Wange prangte ein dunkler Schmutzfleck. Aber sie fühlte sich schon ein bisschen besser.

Wieder im Schlafzimmer, packte sie die ganze Kleidung, die sie mitgebracht hatte, in Tüten, mit Ausnahme einiger Sachen, die sie wegwerfen oder anziehen wollte, wenn sie geduscht und sich die Haare gewaschen hatte. Nachdem sie ihre Taschen unter der Treppe verstaut hatte, drehte sie abschließend noch eine Runde durch die Wohnung und sammelte ihr restliches Zeug ein, um ja nichts zu vergessen und nachzusehen, ob alles in Ordnung war. Da klingelte es an der Tür.

Sie machte auf. Draußen stand Dermot. Er sah noch mitgenommener aus als beim letzten Mal. Ihr erster Impuls war, ihn zu fragen, was er von ihr wolle, doch als sie seine fahle Haut und die blutunterlaufenen Augen sah, empfand sie schlagartig Mitleid mit ihm. Konnte es sein, dass er außer ihr niemanden hatte, an den er sich wenden konnte?

»Geht es Ihnen nicht gut?«, fragte sie.

»Kann ich reinkommen?« Seine Stimme war kaum mehr als ein Flüstern.

Am liebsten hätte sie Nein gesagt, doch das schien ihr keine Option zu sein, also trat sie beiseite, um ihn hereinzulassen. Drinnen zog er seine Jacke aus und legte sie auf einen Stuhl, der neben der Wand stand. Er trug ein rotes T-Shirt, auf dem das Logo einer alten Motorradmarke prangte. An seinen schlanken, aber dennoch kräftig wirkenden Armen traten bläuliche Venen hervor. Jude wartete darauf, dass er etwas sagte, doch er blickte sich nur in der Wohnung um, als hätte er keine Ahnung, wo er sich gerade befand und wie er dort hingeraten war.

»Was haben Sie denn alles gemacht, seit Sie in der Stadt sind?«, erkundigte sie sich.

Er starrte sie an, als würde es ihn überraschen, dass jemand das Wort an ihn richtete.

»Ach, nur ein paar Leute besucht.« Er rieb sich hektisch über eine Wange.

»Waren Sie auch im Haus?«

»Wie meinen Sie das?«

»Sie wissen schon. Bei Danny, Vin und den anderen.«

Seine Augen weiteten sich ein wenig, und er machte ein paar steife Schritte auf sie zu. »Woher wissen Sie das?«

»Ich weiß es nicht. Ich dachte, Sie hätten gesagt, Sie wollten vorbeischauen. Es war nur eine Frage.« Sie musterte ihn eindringlicher. »Dermot, ist mit Ihnen wirklich alles in Ordnung?«

»Ja, geht schon. Ich habe gerade viel um die Ohren. Dinge,

um die ich mich kümmern muss. Ich bin müde, das ist alles. Sehr müde.«

Er wirkte fahrig und nervös, als hätte er überhaupt nicht geschlafen. Jude fragte sich, ob er irgendetwas nahm.

»Möchten Sie Tee? Oder Kaffee?«

»Keine Ahnung«, antwortete er. »Ich weiß nicht, was ich möchte.«

»Ich mache jedenfalls mal Wasser heiß.«

Er folgte ihr in die Küche, wo sie nach dem Kessel griff, ihn mit Wasser füllte, zurück auf den Herd stellte und das Gas aufdrehte. Dabei spürte sie, wie er sich hinter ihr bewegte, als könnte er sich nicht stillhalten. Fast bereute sie, ihm Tee oder Kaffee angeboten zu haben. Sie hätte sagen sollen, sie müsse gleich weg.

»Wie geht es Danny?«, fragte Jude, um einen munteren Ton bemüht.

»Danny?«

»Ja.«

»Warum?«

»Nur so. Wenn ich Sie vorhin richtig verstanden habe, waren Sie doch dort. Deswegen liegt die Frage nahe.«

»Ja, klar. Klar. Danny war wie immer – wie sie eben so ist. Vielleicht ein bisschen gestresst.« Wieder rieb er sich heftig die Wange. »Sie hat erwähnt, dass Sie da waren.«

»Ja. Ich wollte ihr sagen, dass mein Bruder die Sache mit dem Testament übernimmt. Ach, Sie müssen entschuldigen, ich schätze, das hätte ich Ihnen auch längst sagen sollen. Sie wissen ja, dass er Buchhalter ist. Er kennt sich mit solchen Sachen aus. Das wäre also ein Punkt weniger, um den Sie sich Sorgen machen müssen.«

»Was?«

»Ich sagte …« Jude musterte ihn. »Sie sehen aus, als ginge es Ihnen nicht gut.«

»Kann sein. Danny meinte, Sie hätten sich endgültig verabschiedet.«

»Das stimmt. Ich werde sie nicht mehr belästigen.« Jude
nahm zwei Teebeutel aus einem Krug und hängte sie in die
Kanne. Dann wandte sie sich wieder Dermot zu und erklärte
aus einem Impuls heraus: »Ehrlich gesagt hatte ich Danny eine
Weile in Verdacht.«

»Was soll das heißen, in Verdacht? Sie meinen …«

»Ja. Tut mir leid. Sie ist ja Ihre Schwägerin. Aber wie sich
nun herausgestellt hat, sind sie und Vin die einzigen zwei
Menschen, die Liam auf keinen Fall getötet haben können.«

»Was soll denn das nun wieder heißen?«

»Auf YouTube gibt es ein Video von den beiden, das sie
beim Tanzen zeigt, auf einer Party. Sie waren während der
ganzen Zeitspanne, in der der Mord an Liam passiert sein
muss, weit entfernt, in Brixton.« Jude lächelte. »Ich habe gegenüber der Kriminalbeamtin geäußert, dass ich ihr Alibi zu
perfekt finde, aber wie ich inzwischen weiß, kann man das so
nicht sagen.«

»Warum nicht?«

»Anscheinend kann ein Alibi gar nicht zu perfekt sein. Je
perfekter, desto besser.«

Dermot wirkte benommen. »Das verstehe ich nicht. Wie
kamen Sie überhaupt dazu, die beiden zu verdächtigen?«

»Aus verschiedenen Gründen. Aber das ist inzwischen alles
hinfällig.«

»Nein, warum? Nun sagen Sie schon!«

»Also zum einen, weil es doch oft der Partner ist, oder
nicht? Außerdem weiß ich, dass Danny und Liam gerade eine
schwierige Phase durchmachten.«

Dermot nickte. Dabei fuhr er mit dem Zeigefinger immer
wieder um ein Astloch im Holz der Tischplatte.

»Und dann dieses Haus – na ja.« Jude sprach plötzlich

sehr schnell. »Bei denen stimmt doch etwas nicht. Die kennen überhaupt keine Grenzen mehr. Bestimmt wissen Sie darüber Bescheid – dass da jeder mit jedem was hat. Ihr Bruder war kein Engel, Dermot.«

»Nein, das war er nicht«, bestätigte Dermot mit einer Stimme, die nur noch ein heiseres Flüstern war. »Er war ein böser Mann, der böse Dinge tat. Vielleicht hatte er den Tod verdient.«

»Sagen Sie doch so etwas nicht!« Jude starrte Dermot erschrocken an. »Ich glaube, Sie sollten da eine Weile nicht mehr hingehen. Sie brauchen Zeit, um das Ganze zu verarbeiten. Bleiben Sie weg. Dieses Haus macht etwas mit den Menschen, die es betreten.« Jude hielt inne. Ihr war heiß, und ihr Kopf fühlte sich seltsam schwer an. Trotzdem verspürte sie den Drang weiterzusprechen.

»Ich hatte etwas mit Vin«, erklärte sie mit krächzender Stimme. »Nach der Trauerfeier. Einerseits, was soll's, ist ja kein Verbrechen, aber hinterher fühlte es sich furchtbar an. Als hätte ich irgendwie mit mir spielen lassen.«

»Sie und Vin?«

Dermot fuhr immer noch mit dem Finger um den Wirbel im Holz. Sein Blick wirkte stumpf.

»Ja.«

»Na, so was.«

»Ja, und dann bin ich dahintergekommen, dass er auch was mit Danny am Laufen hat.«

»Mit Danny?«

»Ja. Bäumchen, wechsle dich.« Jude lachte gepresst.

»Ich verstehe nicht.«

»Er hat etwas mit Danny. Auch wenn sie am Morgen nach der Trauerfeier überhaupt kein Problem damit zu haben schien, als sie merkte, dass Vin und ich …« Sie brach ab. Ihr dröhnte mittlerweile der Kopf.

»Was soll das heißen, er hat etwas mit Danny? Was wollen Sie damit sagen?«

»Ich will damit sagen, dass Vin und Danny ein Paar sind. Vielleicht ja schon lange. Womöglich wusste Liam Bescheid und hatte nichts dagegen, so wie Danny nichts gegen die Sache mit mir und Vin hatte. Ich glaube, sie fand es sogar lustig.«

»Das ist eine verdammte Lüge – eine gottverdammte Lüge!«

Dermot wollte noch etwas hinzufügen, als Jude eine Art Rattern hörte. Es war ihr Handy, das auf dem Tisch vibrierte. Sie humpelte hinüber, griff nach dem Telefon und warf einen Blick aufs Display. Leila Fox.

»Tut mir leid«, sagte sie. »Da muss ich rangehen.«

Sie trat ein paar Schritte zur Seite und wandte ihm den Rücken zu.

»Ich versuche schon die ganze Zeit, Sie zu erreichen«, begann die Beamtin.

»Es war auf lautlos gestellt.«

»Egal. Ich wollte Sie nur informieren, dass wir einen Durchbruch haben. Ab jetzt geht alles ganz schnell.«

»Was heißt das?«

»Das erfahren Sie später. Ich wollte Ihnen nur etwas sagen. Es ist … wo sind Sie eigentlich gerade?«

»In der Wohnung.«

»Gut. Ich dachte, ich sollte Sie rasch warnen. Wobei es wahrscheinlich unnötig ist.«

»Inwiefern?«

»Ich wollte Sie nur warnen, ja nicht mit Dermot Birch in Kontakt zu treten. Nicht mal telefonisch. Haben Sie mich verstanden?«

Jude erstarrte. Sie spürte Dermot hinter sich. Einen Moment schloss sie die Augen. Sie fühlte sich wie betrunken. Der Boden schien unter ihr zu schwanken.

Ihr war nicht klar, ob Dermot hören konnte, was Leila

sagte. Sie zwang sich, ihm über die Schulter einen Blick zuzuwerfen. Er saß am Tisch und starrte auf den Boden. Als spürte er ihren Blick, hob er den Kopf. Sie brachte ein krampfhaftes Lächeln zustande, wenn auch nur für einen kurzen Moment, dann reckte sie einen Finger hoch, um ihm zu signalisieren – zumindest hoffte sie, er würde es so interpretieren –, dass es sich bei dem Telefonat um etwas Unwichtiges, Banales handelte und sie nur noch einen Moment brauchte.

»Das könnte ein Problem sein«, sagte sie.

»Was?«

Hinter sich hörte Jude ein hohes, pfeifendes Geräusch. Obwohl sie wusste, dass sie es eigentlich kennen sollte, konnte sie es in dem Moment einfach nicht einordnen.

»Der Kessel«, bemerkte Dermot. »Ich nehme ihn vom Herd.«

Er stand auf und ging in den Küchenbereich. Jude war plötzlich übel. Sie konnte sich nicht mehr konzentrieren, und ihre Hand, die das Telefon hielt, begann zu zittern. Schnell versuchte sie, sie mit der linken Hand zu stabilisieren und das Telefon weiter möglichst dicht an ihr Ohr zu drücken.

»Ich glaube, dafür dürfte es ein bisschen zu spät sein«, erklärte sie der Kriminalbeamtin mit viel zu schriller Stimme.

»Was soll das heißen?«, fragte Leila Fox am anderen Ende. »Wovon sprechen Sie?«

Dermot kehrte an seinen Platz zurück. Er betrachtete Jude mit starrem, glasigem Blick.

»Ich glaube, das lässt sich ein bisschen schwer in Worte fassen. Jetzt, hier am Telefon.«

Am anderen Ende herrschte Schweigen.

»Ist er da, Jude?«

»Ja, ich glaube, das stimmt«, antwortete Jude, bemüht, so zu klingen, als würde sie sich ganz beiläufig zu irgendetwas Unwichtigem äußern. Dabei spürte sie selbst, wie ihre Stimme bebte. Bestimmt war ihre Panik für ihn ganz offensichtlich.

»Hat er etwas gesagt?«

»Nein, nein, alles gut«, meinte Jude so lässig wie möglich.

»Dann haben wir das also geklärt?«, fügte sie hinzu.

Wieder folgte eine Pause. Jude wusste nicht, wie lange sie dieses Spiel noch aufrechterhalten konnte.

»Ja«, antwortete Leila. »Wenn er eine Waffe hat, dann sagen Sie einfach … ähm … sagen Sie: ›Ich glaube schon.‹«

»Ich glaube nicht. Aber genau weiß ich es nicht.«

»Ich schicke sofort einen Streifenwagen los. Er wird in fünf Minuten bei Ihnen sein. Bleiben Sie ruhig. Unterhalten Sie sich mit ihm. Es wird alles gut gehen. Wir sollten unser Gespräch jetzt wohl besser beenden, aber wenn Sie sich von mir verabschiedet haben, dann legen Sie nicht auf.«

»In Ordnung. So machen wir es. Bis dann.« Jude legte das Telefon in ein Regalfach.

Langsam wandte sie sich Dermot zu. Er war es. Er war es gewesen. Aber warum? Unter welchen Umständen? Doch das spielte jetzt alles keine Rolle. Es fühlte sich an, als befände sie sich mit ihm unter Wasser oder in einem jener Träume, in denen alles wie in Zeitlupe abläuft.

»Alles in Ordnung?«

»Klar«, antwortete sie.

Fünf Minuten, hatte Leila gesagt. Das war nicht lange, oder? Fast nichts. Aber vielleicht dauerte es auch länger. Sie konnten in einem Stau stecken bleiben. Außerdem waren fünf Minuten im Grunde eine lange Zeit. Jude rechnete es sich aus. Sechzig mal fünf. Dreihundert Sekunden. Eins, zwei, drei, vier. Es war eine lange Zeit. Sie starrte Dermot an, der sie anstarrte. Bleiben Sie ruhig, hatte Leila gesagt. Sie musste nur ruhig bleiben. Sie musste so unbefangen weiterreden, wie sie sich mit ihm unterhalten hatte, bevor das Telefon klingelte. Einfach ein normales Gespräch mit ihm führen, bis die Polizei eintraf. Aber sie wusste plötzlich nicht mehr, was sie sagen sollte. Ihr fiel nichts mehr ein, kein einziges Wort. Ihr Mund fühlte sich völlig trocken an. Sie spielte mit dem Gedanken, zur Tür zu stürmen, doch sie hatte den weiteren Weg als er, noch dazu mit verstauchtem Knöchel und in Hausschuhen.

Was, wenn sie so täte, als müsste sie etwas von draußen holen? Milch zum Beispiel. Aber würde er ihr das abkaufen? Noch immer brachte sie kein Wort heraus.

Sie musste an den pfeifenden Kessel denken. Ein heißes Getränk. Damit ließen sich ein paar Sekunden überbrücken.

»Wissen Sie inzwischen, was Sie wollen, Kaffee oder Tee?«, fragte sie.

»Weder noch, danke«, antwortete er.

Seine Stimme klang trocken wie Stroh. Während er sich über die Lippen leckte, starrte er sie unverwandt an. Sie waren beide panisch vor Angst, begriff Jude. Alles konnte passieren. Die Luft fühlte sich plötzlich an wie elektrisch geladen, wie kurz vor einem Gewitter.

»Ich mache mir eine Tasse Tee«, erklärte sie.

Sie wandte sich um und humpelte hinüber in den Küchenbereich, war sich seiner Anwesenheit hinter ihrem Rücken extrem bewusst. Sie stellte den Kessel zurück auf den Herd und wartete, bis das hässliche Pfeifen erneut einsetzte.

Als sie ihn daraufhin vom Herd nahm, warf sie einen Blick zur Seite, in die Richtung, wo der Toaster stand, und registrierte dabei, dass irgendetwas nicht ganz so aussah, wie es sollte. Aber was? Ihr Gehirn arbeitete so langsam. Einen Moment später wusste sie es. Ihr Blick war auf den Magnetstreifen mit den Messern gerichtet. Die Farben des Regenbogens.

Sie starrte die Messer an. Rot. Gelb. Grün.

Eines fehlte. Blau.

Plötzlich arbeitete ihr Gehirn schnell und sehr präzise. War er schon mit dem Vorsatz zu ihr gekommen? Hatte er nur noch nicht gewusst, wie? Nun war er im Besitz das Messers.

Er musste es genommen haben, während sie mit Leila Fox sprach. Das blaue Messer. Wahrscheinlich würde er es lieber tun, wenn sie ihm den Rücken zuwandte, damit er ihr nicht in die Augen sehen musste. Es war also nur noch eine Frage von Sekunden. Sollte sie es einfach geschehen lassen? Es erschien ihr fast einfacher.

Oder sollte sie sich auch ein Messer nehmen?

Sie spürte ein kurzes Zucken in den Händen, während sie die Messer anstarrte, verwarf die Idee aber sofort wieder. Das war hoffnungslos. Sie konnte sich doch nicht auf einen Messerkampf mit ihm einlassen.

Der Kessel. Ihr blieb keine Zeit mehr zum Nachdenken. Als sie den Deckel abnahm, spürte sie den heißen Dampf an ihrem Handgelenk. Sie musste schnell sein und mit beiden Händen zupacken. Nur ein kurzer Moment des Schmerzes. Drei, zwei, eins.

Sie holte tief Luft, umfasste den Griff mit der rechten Hand und den Ausguss mit der Linken, schnellte aufheulend vor Schmerz herum und schleuderte ihm den Kessel ins Gesicht. Es fühlte sich an wie eine Explosion, alles verschwamm ihr vor den Augen, doch dann war von ihm ein Schrei zu hören. Sie sah eine Lücke, stürmte durch die Küche, so schnell sie konnte, und zog die Tür hinter sich zu. Ohne auch nur einen Gedanken daran zu verschwenden, ob sie die Tür abschließen oder irgendwie blockieren könnte, rannte sie auf die Treppe zu, riss das Fahrrad von der Wand und warf es hinter sich. Sie glaubte, Schritte zu hören, hatte aber bereits die Haustür erreicht. Während sie panisch am Riegel herumfummelte, rechnete sie jeden Moment damit, eine Hand zu spüren, doch sie schaffte es, die Tür zu öffnen, und rannte hinaus.

Bei jeder Bewegung jagte ein stechender Schmerz durch ihren Knöchel und ihr Bein, und an ihrer linken Hand pulsierte die Brandwunde, die sie sich durch den Kessel mit dem kochenden Wasser zugezogen hatte. Sie wandte sich nach links. Ihre Füße rutschten in den ausgetretenen Hausschuhen, was ihr das Laufen zusätzlich erschwerte. Warum war niemand auf der Straße? Sollte sie an eine Tür hämmern? Nein. Sie hatte nur eine einzige Chance. Was, wenn die Leute nicht rechtzeitig aufmachten?

Sie wagte es nicht, sich umzublicken. Vielleicht war er ihr ganz dicht auf den Fersen, hatte sie womöglich schon fast eingeholt, und wenn sie sich umdrehte, hatte er sie.

Sie bog in eine Gasse zwischen zwei Häusern ein, die in eine kleine Anlage mit Sozialwohnungen führte. Dort humpelte sie durch einen schmalen Gang zwischen zwei Gebäuden und schwang sich über einen Metallzaun.

Sie landete auf ihrem angeschlagenen Fuß. Dabei konnte sie den Schmerz gleichzeitig spüren und sehen, wie ein Feuerwerk aus goldenen Funken. Sie verlor einen ihrer Hausschuhe, sodass sich nun spitze kleine Steine und andere scharfkantige Dinge in die Sohle ihres heilen Fußes bohrten. Doch sie war in der Lage weiterzulaufen, ans andere Ende der Passage, die, wie sie wusste, in eine Einkaufsstraße mündete. Sobald sie diese erreicht hatte, sich zwischen Müttern mit Kinderwagen, langsam dahinschlurfenden alten Leuten und einem am Straßenrand haltenden Bus befand, wandte sie endlich den Kopf und stellte fest, dass er nicht da war. Stöhnend blieb sie stehen und übergab sich auf den Gehsteig.

63

Das ist ja ekelhaft«, sagte eine Stimme.

Eine kleine, zierliche alte Frau starrte sie an, die Lippen angewidert verzogen.

»Ich musste einfach ...«, stammelte Jude, während sie sich aufrichtete. Ihre Augen tränten, und ihr Fuß pochte heftig. Ihre linke Handfläche pulsierte ebenfalls vor Schmerz, sie konnte ihn bis hinauf zum Ellbogen spüren.

»Jemand muss das wegputzen, das kapieren Leute wie Sie nicht.«

Erbost trippelte sie davon. Jude starrte ihr nach. *Leute wie Sie?* Krampfhaft überlegte sie, was sie jetzt tun sollte. Sie musste Leila anrufen, hatte aber kein Telefon, kein Geld. Sie wusste nicht mal, wie die Straße hieß, in der sie nach ihrer panischen Flucht gelandet war. Sie würde jemanden um Hilfe bitten müssen, aber wen?

Wimmernd vor Schmerz hinkte sie in den Zeitungsladen an der Ecke.

»Entschuldigen Sie«, wandte sie sich an den Mann hinter der Ladentheke.

Bei ihrem Anblick wechselte sein Gesichtsausdruck von glatter Höflichkeit zu Abscheu.

»Bitte«, sagte sie. Sie wollte ihn anlächeln, gab stattdessen aber eine Art Grunzen von sich. Ihr Gesicht fühlte sich rotzverschmiert an, deshalb wischte sie sich mit dem Unterarm übers Gesicht. Sie roch nach Schweiß und Erbrochenem. Erneut versuchte sie zu lächeln.

»Ja?« Er wich ihrem Blick aus.

»Bitte«, wiederholte sie. »Können Sie mir helfen? Ich muss dringend jemanden anrufen. Darf ich Ihr Telefon benutzen?«

»Tut mir leid.« Er wandte sich ab. »Sie müssen gehen.«

»Was?«

»Ich kann Ihnen nicht helfen.«

»Nur ganz kurz.«

»Bitte gehen Sie«, entgegnete er mit steinerner Miene, ohne sie dabei anzusehen.

Während Jude enttäuscht zurück zur Tür humpelte, schaute sie an sich hinunter. Ihr geschwollener Knöchel wirkte grotesk groß. Ein Fuß war nackt und blutig, ihr T-Shirt mit Erbrochenem besudelt.

Als sie hinaus auf den Gehsteig trat, wichen ihr die Leute aus. Die meisten vermieden sogar ihren Blick.

»Bitte«, sprach sie einen gepflegten Anzugträger mittleren Alters an, dessen Gesicht ihr freundlich erschien, »darf ich mir bitte kurz Ihr Telefon ausleihen?«

Wortlos wandte er den Blick ab, als hätte er sie nicht gehört.

»Ich brauche Hilfe«, sagte Jude, an niemand Speziellen gewandt.

»Hier, bitte schön.« Ein klapperdürrer Teenager mit tiefen Augenhöhlen streckte ihr sein Handy hin.

»Was?«

»Sie sagten doch, Sie wollten jemanden anrufen.«

Jude blinzelte die Tränen weg, die ihr in die Augen schossen. »Danke. Wirklich, vielen Dank!«

Er zog verlegen die Schultern hoch. »Schon gut.«

Sie griff nach dem Handy, wusste dann aber nicht, was sie tun sollte. Sie hatte Leilas Nummer nicht im Kopf. Im Grunde kannte sie kaum eine Nummer auswendig, außer die ihrer Eltern, doch die saßen drei Stunden von hier entfernt. Und die von Nat, das hatte noch weniger Sinn. Vielleicht sollte sie einfach den Notruf wählen.

Da kam ihr ein Gedanke: Sie kannte ihre eigene Nummer.

Während sie sie eintippte, ging ihr durch den Kopf, dass sie das Gespräch mit Leila ja nicht beendet hatte, sodass es womöglich gar nicht klingeln würde. Aber es klingelte, und es nahm sogar jemand ab. Eine ruhige, fragende männliche Stimme, die nach Essex klang. Nicht Dermot.

»Hier ist Jude!«, stieß sie mit einem Schluchzen aus. »Ich bin es!«

»Jude?«

»Ja. Wer sind Sie?«

»Moment.«

Nach einer kurzen Pause meldete sich eine andere Stimme.

»Jude?«

»Leila? Sind Sie das?«

»Ja. Geht es Ihnen gut? Wo befinden Sie sich?«

»Ich weiß es nicht.«

»Sehen Sie sich um«, forderte Leila sie geduldig auf. »Nennen Sie mir den Straßennamen.«

»Ähm … Southwick Road. An der Ecke, wo es Richtung Talbot Street geht.«

»Warten Sie dort.«

Jude gab dem Jungen das Handy zurück.

»Das war wirklich nett von dir.«

»Kein Ding.« Er ließ das Telefon in seine Tasche gleiten.

»Du hast ja keine Ahnung«, entgegnete sie und sah ihm nach, wie er davonschlenderte.

Sie lehnte sich an einen Lampenpfosten. In ihrem Körper tobte ein Wirbelsturm aus unterschiedlichen Empfindungen: Schmerz, Angst und Verwirrung. Was war gerade passiert? War Dermot wirklich gekommen, um sie zu ermorden? Hatte sie tatsächlich einen Kessel mit kochendem Wasser nach ihm geworfen und war ihm entwischt? Hatte sie ihn schwer verletzt? War sie in Sicherheit?

Erst jetzt fiel ihr auf, wie kalt es war, wie sehr sie in der Winterkälte fror. Alle anderen trugen dicke Mäntel, Handschuhe und Mützen. Die meisten hatten sich zusätzlich einen warmen Schal um den Hals geschlungen und hielten den Kopf gesenkt, weil so ein starker Wind blies. Sie dagegen trug nur ein T-Shirt, eine dünne Jeans und einen einzelnen Hausschuh. Nachdem ihr das nun bewusst geworden war, begann sie heftig zu bibbern und schlang die Arme eng um ihren Körper.

Dermot, dachte sie. Dermot war es gewesen. Liam war von seinem jüngeren Bruder getötet worden. Aber warum? Und wieso hatte er es nun auf sie abgesehen? Während sie über diese Frage nachdachte, hielt neben ihr ein Wagen. Sie zuckte erschrocken zusammen, weil sie halb damit rechnete, Dermots Gesicht am Fenster auftauchen zu sehen. Vorne saßen zwei Personen: am Steuer ein junger Mann und neben ihm Leila Fox.

Jude atmete erleichtert aus. Ihr war gar nicht bewusst gewesen, dass sie die Luft angehalten hatte.

Leila stieg aus und betrachtete sie bekümmert.

»Ist mit Ihnen alles in Ordnung?«

»Ja.«

»Bestimmt frieren Sie ganz fürchterlich.«

»Ja.«

»Kommen Sie.«

Leila führte sie zum Wagen, half ihr, hinten einzusteigen, beugte sich über sie, um sie anzugurten, als wäre sie ein kleines Kind, und setzte sich dann neben sie. Allerdings fuhren sie nicht sehr weit, nur ein paar Hundert Meter die Straße entlang und dann in eine kleine Seitengasse, wo sie anhielten.

Leila öffnete ihren Gurt und wandte sich Jude zu.

»Wir werden gleich dafür sorgen, dass sich jemand Ihre Verletzungen ansieht und Sie frische Sachen bekommen. Aber vorher muss ich Ihnen ein paar Fragen stellen. Fangen wir mit Ihren Verletzungen an. Was ist mit Ihrem Fuß passiert?«

Als Jude daraufhin den Fuß betrachtete, kam es ihr fast so vor, als wäre es gar nicht der ihre.

»Das ist gestern passiert. Ich bin eine Runde gelaufen und dabei gestolpert. Das Ergebnis war ein richtig blöder Sturz.«

»Und Ihre Hand?«

Jude hob ihre pulsierende Linke und inspizierte die gerötete Handfläche, die gerade anfing, große, weiche Blasen zu bilden.

»Das war der Kessel. Ich habe den Kessel mit dem kochenden Wasser nach ihm geworfen. Er hat geschrien, deshalb glaube ich, dass er etwas abbekommen hat, aber wie schlimm es ihn erwischt hat, kann ich nicht sagen. Bacitracin.«

»Was?«

»Das muss auf meine Hand. Im Moment tut sie sehr weh.«

»Hat er Sie angegriffen?«

»Mir fiel auf, dass ein Messer fehlte, eines mit einem blauen Griff. Deswegen wusste ich, dass ich schnell handeln musste. Bevor er es benutzen konnte.«

»Sie glauben, Dermot hat es genommen?«

»Ich weiß es. Vorher hatte ich nämlich geputzt und alles gespült. An der Wand hingen vier Messer mit Griffen in unterschiedlichen Farben. Dann kam Dermot, und plötzlich waren es nur noch drei. Das blaue fehlte.«

Leila Fox nickte langsam.

»Hat er es zugegeben?«, fragte Jude.

»Er war nicht mehr da. Wir haben eine Zeugin, die ihn die Straße entlanglaufen sah, schreiend und mit einer Hand über dem Gesicht.«

»Demnach können seine Verbrennungen nicht so schlimm gewesen sein.«

»Wir kriegen ihn bestimmt bald.«

Jude schauderte heftig. »Warum ich? Ich wusste doch gar nichts.«

»Es ging nicht um das, was Sie wussten.«

»Was soll das heißen?«

Statt einer Antwort tippte die Kriminalbeamtin dem jungen Mann, der am Steuer saß, auf die Schulter und sagte: »Geben Sie mir doch bitte mal die Aufnahmen.«

Er nahm eine Mappe aus dem Seitenfach seiner Tür und reichte sie nach hinten. Leila zog einen Stapel glänzender Fotos heraus.

»Hier«, sagte sie, nachdem sie eines ausgewählt hatte. »Das ist ein Foto vom Tatort. Keine Sorge«, fügte sie eilig hinzu, »nicht von Liams Leiche. Nur von den Gegenständen, die wir dort gefunden haben.«

Jude betrachtete es.

Aufgewühlter Matsch, Dorngestrüpp und niedergetrampeltes Gras. Eine alte Blechdose, eine leere Chipstüte, eine rostige Fahrradklingel, ein paar Zigarettenstummel, eine zerfledderte Plastiktüte, verstreute Zweige, die gruseligen Überreste eines toten Vogels.

»Ich verstehe nicht«, sagte sie. »Außer, dass es ein schrecklicher Ort zum Sterben ist.«

»Sehen Sie.« Leila tippte auf etwas Kleines am Rand der Aufnahme. »Erkennen Sie, was das ist?«

»Was?«

Leila wählte ein anderes Foto aus und platzierte es auf Judes Schoß.

»Das da.«

Dieses Mal lag es auf einer blanken, schimmernden Fläche, war von oben beleuchtet und ganz aus der Nähe fotografiert.

»Oh«, sagte Jude.

Ein kleines, zartes, hölzernes Gabelbein, ohne sein Lederband.

Bestürzt ließ sie den Blick zwischen der Laboraufnahme und dem Tatortfoto hin und her wandern, nach wie vor ratlos.

»Ich verstehe es noch immer nicht.«

»Nachdem Liam gestorben war, fanden wir bei seiner Leiche unter anderem dieses kleine Gabelbein. Wir zeigten alle dort gefundenen Gegenstände Danny Kelner. Ihr zufolge gehörte dieser Anhänger Liam. Sie erklärte uns, er habe ihn selbst angefertigt und an einem dünnen Lederband getragen. Wir gingen davon aus, dass er während des Kampfes auf dem Boden gelandet war.

»Aber …«, begann Jude.

»Genau. Als wir uns gestern trafen, trugen Sie das gleiche Gabelbein um den Hals und erzählten mir, Sie hätten die Kette aus Liams Gepäck genommen, als Sie in dem Cottage in Norfolk auf ihn warteten.«

»Er hat vier davon geschnitzt«, sagte Jude langsam. Sie begriff es noch immer nicht ganz. »Für seine Familie. Sie haben alle einen Anhänger.«

»Inzwischen weiß ich das. Seit gestern. Die Frage war nun, wem der Anhänger vom Tatort gehörte, wenn es nicht der von Liam war.«

Jude überlegte einen Moment. Ihr kam das alles so kompliziert vor. Dann fiel es ihr plötzlich ein. *Na, so ein Zufall*, hatte er gesagt und ihr seinen Anhänger gezeigt.

»Dermot trug den seinen. Ich habe ihn gesehen.«

»Er trug den von Tara. Ich habe mit Tara und Andy telefoniert. Sie bestätigen, dass Liam für jedes Familienmitglied einen geschnitzt hat, doch laut Tara ist der ihre vor etwa einer Woche verloren gegangen. Sie sagt, sie habe überall danach gesucht. Wir glauben, dass Dermot ihn genommen hat. Ihm muss klar geworden sein, dass er den seinen am Tatort zurückgelassen hat.«

»Arme Tara«, bemerkte Jude, während sie sich mit einer Hand durch ihr verschwitztes Haar fuhr. »Wie wird sie damit klarkommen?«

Plötzlich dämmerte ihr eine schockierende Erkenntnis. »Aber

warum sitzen Sie einfach hier herum? Sie müssen doch nach ihm suchen!«

»Haben Sie eine Ahnung, wohin er unterwegs sein könnte?«

»Woher soll ich das wissen? Er machte einen verzweifelten Eindruck, als wäre alles außer Kontrolle geraten. Heim zu seinen Eltern?«

»Da haben wir schon Leute hingeschickt, obwohl ich es für unwahrscheinlich halte, dass er sich ausgerechnet für den Ort entscheidet, wo wir als Erstes nach ihm suchen werden.«

Jude überlegte, wohin sich jemand flüchten würde, um nicht erwischt zu werden. Vor ihrem geistigen Auge sah sie Wälder, Meere, dunkle Gassen und übertriebene Verkleidungen, als wäre Dermot eine Figur in einem altmodischen Film über ein Leben, das aus den Fugen geriet. Wohin würde sie gehen, wenn sie sich in seiner Situation befände? Sie stellte ihn sich vor, wie er mit seinem verbrühten Gesicht herumstolperte, voller Panik und ohne einen Ort, an dem er sich verstecken konnte.

»Ich kenne ihn doch kaum«, sagte sie hilflos. »Ich weiß nichts über sein Leben.«

»Schon gut«, antwortete Leila. »Jetzt kümmern wir uns erst mal um Sie. Wir fahren Sie zu Ihrer Wohnung. Packen Sie ein paar Sachen zusammen. Sie können dort nicht bleiben.«

»Weil er womöglich zurückkommt?«

»Ja, auch wenn ich das für höchst unwahrscheinlich halte. Können Sie irgendwo hin?«

»Ich wollte sowieso da raus und erst einmal zu einer Freundin ziehen.«

»Rufen Sie sie an. Sagen Sie ihr, dass Sie in einer halben Stunde da sein werden.«

»Ich habe kein Telefon.«

»Aber ich.«

Leila griff in ihre Manteltasche und zog Judes Handy heraus. Jude rief Dees Nummer auf.

»Ich bin's«, erklärte sie, als Dee ranging. »Kann ich heute schon kommen?«

Sie musste ein Schluchzen unterdrücken.

»Natürlich! Je eher, desto besser. Ich hab ein paar Leute aus unserer Clique zum Abendessen eingeladen. Ist das für dich in Ordnung?«

»Großartig«, antwortete Jude schwach.

»Ich hab mir gedacht, ich mache uns eine riesige Pastete. Und danach mixen wir uns irgendeinen teuflischen Cocktail. Wir können uns mit Brettspielen die Zeit vertreiben und uns betrinken. Ich kaufe gerade ein, aber in einer knappen halben Stunde bin ich wieder daheim.«

»Danke, Dee. Ich sollte dich aber vorwarnen …«

Doch Dee hatte schon aufgelegt.

64

Vor der Wohnung parkten zwei Streifenwagen. Drinnen war dank ihrer Putzaktion alles sauber und ordentlich, abgesehen von ziemlich viel Wasser auf dem Küchenboden, etlichen zerschmetterten Tassen und einem umgestürzten Stuhl. Ihr Fahrrad hatte jemand an die Wand gelehnt. Jude sah, dass der Vorderreifen verbogen war.

Leila kehrte aufs Revier zurück, während der junge Beamte Jude nach drinnen begleitete und in der Küche wartete, bis sie schnell geduscht und ihre wärmsten Sachen angezogen hatte.

Dann fütterte sie die Katze zum letzten Mal. Als sie versuchte, sie unter dem Kinn zu streicheln, starrte das Tier sie erbost an. Schließlich griff der Beamte nach ihren Taschen, und sie brachen auf.

Während der Fahrt zu Dees Wohnung lehnte Jude sich zurück und schloss die Augen. Obwohl sie im Begriff war, in ihr altes Leben zurückzukehren, fühlte sie sich unsäglich erschöpft. Alles, was passiert war, erschien ihr weit entfernt und unwirklich. Bilder schwirrten ihr durch den Kopf, Gesichter und Szenen, die sich vermischten: Der Liam Birch, den sie mit achtzehn kannte, verwandelte sich in den Mann, der an jenem Tag im Krankenhausfoyer auf sie gewartet hatte, um ihr Leben auf den Kopf zu stellen. Dann mutierten seine Gesichtszüge langsam zu denen seines jüngeren Bruders, seines Mörders.

Es war, als würde sie in einen Felsentümpel spähen, den nie ein Sonnenstrahl erreichte. Vor ihrem geistigen Auge sah sie das Cottage in der Wildnis von Norfolk, wo das Meer über

Schlick und Steine donnerte. Das morastige Gestrüpp, wo Liams Leiche gefunden worden war. Die Reihe der Gestalten, Hand in Hand unterwegs durch das Sumpfgebiet, zu seiner Beerdigung. Das rustikale Haus, wo Danny in dem riesigen Korbsessel thronte wie eine Königin aus früheren Zeiten, mit ihren tätowierten Tränen auf den bleichen Wangen. Die Trauerfeier. Der Leichenschmaus. Die trinkenden, tanzenden, lachenden Menschen. Jude musste daran denken, wie Dermot neben dem umgeworfenen Tisch gestanden hatte, umgeben von Chaos, aber mit seltsam triumphierender Miene.

Irgendetwas hakte da – ein Bruchstück einer Erinnerung, das sie nicht zu fassen bekam. Was war das nur?

Aus dem Nebel in ihrem Kopf tauchten weitere Erinnerungen auf: Nachdem sie Alfie ins Bett gebracht hatte und auf der Suche nach ihrer Tasche in den Wintergarten wollte, war Danny aus dem Raum getreten, und sie hatten kurz miteinander gesprochen. Dann war Jude Dermot begegnet, der hektisch wirkte, sich ruckartig bewegte. Sie sah ihn wieder vor sich, kreidebleich, mit Speichel auf den Lippen. Seine dunklen Augen funkelten, und an seiner Wange prangte ein rotes Oval aus Lippenstift. Er hatte die Faust gegen die Wand geknallt und hervorgestoßen: »Es ist noch nicht vorbei! Du kleine Schlampe!« Irgendetwas in dieser Art, einen Aufschrei, der verletzt und wütend klang. Dann hatte er den Tisch umgeworfen, und als er anschließend neben der Bescherung stand, hatte er hervorgestoßen: »So!«

Wem hatte das gegolten?

Danny.

Danny, die gerade den Raum verlassen hatte. Danny mit dem roten Lippenstift. Danny, der Lebensgefährtin seines Bruders.

Jetzt fiel Jude auch wieder ein, wie Dermot an diesem Vormittag reagiert hatte, als sie ihm erzählte, dass Danny und

Vin ein Paar waren, vielleicht schon seit Langem. Er hatte ihr geantwortet, das sei nicht wahr, sie lüge.

Auf eine schreckliche Weise klärte sich der Nebel, und sie sah plötzlich alles messerscharf. Die Dinge rasteten ein wie eine Kombination aus Klingen, Ketten und Zahnrädern: Klick, klick, klick, fügten sich all die scheußlichen Teile ineinander.

Der Wagen bog in die Straße ein, in der Dee wohnte.

Danny und Dermot, dachte Jude. Natürlich.

Der Wagen hielt an. Der Beamte stieg aus und öffnete Jude die Wagentür. Nachdem sie sich herausgekämpft hatte, griff er nach ihren Taschen, trug sie ihr bis zur Haustür und verabschiedete sich. Drinnen brannte Licht. Dee war bestimmt schon damit beschäftigt, in ihrer kleinen, chaotischen Küche den Teig für die Pastete zuzubereiten, die Hände voller Mehl. Später würden sie essen, trinken und sich mit Brettspielen die Zeit vertreiben. Ihre alte, fröhliche Welt existierte noch, und Jude stand im Begriff, wieder in sie hineinzutauchen, als wäre gar nicht viel geschehen: nur eine kleine Störung.

Sie stand vor der Tür, wartete jedoch mit dem Klingeln. Ihre Gedanken rasten, um Schritt zu halten mit all den Informationen, die plötzlich zu diesem neuen Bild zusammenströmten. Sie hatte das Gefühl, vor Wut und Scham zu brennen. Statt auf den Klingelknopf zu drücken, schob sie ihr Gepäck lediglich außer Sichtweite und humpelte zurück auf die Straße.

65

Sie setzte sich in Bewegung. Wenn sie gekonnte hätte, wäre sie gelaufen. Obwohl sie wusste, dass ihr Fuß schmerzte und ihre Hand pochte, spürte sie es nicht. *Später*, dachte sie.

Bald eilte sie durch das Sumpfgebiet, vorbei an den Filterbecken, den Fluss entlang. Im Schatten gab es kleine, gefrorene Stellen, die unter den Schuhsohlen knirschten, und dünnes Eis auf den Pfützen. Es war sehr kalt, doch Jude spürte die Kälte nicht.

Dermot hatte eine Affäre mit der Partnerin seines Bruders gehabt. Er hatte Liam getötet, während Danny dafür sorgte, dass sie ein perfektes Alibi vorweisen konnte. Und das alles an dem Abend, an dem Liam seinen eigenen düsteren Plan ausführen wollte, für den er sich seinerseits ein perfektes Alibi ausgesucht hatte: seine Jugendliebe. Ohne es zu wissen, sollte sie, Jude, als Rädchen in seinem Getriebe fungieren.

Zwei Verbrechen. Zwei Spiegelbilder.

Liam war genau an der Stelle getötet worden, wo Danny jeden Samstag vorbeikam – nur nicht an jenem Samstag. Er hatte dort auf sie gewartet, stattdessen aber Dermot getroffen, Dermot mit einem Messer in der Hand.

Dermot hatte es für Danny getan.

Oder nein, er hatte es auf ihr Geheiß hin getan. Danach hatte Danny ihm eröffnet, dass das mit ihnen beiden vorbei sei, am Abend von Liams Trauerfeier. Er war ein Mörder und außerdem ein armer Trottel, der sich in seinem Selbstmitleid suhlte.

Danny hatte es geplant, aber ausgeführt hatte es Dermot,

der nun dafür bestraft werden würde, während sie weiterhin freundlich lächeln und auf freiem Fuß bleiben würde.

Dann dachte Jude: Vin. Natürlich.

Danny und Vin hatten es gemeinsam geplant.

Vin und Danny. Vin mit seinem dröhnenden Lachen und seinen haarigen Händen, seinem unersättlichen Appetit.

Im Sumpfgebiet waren Reiher unterwegs. Einer stand nur ein paar Meter von ihr entfernt, so reglos, dass sie im ersten Moment dachte, er wäre aus Stein. Nur sein Auge bewegte sich.

Dort war die Reitschule, die Eislaufbahn. Jude stolperte weiter. Mittlerweile durchfuhr sie bei jedem Schritt ein Schmerz, der sich anfühlte wie ein Stromschlag, und ihre Hand pochte so heftig, dass ihr davon übel war – aber das spielte keine Rolle. Sie musste sich vor Danny hinstellen und sagen: *Ich weiß, was du getan hast. Ich weiß, was du bist.*

Sie spielte kurz mit dem Gedanken, Leila anzurufen und sie über ihre blitzartige Erkenntnis zu informieren. Aber Leila war auf der Suche nach Dermot, und der würde bestimmt alles gestehen: wie er von der Geliebten seines Bruders dazu angestiftet worden war, seinen Bruder zu töten. Dass er in eine Frau verliebt war, die ihn so geschickt benutzt hatte wie ein Schreiner eine Säge.

Jude wollte nicht an Vin denken, doch er drängte sich einfach in ihre Gedanken: Vin mit seinen breiten Schultern und den weißen Zähnen, massig gebaut und immer grinsend. Sie begriff – zumindest begriff es ihr sich sträubender, von Abscheu erfüllter Körper –, dass seine Idee, mit ihr ins Bett zu steigen, wohl als eine Art Besänftigungsstrategie gedacht gewesen war. Er hatte geglaubt, auf diese Weise dafür sorgen zu können, dass sie nichts gegen ihn und Danny unternahm. Oder vielleicht hatte er auch gemeint, Sex mit ihm würde bei ihr jeden Verdacht auslöschen und sie zu einem braven, gefügigen Mitglied der Familie machen.

Ein heftiger Schauder durchlief ihren Körper.

Hatten sie das so geplant? Dass Danny Sex mit Dermot hatte und Vin mit Jude?

Sie erreichte das Ende des Sumpfgebiets, wo wieder der Asphalt begann. Mittlerweile trug ihr Fuß kaum noch ihr Gewicht. Mühsam humpelte sie den Weg entlang, bog in die Straße ein, die sie nie wieder hatte betreten wollen, und blieb wie angewurzelt stehen.

66

Der Anblick, der sich ihr bot, war so unerwartet, dass sie einen Moment brauchte, um ihn zu verarbeiten. Die Straße war ein Chaos aus Orangerot und Weiß und blinkendem Licht. Sie zählte zwei Krankenwagen und mindestens drei Streifenwagen. Alle parkten wild durcheinander mitten auf der Straße, als wären sie in höchster Eile dort abgestellt worden. Als sie näher kam, sah sie, dass die ganze Straße mit einem Schild abgesperrt war, auf dem »Kein Zutritt« stand. Zwei Uniformierte in gelben Sicherheitswesten, ein Mann und eine Frau, hielten neben dem Schild Wache.

»Darf ich durch?«, fragte Jude.

Die Frau schüttelte den Kopf. »Die Straße ist gesperrt.«

»Was ist passiert?«

»Es gab einen Vorfall.«

»Was für einen Vorfall? Geht es um Hausnummer drei? Ist jemand verletzt?«

Die Polizistin zuckte mit den Achseln. »Wir dürfen Ihnen darüber keine Auskunft geben.«

»Geht es um Nummer drei? Falls ja, kenne ich die Leute, die dort wohnen. Ich muss wissen, was passiert ist.«

»Sie werden sich einfach gedulden müssen.«

Um einen besseren Blick zu haben, schob sich Jude ein Stück an der Kunststoffbarriere entlang, die sie aufgestellt hatten. Ja, es handelte sich definitiv um das Haus. Die Haustür war offen. Davor standen mehrere Grüppchen uniformierter Beamter. Das Ganze erweckte den Eindruck, als hätten sie ihren Einsatz bereits beendet. Jude wurde bewusst, dass der zweite, männliche Beamte vor ihr Stellung bezogen hatte.

Aber sie bemerkte noch etwas, besser gesagt, das Fehlen von etwas. Es waren keine Sanitäter auszumachen. Die Grüppchen, die sich unterhielten, bestanden nur aus Polizeibeamten. Jude konnte keinen einzigen grünen Overall entdecken, und in den Krankenwagen saß auch niemand. Das bedeutete, dass die Lage ernst war – dass alle drinnen gebraucht wurden.

»Das ist hier kein Spektakel für Gaffer«, erklärte der Beamte.

»Ich habe das Recht, hier zu stehen«, entgegnete Jude.

In dem Moment tauchte ein größeres Polizeifahrzeug auf, sodass sie beide zur Seite treten mussten. Die zwei Uniformierten verschoben die Absperrung, damit das Fahrzeug passieren konnte. Dann stellten sie sie schnell wieder zurück. Der männliche Beamte blickte Jude an und schüttelte den Kopf.

»Niemand geht rein«, sagte er.

»Ich kenne die Leute«, entgegnete sie verzweifelt. »Sie müssen mir sagen, was da los ist.«

»Sie werden es erfahren, wenn alle anderen es erfahren.«

Jude hatte das Gefühl, vor Frustration gleich zu explodieren. Sie wusste nicht, was sie tun sollte. Schließlich zückte sie ihr Handy und rief Leila Fox an.

»Ich bin beim Haus«, erklärte sie.

»Welchem Haus?«

»Dem von Danny. Vin.«

»Ich habe Ihnen doch gesagt …«

»Es ist etwas passiert«, fiel Jude ihr ins Wort. »Die Straße ist voller Krankenwagen und Polizei. Sie lassen mich aber nicht näher ran. Haben Sie etwas gehört?«

Am anderen Ende herrschte einen Moment Schweigen.

»Ich bin gleich da.«

Als Jude ihr Telefon wieder einsteckte, kam gerade jemand

aus dem Haus und ging die Straße entlang, in ihre Richtung. Es war Erika. Allerdings wirkte sie völlig anders als sonst. Sie bewegte sich ganz langsam und starrte dabei vor sich hin, als würde sie schlafwandeln. Ohne es zu merken, trat sie vom Gehsteig und stolperte, blieb deswegen aber nicht stehen und machte auch keinen erschrockenen Eindruck, sondern lief einfach weiter.

Als sie sich der Absperrung näherte, sagte die Polizistin etwas zu ihr, das Jude nicht verstand. Es war nicht klar, ob die Beamtin sie aufzuhalten versuchte oder ihr Hilfe anbot, aber einen Moment später trat sie zur Seite. Erika ging an ihr vorbei durch die Absperrung. Dann fiel ihr Blick auf Jude, doch sie zeigte keine Überraschung.

»Die haben gesagt, ich soll ein bisschen an die frische Luft gehen.« Sie klang ruhig und gelassen, als ginge sie das alles nichts an.

»Was ist denn los?«

Jude hatte das unangenehme Gefühl, dass Erika sie ansah, ohne sie wahrzunehmen. Ihre Augen schienen auf etwas gerichtet zu sein, das sich weit hinter Judes Kopf befand.

»Sie fummeln alle an ihr herum«, fuhr sie in verträumtem Ton fort.

»Was? An wem?«

»Ich hätte es nicht sehen sollen, aber die Küchentür stand offen. Sie kauerten alle auf dem Boden, um sie herum. Ich konnte das Blut sehen.«

»Wer liegt auf dem Boden?«

Erika starrte sie verwirrt an. Jude fragte sich, ob Erika überhaupt hörte, was sie sagte.

»Er hat geschrien und geschrien und Sachen zerschlagen – nach allem gegriffen, was er zu fassen bekam, und es an die Wand geschleudert. Er hatte ein Messer.«

»Dermot?«

Erika schien die Frage zu erstaunen, als wäre dadurch ihre Gedankenkette unterbrochen.

»Ja, Dermot. Er schrie, sie habe ihn nur benutzt und sein Leben zerstört. Er schrie wie ein Irrer und fuchtelte mit seinem Messer herum. Ich konnte gar nicht glauben, dass es wirklich passierte. Es kam mir eher vor wie eine Art Traum. Man rechnet doch nicht damit, dass so etwas im echten Leben geschieht.«

»Was hat er getan?«

Erikas Blick wirkte leer.

»Alfie war auch da. Ich habe ihn auf den Arm genommen und bin mit ihm nach oben in mein Zimmer. Ich habe die Tür zugemacht und Sachen dagegengeschoben, damit sie nicht mehr aufging. Ich habe sie ihrem Schicksal überlassen. Verstehen Sie? Ich wollte Alfie retten, aber Danny habe ich ihrem Schicksal überlassen. Ich habe Alfie Lieder vorgesungen, um ihn zu beruhigen. Währenddessen habe ich es unten immer wieder krachen und scheppern gehört, jedes Mal, wenn etwas zu Bruch ging. Ich hoffte, jemand würde etwas dagegen unternehmen, ihr zu Hilfe kommen. Aber das tat niemand. Irina blieb, wo sie war, und Doc und Vin waren nicht da. Niemand konnte helfen. Dann hörte das Scheppern auf, und das Kreischen ging los.«

Sie sah Jude jetzt direkter an, aber immer noch mit starrem Blick. Ihre Augen wirkten blutunterlaufen.

»Sie sollten das der Polizei sagen, nicht mir«, erwiderte Jude, die nicht sicher war, ob sie es ertragen konnte, noch mehr zu hören. »Sie sind eine Augenzeugin. Bestimmt wundern die sich bereits, wo Sie abgeblieben sind.«

»Haben Sie schon mal ein Tier kreischen gehört?«, fragte Erika, als hätte Jude gar nichts gesagt. »So klang das. Es klang überhaupt nicht nach ihr. Es klang nicht menschlich. Und es schien gar nicht mehr aufzuhören. Ich weiß, ich hätte Alfie in meinem Zimmer lassen sollen und runtergehen, um ihr zu helfen. Aber das tat ich nicht. Ich war wie gelähmt. Ich fühlte mich wie ein Kind, das sich die Bettdecke über den Kopf zieht, weil es vor der Dunkelheit Angst hat. Ich wählte den Notruf, aber ansonsten tat ich nichts. Ich saß bloß da bei Alfie und versuchte so laut zu singen, dass er nicht hörte, was unten geschah.«

»Sie hätten nichts tun können. Immerhin haben Sie Alfie gerettet. Sie haben sich um ihn gekümmert. Mehr hätten Sie nicht machen können.«

»Ich habe ihn ins Haus gelassen. Ich. Jemand hat ganz laut geklopft, fast schon gehämmert, als wollte er die Tür aufbrechen. Ich habe nicht richtig nachgedacht. Wir hätten uns irgendwo verstecken sollen, uns einschließen. Aber ich ging zur Tür und machte auf. Draußen stand Dermot und rief: ›Wo ist sie? Wo ist sie?‹ Wenn Vin da gewesen wäre, hätte er ihn aufhalten können.«

»Das glaube ich nicht.«

Wieder sprach Erika einfach weiter, als wäre Jude gar nicht da. Sie schien eher mit sich selbst zu reden.

»Er hat immer zu Vin aufgeblickt. Er war wie ein Welpe. Für Vin und Liam hätte er alles getan. Ich hätte behaupten können, dass Danny nicht da oder oben sei, aber ich war wie erstarrt. Ich wusste nicht, wie ich reagieren sollte. Da ist er einfach an mir vorbei. Es war, als würde er jeden Moment explodieren. Während er hineinstürmte, schlug er mehrere Male die Faust gegen die Wand. Ich bin ihm nach. Als ich das Messer entdeckte, schnappte ich mir Alfie und rannte. Ich habe sie einfach zurückgelassen, ihrem Schicksal überlassen – ihm. Man fragt sich immer, wie man sich in einem Notfall verhalten würde. Jetzt weiß ich es. So habe ich mich verhalten.«

Sie begann heftig zu zittern und mit den Zähnen zu klappern.

»Wir müssen Sie aufwärmen«, bemerkte Jude. Sie legte Erika eine Hand an die Stirn, die sich klamm anfühlte. Entschlossen nahm sie sie am Arm, führte sie zu der Absperrung und erklärte der Polizistin und ihrem Kollegen, dass sie Ärztin sei und Erika aufgewärmt werden müsse und außerdem Flüssigkeit brauche. Die beiden musterten sie zweifelnd, doch Jude gab nicht nach. Schließlich ließen sie sie durch, ermahnten sie aber, dem Haus fernzubleiben.

Jude steuerte mit Erika auf den Krankenwagen zu, der ihnen am nächsten war. Alle Wagentüren standen offen. Sie trafen dort auf eine Sanitäterin, eine junge, rothaarige Frau mit sommersprossigem Gesicht, die hinten auf der Kante saß. Sie brachte Erika eine Decke und eine Flasche Wasser. Während sie ihr beides reichte, musterte Jude sie verstohlen. Sie war sehr jung und sah erschöpft aus. Verglichen mit ihr fühlte Jude sich fast schon wie eine Frau mittleren Alters.

»Wie läuft es?«, fragte Jude.

»Sie sind noch drin. Ich bin nur einen Moment rausgegangen.«

»Heftig, oder?«

Die Frau verzog das Gesicht.

»Er hatte ein paar Minuten Zeit, ein paar Minuten mit ihr allein. Es war …«

Sie hielt inne.

»Ist schon gut«, sagte Jude. »Ich bin Ärztin. Ich habe so was schon gesehen.«

»Nein, haben Sie nicht.«

Es folgte eine Pause. Die Frau beabsichtigte offenbar nicht, näher zu beschreiben, was sie gesehen hatte.

»Vielleicht hätten sie einen Hubschrauber schicken sollen«, meinte Jude. »Auf der Heide hätte er bestimmt landen können.«

Die Frau schien zu einer Antwort ansetzen zu wollen, überlegte es sich dann aber anders und starrte Erika und Jude nur an. Jude kannte den Gesichtsausdruck und wusste, was die Frau nicht sagte. Sie brauchten keinen Hubschrauber. Es bestand keine Notwendigkeit, Danny so schnell wie möglich ins Krankenhaus zu bringen. Jude kannte solche Situationen aus der Zeit, als sie als junge Ärztin in der Notaufnahme gearbeitet hatte. Bei einem Herzstillstand mühte man sich zehn Minuten ab, dann noch mal zehn, dann weitere zwanzig, bis schließlich keine wirkliche Hoffnung mehr bestand. Möglicherweise war sie tatsächlich noch mit keinem so schlimmen Anblick konfrontiert gewesen wie die Sanitäterin vorhin im Haus, aber sie hatte zumindest schon einmal erlebt, dass ein Patient schneller Blut verlor, als man es ihm per Bluttransfusion zuführen konnte. Als es dann endgültig vorbei war, sahen alle rund um den Tisch aus, als hätten sie in Blut gebadet.

»Haben sie ihn festgenommen?«, fragte Jude.

Die Frau wirkte verwirrt, als wüsste sie nicht, dass es da jemanden gab, der festgenommen werden musste, oder als hätte sie es vergessen.

»Keine Ahnung«, antwortete sie. »Man bekommt so eine Art Tunnelblick. Aber es war bereits eine Menge Polizei vor Ort, als ich eintraf. Ich glaube, sie sprachen in einem Nebenzimmer mit jemandem. Es war alles ziemlich chaotisch.« Sie schaute Erika an, die teilnahmslos vor sich hin starrte, mit kalkweißem Gesicht und blassen Lippen. »Geht es Ihnen schlechter? Ist Ihnen schwindlig?«

Erika schüttelte den Kopf. Die Sanitäterin wandte sich wieder Jude zu.

»Vielleicht können Sie noch ein paar Minuten ein Auge auf sie haben. Ich sollte jetzt besser wieder hineingehen.«

Doch bevor sie sich in Bewegung setzen konnte, trat eine Gruppe grün gekleideter Gestalten aus dem Haus. Als sie näher kamen, sah Jude die dunkelbraunen Flecken auf ihren

Uniformen. Braun, dachte Jude, nicht rot. Auch die ganze Atmosphäre wirkte anders, als man hätte erwarten können. Statt Hektik war nur Erschöpfung zu spüren. Sie sprachen nicht miteinander, blickten sich nicht einmal an. Einer von ihnen, ein großer, kräftig gebauter Mann, schüttelte lediglich den Kopf.

67

Am Montag ging Jude wieder zur Arbeit. Ihr geschwollener Fuß, nach wie vor doppelt so dick wie normal und mittlerweile in giftigem Blauviolett marmoriert, steckte in einer Manschette, ihre linke Hand, die immer noch vor Schmerz pulsierte, in einem Verband. Bekleidet war sie mit Leihgaben ihrer neuen Mitbewohnerinnen, da sich der Großteil ihrer eigenen Garderobe noch bei Nat befand.

Obwohl es sich nur um ein paar Wochen gehandelt hatte, kam es ihr vor, als wäre sie monatelang weg gewesen oder ein ganzes Leben – als hätte sie ihr altes Leben nur geträumt. An diesem ersten Morgen quälte sie die schreckliche Angst, sie könnte womöglich vergessen haben, was sie als Ärztin zu tun hatte. Sie befürchtete, dass ihre Kollegen sie beobachten und hinter ihrem Rücken flüstern würden oder dass sie plotzlich in Tranen ausbrechen würde. Sie fühlte sich auf eine undefinierbare Art gedemütigt und zugleich erschreckend verletzlich. Während sie durch die Drehtür ins Foyer humpelte, versuchte sie, möglichst professionell und selbstsicher zu wirken: Hier kam Dr. Jude Winter und meldete sich zurück zum Dienst.

Innerhalb weniger Minuten zog es sie wieder hinein in den zähen Fluss des Krankenhauslebens, geprägt vom ständigen Alarm des Piepsers, den Rundgängen durch die Station, den eiligen Behandlungen. Sie hatte ganz vergessen, wie gut es tat, zielstrebig ihr Pensum abzuarbeiten, bei dem jeder einzelne Augenblick genau bemessen war, sodass die Zeit auf den großen Uhren der Demenzstation nur so verflog.

Am Mittwoch war es bereits so, dass sie die brutale Lücke ihrer Abwesenheit als den irrealen Teil empfand, fast wie eine Halluzination. Jude wusste, dass sie am Nachmittag des folgenden Tages, den sie freihatte, weil dann eine Reihe von Nachtschichten folgte, noch einmal aufs Polizeirevier musste, um bei Leila Fox ihre offizielle Aussage zu Protokoll zu geben – aber das war reine Formsache, der Bürokratie geschuldet. Ihr unterschwelliges Gefühl von Angst ebbte allmählich ab. Die meiste Zeit fühlte sie sich nur erschöpft, doch dabei handelte es sich um eine Art von Erschöpfung, die sich am besten durch tägliche Routine kurieren ließ.

Deswegen war sie, als sie am frühen Abend aus dem Krankenhaus in die beißende Kälte trat und einen Blick auf ihre Handynachrichten warf, sehr bestürzt darüber, drei verpasste Anrufe von Tara Birch vorzufinden, und darüber hinaus die Nachricht: *Bitte um Rückruf!*

Sie wollte Tara nicht zurückrufen. Sie wollte nicht einmal an sie denken – eine Mutter zweier Söhne, von denen der eine den anderen umgebracht hatte. Wie sollte man etwas so Grauenhaftes aushalten?

Die Antwort lautete, wie sich herausstellte, Alfie.

»Er ist bei uns«, erklärte Tara mit kehliger, belegter Stimme, als hätte sie eine schlimme Erkältung. »Wir sind jetzt seine Familie.«

»Das freut mich«, antwortete Jude. »Ich hoffe, das ist ein kleiner Trost.«

Egal, was sie von sich gab, in einer solchen Situation klang einfach alles armselig und geschmacklos.

»So weit würde ich nicht gehen«, entgegnete Tara prompt. »Aber Andy und ich werden alles in unserer Macht Stehende tun, damit er eine gute Kindheit hat.«

»Das ist schön«, sagte Jude. »Ich bin mir sicher, das wird Ihnen gelingen.«

Sie klemmte sich das Handy unters Kinn und schlüpfte in ihre Handschuhe, wobei sie sich bemühte, nicht über ihre verbrannte Handfläche zu reiben. Es war so kalt, dass ihr Atem in der Luft weiße Wölkchen bildete.

»Dannys Mutter ist schon vor Jahren gestorben, und ihr Vater hat ein Vorstrafenregister wegen Gewalttätigkeit, deshalb war von vornherein klar, dass wir ihn bekommen.«

In Judes Kopf blitzte eine Erinnerung auf, die sie gleich wieder verdrängte: Danny und Tara, die beide an Alfie zerrten, als wollten sie mit ihm ein gruseliges Tauziehen veranstalten.

»Ja«, bestätigte sie knapp.

Sie setzte ihren Helm auf. Bis ihr eigenes Rad repariert war, hatte sie sich das einer Freundin ausgeliehen.

»Sie wissen, was passiert ist?«, fragte Tara.

»Ja.«

»Natürlich. Die ganze Welt weiß es.«

»Die Leute werden es wieder vergessen.«

»Die Glücklichen.«

Sie schwiegen beide einen Moment.

»Was haben wir falsch gemacht?«, fuhr Tara schließlich fort.

Jude rang nach Worten, fand aber nicht die richtigen. Stattdessen gab sie nun ein undefinierbares Geräusch von sich.

»Ich muss Sie um einen Gefallen bitten«, sagte Tara.

»Nämlich?«

Am liebsten hätte Jude ihr Handy auf die Straße geschleudert und zugesehen, wie die Autos es zermalmten. Keine Gefallen mehr – nie wieder.

»Es ist nur eine Kleinigkeit. Sie müssen bloß kurz im Haus vorbeischauen.«

»Das schaffe ich nicht.«

»Bitte, Jude. Ich selbst kann es nicht machen. Ich bin Hunderte von Kilometern entfernt und muss mich außerdem um

Alfie kümmern. Er braucht ein paar Dinge. Wenn er sich auf-
regt, was oft der Fall ist, fragt er danach.«

»Kann denn nicht einer der Hausbewohner die Sachen einfach schicken?«

»Bitte!«

»Sie haben doch bestimmt noch jemand anders …«

So kam es, dass Jude am nächsten Morgen ein weiteres Mal
zum Haus zurückkehrte.

Es war immer noch Absperrungsband gespannt, und sie
registrierte, dass eines der vorderen Fenster zerbrochen war.
Sämtliche Vorhänge waren zugezogen, sodass sie nicht sehen
konnte, ob irgendwo Licht brannte. Vielleicht hielt sich niemand im Haus auf – denn wie konnte man in einem Gebäude
bleiben, in dem Tage zuvor eine Frau – eine Mitbewohnerin
und Freundin – abgeschlachtet worden war?

Doch noch während ihr dieser Gedanke durch den Kopf
ging, wurde im ersten Stock ein Vorhang zur Seite geschoben, und ein Gesicht tauchte am Fenster auf. Irina, die auf
die Straße hinausblickte. Von dort, wo Jude stand, wirkte ihr
Gesicht mit dem dicken Querstrich aus rotem Lippenstift wie
eine tragische Maske.

In dem Moment hörte sie hinter sich eine Stimme.

»Jude.«

Als sie sich umdrehte, sah sie sich Doc gegenüber.

»Hallo.« Ihr wurde bewusst, dass sie sich auf diesen Besuch
nicht richtig vorbereitet hatte.

»Sind Sie gekommen, um uns zu helfen?«

»Was?«

»Dann mal rein mit Ihnen!«

Das Haus war nicht leer, sondern voll und befand sich offenbar
in einem sehr dynamischen Zustand des Umbruchs. Jedenfalls

herrschte hektische Betriebsamkeit: Große Schachteln wurden treppauf und treppab getragen, Möbelstücke den Gang entlanggeschleppt.

Als Jude in die Diele trat, schwankte gerade ein Mann mit einer schweren steinernen Statue im Arm aus dem Wintergarten. Oben wurde gehämmert, und jemand rief etwas, das sie nicht verstand. Dann rumpelte es laut, und plötzlich kam ein riesiger Wäschekorb die Treppe heruntergepoltert.

Um einer Kollision zu entgehen, flüchtete Jude sich ins Wohnzimmer, wo ein Mann auf einer Leiter damit beschäftigt war, mit einem Meißel die große Stuckrose herauszuschlagen, die in der Raummitte die Decke zierte.

»Hallo«, begrüßte er Jude von seiner Leiter herab. »Können Sie mir mal den Schraubenzieher dort reichen?«

»Ich glaube nicht, dass man so etwas mitnehmen darf«, bemerkte Jude, während sie seinem Wunsch nachkam. »Es gehört zum Haus.«

»Sind Sie Anwältin oder so was?«

»Nein.«

»Vin hat mich damit beauftragt.«

Jude spürte, wie sich ihr Magen verkrampfte. »Ist er da?«

»Vin? Nein. Er fährt gerade eine Ladung Zeug zum Wertstoffhof, ist aber bestimmt in einer halben Stunde oder so zurück, falls Sie mit ihm reden wollen.«

»Will ich nicht.«

»Jude!«

Im Türrahmen stand Irina, den Arm voller Vorhänge.

»Hallo.«

»Sie kommen in der Stunde unserer Not.«

»Ich bin nur hier, um …«

»Niemand von uns kann darüber reden«, fiel ihr Irina ins Wort. »Uns fehlen einfach die Worte. Wir stehen alle unter Schock oder sind traumatisiert. Was kann man über eine Frau sagen, die ihr Leben in vollen Zügen genoss, anderen viel Leid zufügte, aber auch selbst viel leiden musste? Eine Frau, deren Partner einem Mord zum Opfer fiel und die nun selbst in ihrem eigenen Haus abgeschlachtet wurde? Was soll man da noch sagen? Nichts.«

Die Vorhänge landeten auf dem Boden.

»Hammer«, sagte der Mann über ihnen und streckte den Arm aus.

Stuckbrocken rieselten zu Boden. Jude sah, wie sich an der Decke ein Riss bildete und langsam immer weiter in Richtung Wand verlief.

»Ich habe ein Klavier«, verkündete Irina. »Was mache ich bloß mit dem Klavier?«

»Zieht ihr alle aus?«, fragte Jude.

»Ich fürchte, Liam und Danny hatten jede Menge Schulden«, antwortete Irina vage. »Wie es aussieht, gehört dieses Haus jetzt offiziell jemand anders.«

»Wem?«

»Genau«, sagte Irina in düsterem Ton. »Außerdem, wer will schon mit Dannys Geist leben?«

Jude verließ den Raum und begab sich nach oben. Sie hatte eine Liste mit den Sachen, die Tara für Alfie wollte: einen Plüschelefanten, den seine Großeltern ihm bei seiner Geburt geschenkt hatten, ein Xylofon, sein Lieblingsbilderbuch, eine ganz bestimmte Plastikschüssel, einen Schlafanzug mit Flamingos drauf, eine bunte Steppdecke, ein Töpfchen, das die Form eines Nilpferds hatte.

Es war ihr unangenehm, hier auf Zehenspitzen in sämtliche Räume zu schleichen und überall in Schränke und Schubladen zu spähen. Außerdem hatte sie Angst, Vin könnte zurückkommen.

Die Steppdecke fand sie in Dannys Zimmer, das unheimlicherweise noch genauso aussah wie in der Nacht, als Jude neben Alfie auf dem Bett eingeschlafen war. Sie musste daran denken, wie sie seinen weichen Lockenkopf und die Wärme seines Atems an ihrer Wange gespürt hatte, während unten die schreckliche Party weiterging. Sein Schlafanzug lag zusammengerollt in der Ecke. Als Jude ihn aufhob, stieg ihr ein schwacher Uringeruch in die Nase. Das Xylofon entdeckte sie unter dem Bett, allerdings fehlte eines der Metallbänder. Das Töpfchen fand sich im Badezimmer.

Jude zögerte einen Moment, ehe sie nach unten ging, um die restlichen Sachen zu suchen.

Im Wintergarten traf sie auf Erika, die dort mit angezogenen Knien auf dem Boden saß, umringt von einem Durcheinander halb gepackter Kisten.

»Ich ruhe mich nur einen Moment aus«, erklärte sie.

»Natürlich. Ich bin auf der Suche nach ein paar Sachen für Alfie. Es dauert bloß einen Moment. Ich möchte niemandem im Weg umgehen.«

»Ich will dieses ganze Zeug sowieso nicht haben. Keine Ahnung, warum wir es nicht einfach anzünden und fertig. Das ist alles so gruselig. Wer braucht schon eine verdorrte Pflanze oder ein Bild mit Sprung, oder eine Badewanne aus Porzellan, oder Samtvorhänge voller Motten, oder Teppiche, die sich auflösen?

Jude entdeckte das Bilderbuch und beugte sich hinunter, um es aufzuheben. Dabei fiel ihr Blick hinaus in den Garten, wo zwei Männer gerade die Feuerschale leerten und anschließend hochhievten, um sie in Richtung Wintergarten zu tragen. Da sie offensichtlich sehr schwer war, beeilte sich Jude, ihnen die Tür aufzuhalten.

»Danke«, sagte der größere der beiden Männer. »Das Ding wiegt eine Tonne, und ich habe sie vorhin schon auf Nicos Fuß fallen lassen.«

Nico. In Judes Gedächtnis regte sich etwas.

»Sind Sie Nico?«, wandte sie sich an den kleineren Mann, der sein langes blondes Haar zu einem Dutt hochgedreht hatte und über einer dünnen Baumwollhose mit Kordelzug nur ein Unterhemd trug, als wäre August und nicht Dezember.

»Der bin ich.«

»Der Nico, der Danny beim Tanzen gefilmt hat – in der Nacht, als Liam starb?«

Er machte eine lustige kleine Verbeugung.

»Genau der«, antwortete er.

»Ich frage das aus reiner Neugier«, erklärte sie, »aber mich würde interessieren, was Sie sich dachten, als Danny Sie bat, sie auf dieser Party zu filmen.«

»Danny? Sie hat mich nicht darum gebeten, sie zu filmen.«

»Nein?«

»Das war Vin. Vin hat das arrangiert. Und auf sein Stichwort hin haben er und Danny dann getanzt. Die beiden haben eine richtige Show abgezogen. Er wollte unbedingt, dass ich es bei YouTube einstelle.« Er lächelte. »Danny konnte toll tanzen, das muss man ihr wirklich lassen.«

»Stimmt«, sagte Jude, »da haben Sie recht.«

Liam war tot, Danny war tot, Dermot saß irgendwo in einer Zelle, und Vin überwachte die Auflösung des Haushalts, nahm mit, was er wollte, um dann weiterzuziehen.

Jude entdeckte den abgewetzten Plüschelefanten hinter einem Sofa. Nachdem sie schließlich auch noch die gewünschte Plastikschüssel gefunden hatte, verließ sie das Haus, ohne sich von irgendjemandem zu verabschieden.

Während sie die Straße entlanghumpelte, die Tasche mit Alfies Sachen über der Schulter, fuhr ein großer Lieferwagen an ihr vorbei, aus dessen offenem Fenster Musik schallte. Sie erhaschte einen kurzen Blick auf den Mann am Steuer: Vin sah aus, als würde er singen.

68

Nachdem Jude bei der Polizei ihre Aussage zu Protokoll gegeben hatte, war es draußen bereits dunkel. Ihr ging durch den Kopf, dass bald der kürzeste Tag des Jahres sein würde und dann gleich Weihnachten. Daran hatte sie noch überhaupt nicht gedacht. Dann kam Neujahr – und der Tag ihrer abgesagten Hochzeit. An Nat hatte sie in den letzten Tagen auch kaum noch gedacht. Bedeutete das, dass sie ihn nie richtig geliebt hatte, oder lag es nur daran, dass die Zeit und die Flut der Ereignisse am Ende alles wegwuschen?

»Sind wir fertig?«, wandte sie sich an Leila Fox.

»Ja. Alles fertig.«

»Dann sehen wir uns also nicht mehr. Als Zeugin bin ich nicht vorgeladen.«

»Dermot bekennt sich schuldig. Es wird psychiatrische Gutachten geben, aber nicht recht viel mehr.«

Jude erschrak.

»Glauben Sie, man wird ihn für verrückt erklären?«

»Nein. Bestimmt nicht. Außerdem, wie auch immer es ausgeht, dieser Teil Ihres Lebens ist vorbei, Jude.«

»Ja.«

»Wie geht es Ihnen?«

Auch wenn es Jude ein bisschen spät erschien, sprach Leila nun, bei ihrem letzten Treffen, wie eine Freundin mit ihr.

»Joggen werde ich eine Weile nicht gehen, und meine Hand ist auch noch ein bisschen wund.«

»Ich meinte, wie geht es *Ihnen*?«

»So weit ganz gut. Ich arbeite wieder. Das Interesse der

Medien lässt langsam nach. Ich wohne mit Freundinnen zusammen. Wenn mich jemand nach den Geschehnissen fragt, antworte ich, dass ich da in etwas hineingeraten bin. Was natürlich nicht stimmt. Es war meine Entscheidung, Liam einen Gefallen zu tun, und es war auch meine eigene Entscheidung, mich in diesen Haushalt hineinziehen zu lassen. Sagen Sie mir jetzt nicht, wie blöd das war.«

»Das hatte ich nicht vor.«

»Und mit achtzehn ließ ich zu, dass Liam sein eigenes Leben in den Sand setzte, um meines zu schützen. Nun ist er tot, und ich bin Ärztin.«

»Er hat damals auch seine eigene Entscheidung getroffen.«

»Und ich jetzt die meine.« Jude zögerte. »In dem Zusammenhang hätte ich eine letzte Frage.« Sie wagte kaum, sie zu stellen. »Kann ich ein Geständnis ablegen? Mich selbst anzeigen?«

Leila musterte sie ein paar Sekunden mit leicht schief gelegtem Kopf. Aus ihren klaren grauen Augen sprach ein gewisses Mitgefühl.

»Dafür ist es inzwischen zu spät«, antwortete sie schließlich. »Ich fürchte, Sie werden eine andere Art der Wiedergutmachung finden müssen.«

»Woher wusste Dermot es?«

Leila lächelte.

»Ich dachte, Sie hätten Ihre letzte Frage schon gestellt?«

»Nur eine noch. Woher wusste er es?«

»Woher wusste er was?«

»Liam wusste, oder glaubte zu wissen, dass Danny um die betreffende Uhrzeit dort draußen im Sumpfgebiet sein würde. Aber woher wusste Dermot, dass Liam dort wäre?«

»Das ist einfach. Liam hat es ihm gesagt.«

»Warum?«

»Er dachte, Dermot wäre auf seiner Seite. Er hatte keine Ahnung, dass Dermot Danny mehr liebte als ihn. Viel mehr.«

»Es erscheint mir so ... nun ja, so krass, jemanden zu töten, nur weil einen die Person verlassen will.«

Leila schüttelte den Kopf. »Dazu kann ich nur sagen, dass wir beide in völlig unterschiedlichen Welten leben, Jude. Wenn Sie sehen würden, was ich Woche für Woche sehe, würden Sie das nicht so empfinden. Männer bringen ihre Ehefrauen um, weil sie ihnen zu viel nörgeln. Jedes Jahr töten etliche Männer, denen der Bankrott droht, erst ihre ganze Familie und dann sich selbst, als wären ihre Partnerinnen und Kinder nur ihre Anhängsel. Ich glaube, dass der Liam Birch, der zu Ihnen kam, um Sie um einen Gefallen zu bitten, ein Mann war, dem das Wasser bis zum Hals stand. Er erzählte Dermot, dass Danny vorhatte, ihn zu verlassen und Alfie mitzunehmen. Noch schlimmer aber war, dass sie offenbar beabsichtigte, um das alleinige Sorgerecht zu kämpfen.«

»Mein Gott, sie muss ihn am Ende richtig gehasst haben. Bestimmt wäre sie damit nicht durchgekommen.«

Leila zuckte mit den Achseln. »Kann sein, aber sie berief sich auf seine Trinkerei, seine Wutausbrüche und seine Gewalttätigkeit, seine zahllosen Affären.«

»Was für ein Schlamassel.«

»Mit Liams Geschäft ging es auch den Bach runter, er musste also damit rechnen, sein Haus zu verlieren, an dem sein Herz hing, und zusätzlich auch noch seinen Sohn, den er vergötterte. Wenn ein Mann wie er zu dem Schluss kommt, dass er nichts mehr zu verlieren hat, kann das sehr gefährlich werden.«

Jude schwieg eine Weile. Sie dachte an die beiden Brüder.

»Dann hat Dermot Liam also an genau der Stelle umgebracht, an der Liam Danny töten wollte.«

»Ja.«

»Liam ist tot, Danny ist tot, und Dermot wandert für eine Ewigkeit ins Gefängnis. Was ist mit Vin?«

»Was soll mit ihm sein?«

»Er war beteiligt. Ganz bestimmt.«

»Können Sie das beweisen?«

»Es liegt doch auf der Hand. Er hat für das Alibi gesorgt. Ich bin dem Mann begegnet, der die beiden gefilmt hat. Nico Sowieso. Sie sollten mit ihm sprechen. Er wird es Ihnen bestätigen.«

»Danke für den Tipp, Jude«, antwortete Leila trocken. »Wir haben mit ihm gesprochen. Wir haben auch Vin verhört. Er war mehrere Stunden hier, zusammen mit seinem Anwalt.« Mit einer Handbewegung signalisierte sie Jude, dass sie sie ausreden lassen solle. »Seinen Laptop und sein Telefon haben wir uns auch angesehen.«

»Und?«

»Und nichts. Sie müssen loslassen.« Leila erhob sich. »Und wir beide verabschieden uns jetzt.« Sie streckte ihre breite, warme Hand aus, und Jude griff danach.

»Verstehen Sie mich nicht falsch, Jude, aber ich möchte nie wieder etwas von Ihnen hören.«

69

Es war Anfang September, fühlte sich aber noch immer an wie Sommer, als Jude sich, aus dem Krankenhaus kommend, in das lebhafte Getümmel von Whitechapel stürzte. Darauf freute sie sich schon den ganzen Tag. Sie hatte keine Pläne, keine Verabredung. Der Rest dieses schönen Tages gehörte ihr ganz allein, und sie würde das Beste daraus machen. Sie wollte ein Stück gehen, vielleicht unten am Fluss entlang, um wieder einen klaren Kopf zu bekommen.

Da entdeckte sie ihn.

Sie kam sich vor wie in einem der Albträume, die sie manchmal hatte, in denen das gleiche Geschehen immer wieder von vorne ablief und sie es nicht schaffte, der Endlosschleife zu entkommen. Sie musste daran denken, was für ein Gefühl es gewesen war, damals nach ihrer Nachtschicht plötzlich Liam vor sich stehen zu sehen. Was sie gerade erlebte, löste mehr als nur eine Erinnerung in ihr aus. Es war, als würde es wieder passieren. Sie empfand es wie einen Schlag in die Magengrube.

Er stand auf dem Gehsteig, ein großer, kräftiger, lässig gekleideter Mann in Jeans, einem blauen T-Shirt und einer grauen Trainingsjacke, bärtig und immer noch langhaarig. Er wartete, mit dem Rücken zur Straße, eindeutig auf sie.

Vin lächelte ihr breit entgegen.

»Was tust du hier?«, fragte sie so ruhig, wie sie nur konnte.

»Ich wollte dich sehen.« Er lächelte immer noch. »Ich freue mich. Du siehst gut aus. Ein bisschen müde vielleicht.«

»Ich habe gerade eine Schicht hinter mir.«

»Was du und deinesgleichen hier macht, ist wirklich bewundernswert. Sich um alte Leute zu kümmern … Ihr seid die wahren Helden und Heldinnen.«

»Lass das. Warum bist du hier?«

Judes barscher Ton schien ihn eher zu amüsieren, als zu betrüben.

»Brauche ich einen Grund?«

»Ja.«

Er schien einen Moment zu überlegen, wobei er leicht die Stirn runzelte und den Kopf ein wenig schief legte.

»Es gibt da etwas, das mir keine Ruhe lässt«, erklärte er schließlich. »Ich werde das Gefühl nicht los, dass es noch eine letzte Sache abzuhaken gilt.«

Mit einem Anflug von Panik ließ Jude den Blick über die belebte Straße schweifen. Vin lachte.

»Ich wollte nur kurz mit dir reden.«

»Ich glaube nicht, dass das nötig ist.«

»Es dauert nicht lange – nicht länger, als man braucht, um einen Kaffee miteinander zu trinken.«

»Nein, danke.« Jude versuchte, an ihm vorbeizukommen, doch er verstellte ihr den Weg.

»Wir können in ein Café gehen, wo viele Leute sind«, sagte er. »Du brauchst dir keine Sorgen zu machen.«

»Ich mache mir keine Sorgen. Wir haben uns nur einfach nichts zu sagen.«

»Zehn Minuten. Dann bist du mich endgültig los. Ansonsten werde ich immer das Gefühl haben, dass zwischen uns beiden noch etwas zu klären ist.«

Obwohl Vins Ton und Miene freundlich blieben, klang für Jude jedes Wort, das er von sich gab, wie eine Drohung.

Würde ein Gespräch dafür sorgen, dass er tatsächlich für immer aus ihrem Leben verschwand, oder würde es ihn erst recht ermutigen? Stand sie im Begriff, den gleichen Fehler ein weiteres Mal zu machen?

Sie sagte Ja. Das Café, in dem sie sich ein paar Minuten später an einem Holztisch niederließen, wies große Ähnlichkeit mit dem auf, das sie vor fast einem Jahr mit Liam besucht hatte. Vielleicht war es sogar dasselbe, sie wusste es nicht mehr. Vin bestellte einen Kamillentee für Jude und einen Cappuccino für sich selbst. Bevor er den ersten Schluck nahm, riss er zwei Päckchen Zucker auf, kippte sie in seine Tasse und rührte um. Dabei registrierte er ihren Gesichtsausdruck.

»Ich nehme mal an, du gehörst zu der Sorte Frau, die ihren Kaffee ohne Zucker und ohne Milch trinkt«, meinte er lachend.

»Zehn Minuten«, gab Jude zurück.

»Nun komm schon«, erwiderte Vin. »Du hast bestimmt auch Fragen an mich. Du musst doch neugierig sein.«

»Ich weiß alles, was ich wissen muss.«

Vin runzelte die Stirn. »Ich wurde von der Polizei befragt, genau wie du. Sie haben nichts gefunden, was sie mir zur Last legen können, nicht das Geringste. Durchsucht haben sie auch alles«, fuhr er fort, »das ganze Haus. Sowohl mein Computer als auch mein Telefon wurden komplett durchgecheckt: meine Textnachrichten, meine E-Mails, meine Facebook-Nachrichten, mein Instagram und wahrscheinlich noch alles Mögliche andere, wovon ich gar nicht wusste, dass ich es habe. Gefunden wurde nichts. *Nada.*«

Jude zuckte mit den Schultern. Ihrer Meinung nach hatte das nichts zu bedeuten. Was Vin und Danny gemeinsam getan hatten – was sie geplant und vor allen anderen geheim gehalten hatten –, schrieb man nicht in eine E-Mail. Trotzdem konnte sie es nicht ganz sein lassen. Sie musste etwas sagen.

»Ich weiß, dass du das mit dem Film arrangiert hast, dem Film auf YouTube, der euch ein Alibi verschaffte.«

Sie rechnete damit, dass er nun in die Defensive gehen würde, doch er lächelte bloß wieder.

»Wir hatten viel Spaß auf der Party. Da habe ich spontan jemanden gebeten, uns zu filmen. Das ist kein Verbrechen.«

»In Anbetracht der Tatsache, dass dein bester Freund und die Frau, die du geliebt hast, ermordet wurden und du für beides verantwortlich bist, machst du einen recht fröhlichen Eindruck.«

»Seitdem ist Zeit vergangen«, antwortete Vin leichthin. »Anfangs war es schwer, aber mittlerweile habe ich die verschiedenen Phasen der Trauer durchlaufen und bin bei der Akzeptanz angekommen.«

»Ich würde eher sagen, du bist in der Phase der Leugnung stecken geblieben.«

»Der war gut. Du bist clever, das hat mir von Anfang an gefallen. Denkst du auch noch oft an unsere gemeinsame Nacht? Wie wir uns gegenseitig erforschten und …«

»Lass das!«, zischte Jude.

Er hatte ein bisschen zu laut gesprochen. Jude registrierte, dass das junge Paar am Nachbartisch verstummt war und die Ohren spitzte.

»Ich wollte nur sagen, dass zwischen zwei Menschen, die etwas so Intimes miteinander erlebt haben, eine Verbindung besteht. Es wird immer eine Verbindung zwischen uns bestehen.«

»Das war ein Fehler«, flüsterte Jude wütend, »ein ganz, ganz großer Fehler!«

Vin streckte die Hand aus. Jude zog die ihre weg, bevor er danach greifen konnte.

»Unsere zehn Minuten sind fast um«, stellte sie fest. »Hast du gesagt, was du zu sagen hattest?«

Er lehnte sich zu ihr hinüber. Dabei wurde seine Miene eine Spur ernster.

»Du kannst mich alles fragen, was du willst«, entgegnete er in etwas leiserem Ton. »Ich verspreche dir, dass ich dir die Wahrheit sage, egal, was du fragst.«

»Eines würde mich tatsächlich interessieren. Fühlst du dich schlecht?«

Aus Vins Blick sprach echte Überraschung. Trotzdem wirkte er eher amüsiert als wütend.

»Das ist alles? Da verschenkst du aber eine gute Gelegenheit. Nein, ich fühle mich natürlich nicht schlecht.« Wieder beugte er sich vor. »Jetzt darf ich dir auch noch eine Frage stellen.«

»Nein, darfst du nicht.«

»Ich stelle sie dir trotzdem. Du kannst sie beantworten, wenn du magst, oder es bleiben lassen.« Er legte eine kurze Pause ein, als müsste er erst überlegen, wie er es formulieren sollte. »Was war der Plan?«, fragte er schließlich.

»Wie meinst du das? Welcher Plan?«

»Das ist das Einzige, was ich mir nicht erklären kann. Ich weiß, warum Liam tat, was er tat. Danny hatte vor, ihn fertigzumachen. Sie wollte um das alleinige Sorgerecht für Alfie kämpfen. Liam hätte alles verloren. Offenbar beging er den Fehler, Dermot davon zu erzählen. Tja, niemand ist perfekt. Aber wie sah *dein* Plan aus? Oder war es von Anfang an deine Idee? Was hast du dir davon versprochen?«

Jude spielte mit dem Gedanken, ihm darauf keine Antwort zu geben. Sie betrachtete ihn, wie er da saß und wartete, vollkommen von sich überzeugt, vollkommen unbeschwert.

»Es gab keinen Plan«, sagte sie schließlich. »Ich wusste nicht, was er vorhatte.«

Vin nickte langsam.

»Stimmt, es kann gar nicht deine Idee gewesen sein. Liams ursprünglicher Plan sah ja vor, dass Dermot ihm ein Alibi verschaffen sollte. Das ergibt Sinn. Der Bruder. Das ist jemand, dem man vertrauen kann. Aber Dermot sagte Nein und erzählte Danny davon.«

Auch Jude sah schlagartig das ganze Bild. Ja, das leuchtete

ihr ein. Deswegen hatte Liam es Dermot erzählt. Sein Bruder war der einzige Mensch, an den er sich wenden konnte. Zumindest hatte er das geglaubt. Vin sprach weiter, als würde er laut nachdenken.

»Er wusste nicht, dass Dermot bis über beide Ohren in Danny verschossen war. Das war Pech. Für Liam, meine ich, nicht für Danny.« Vin überlegte einen Moment. »Wobei es letztendlich wohl auch Dannys Pech war.« Er grinste so unbekümmert, dass sich Jude der Magen umdrehte. »Aber zu dem Zeitpunkt lag das alles noch in der Zukunft. Als Dermot ihm einen Korb gab, brauchte er jemand anderen, der ihm ein Alibi für den Mord an der Mutter seines Kindes liefern würde, deswegen wandte er sich an ...« Vin brach ab und sah Jude ein paar Augenblicke direkt ins Gesicht. »Seine verlorene Liebe.«

»Ich war nicht seine verlorene Liebe. Und er nicht die meine.«

»Wie war es *dann*? Du warst sein großes Alibi. Alles hing von dir ab. Du warst diejenige, die ihn hätte decken können, nachdem du von Dannys Ermordung erfahren hättest. Er muss großes Vertrauen in dich gesetzt haben. Trotzdem behauptest du, zwischen euch sei nichts gewesen.«

Er schüttelte wissend den Kopf.

»Das hätte ich nicht getan«, entgegnete Jude. »Ich hätte ihn auf keinen Fall gedeckt.«

»Möglich.« Vin sagte das, als würde es keine große Rolle spielen.

»Glaubst du wirklich, dass du ungestraft davonkommst?«

Seine Miene blieb so heiter wie zuvor. Er hob die rechte Hand und wackelte tadelnd mit dem Zeigefinger.

»Frau Doktor Winter! Wenn ich dich mit meinem Besuch nicht derart überfallen hätte, würde ich glatt vermuten, dass du verkabelt sein könntest und mir eine Falle zu stellen versuchst, damit ich irgendetwas zugebe.«

»Du wirst damit leben müssen. Mit deinem Wissen. Mit dem, was du getan hast.«

»Ich glaube, das schaffe ich«, antwortete er fröhlich. »Du und ich – wir sind die Einzigen, die aus dieser ganzen Geschichte unbeschadet hervorgehen.«

Jetzt reichte es Jude. Sie erhob sich und zog ihre Jacke an.

»Ich fühle mich alles andere als unbeschadet«, erklärte sie.

Er stand ebenfalls auf. »Ich nehme an, nun heißt es Abschied nehmen.«

»So ist es.«

Draußen wandte Jude sich zum Gehen. Sie hoffte, ihn nie wiederzusehen, doch er hielt sie zurück.

»Ich glaub's dir«, verkündete er.

»Was glaubst du mir?«

»Ich glaube, dass du tatsächlich keinen Mörder gedeckt hättest. Der Meinung war ich vorher auch schon, aber nun, nachdem wir uns hier getroffen haben, bin ich mir ganz sicher.«

»Deine Meinung interessiert mich nicht.«

»Du hattest sein Telefon dabei, stimmt's?«

Obwohl Jude ihm keine Antwort gab, sprach Vin weiter, als hätte sie Ja gesagt.

»Mehr brauchte er nicht. Sein Telefon war über hundertfünfzig Kilometer entfernt. Das reichte ihm als Alibi.«

»Ich war auch dort oben in Norfolk – nicht nur sein Telefon.«

Er ließ sich mit seiner Antwort einen Moment Zeit.

»Darüber solltest du nachdenken«, sagte er.

»Worüber?«

»Wir wissen alle, wie Liam tickte, wozu er fähig war. Er hatte vor, die Mutter seines Sohnes zu ermorden. Meiner Meinung nach wollte er auch dich umbringen. Niemand wusste, dass du dort warst. Niemand wusste, dass er sich mit dir getroffen hatte. Du hattest sein Gepäck mit in das Cottage genommen. Das war alles, was er von dir brauchte. Danach wäre es für ihn besser gewesen, dich aus dem Weg zu räumen.«

Einen Moment kam es Jude vor, als würde es ihr den Boden unter den Füßen wegziehen. Sie rief sich ihr Treffen mit Liam ins Gedächtnis. Sie versuchte sich an sein Verhalten ihr gegenüber zu erinnern, an seinen Ton. War das wirklich denkbar? Hatte Liam womöglich vorgehabt, sie zu ermorden?

»Nein. Das glaube ich nicht.«

Vin bedachte sie mit seinem breiten Lächeln – dem letzten Lächeln, das sie je von ihm zu sehen bekommen würde.

»Vielleicht hast du recht«, antwortete er. »Aber du wirst es nie mit Sicherheit wissen.«

Nun war er derjenige, der sich zum Gehen wandte, sie dort einfach stehen ließ.

70

Mitte Oktober, an dem Tag, an dem Liam einunddreißig geworden wäre, marschierte Jude von ihrer Wohnung in Bethnal Green zum Friedhof von Walthamstow. Es war ein kühler, windiger Tag, und während sie durch den Victoria Park und dann das Sumpfland wanderte, wirbelten gelbe Blätter durch die Luft, und sie spürte ein paar Regentropfen an der Wange.

Es war nun fast ein Jahr vergangen, seit Liam sie an jenem Tag Anfang November aufgesucht und um einen Gefallen gebeten hatte. Ein Jahr. Ihr wurde fast schwindlig, wenn sie an jene fiebrige Zeit zurückdachte, in der sich ihr Leben immer schneller um die eigene Achse zu drehen schien, bis ihr Gefühl dafür, wer sie eigentlich war, komplett verloren ging.

Als sie durch das Friedhofstor trat, sah sie sofort, dass viele der Grabsteine sich in seltsamen Winkeln neigten. Ein sanftmütig dreinblickender Engel lehnte sich fast fünfundvierzig Grad zur Seite, und manche Grabsteine waren aneinandergekippt. Es war, als würde der Boden absacken und mit ihm seine ganze Ladung an Gebeinen.

Sie hatte damit gerechnet, dass sie eine Weile brauchen würde, um die Stelle zu finden, an der Liam begraben lag, aber der Friedhof erwies sich als kleiner als erwartet. Binnen weniger Minuten stand sie vor einem schlichten grauen Stein mit Liams frisch eingemeißeltem Namen, gefolgt von seinem Geburts- und Sterbedatum. Sonst nichts.

Mit plötzlicher, schmerzhafter Klarheit fiel ihr ein, wie Liam sie, als sie mal zusammen auf einer Wiese lagen, gebeten hatte, die Knochen des menschlichen Körpers für ihn zu benennen. Sie hatte ihm die Namen aufgezählt: Talus, Fibula, Tibia, Patella, Femur, Pelvis ... Dabei hatte sie jeweils die Hand auf den betreffenden Knochen gelegt: auf seinen Fuß, sein Schienbein, das Knie, den Oberschenkel, und am Ende hatte sie beide Hände um seinen Schädel gelegt. Diese schönen Knochen lagen nun in diesem Grab. Mehr blieb nicht übrig von Liam Birch.

Während Jude dort stand, wusste sie nicht so recht, was sie tun oder fühlen sollte. Im Grunde wusste sie nicht mal so genau, warum sie überhaupt hier war, und kam sich jetzt mit ihrem kleinen Anemonenstrauß ein wenig albern vor. Sie musste an Liam denken, wie er war, als sie ihn kennenlernte, schön und gefährlich, strotzend vor Leben und Energie. Sie dachte auch an sein Verhalten nach dem Unfall, wie er ganz beiläufig seine Zukunft weggeworfen hatte, damit sie ihren Weg gehen konnte, fort von ihm. Sie rief sich ins Gedächtnis, wie er ihr elf Jahre später in dem Café gegenübersaß, mit feinen Lachfältchen um die Augen, und sie dann um einen kleinen Gefallen bat.

Der Gedanke an das, was Vin gesagt hatte, ließ sie schaudern. Sie würde nie mit Sicherheit wissen, was Liam getan hätte, und vielleicht war das auch gut so. Man muss mit Zweifeln und Ungewissheit leben können, ging ihr durch den Kopf. Man muss Widersprüche aushalten, ohne krampfhaft zu versuchen, sie aufzuklären. Man muss lernen, dass man sein Leben nicht so gut unter Kontrolle hat, wie man sich das wünscht.

Sie ging in die Hocke. Am Fuß des Grabsteins hatte sich ein Häufchen Herbstlaub angesammelt. Sie schob es weg und legte dort ihre Blumen hin, deren kräftige Farben vor dem grauen Hintergrund wie Edelsteine leuchteten. Sie spielte mit dem Gedanken, etwas zu sagen, aber was? Ich habe dich immer geliebt? Ich habe dich nie geliebt? War sie hier, um ihm zu danken, sich zu entschuldigen, um Verzeihung zu bitten oder ihn zu verfluchen, oder einfach festzustellen, dass es vorbei war, mit *ihm* vorbei war – einem wunderbaren, schrecklichen Mann, der nun begraben lag in einer absinkenden Landschaft der schon lange Toten?

Erst als sie sich wieder erhob, fiel ihr auf, dass am Nachbargrab inzwischen eine Frau kniete, damit beschäftigt, mit einer winzigen Handschaufel Unkraut zu entfernen.

»Mein Lewis«, sagte sie, als sie Judes Blick bemerkte. Sie nickte in Richtung des Grabsteins. »Ich komme jeden Tag her.«

»War er Ihr Ehemann?«

»Ja. Er ist vor drei Jahren gestorben. Nicht so jung wie der Ihre dort, mit gerade mal dreißig. Das ist so traurig.«

Sie betrachtete die Blumen, die Jude gerade abgelegt hatte. »Ich bin froh, dass Sie gekommen sind, um ihn zu besuchen. Ich glaube, sonst kommt nie jemand. Man hat ihn ganz allein gelassen. Ist das nicht eine Schande?«

»Es gibt verschiedene Arten, sich an jemanden zu erinnern.«

»Da haben Sie recht. Kannten Sie ihn gut?«

Judes Blick wanderte von der Frau zurück zu Liams Grabstein.

»Nein«, sagte sie schließlich. »Er war wie ein Traum. Ich glaube, eigentlich kannte ich ihn überhaupt nicht.«

DANK

Während wir diese Geschichte über Orte schrieben, die wir nicht aufsuchen durften, erfuhren wir auf unterschiedlichste Weise Hilfe und Unterstützung durch Menschen, mit denen wir uns nicht treffen durften.

In einer auf den Kopf gestellten Welt fanden sie außergewöhnliche Wege, kreativ zu sein.

Unsere britischen Agenten: Sarah Ballard, Eli Keren, St John Donald.

Unsere britischen Verlagspartnerinnen und -partner: Suzanne Baboneau, Ian Chapman, Jess Barratt, Hayley McMullan, Katherine Armstrong, Louise Davies.

Dank auch den Buchhändlerinnen und Buchhändlern, den Buchbloggerinnen und -bloggern und unseren Leserinnen und Lesern, die uns durch ein dunkles Jahr getragen haben.